七侯笔录
— CHINESE BRUSHES —

生事如转蓬

上

马伯庸 著

图书在版编目（CIP）数据

七侯笔录：全两册 / 马伯庸著 . — 长沙：湖南文艺出版社，2019.4（2024.1重印）
ISBN 978-7-5404-9080-5

Ⅰ．①七⋯ Ⅱ．①马⋯ Ⅲ．①长篇小说—中国—当代 Ⅳ．① I247.5

中国版本图书馆 CIP 数据核字（2019）第 026239 号

© 中南博集天卷文化传媒有限公司。本书版权受法律保护。未经权利人许可，任何人不得以任何方式使用本书包括正文、插图、封面、版式等任何部分内容，违者将受到法律制裁。

上架建议：长篇小说

QIHOU BILU: QUAN LIANG CE

七侯笔录：全两册

作　　者：	马伯庸
出 版 人：	陈新文
责任编辑：	薛　健　刘诗哲
监　　制：	蔡明菲　邢越超
出 品 人：	周行文　陶　翠
策划编辑：	李齐章　王　维
营销支持：	刘斯文　周　茜
封面设计：	好谢翔工作室
版式设计：	梁秋晨
内文排版：	百朗文化
出版发行：	湖南文艺出版社
	（长沙市雨花区东二环一段 508 号　邮编：410014）
网　　址：	www.hnwy.net
印　　刷：	北京中科印刷有限公司
经　　销：	新华书店
开　　本：	700mm×980mm　1/16
字　　数：	900 千字
印　　张：	46.5
版　　次：	2019 年 4 月第 1 版
印　　次：	2024 年 1 月第 4 次印刷
书　　号：	ISBN 978-7-5404-9080-5
定　　价：	92.00 元（全两册）

若有质量问题，请致电质量监督电话：010-59096394
团购电话：010-59320018

○ 序
一

《七侯笔录》最初的名字叫作《笔冢随录》，创作时间是2006—2007年。

那时候，我还年轻，是个精力充沛、不学无术的上班族，每天下班后都乐此不疲地聚会、看电影、玩游戏，偶尔写点飞扬跳脱的胡思乱想。一次偶然的机会，重读《后西游记》，里面有一位文明天王，他手里有一支孔子的春秋笔，又叫文笔，可以用来压人。文采不如他的，就会被这笔压得动弹不得。孙小圣虽然武力惊人，可面对这种化文学成神通的法宝，却是无能为力。最后还是天上遣下魁星，这才解了这么一个危难。

读到这里，我实在惊叹于作者的想象力。只知道武力或法力对战，从来没想到文科生的专业也有这般绚烂的表现。我忽然想，能不能把古往今来的那些天才文人，都一一变成笔，互相对战——于是就有了这么一部幻想小说，起名叫作《笔冢随录》。

我在第一个单行本的序言里是这么说的：

文化一向是一个非常含糊的概念。

在宣纸上默写《出师表》是文化；烹茶品茗焚香听琴是文化；蹲在汨罗江边剥粽叶是文化；在大学里开课读经是文化；拿冷猪肉祭孔、祭黄、祭妈祖是文化；甚至上网为世界新七大奇迹投长城一票，也算得上是文化。

当一切都变成文化的时候，不文化也许会显得更有趣一些。

中国历史上的名人多如牛毛，假如他们灵魂不灭，会是什么样子？

这是一个典型的唯心主义猜想，甚至有封建迷信的倾向，可是我忍不住总去想。

胡思乱想的产物就是这部小说。所以这本书并没什么文化，这只是一个关于毛笔的小故事。这些毛笔和中国历史上的一些文化名人有一些玄妙的关系，甚至还有点孔老夫子不愿意看到的怪、力、乱、神。

用传统文化来讲一个怪力乱神的故事，颇有些焚琴煮鹤的味道，但也有一种行为艺术的美感。对在配电领域做平凡上班族的我来说，这就足够了。

还是那句老话："我手写我口，古岂能拘牵。"

这部小说先后在杂志上连载了四次，还出了四个单行本，然后……嗯，就坑掉了。其实我也不是故意坑掉，只是那时候的我玩心太大，一个创意写得差不多了，又去忙活别的想法。很多读者对此特别愤怒，多年来一直在我耳边念叨，说希望能看到它有完结的一天。

距离创作《笔冢》已过十年。现在回过头去审视，这部作品有太多不成熟的地方。无论是遣词造句、人物塑造还是情节编排，都显得青涩幼稚，里面有些特别"中二"的文字，让现在的我真是羞愤掩面。但是创作它时的初衷，却是我一直记挂的——不教天下才情付诸东流。

中国有那么多惊才绝艳的文人墨客，有那么多璀璨深厚的文艺作品。当我们真心热爱这些文化时，就会忍不住像浮士德那样发出感慨："多么美好啊，请停留一下。"笔冢主人把才情炼成笔灵，就是这么一种美好的希冀。

所以对我的创作生涯来说，《七侯笔录》就像它的主角罗中夏一样，是一部幼稚、不成熟的"中二"作品，但这其中，蕴含着我对文学的初心，以及不可追回的少年意气。

所以我在十年之际，决定把它重新修订一下，补完结尾，让它善始善终。老照片之所以有意义，在于它泛黄的纸边和模糊的影像，如果强行修成高清，反而失去了韵味。为了保留那一份难得的青涩，我没有做大的改动，只是简单地调整了一下设定和情节，最大限度地保留原始风貌，一来不致蒙骗读者，二来也给自己一个纪念。

如果你们读着读着，发觉作者怎么这么幼稚、这么土气，那就对了，我在给你们看我一直想回去的青春。

目录

序　章　　　　　　　　　　　　—001
第一章　且放白鹿青崖间　　　　—005
第二章　白首为儒身被轻　　　　—013
第三章　总为秋风摧紫兰　　　　—021
第四章　黄金逐手快意尽　　　　—029
第五章　昨来犹带冰霜颜　　　　—041
第六章　白雪飞花乱人目　　　　—049
第七章　更无好事来相访　　　　—057
第八章　人生在世不称意　　　　—065
第九章　男儿穷通会有时　　　　—073
第十章　夜欲寝兮愁人心　　　　—083
第十一章　麟阁峥嵘谁可见　　　—091
第十二章　桃竹书筒绮绣文　　　—099
第十三章　如今了然识所在　　　—109
第十四章　当年颇似寻常人　　　—117
第十五章　寒灰重暖生阳春　　　—127
第十六章　此心郁怅谁能论　　　—135
　　　　　春风尔来为阿谁

1

第十七章　空留锦字表心素 —145

第十八章　以手抚膺坐长叹 —153

第十九章　当年意气不肯平 —161

第二十章　日惨惨兮云冥冥 —169

第二十一章　云龙风虎尽交回 —177

第二十二章　临歧惆怅若为分 —187

第二十三章　浮云蔽日去不返 —195

第二十四章　愁客思归坐晓寒 —205

第二十五章　起来向壁不停手 —223

第二十六章　伏枥衔冤摧两眉 —241

第二十七章　宁期此地忽相遇 —253

第二十八章　君不来兮徒蓄怨 —267

第二十九章　巨灵咆哮擘两山 —273

第三十章　忆昨去家此为客 —293

第三十一章　我知尔游心无穷 —311

第三十二章　夜光抱恨良叹悲 —327

第三十三章　爱君山岳心不移 —345

序章

○

且放白鹿青崖间

唐宝应元年，当涂县。

深夜，秋雨飘摇，门窗俱闭。

一位老者颓然卧在床榻上，闭目不动，衣襟上满是酒气。以往光芒四射的生命力即将消散殆尽，如今的他只剩一具苍老躯壳横在现世，如残烛星火。

"生者为过客，死者为归人。天地一逆旅，同悲万古尘……"老者艰难地嚅动嘴唇轻吟，声音虽然嘶哑，却透着豁达，似乎全不把这当回事。他吟到兴头，右手徒劳地去抓枕边酒壶，却发现里面已经滴酒不剩。

"古来圣贤皆寂寞，无酒寂寞，寂寞无酒哪……"

老者望着天花板喃喃自语。倏然屋内似乎有些动静，他费力地拧了拧脖子，偏过头去看，但只看到临窗桌上自己的诗囊和毛笔。屋内沉寂依然。

"或许是大限将至，眼花耳鸣了吧。"老者暗想，心中不无唏嘘。这件诗囊和毛笔伴随他多年，不知自己是否还有机会畅饮美酒，提笔赋诗。所幸自己历年来积攒的诗稿已经托付给了叔叔李阳冰，倒也没什么遗憾。

老者轻拍空壶，心中只是感怀，却无甚悲伤。

一阵雷声滚过，老者再看，发现桌旁赫然多出来一个人。这人身形颀长，一身乌黑色的长袍，头戴峨冠，看打扮似是个读书人，但面色枯槁，却有着说不出的诡异。

"青莲居士吗？"

声音低沉，带着森森阴气。老者借着窗外的闪电，看到来人背后背着一个奇特的木筒，这木筒两侧狭窄，却不甚长，造型古朴，看纹理和颜色当是紫檀所制。

"尊驾是……？"

来人双手抱拳，略施一礼："在下乃是笔冢主人，特来找先生炼笔。"

"笔冢主人……炼笔……"老者喃喃自语，反复咀嚼这六个字，不解其意。

"人有元神，诗有精魄。先生诗才丰沛，寄寓魂魄之间，如今若随身而死，岂非可惜？在下欲将先生元神炼就成笔，收入笔冢永世留存。"笔冢主人淡淡说道，声无起伏，似是在说一件平常之事。

老者听罢叹道："人死如灯灭，若能留得吉光片羽，却也是美事。只是在下油尽灯枯，心有余而力不足啊。"

笔冢主人道："才自心放，诗随神抒，心不死，则诗才不灭。"老者闻之，不禁哈哈大笑，腾的一声竟从床上坐起来，大声道："说得好，说得好，拿酒来！"

笔冢主人平摊右手，不知从何处取得一壶酒来，送至老者嘴边。老者渴酒欲狂，立刻夺过酒壶，开怀畅饮，一时竟将一壶酒喝得干干净净。

"好，好，好！三杯通大道，一斗合自然。"老人抹了抹嘴，大声赞叹。此时酒意翻腾上涌，豪气大发，他原本颓唐的精神陡然高涨，如腾蛇乘雾，双眸贯注无限神采。他跟跟跄跄奔到桌前，乘着酒兴铺纸提笔，且写且吟，笔走龙蛇，吟哦之声响彻在这方寸小屋之间：

"大鹏飞兮振八裔，中天摧兮力不济。余风激兮万世，游扶桑兮挂石袂。后人得之传此，仲尼亡兮谁为出涕……"

老人的声音渐趋高亢，吟诵的气势愈加悲壮激越。至高潮处，万缕光烟从他身体流泻而出，在屋中旋转鼓荡，逐渐汇聚成一支笔的形状。这笔周身淡有云霭，如梦似幻，一朵流光溢彩的清拔莲花绽放于笔顶，泛有淡淡的清雅香气。

"好一支青莲笔！"笔冢主人赞道，当即卸下背后紫檀笔筒，开口朝上，右手微招，欲要将之收入囊中。不料这青莲笔却不听他召唤，自顾在半空盘旋一圈，径直向东南飞去。

笔冢主人面色一变，连忙把紫檀笔筒抛在空中，大喊一声："张！"只见笔筒口猛然张大，如吞舟巨口，直扑笔灵而去。青莲笔身形迅捷，左躲右闪，始终不为那笔筒所制。

这紫檀笔筒吞噬过无数笔灵，却从未碰到一支如青莲笔一样跳脱难驯，不禁焦躁不安。笔冢主人见紫檀笔筒一时不能成功，又从怀中取出一个盘虬笔挂，暗暗祭出。这个盘虬笔挂原是个百年老树的虬根，枝杈盘扭错节，无处不是天然笔钩，一在空中展开,就如百手千指,向笔灵罩去。

初生的青莲笔承秉太白精魄,本是灵动至极,只是屋中范围毕竟狭窄,在紫檀笔筒和盘虬笔挂左右夹击之下逐渐显出劣势。笔冢主人二指相对,目光一霎不离三个灵物缠斗,嘴中喃喃自语。

大约过了半炷香的工夫,青莲笔终于被盘虬笔挂逼至墙角,眼见就要退入紫檀笔筒黑漆漆的筒口之内,笔冢主人紧绷的面色才稍稍放松。

就在此时,一旁枯坐的老者却忽然放声笑道:"好笔!好笔!你去吧!"

窗外骤然狂风大作,啪的一声将两扇窗户吹开。听到主人这声呼喊,青莲笔一声长啸,猛然发力,把盘虬笔挂撞翻在地,随即飞出窗外,隐没于风雨之中。

笔冢主人大惊,连忙奔到窗前,眼前空余秋雨瓢泼,唯有啸声隐隐传来。过不多时,连啸声都听不到了。他见笔灵已不可追,无可奈何地收了两件笔器,转身去看老者:一代诗仙端坐在地,溘然而逝,手中犹握着一管毛笔,满纸临终歌赋墨迹未干。笔冢主人将他绝笔取来,恭恭敬敬摊在桌上,拿砚台镇好,喟然长叹:

"先生潇洒纵逸,就连炼出来的笔灵都如此不羁,在下佩服。"

言罢笔冢主人整整冠带,朝着老人遗体拜了三拜,又望望窗外,摇头道:"太白笔意恣肆难测,再见笔灵却不知是何时了。"随即转身离去,也消失于茫茫风雨之中……

第一章

○

白首为儒身被轻

七月流火，九月授衣。

此句是言七月立秋前后，天气转凉，不出九月便需添加衣衫。虽屡有妄人望文生义，但天时不改。眼见到了农历七月时节，天气果然转凉，正是天下诸多学府开学之际，这一所华夏大学亦不例外。度过数月炎炎夏日的学子们接踵返校，象牙塔内一片初秋清凉之气，与墨香书卷一处，蔚然雅风。

只可惜有人却无福消受。

"天命之谓性；率性之谓道；修道之谓教。"鞠老先生手持书卷，摇头晃脑地念道。

罗中夏在台下昏昏欲睡地附和了一句，同时觉得自己的胃也在叫了。他回头看了看教室里的其他十几名听众，除了郑和以外，大家都露出同样的表情。

鞠老先生浑然没有觉察到学生们的怨念，他沉浸其中，自得其乐，"道也者，不可须臾离也，可离非道也。"每念到"道"字，他就把声音拖得长长，不到肺部的空气全部排光不肯住口。

罗中夏的耐心快接近极限了，他暗地里抽了自己无数耳光，骂自己为什么如此愚蠢来选这么一门课程。

新学期开始之初，学校领导为了响应最近流行的国学热，特意开了一门新的选修课叫"国学入门"，还请来市里有名的宿儒鞠式耕老先生主讲。罗中夏觉得好混，就报了名。孰料等到正式上课，罗中夏才发现实际情况与自己预想的完全不同：不仅枯燥无比，偏偏老师讲得还特别认真。

而罗中夏讨厌这门课还多了一个私人的原因，就是郑和。

郑和不是那个明朝的三宝太监郑和，而是和罗中夏同级不同系的一个男生。郑和人长得高大挺拔，面相忠厚，颇得女生青睐，自然也就招致了男生的敌意。他也报名上了这门选修课。据说郑和家学渊源，祖上出过举人，也算是书香门第，有国学底子。他经常与鞠老先生一唱一和，颇得后者欢心，还当了这个班的班长。

"哼，臭太监。"罗中夏只能恨恨地哼上一声。

讲台上鞠老先生刚刚讲完《中庸》第一章，环顾台下，发现只有郑和一人聚精会神地听着，其他人不是目光涣散就是东倒西歪，心里十分不悦，随手点了一个人的名字："罗中夏同学，听完第一章，你可知道何谓'慎独'？"

鞠老先生拿起粉笔，转身在黑板上吱吱地写下两个正楷大字。

罗中夏一惊，心想反正也是答不出，索性横下一条心乱讲一通，死便死了，也要死得有点幽默感："意思是，我们要谨慎地对待独身分子。"

学生们哄堂大笑，鞠老先生气得胡子直颤，手指点着罗中夏说不出话来。郑和见状不妙，连忙站起来大声说："老师，我知道，慎独的意思是君子在一人独处的时候，也要严于自律。"

鞠老先生默然点了点头，郑和见老师已经下了台阶，转而对罗中夏说："这位同学，尊师重教是传统美德，你这样故意在课堂上捣乱，是对鞠老师的不尊重，你知道吗？"

罗中夏一听这句话，立刻就火了。他膀子一甩反击道："你凭什么说我是故意捣乱？"

"难道不是吗？在座的同学都看见了。"

"呸，我是在回答问题。"

"你那算是回答问题吗？"

"怎么不算，只不过是回答错了嘛。"罗中夏话一出口，台下学生又是一阵哄笑。

郑和大怒，觉得这家伙强词夺理，态度又蛮横，于是离开座位过去要拽罗中夏的胳膊，强迫他向鞠老先生道歉。罗中夏冷冷地把他的手拨开，郑和又去拽，罗中夏又躲，两个人眼看就要扭打起来。

鞠老先生见状不妙，连忙拍拍桌子，喝令两人住手。郑和首先停下来，闪到一旁，罗中夏一下子收势不住，身子朝前一个趔趄，咣的一声撞到讲桌上。

这一下撞得倒不算重，罗中夏肩膀不过微微发麻，只是他听到周围同学都在笑，觉得面子大失。他心中沮丧，略扶了一下讲台，朝后退了一步，脚下忽然嘎巴一声，响得颇为清脆。他连忙低头一看，赫然是一根折断了的毛笔，不禁心头大震。

鞠式耕极有古风，点名不用钢笔、圆珠笔，而是用随身携带的毛笔勾画名册。这支毛笔是鞠老先生的爱物，笔杆呈金黄色，圆润光滑。虽然罗中夏对笔一无所知，也看得出这支毛笔骨骼不凡。如今这笔却被自己一撞落地，生生踩成了两截。

大祸临头。

当天下午，罗中夏被叫去了系主任办公室。他一进门，看到鞠式耕坐在中间闭目养神，双手拄着一根藤杖，而系主任则站在旁边，神情紧张地搓着手指。他偷偷看了眼鞠式耕的表情，稍微放下点心来，至少这老头没被气死，不至于闹出人命。

"你！给我站在原地别动！"系主任一见罗中夏，便怒气冲冲地喝道，然后诚惶诚恐地对鞠式耕说，"鞠老，您看该怎么处罚才是？"

鞠式耕"唰"地睁开眼睛，端详了一下罗中夏，开口问道："罗同学，你可知道你踩断的，是支什么笔？"

"毛笔吧？"罗中夏觉得这问题有点莫名其妙。

"毛笔不假，你可叫得出它名号？"鞠式耕捋了捋雪白长须，"我记得第一节课时我曾说过。"

罗中夏一听这句，反而放心了。既然是上课时说的，那么自己肯定是不记得了，于是爽快地回答："鞠老先生，我不知道。反正笔已经断了，错都在我，您怎么处置就直说吧。"

系主任眼睛一瞪，让他住嘴。鞠式耕却示意不妨事，从怀里慢慢取出那两截断笔，爱惜地抚摸了一番，轻声道："此笔名叫菠萝漆雕管狼毫笔，是用牛角为笔杆，漆以菠萝色，用的是辽尾狼毫，不是寻常之物。"

"说给我听这些有什么用，难道让我给你买支一样的不成？"罗中夏不以为然地想。

鞠式耕瞥了这个年轻人一眼，徐徐叹道："若说赔钱，你一介穷学生，肯定是赔不起；若让院方处理，我又不忍为了区区一支毛笔毁你前途。"

罗中夏听了一喜，这老头，不，这位老先生果然有大儒风范，有容人之度，忽然耳中传来一声"但是"，有如晴天霹雳，心中忽又一沉。

"但是，罗同学你玩世不恭，顽劣不堪，该三省己身，好好学习君子修身的道理。"说到这里，鞠式耕沉吟一下，微笑道，"这一次倒也是个机会，我看不如这样，你去买支一样的毛笔来给老夫便好。"

罗中夏大吃一惊，他几乎以为自己会预言术了。他结结巴巴地反问："鞠老先生，若是记过、开除之类的处罚，我就认了。您让我去买支一样的毛笔来，还不如杀了我，我去哪里弄啊？"

鞠式耕哈哈大笑，抬抬手，让系主任拿纸把断笔连同一个手机号交到罗中夏手里。

"不是买，而是替我去淘。"他又惋惜地看了一眼那断笔，"此笔说是贵重，也不算是稀罕之物，旧货市场时有踪影。我年纪大了，腿脚不便，正好你就代我每周六、日去旧货市场淘笔吧，钱我来出。要知道，毛笔虽是小道，毕竟是四德之物，你淘多了，自然也就明白事理。到时候我得笔，你养性，两全其美。"

系主任在一旁连声附和："鞠老先生真是高古，教化有方，教化有方！"

罗中夏听了这个要求，几乎晕倒过去。记过、处分之类的处罚，只不过是档案上多写几笔；就算赔钱也不过是一时肉疼；但是这个代为淘笔的惩罚，却等于废掉了他全部宝贵的休息日。没有什么比这个更恶毒的惩罚了，这意味着自己再也不能睡懒觉了——旧货市场一向是早开早关。

可眼下鞠老开出的条件已经是十分大度了，没法不答应。罗中夏只得勉强点了点头，接过那包断笔，随手揣到兜里。

鞠式耕又叮嘱道："可要看仔细，不要被赝品骗了。"

"我怎么知道哪个是赝品……"

"去找几本相关的书静下心来研究一下就是，就算淘不到笔，也多少对你有些助益。"

鞠式耕拍了拍扶手，罗中夏嘴上诺诺，心里却不以为然。一想到自己的双休日全没了，又是一阵钻心疼痛。

这一个周六，罗中夏早早起身，羡慕地看了眼仍旧在酣睡的同宿舍兄弟，随手洗了把脸，然后骑着借来的自行车，直奔本市的旧货市场，去找那劳什子菠萝漆雕管狼毫笔。

此时天刚蒙蒙亮，天色半青半灰，整个城市还沉浸在一片静谧安详的淡淡雾霭之中，路上寥寥几个行人，多是环卫工人。罗中夏一个人骑着自行车行在大路上，习习晨风吹过，倒也一阵清新爽快。大约骑了半小时，天色渐亮，路上的人和出租车也逐渐多了起来，还有人蹬着三轮儿拉着一大堆瓶子器件，看来都是冲着旧货市场去的。

这个旧货市场也算是远近闻名的去处，此地原本是座寺庙，占地方圆十几亩。每到周六、周日就有无数古董贩子、收旧货的、收藏家、偶尔挖到坛坛罐罐的农民和梦想一夜致富的悠闲市民汇集到此，从早上四点开始便喧闹起来。举凡陶瓷、玉石、金银器、首饰、古泉、家具、古玩、"文革"藏品、民国杂物、旧书旧报，这里是应有尽有，不过真假混杂，全看淘者眼光如何。曾经有人在这里以极低的价格淘到过宋版书，转手就是几十万；也有人在这里投下巨款买元代贴金青瓷花瓶，末了才发现是仿制品，搞得倾家荡产——不过这些都与罗中夏无关。他进了市场以后，对两侧嚷嚷的小贩们视若无睹，一路只打听哪里有卖旧毛笔的摊儿，早点找到早点了事。

其实在旧货市场这种地摊地方，文房四宝极少单卖，多是散见在其他古玩之中。淘旧货的行内素有"墨陈如宝，笔陈如草"之说。笔毫极易为虫所蛀，明清能留存下来的已经算是凤毛麟角，就是民国名家所制，也属奇品。一般藏家，都是将古笔置于锦漆套盒中再搁进樟脑，防止受潮，才可保存。

在旧货市场混迹的贩子，多是从民间收上来，叮叮咣咣装满一车就走，根本不注意什么防护，若是偶有好笔，也被糟蹋得不成样子了。

所以罗中夏开口一问哪里卖旧毛笔，小贩们就听出来这是个棒槌，忙不迭地翻出几支看似古旧的毛笔，信口开河：

"您看看这支，上好的宣笔，七紫三羊，正宗的清宫内府所制。"

"这支好，地地道道的王一晶斋初代王氏制的鼠须笔，您看这笔毫，四德俱全。"

这些小贩原本打算祭出一些专用术语，糊弄这个嘴边无毛的小棒槌。谁知罗中夏对于毛笔一道，无知到了极点，除了知道一边有毛一边无毛以外别的一概不懂。所以他只牢记鞠老先生的毛笔是菠萝颜色，其他一概不认。小贩们这一番唇舌可以说俏眼抛给瞎子看。

罗中夏这么一路看下来，且玩且逛，见了许多佛手、钟台、烟斗、主席像章甚至角先生……杂七杂八倒也十分有趣。古董贩子们目光如炬，很快也看出来他不像是又有钱又会赏玩儿的主儿，招呼得也不甚热心，他乐得清净。

旧货市场占地颇大，摊子也多，罗中夏浮光掠影地转了一圈，已日近中午。他揉揉发酸的大腿，找了处大柏树下的水泥台阴凉地坐下歇气，心想今天差不多可以回去了。淘古董不是一朝一夕的事，今天找不到还有明天，明天找不到还有下周，反正鞠老头没说期限。

忽然，罗中夏的目光一凝，他看到一个熟悉的身影在人群中一闪而过。再仔细一看，原来是郑和。他穿着一件橘红色套头衫，个子又挺拔，在一群老头大叔中很容易就能认出来。

"奇怪，这小子来旧货市场做什么……"罗中夏心中起疑，连忙站起身来拍拍屁股上的土，悄悄跟了上去。

第二章

〇

总为秋风摧紫兰

一般来说，来旧货市场淘宝的人，都是一扫二停三细看：先是拿眼神在一排摊子上扫，扫到中意的就停下脚步细看；若觉得有些名堂，才蹲下来拿到手里端详。是以淘宝人的行进速度相当慢，需要极大耐心，有时候稍有错眼便会漏过宝贝。而郑和与这些人显然不同，他目不斜视，对两旁东西看都不看，径直朝前走去。罗中夏在后面远远跟着，只见郑和越走越偏，七转八绕，最后来到了寺庙的偏院。

偏院中栽种着数棵参天梧桐，周围一圈都是平顶禅房。这里空间不够开阔，一条碎石小路又曲折，所以设摊卖货的人少，只有一些比较正规的古董店在这儿租了几间禅房，稍加装修当作门脸。比起前院摩肩接踵的喧闹，后院树荫铺地，间有凉风，倒是个清雅的所在。

郑和走到一家挂着"墨雨斋"招牌的商店，毫不迟疑地走了进去。罗中夏躲在梧桐树后一看，发现商店门口的橱窗里陈列着文房四宝，心里霎时明白了：原来这小子想捷足先登弄到菠萝漆雕管狼毫笔，去给鞠老先生表功。出身书香世家的郑和想淘古董，关系渠道可比自己多得多。比如眼前这墨雨斋，看装潢就透着古雅之意，比外面摊贩要有势力多了。

他看看左右没人，轻手轻脚走过去，悄悄凑到商店木门前竖起耳朵偷听。墨雨斋店面不过几平方米，老旧禅房又没隔音效果，所以屋子里说些什么，罗中夏听得是清清楚楚。

"赵叔叔，这次真是辛苦你了。"这个声音是郑和。

"呵呵，郑大公子难得有求，我怎么会推辞呢。"另外一个人笑道，声音洪亮，中气十足，"不过你怎么忽然对毛笔有兴趣了？"

"嘿，别提了。我们学校出了个冒失鬼，把鞠老先生的藏笔给踩断了。鞠老先生有肚量，也没故意为难他，只让他去淘一支一模一样的来。他一个外行人，怎么可能淘到真笔！"

罗中夏在屋外听到对话，恨得直咬牙齿，心说好你个郑和，怎么私下乱嚼舌头。他又转念一想，好像人家说得也没错，自己一个外行人，想淘到真笔不知道是何年何月了。

屋里二人浑然不觉外面有人偷听，自顾说着。罗中夏正屏息静听，屋中突然响起一阵音乐，倒把他吓了一跳，急忙朝旁边躲了一步，几秒钟后才反应过来这是手机铃声。

屋子里那个姓赵的对着手机"嗯嗯"了两声，然后对郑和喜道："笔有着落了，有人在南城玉山路的长椿旧货店里，见到过和鞠老那支一模一样的。"

郑和的声音大喜："赵叔叔的情报渠道果然厉害，这么快就查得这么清楚。"

"做我们这一行，若连这点道行都没有，只怕早混不下去了。"

"那咱们现在就去？"

"呵呵。急什么，笔又不会长腿逃掉，我已经叫那儿的老板留好了。走，咱们吃午饭去，我中午已经在聚福庄订了一桌。吃完了我亲自带你去取。"

二人一边聊着天一边从屋子里出来，屋外仍旧是寂静无声，院内空无一人，只有梧桐树叶沙沙声响，树影碎动。郑和不由得赞道："好清雅。"

罗中夏没想到自己如此幸运，居然无意中偷听到这么一条重大信息。他刚才一听赵叔说完毛笔下落，立刻转身就走。既然郑和还要吃个午饭才去，那就是老天爷要让自己拿到那管毛笔了。

出了旧货市场，为了节约时间，他自行车也不骑，打了一辆出租车直奔玉山路而去。路上罗中夏问了下司机，知道玉山路上确实有一家长椿旧货店，不算太大。可巧司机也是南城人，知道具体位置。罗中夏心中大慰，事事皆顺，可见是天意了。大约过了二十分钟，出租车开到了玉山路上。司机一踩刹车，伸手朝路边一指，说："就是那儿了。"

罗中夏循司机手指望去，看到一栋灰白色的二层小楼，楼顶竖着中国联通的广告，几根天线歪歪扭扭地朝天空竖立。一楼门面从左到右依次是发廊、网吧和一家卖盗版碟的音像店，在最右面是一个用两扇黑漆木门挡住的门面，中间只留一条很窄的缝隙权当门口，上面挂着一个招牌，写了篆体的"长椿"二字，除此以外别无修饰。

罗中夏下了车，看看时间，才刚刚十二点半，恐怕郑和他们的菜还没上齐呢。

一进店内，罗中夏先感觉到一阵缥缈的凉意，不禁倒抽一口冷气。屋子里头不算黑，一盏日光灯在屋顶嗞嗞地亮着，被从门口射进来的日光中和，显得苍白散淡。整个外屋散乱地摆满了各式各样的旧物，从满是铜锈的关公像到"文革"时的军用水壶一应俱全。里面还有一个小门通往后屋，门上贴着一张倒写的福字。

"有人在吗？"罗中夏嚷道。

"有。"一个清脆的声音从里屋传来。罗中夏只觉得眼前一亮，走出来的是一位年纪与自己差不多的少女，长发黑裙，肌肤白皙如瓷，整个人像是从国画里走出来的隽秀仕女。

罗中夏定定心神，开门见山地说道："听说你们这里有卖菠萝漆雕管狼毫笔？"

少女点了点头，她的表情没有任何改变，淡然而冷漠。

"能不能拿给我看看呢？"罗中夏拼命按捺住心头狂喜，尽量保持镇静。

少女犹豫了一下，说道："您稍等。"说完她转身进屋，不多时取来一个锦盒，递给罗中夏。罗中夏接过锦盒，打开一看，里面果然放着一支和鞠式耕那支一模一样的毛笔，笔杆圆润，色泽鲜亮。

罗中夏快乐得要晕过去了，这真是踏破铁鞋无觅处，得来全不费功夫。他把锦盒小心关好，握在手里问那个女孩子："这一支，要卖多少钱？"

"对不起，估价要等我爷爷回来才行。"

"他什么时候回来？"

"他刚出去了，要下午才回来。"

少女说完，伸过手去想拿回锦盒。罗中夏心想等她爷爷回来，郑和也过来了，到时候可未必争得过他，于是厚着脸皮不松手。两个人各拿着锦盒的一端，互相僵持了一阵，罗中夏忽然觉得一股奇异的力量沿着锦盒绵绵传到自己指尖，啪的一声弹开五指，锦盒立时被抢了回去。

罗中夏缩回手，有点难以置信地望着少女那条纤细手臂，狐疑不已，她难道会放电？

就在这时，屋外传来一阵脚步声。罗中夏大为紧张，难道说郑和他们这么快就来了吗？他急忙扭回头去看，登时松了一口气。

来人不是郑和，而是一个年轻人。这个年轻人一身西装革履，连一丝褶皱都没有，尖削的下巴和高颧骨透着精悍之气。不知道为什么，罗中夏想到了草原上的狼。

这个人看都不看罗中夏，径直走到少女面前，双手递上一张名片："韦小榕小姐，你好！我叫诸葛长卿，请问韦势然老先生在吗？"他的声音短促，冷冰冰的，没什么起伏。

少女接过名片，看也没看就扣在了旁边，表情微微有些变化。

"对不起，我们不欢迎你。"

诸葛长卿嘴角漾出一丝古怪的笑意，目光瞥到了她手中的锦盒："同道中人，何必如此冷淡！"话音刚落，诸葛长卿毫无预兆地猝然出手，还没等罗中夏和韦小榕反应过来，他已经把锦盒拿在手中，肆意玩赏。

"原来只是支下等的狼毫。"诸葛长卿打开锦盒看了看，不屑地把它扔到地上，"我知道你们把它藏起来了，快交出来吧。"罗中夏虽然是个浑不懔的家伙，却见不得别人耍横，截口喝道："喂，你未免太霸道了吧？"

诸葛长卿根本不理他，径自踩着奇妙的节奏走近小榕，伸出食指在她面前点了点："小妹妹，如果脸上不小心受了伤，可是要好多创可贴才够用呢。"

面对诸葛长卿的威胁，小榕纤纤玉手不觉交错在身前，后退了一步。

"×！"罗中夏被人无视，护花之心不由得大盛。他舔舔嘴唇，站到了诸葛长卿与她旁边，晃了晃手机："喂，朋友，不要闹事，我会报警的。"

"见义勇为？你是谁？"诸葛长卿轻蔑地掸了掸衣服上的灰尘。

"我叫解放军，就住在中国。"罗中夏一本正经地回答。这时在一旁的小榕却忽然开口说道："你还是走吧，这跟你没有关系。"

"喂！这你也忍？这家伙公然恐吓人啊。"

"你不明白……快走！"小榕的脸上浮现出少许不耐烦和紧张，她感觉到了诸葛长卿的杀气在上升，飞快地推了罗中夏肩一下。

"你们两个谁也别想跑！"

诸葛长卿突然发难，暴喝一声，双臂猛然展开，屋子里平地卷起一阵猛烈的狂风。罗中夏毫无武术根基，"哇啊"一声，立刻被这股强大的力量推到墙角，重重地撞到一尊泰国白象木雕上。他挣扎着想爬起来，却被强大的风压得动弹不得。

罗中夏脑子里一片混乱。耳边突然一声低低的呻吟，一具柔软身躯忽然压在他身上，软香温玉，几缕发丝甚至垂到鼻孔里，散发出淡淡馨香。

罗中夏拼命睁开眼，发现原来小榕也被诸葛长卿的力量震飞，和自己撞了个满怀。两个人的脸只间隔几厘米，他甚至听得到小榕急促的呼吸，看得到她苍白面颊上微微泛起的红晕。

两个人身体交叠，小榕大窘，却被强大的风压迫得无法动弹，只好低声急道："你……你不许动！"罗中夏一时间都不知道是该慌乱还是窃喜，双手搂也不是，放开也不是，只好结结巴巴地回道："好，好……"

"眼睛闭上。"小榕细声道。如果不是在这种情况之下，一位美女被你环腰抱住，还在你耳边吹气如兰地说把眼睛闭上，恐怕罗中夏早融化了。所幸他的危机感还没被幻觉冲掉，乖乖把眼睛闭上。

小榕就这么趴在罗中夏怀里，嘴里不断念叨着什么。罗中夏清楚地感觉到，她软绵绵的身体开始莫名其妙变冷，同时似乎有什么东西从头顶飘落。

是雪，还是絮？

这时诸葛长卿恰好从里屋走了出来，手里拿着一个脏兮兮的油布包。他满意地在手里掂了掂："这回不会错了。小榕小姐，记得代我问候韦势然老先生。"

他看了一眼被戾风死死压制住的两个人，迈腿朝外走去。走到一半，他却忽然停住了脚步。

有点不对劲。

诸葛长卿抬起头，惊奇地发现屋子变得十分阴霾，区区方寸之间的顶棚上有无数的白絮纷扬飘落，这些白絮如有生命般纷纷向着诸葛长卿飘来。诸葛长卿大吃一惊，忍不住伸手去拍打，白絮却越拍越多。这些白絮如雪似棉，沾在身上就拍不掉，而且冰冷刺骨。很快诸葛长卿就发现自己的黑西服沾满了白絮，几乎变成了一件白孝衣。

"可恶……"

诸葛长卿双臂徒劳地挥舞，白絮却越来越多，连他那头乌黑油亮的头发都挂起了点点白霜。他气息一乱，风压大减，小榕借机从罗中夏身上爬起来。

此时的她与刚才大不一样，浑身泛起雪白毫光，罗中夏看到一缕笔形的白色烟气从她头顶蒸腾而出，烟形婀娜。

诸葛长卿定了定心神，一掌又挥出一阵戾风，试图故技重演。但他很快发现大风只能促使白絮流转得更快，更快地把自己淹没。他目光陡然一凛，似是想到什么，大叫道：

"难道……韦老头把咏絮笔种在你的体内了？"

小榕没有回答，只是冷冷地站在屋子中间，双目空灵地盯着诸葛长卿，原本就淡然的表情变得更加冰冷。无数的白絮在她身边旋转呼啸，忽上忽下，罗中夏一瞬间还以为看到了传说中的雪女。

诸葛长卿左冲右突，却始终不能摆脱雪絮追击，罡风虽然强横，却像是重拳打在棉絮上，毫无效果。眼见走投无路，就快要被雪絮冻结，他拍了拍头上的冰霜，沉沉吼道："本来我只想取笔，不想伤人，这可是你逼我的。不要以为只有你有笔灵！"

"凌云笔！"

随着一声暴喊，诸葛长卿全身精光暴射，一道更为强烈的罡风陡然惊起，在诸葛长卿周身旋成一圈龙卷，霎时把铺天盖地的雪絮生生吹开。小榕暗暗心惊，连忙催动笔灵放出更多雪絮，却始终难以再接近诸葛长卿身体半分。

诸葛长卿头顶的强大气流逐渐汇聚成一支大笔，挟风带云，笔毫聚拢锐如枪尖，居高临下睥睨着小巧的咏絮笔。不过咏絮笔本身重于内敛，攻不足而守有余，一时间倒也不落下风。二笔二人，风雪交加，在这间小小的屋子里战了个势均力敌。

罗中夏目瞪口呆地望着这一切，已经找不到任何言辞来解释眼前的这种奇幻场面。

屋子里的两个人都站在原地一动不动，却有一刚一柔两股力量持续激烈交锋，罡风与白絮纵横乱流，硬生生将这间屋子变成了南极暴风雪的天气。屋中古物全都罩上一圈白霜，几张旧地图和旧书还被风锋切成点点碎片，跟随着气流在空中乱飞。只苦了罗中夏，他只能蜷缩在角落里一动不动，尽量避免被罡风或者白絮沾到。

风雪之间又是一阵剧烈碰撞，数条白絮借着风势汇成冰锥，刺啦一声撕裂了诸葛长卿的西装口袋。他怀中的那个油布包失去束缚，唰地飞了出去。半空中交错的力量立刻把油布斩成丝丝缕缕，露出里面的一截毛笔。

这笔其貌不扬，从笔管到笔毫都黑黝黝的不见一丝杂色。诸葛长卿和小榕见了，均是全身一震，急忙去抢。黑笔在狂风和白絮的乱流中飘来荡去，毫无规律，一时间两个人谁也无法抓在手上。诸葛长卿见久攻不下，心里着急，暗暗运起一股力道，猛然拍出。凌云笔的幻象朝前冲去，挟着滚滚云涛去吞那黑笔。

小榕见状，立刻催动咏絮笔去阻拦。虽然咏絮笔无法直接抵消掉这势大力沉的一击，但它天生带着灵动机巧，却是凌云笔远远不及了。它三阻两挡，就把力道巧妙地偏转开来，甩向旁边。

被小榕这么一带，诸葛长卿收势不住，黑笔非但没有被凌云笔吞噬，反被强大的力量推动着如箭一般射向旁边。

"不好！"

"不好！"

小榕与诸葛长卿同时大声叫道。罗中夏这时候刚从地上爬起来，还未开口说话，就见黑笔迎面激射而来，登时透胸而入。

第三章

○

黄金逐手快意尽

对于罗中夏来说，这可谓是无妄之灾。

就在毛笔刺入胸腔的一瞬间，他脑子一片空白，想的全是"死了死了死了死了，这回我可死了"。

最初的感觉是轻飘飘的，身体像是一个被拔掉了塞子的自行车内胎，力气随着胸前的大洞噗噗地流泻而出，而整个人软软瘫在地上，动弹不得。

出乎意料的是，胸口居然不是很疼，大概这就是所谓的"死"吧。

罗中夏感觉整个世界跟自己都隔开来，眼前一片薄薄的雾霭飘动，小榕和诸葛长卿看起来都无比遥远。他低下头，看到那支黑笔端正地插在胸腔之内，只留下一截黝黑的笔顶在外面。

不知道为什么，罗中夏的身体一阵轻松，他似乎能看透自己的身体，看到无数曼妙却看不清形迹的飞字缭绕，从黑笔的笔毫尖端喷涌而出，流经四肢百骸。飞字流经之处，都闪着青色的光芒。这光不同于小榕的淡雅冰冷，也不同于诸葛长卿的豪迈暴戾，罗中夏觉得自己能够碰触到这缥缈的光芒，似乎能与之融为一体，整个灵魂都轻灵飘逸起来。

飞字越流越多，黑笔越缩越短。最终整根黑色毛笔都消融在罗中夏体内，他仿佛听到一阵吟哦之声，又似是爽朗笑声，极空旷又极真切……

最终一切复归平静，他缓缓睁开眼睛，发现已经回到了那间屋子，低头一看，胸口如常，黑笔已经无影无踪。小榕和诸葛长卿两个人已经停止了打斗，都死死盯着罗中夏，表情讶异。

罗中夏神情恍惚地从地上站起来，双目茫然，像是被人摄去心神。

诸葛长卿又急又气，立刻二指一并，大喝道："给我把笔灵退出来！"一道劲风破指而出，直刺罗中夏胸前。不料后者却像是喝醉酒了一样，身体一摇一摆，轻描淡写地避过了这一击。诸葛长卿一愣，还想再攻，罗中夏却不知何时已欺到他身前。

诸葛长卿大惊，疾步后退，罗中夏也不追赶，还是挂着那么一副恍惚表情，嘴里不住嘟囔着："云青青兮欲雨，水澹澹兮生烟……"

原本这屋中风云交加，雪絮本是轻忽之物，与罡风相比落于下风，一直被吹得四散飘荡。现在随着罗中夏的念诵，数道青气逐渐弥散，诸葛长卿的风云被青气沾染，幡然变色，凝成点点水滴落在地上，复被小榕的咏絮笔冻结成白絮。

由此一来，凌云笔喷吐出的风云，反而助了雪絮的势，越是催动，越是此消彼长。屋内风势渐弱，雪威愈汹。

诸葛长卿暗暗心惊，心想擒贼先擒王，他又催出一阵风云，趁还未被青光彻底侵蚀猛然挺身，直扑向罗中夏，试图扼住他的手腕。谁知罗中夏轻侧身体，与诸葛长卿的拳头擦身而过，身法妙至毫巅。小榕趁诸葛长卿攻击落空失神之际，双手轻推，将无数雪絮凝成一管冰笔，猛然刺中他的右肩。

只见笔毫所至，肩膀立时为一大片冰雪覆盖。诸葛长卿痛苦地怒吼了一声，倒退了三步。数枚新凝成的冰锥穷追不舍，迎面飞来。他情知来者不善，只好强忍痛楚，喷出一口血来，飘在头顶的凌云笔在半空以云气"唰唰"写出两个大字：

子虚！

"子虚"二字写得磅礴大气，字成的瞬间，冥冥中传来铿锵有力的念诵之声，似是长赋漫吟，巍然有势。原本萎靡的风云为之一振，仿佛被这两个字带起了无限活力，反卷而去。小榕的冰锥被这一突如其来的压力所震慑，全都凝滞在半空动弹不得。

罗中夏双手一摊，青气冉冉上升，很快"子虚"二字中便渗入丝丝青痕，如残碑苔痕。只是这两个字太过煊赫，一时之间这青气也无法撼动其声势。

双方就这么僵持着，诸葛长卿固然无法击败他们两个人，他们两个也攻不进子虚的圈内。

诸葛长卿原本也没指望这次攻击能有多大效用，他只是借用这招迟滞一下敌人的攻击。一见雪絮青光暂时被"子虚"二字压制，他顾不上拍落身上沾满的雪花，转身砰地用左肩撞开大门，跌跌撞撞逃了出去。

主人既逃,"子虚"二字也无法维系,瞬间轰然落地,化作片片灵气,消逝不见。原本混乱的屋子里,戏剧性地重新恢复了平静。眼见大敌退去,筋疲力尽的小榕长长舒了一口气,也把咏絮笔收归灵台,屋中风云雨雪登时化为无形。只有那些旧物古董表面湿漉漉的,是这一场剧斗留下的唯一痕迹。

罗中夏仍旧站在屋子当中,一动不动。小榕强忍着全身酸楚,走过去扳过他肩膀,细声问道:

"你……还好吧?"

罗中夏冲她咻咻一笑,随即栽倒在地,不省人事。

不知过了多久,罗中夏悠悠醒来,神志却仍旧存游梦中。梦里恍惚间能远远看到自己峨冠博带,长襟宽袍,提长剑、持犀杯倘佯于天地之间。时而光怪陆离,瑰丽炫目;时而远瀑长风,泱泱千里;时而斗酒海量,酣畅淋漓;游至兴处,不禁抚膝长啸,啸声中隐然看到一青袍仙者乘云而来,与自己合而为一,霎时无数诗句流光溢彩,磅礴入脑,让人一时间迷乱晕眩。他花了好长时间,才把自己从那个梦里拽出来。罗中夏头很疼,有宿醉的感觉,心想:不会是梦里酒喝多了吧?他一伸手,发觉额头盖着一块浸着凉水的丝质手帕,摸起来手感很顺滑,在一角还用青线绣了一个娟秀的"榕"字。

环顾四周,罗中夏发现自己置身于一间小屋之内,正和衣躺在一张简陋的折叠床上。房间很旧,墙壁上的灰黄污渍清晰可见。屋子里除了床以外只有两把白色的塑料椅和一张木桌,地板上还搁着一个小电热壶。唯一与房间格调格格不入的是一个悬在墙壁上的神龛,龛中不是财神不是关公,而是一幅已然泛黄的古画,画上男子面色清癯,青衿方冠,右手持着一管毛笔,左手二指轻捻笔毫,神态似是在小心呵护。

"奇怪,这是哪里?"罗中夏挣扎着要起来,发现身体酸疼不已,动弹不得。他只记得自己被黑笔穿胸,接下来什么都不记得了。就在这时,屋外忽然传来说话声。这声音他再熟悉不过,正是郑和。

"韦先生,这是您的钱。"

"好,好,笔我已经帮您包装好了。"一个苍老的声音道,"算您幸运,这种菠萝漆雕管狼毫笔只有我这里才有,别人根本都收不到。"

罗中夏听了大惊,难道自己是躺在长椿旧货店的里间?他拼命要爬起来,想要去阻止他们交易,自己好不容易才占了先机,怎么可以让那管笔落入郑和之手!可惜他的四肢如灌注了重铅，完全不听使唤，只能眼巴巴地听着屋外动静。

"那我走了，下次有什么好货，韦先生记得告诉我。"

"一定，一定，您慢走。"

接下来是开门关门的声音，还能隐约听到汽车引擎的轰鸣。罗中夏沮丧地闭上眼睛。功亏一篑，如果不是那两个怪人莫名其妙地打斗，也许现在得手的就是他了。

正想着，忽听吱呀一声，里屋的门开了，先是小榕，然后是一位老人走进屋来。这老头须发皆白，两道白眉浓密绵长，似两抹白云在额前停留不动。

小榕眼尖，一眼看到自己的手帕被挪动过了，对老人说："爷爷，他醒了。"老人"嗯"了一声，拖了把椅子坐在床边。罗中夏见装不下去了，只好睁开眼睛。老人道："你好，我叫韦势然，是这里的店主。"

罗中夏奋力抬起脖子："你们……能不能用最简单的话告诉我，这一切是怎么回事？"

"什么怎么回事？"韦势然看起来有些莫名其妙。

"我怎么会躺在这里？刚才这个小姑娘和那个怪人到底打的什么架？我胸口怎么会塞进一支笔……"罗中夏觉得要问的问题太多了。

老人眉毛轻微地颤了颤，随即呵呵一笑："这位同学，你刚才在外屋里无故晕倒，被我孙女扶到后屋休息，现在这才醒过来。"罗中夏疑惑地越过老人肩头去看小榕，后者无语地点了点头。

"可是……"

罗中夏话未说完，手腕被韦势然一把按住。过了片刻，韦势然松开他的手腕，慢条斯理地说："我看你的脉象细弱，可能是体质太过虚弱，所以才会晕倒。"

"可我刚才确实看到她和一个人打架，又是风又是雪的……"罗中夏指着小榕，刚才的情景还历历在目。

韦势然用手背贴了贴罗中夏的额头："人在晕倒的时候，确实会产生一些幻觉。至于为什么梦里会出现我孙女，就要问你自己了。"

说完以后韦势然瞟了他一眼，罗中夏被这么一反问，面色大窘，不敢再追问别的，只好把问题咽到肚子里去。韦势然继续说："我这个店里多是古物，性阴寒，你的身子骨虚，突然晕厥倒也不奇怪。"

原本罗中夏对刚才的打斗记忆犹新，但经韦势然这么一说，再加上刚才自己梦里也是稀里糊涂，反而开始将信将疑——毕竟那种战斗距离常识太遥远了。他盯着韦势然身后的小榕那张干净的脸庞,拼命回想适才她冰雪之中的冷艳神态。小榕面无表情,看不出什么情绪波动。

"可是我听到什么咏絮笔、凌云笔,究竟是真是假?"

韦势然捋了捋胡子,沉思片刻:"日有所思,夜有所梦。这位先生莫非是爱笔成痴,所以才会梦见这些?"

"这……"

"还是说,你来我这小店,是为了淘笔?"

这一句话提醒了梦中人,罗中夏不禁悲从中来:"没错,我是来淘一管菠萝漆雕管狼毫笔的。"

韦势然听到这个名字,微微一惊:"就是刚才一个姓郑的年轻人买走的那支?"

"是啊。"罗中夏没好气地回答,然后把自己如何得罪鞠式耕、如何被罚淘笔、如何跟踪郑和讲了一遍。韦势然听完,惋惜道:"那支笔是一位赵飞白先生预先定下的,行内的规矩,许了别人就不可再给旁人,你可是白费心思了。"

罗中夏撇撇嘴,万念俱灰,挣扎着要下床。反正笔让人拿走了,在这里待着也没什么意思。小榕想要过来扶,韦势然冲她使了一个眼色,小榕点点头,转身离去。

罗中夏两脚着地以后,除了有些头重脚轻以外,倒也没感觉到别的毛病。他就这么歪歪斜斜地走到外屋,蓦地想到一件事,不由得右手按在胸口,神情一滞。

手掌抚处,不痛不痒,只微微感到心跳,并无任何异样。

"难道刚才真的是幻觉,没有什么笔插进我的胸口?"罗中夏对自己嘟哝,反复按压自己前胸。若不是有小榕在场,他真想解下衣衫看个究竟。

正想着,随后跟出来的韦势然忽然拍了拍他肩膀。罗中夏转过头去,自己手里随即被他塞了一个锦盒。这盒子不大,锦面有几处磨损,抽了线头,显得有些破旧。

"这是什么?"

韦势然道:"你在小店晕倒,也是我们的缘分,总不好让你空手而回。菠萝漆雕管狼毫笔我只有一管,就送你另外一管做补偿吧。"

罗中夏皱了皱眉头,打开锦盒,里面躺着一支毛笔,通体青色,笔毫暗棕,其貌不扬,笔杆上写着"无心散卓"四个楷字。他也看不出好坏,意兴阑珊地把它掷还给韦势然:"韦先生,我不懂这些东西,买了也没用。"

"不,不,这一管是送你的,以表歉意。"韦势然把锦盒又推给罗中夏,拍拍他的手，语重心长地又加了一句，"这支笔意义重大，还请珍藏，不要离身哪。"

罗中夏见状也不好推辞，只好应允，暗笑我随身带着管毛笔做什么。这时小榕走上前来，用一截黄线细致地把锦盒扎起来，递还给罗中夏。罗中夏伸手去接，盯着小榕的面孔，不觉回忆起适才投怀送抱时的温软，心想如果那不是幻觉就好了。

韦势然又叮嘱了几句，把他送出了旧货店，态度热情得直教人感慨古风犹存。

离开长椿旧货店以后，罗中夏先去旧货市场取了自行车，然后直接骑回学校，一路上心绪不宁。当他看到学校正门前的一对石狮时，日头已经偏西，夕照残红半洒檐角。这一去就是整整一天，此时恰好是晚餐时间，三三两两的学生手拿饭盒，且走且笑，好不惬意。罗中夏存好自行车，把锦盒从后座拿出来，在手里掂了掂，忽然有了个主意。

这东西留着也没什么用，还不如送给鞠式耕。一来表明自己确实去淘过，不曾偷懒；二来也算拿东西赔过了那老头，两下扯平。至于这支笔是什么货色，值多少钱，罗中夏不懂，也毫不心疼。

打定了主意，罗中夏看看时间还早，拎着这个锦盒就去了松涛园。

松涛园位于华夏大学西侧，地处幽静，园内多是松柏，荫翳树荫掩映下有几栋红砖小屋，做贵宾招待所之用。鞠式耕的家住得很远，年纪大了不方便多走动，所以有课的时候就住在松涛园。

松涛园门口是个低低的半月拱门，上面雕着一副辑自苏轼兄弟的对联："于书无所不读，凡物皆有可观。"园中曲径通幽，只见一条碎石小道蜿蜒入林。晚风吹来，沙沙声起。

罗中夏走到园门口，还没等细细品味，迎面正撞见郑和双手插在兜里，从里面走出来。

罗中夏一看是他，低头想绕开，可是园门太窄，实在是避无可避。郑和一看是罗中夏，也愣了一下。他还穿着上午那套红色套头衫，只是两手空空。

"哼，这小子一定是去给鞠老头表功了。"罗中夏心想。

郑和抬起右手，冲罗中夏打了一个礼节性的招呼："嘿。"罗中夏不理他，继续朝前走。郑和伸手把他拦住。

"干吗？"罗中夏翻翻眼皮。

"你是要去找鞠老先生吗？"郑和问。

"是又怎样？"

"鞠老先生回家了，要下星期才会过来。"郑和的态度既温和又坚决，他这种对谁都彬彬有礼的态度最让罗中夏受不了。

"那正好，我去了也没什么话可说，既然你跟他很熟，就把这个转交给他好了。"

说完罗中夏把锦盒丢给郑和，郑和一把接住，表情很是惊讶，两条眉毛高高挑起："等等，你也找到……嗯，你找到菠萝漆雕管狼毫笔了？"

"没有，有人越俎代庖，我只好另辟蹊径。"

郑和听出了罗中夏的话外音，笑道："哦，你消息真灵通。其实我也是凑巧碰到，就顺便买下来了。你也知道，淘古玩可遇不可求。"他停顿了一下，又补充道："鞠老先生很高兴，你也不必再去辛苦了，皆大欢喜嘛。"

"我还真是错怪你了。"罗中夏撇了撇嘴，以轻微的动作耸了一下肩。

郑和用指头提起锦盒丝线，饶有兴趣地问道："你给鞠老先生淘到了什么？"

"你自己看。"

罗中夏懒得与他多费唇舌，冷冷丢下一句话，转身就走。郑和想叫住他，却已经晚了。郑和疑惑地望着他的背影消失，小心地打开锦盒，检查了一番才重新把它合上。

"居然真的不是恶作剧。"郑和自言自语，摆了摆头，转身朝招待所走去。

罗中夏回到宿舍，大部分人还没回来。他胡乱翻出半包方便面嚼完，拿了脸盆和毛巾直奔洗澡房，还顺便捎走了宿舍老三的一面镜子。这个时段在洗澡房的人很少，他挑了最里面的一间，飞快地脱光自己的衣服，然后把镜子搁在肥皂盒托盘上，在昏暗的灯光下瞪大了眼睛，生怕漏掉什么细节。

镜子里是一个大学男生的胸部，皮肤呈暗褐色，可以依稀看到肋骨的起伏，上面还有一些可疑的斑点和绒毛。总体来说，很恶心，也就是说，很正常。罗中夏试图找出一些痕迹，但皮肤平滑如纸，丝毫看不出什么异样。

"难道我被那支笔刺穿胸部，真的只是幻觉？"

罗中夏用手一寸一寸地捏起皮肤，想要看个究竟，心中疑惑山一般沉重。一个男生从隔壁探过头来，想要借肥皂。他刚张开嘴，惊讶地看到一个男子正面对镜子，反复抚摸着自己的胸部，嘴里还嘟囔着什么。他吓得立刻缩回头去，不敢作声。

第四章

○

昨来犹带冰霜颜

什么事情都没有，一切都是幻觉。

自从那天过后，罗中夏总是这么安慰自己。他最后终于成功地把脑袋埋在沙子里，这也算是他的特技之一。罗中夏是那种容易放下心中执念、能轻易说服自己相信并没什么大不了的人，有什么烦恼都能立刻抛诸脑后，不再理会。

这种个性，儒家称之为"豁达"，佛家称之为"通透"，道家称之为"清虚"，而民间则俗称为"没心没肺"。

接下来的几日，郑和与鞠式耕没再找过他，生活过得波澜不兴。罗中夏一如既往地逃课睡懒觉，一如既往地玩游戏，一如既往地在熄灯后跟宿舍的兄弟们从校花的新男朋友侃到国籍政治。长椿旧货店的事，就如同梦幻泡影一般慢慢在记忆里淡忘，罗中夏的心思，也很快被另外一件更为重要的事情所占据。

华夏大学的足球队输了，而且是在校际联赛中输给了师范大学队。

华夏与师范向来是水火不容的死对头，两边都是既生瑜，何生亮。如果说牛津与剑桥是以划船来定胜负的话，那么华夏与师范就是以足球来论高低的。所以华夏大学足球队的败北，不啻一记狠狠扇在华夏莘莘学子脸上的耳光。按照赛程，下一轮是华夏大学在客场挑战师范大学，憋了一口恶气的学生们摩拳擦掌，打算在这场比赛中挽回面子，好好羞辱一下那些气焰嚣张的师范生。

罗中夏就是在这种群情激愤的气氛中被宿舍的人叫上，以啦啦队队员的身份开赴师范大学，以壮声势。

自古以来，跨校足球比赛都是以火药味开始，以斗殴结束，这一场也不例外。上半场双方尚且还踢得中规中矩，到了下半场，黑脚黑手全浮出掩饰的水面，小动作变成了大动作，大动作变成了粗暴冲撞，粗暴冲撞变成了打架，打架变成了打群架。最后整个球场上乱成了一锅粥，两边的队员和支持者都面红耳赤地挥洒着青春与活力，纸杯、石块、板凳腿和叫骂声飞得到处都是。

罗中夏的一位前辈说过："打架的理由并不重要，重要的是打架的地点。"华夏大学这一次犯了兵家大忌，危兵轻进，到了人家主场还主动挑衅。开始的时候，华夏大学还尚能跟师大对抗，后来师大学生越涌越多，演变成了一面倒的追击战，华夏大学的人四散而逃，而师大的人则在校园里到处巡视，谁看起来像是华夏大学的学生就会被痛打一顿。

罗中夏其实并不擅长打架，原本只想大概打个照面就撤，没想到局势会越演越烈。他和其他啦啦队员很快被人群冲散。面对着周围一片"抓华夏的，往死里揍"的喊声，罗中夏慌不择路，跌跌撞撞从球场一路往外逃。有好几个师大学生看见了罗中夏的身影，立刻追了上去。

所幸以前罗中夏来过师范大学几次，对这里的地理环境还算熟悉，二话不说直奔离球场最近的北门发足飞跑，只消跑到门口保安处，就可以逃出生天。

可惜师范大学的学生们比他更熟悉环境，他刚刚踏入通向北门的林荫大路，就有两帮人马从前方左右杀出，挡住了去路。罗中夏见状不妙，横眼瞥见斜右侧一处小山包旁有一条幽静小路，深深不知通往何处。是时情势危急，他慌不择路，一头扎进去，沿着小路闭眼狂奔。

小路不短，有几百米长，而且盘转曲行，忽高忽低。等他跑到小路的尽头时，才发现小路的尽头是一栋看起来像是图书馆的建筑。这个图书馆大约有五层，呈深灰色，四周竖起高高的水泥围墙，有三米多高。小碎石路恰好围着图书馆沿围墙转了一圈，除了原路返回没别的出口。

罗中夏急忙想往后退，可远处已经传来嘈杂的脚步声和叫嚷声。他跑到图书馆门口，门是锁着的，一楼也没有能打开的窗户。一句话，这就是兵家所谓的"死地"。

罗中夏背靠墙壁，豆大的汗珠从他额头滴下，双手微微发抖，心中开始上演绝望与恐惧的二重奏。

他刚才看到追自己的人里，有那个著名的大壮。

大壮是师范大学的体育特选生，在整个大学区的混混界颇有名望，是个地道的浑人，且心狠手辣，残酷无情，是个连校警都会退避三舍的刺头人物。一个落单的华夏大学学生落到大壮手里，下场简直无法想象。

追兵脚步将近，而自己入地无门。

罗中夏的心里忽然迸出一个古怪的念头。

入地无门，我可以飞。

想到这里，他胸中一阵气息翻涌，左足自然而然轻轻一点，身体顿时一轻。等到他再度反应过来的时候，已经立身于图书馆五楼楼顶边缘。

"啊……"

罗中夏被吓得大叫，身体一下子失去平衡，摇摇欲坠。

楼下十几个追兵已经杀到，他们对这里的地形很熟悉，立刻兵分两路，打算来个瓮中捉鳖。结果两路人马气势汹汹地沿着小路转了一圈，却什么都没发现。那只"鳖"似乎不见了。

"你们确实看到那小子跑进这条路吗？"

大壮把香烟从嘴里拿出来，恶狠狠地问道，周围好几个人连连点头。大壮不甘心地挠了挠自己的光头："图书馆里搜了吗？"

"这图书馆门一直关着，他肯定进不去。"

"妈的！那他能跑哪里去！"

大壮大骂，下巴的肌肉一跳一跳，周围的人都下意识地躲开一段距离，以免这个凶悍的家伙迁怒自己。

还未等他们琢磨出个所以然，就听头顶一阵长长的惊呼。众人纷纷抬头去看，却见一个人影从楼顶飞坠而下，直直摔到了地上。更令他们惊讶的是，这个黑影就地一滚，立刻站了起来，看起来毫发无伤。

比他们更惊讶的是罗中夏自己。他刚才陡然跳上了五楼边缘，毫无心理准备，平衡一乱，手脚挣扎无措，立刻又跌了下来。就在他即将接触地面的一瞬间，胸中突地一阵异样悸动，身体立时变得轻如柳絮，落地时抵消了绝大部分冲击力。这一起一落，就如同举手投足般自然，罗中夏的大脑还没明白，身体就做了反应。

周围十几个学生一时间被这个从五楼跳下来还大难不死的家伙吓傻了，现场一阵沉默。过了半分钟，大壮狠狠把烟头掼到地上，大喝道："还等什么，揍他！"

众学生这才如梦初醒，一拥而上。被围在垓下的罗中夏走投无路，胸中又是一动，双足不觉向前迈去，如腾云雾。

学生里有读过金庸的,不约而同都在心中浮现出三个字:泥鳅功。只见罗中夏在十几个人里左扭右转,游刃有余,每个人都觉得捉到他是轻而易举,每次却都差之毫厘,被他堪堪避过。

大壮在一旁看了,怒从心头起,骂了声"没用",拎起馒头大小的拳头捣过去。这一拳正中罗中夏胸前,大壮心说这一拳下去还不把他打个半死?谁想拳头一接触胸口,却感觉到一阵强烈的斥力传来,生生把他的拳头震开。

罗中夏此时是又惊又喜,喜的是自己至今还没被打死;惊的是胸中的悸动越大,动作就越流畅,一旦他强压住这股悸动,身形顿时就会一滞,被动挨打。这让他越发害怕,感觉好似一个好莱坞电影里的异形在自己体内活了,却又不敢去压制。

"妈的,老子偏不信邪!"

大壮面孔扭曲,双手又去抓罗中夏双肩,罗中夏回手就是一掌,觉得自己每一个姿势都是自然而然。偏偏这种"自然而然"总是恰到好处,大壮闷哼一声,被这一掌打出几米开外。

而罗中夏胸中的鼓荡也在这一霎达到最高峰,这种感觉,就和当时他被黑笔插中时完全一样。不痛不痒,轻灵飘逸,如幻烟入髓,四肢百骸几乎要融化在空气中。

众学生一见自己老大被打倒,都停住了动作。罗中夏却丝毫不停,身形一纵,一阵旋风呼地平地而起。众人下意识地用手臂去挡眼睛,再放下时罗中夏已经消失无踪。

"我×,不是碰到超人了吧?"一个戴眼镜的分头张大了嘴巴,发出感慨。

"我觉得像蜘蛛人。"另外一个心有余悸。

"老大呢?"第三个人忽然想起来。大家这才如梦初醒,纷纷跑过去看大壮。大壮被人从地上扶起来,从嘴里吐出一对带血的门牙,用漏风的口音大叫道:"那个臭小子跑哪儿去了?"

没人能回答。

这时的罗中夏已经一口气跑回了宿舍。他一路上脚下生风,转瞬间就从师范大学到了华夏大学的男生宿舍楼——这段路通常坐出租车都要走上十几分钟。到了地方,整个人气不长出,面不更色。这是只有在好莱坞电影,而且是美国英雄系电影里才能看到的场景。

罗中夏一头扎进洗澡房里,拼命地用肥皂和毛巾擦自己的胸口,试图把那种异样的感觉硬生生拽出来，直到自己的胸肌被擦得通红生疼还不肯罢休。刚才的大胜没有给他带来丝毫做超人的喜悦感，只有"我被不明生物当成寄主了"的恐慌。刚才自己的超常识表现，也许正是那只生物侵占了自己身体的表现之一。有一天，这只生物会把自己开膛破肚，再从胸腔里钻出来，美滋滋地用小指尖挑起流着汁液的肾脏与盲肠细细品尝。

　　罗中夏的想象力在这种时候总是高度发达。

　　他颓然瘫坐在洗澡房的水泥地板上，沮丧得想哭。性格再豁达也没用，血淋淋的现实就摆在眼前。他看过许多类似的小说，也曾经憧憬过能够获得神奇的力量，但当这种事真正落在自己身上的时候，却和想象中的完全不一样。和那些超级英雄不同，他根本不知道自己的力量是怎么来的，唯一的感觉只是胸腔内那莫名其妙的躁动，仿佛真的有生物寄居其中。这种无法确认的未知是最容易激发人类恐惧心理的，何况他的想象力还很发达。

　　带着这种无端的恐惧，接下来的几天里他没有一天能睡好，每天半夜都从异形破膛而出的噩梦中惊醒，发觉自己遍体流汗。他曾经偷偷在半夜的时候去操场试验过，只要他一运起那种类似武侠小说里神行百变的能力，就能在几秒内从操场一端跑到另外一端，但代价就是胸中的不适感再度加剧。于是只试了一次，他就不敢再用了。

　　宿舍的兄弟们注意到了他的异常，还以为是被哪个校花给拒绝了，纷纷恭喜他重新回到组织的亲密怀抱。不能指望那些家伙有什么建设性的意见，于是他去找过心理辅导老师，得到的答案是少看点美国电影；他甚至去过医院拍X光片，医生表示看不出有什么异状。

　　这解决不了任何问题。

　　更糟糕的是，每当他一闭眼的时候，耳边总能响起一阵轻吟，这吟声极遥远又极真切，恍不可闻却清晰异常。那似乎是一首诗：

　　　　大鹏飞兮振八裔，中天摧兮力不济。余风激兮万世，游扶桑兮挂石袂。后人得之传此，仲尼亡兮谁为出涕。

　　这是经历了数次幻听以后，罗中夏凭借记忆写下来的文字。奇怪的是，他只是凭借幻听的声音，就能无师自通地用笔准确地写下来，仿佛这些文字已经烂熟于胸，自然流露一般。

这幻听不知从何而来，也不知是谁在耳边低喃。但每及此时，胸中便跃动不已，活力迸出，让罗中夏愈加惶恐，噩梦来得愈加频繁。持续了数天以后，罗中夏终于不能再忍受这一切，他觉得再这样下去，自己的精神会彻底崩溃。一贯消极懒散的他，被迫决定主动出击，去想办法结束这个噩梦。

第一步，就是找出这段诗的出处。总是幻听到这首诗，一定有它的缘由。找出诗的出处，就大概能分析出原因了。不过这不是件容易的工作，罗中夏和大多数学生一样，肚子里只有中小学时代被老师强迫死记硬背才记下来的几首古诗，什么"曲项向天歌""锄禾日当午""飞流直下三千尺"，大学时代反复被练习的只有一句"停车坐爱枫林晚"。

他的国学造诣到此为止。

这首诗他看得稀里糊涂，什么大鹏、扶桑、仲尼之类的，尚可猜知一二，至于整句连到一起是什么意思，则是全然不懂。

就在他打算出门去网吧上网搜的时候，宿舍里的电话忽然响了。罗中夏拿起电话，话筒里传来郑和那熟悉而讨厌的礼貌问候：

"喂，你好，请找一下罗中夏。"

"他已经死了，有事请烧纸。"

"鞠老先生找你有事。"电话里的声音丝毫没有被他的拙劣玩笑所动摇。

罗中夏再次踏入松涛园的林荫小道，心中半是疑惑半是烦躁，他不知道鞠式耕为什么又把他叫过来，难道是上次送的毛笔质量太差了？可恶，最近的烦心事未免也太多了点……他跟着来接他的郑和走进招待所，双手插在兜里，心绪不宁。

鞠式耕早就等在房间内，看见罗中夏走进来，精神一振。罗中夏注意到他手里正握着那一支无心散卓笔。

罗中夏问道："鞠老先生，您找我有什么事？"

鞠式耕举起那支笔来，声音有些微微发颤，山羊胡子也随之颤抖："这一支笔，你是从哪里弄来的？"

罗中夏后退一步，装出很无辜的样子："怎么？这支笔有什么不妥吗？"

"不，"鞠式耕摇摇头，眼镜后的光芒充满了激动，"老夫浸淫笔道也有数十年时光，散卓也用过几十管，却从未见过这种无心散卓笔。"

他半是敬畏半是爱惜地用手掌摩挲着笔杆，青色的笔杆似乎泛着一丝不寻常的光芒。罗中夏和郑和听他这么一说，都把目光投向那支笔，却看不出究竟。郑和先忍不住问道："鞠老先生，这笔究竟妙在何处？"

鞠式耕道："你可知道笔之四德？"

郑和想了想，回答说："尖、齐、圆、健。"

鞠式耕点了点头："这支笔做工相当别致，你看，这里不用柱毫，而是用一种或两种兽毫参差散立扎成，而且兼毫长约寸半，一寸藏于笔中，且内外一共有四层毫毛，次第而成，错落有致。"

郑和点头赞叹道："老师果然目光如炬。"鞠式耕又摇了摇头："你错了。表面来看，只是一管四德兼备的上等好笔，但是其中内蕴绵长。我试着写了几个字，有活力自笔头喷涌而出，已非四德所能形容。"停顿了一下，他转向罗中夏："你是在哪里淘到的这支笔？"

罗中夏心想可不能把我偷听郑和说话的事说出去，于是扯了个谎："是我在旧货市场的小摊上淘来的。"

反正旧货市场的小摊比比皆是，流动性很大，随便说一个出来也是死无对证。

鞠式耕又追问："是谁卖给你的？他又是从哪里收上来？"罗中夏摇了摇头，只说是个普通的猥琐小贩，根本没多加留意。

"那你是多少钱买下来的？"

"五十元。"罗中夏信口开河。

鞠式耕听到以后，拍了拍大腿，慨然长叹："明珠埋草莽，骐骥驾盐车。可惜，可惜啊。"叹完他从怀里掏出五十元钱，递给罗中夏。罗中夏一愣，连忙推辞。鞠式耕正色道："原本我只是叫你去代我淘笔，又不是让你赔偿，五十元只是报销。这笔的价值远在菠萝漆雕管狼毫笔之上，究竟其价几何，容我慢慢参详，再跟你说。"

既然话都这么说了，罗中夏也只得收下那五十元钱，心里稍微轻松了一些，同时对自己撒谎有点愧疚。

鞠式耕见从他这里也问不出什么，就把毛笔重新收好，对他说："这么晚把你叫过来，辛苦了，早早回去休息，明天一早还有国学课，不要忘记了。"

罗中夏这才想起来为什么鞠式耕会忽然来松涛园住，原来这一周的国学课又开始了。他从心底发出一声长长的叹息，又是一件烦心事。

他转身欲走，忽然又想起来了什么，折返回来，从口袋里掏出一张纸条递给鞠式耕："鞠老先生，请教一下，这是一首什么诗，是谁写的？"

鞠式耕接过纸条只瞥了一眼，脱口而出："这乃是李太白的绝命诗。"

"绝命诗？"

"不错。"鞠式耕用手指在空中划了几道，龙飞凤舞写了几个字，"当年谪仙行至当涂，自觉大限将至，于是写下这首绝笔，随后溘然逝去。"

"谪仙是谁？"

"就是李白了。"

"哦。"罗中夏脸色微微一红，道了声谢。鞠式耕笑道："莫非你对李白感兴趣？我可以专门开几堂课来讲解。"罗中夏连忙摆手说不用不用，转身飞也似的逃出了房间。

出了招待所，时间已经接近十一点，松涛园地处偏僻，周围已经是一片寂静，只有几只野猫在黑暗中窸窸窣窣地走动。

罗中夏穿行在林间小道，心中疑惑如树林深处的阴影般层层叠叠地浮现出来。看来韦势然那个老头给的确实是值钱货，只是他何以舍得把这么贵重的东西给一个素昧平生的学生呢？

那种异样的感觉又袭上心头，韦势然的表情里似乎隐瞒着什么东西。

正想着，忽然胸中一阵异动，觉得周围环境有些不同寻常，一股充满了恶意的气流开始流动起来，阴冷无比。

罗中夏停下脚步，环顾四周。四周幽静依旧，但是他胸中狂跳不止，心脏几乎破腔而出。

"罗中夏？"

一个声音突地从黑暗中跳出来，阴沉，且咝如蛇芯。

"是，是谁？"

"罗中夏？"

声音又重复了一次，然后从林间慢慢站起来一个人。

准确地说，站起来的是一个类人的生物。这个家伙五官板直，面如青漆，像是戴了一层人皮面具，额头上印有一处醒目的印记，透明发亮，有如第三只眼。

在这样的夜里看到这样的"人"，罗中夏几乎魂飞魄散。他想跑，双腿却战战兢兢使不出力气。

"罗中夏？"

那人又问了第三次，声音木然，嘴唇却像是没动过。那人走路姿势极怪，四肢不会弯曲，只是直来直去，像是湘西传说中的赶尸，暗夜里看去异常地恐怖诡异。说来奇怪，随着那怪人接近，罗中夏忽然发觉胸中那只"生物"也开始急不可耐，在身体里左冲右撞，仿佛有无穷力量要喷发出来。

在内外夹击之下，罗中夏向后退了几步，怪人几步趋上，却不十分逼近。眼见走投无路，情急之下罗中夏一咬牙，横下一条心，宁可拼着性命使出那种神行百变，也不要落到这怪人手里。

他停稳脚步，怪人也随之停下，面无表情地望着他。罗中夏摆出一个起跑的姿势，全身肌肉紧绷，大喊一声："跑！"后腿猛蹬，整个人如箭般飞了出去。

怪人也几乎在同时出手。

确实是"出"手。它双手猛地伸长数尺，一把抱住尚未跑远的罗中夏，狠狠掼到了地上。

罗中夏这几天来，日日夜夜想的都是如何摆脱身体里那种古怪的力量，从来没考虑过去运用它，现在仓促之间想奔走如飞，谈何容易。

怪人那一摔把罗中夏摔了个眼冒金星，他胸中力量的振荡越发剧烈，却找不到发泄的路径。

"罗中夏？"怪人还是不紧不慢地问。

"妈的，可恶！"

罗中夏被气得气血翻涌，一股怒气冲淡了恐惧，他翻起身来使尽全力一拳捣向怪人下腹。

只听"哎呀"一声，罗中夏只觉得自己的拳头像是砸在了冰石冷木之上，只觉对方坚硬无比。怪人不动声色，用右手捏住罗中夏的拳头，用力一拽，生生把他拉到自己跟前，左手随之跟进，紧紧扼住了他的咽喉。

罗中夏拼命挣扎，怎奈对方手劲极大，挣脱不开。随着怪人逐渐加大了力气，他感觉到呼吸开始困难，视线也模糊起来。

"我死了……"

这是一个多星期内他第二次冒出这种念头。

模糊之间，罗中夏仿佛看到怪人肩头开始有雪花飘落，星星点点。说来也怪，对方的手劲却渐渐松下来，忽地把他远远扔开。

罗中夏被甩出数尺，背部着地，摔得生疼。他勉强抬起头来，看见一位少女徐徐近前，十七八岁，细脸柳眉。

面上冷若冰霜，四下也冷若冰霜。

"我爷爷送你的毛笔呢？"韦小榕冷冷道。

第五章

○

白雪飞花乱人目

罗中夏万没想到她劈头第一句话，居然是这个，只得喘息道：

"送……送人了。"

小榕双眉微颦："我爷爷让你随身携带，你却把它送了人？"没等罗中夏回答，她瞥了一眼远处的怪人，冷冷道："怪不得颖童惹起这么大动静，它还是无动于衷。"

"你在说什么啊？"罗中夏莫名其妙。

"稍等一下。"

小榕转过身去，正对着那被称为"颖童"的怪人，以她为圆心三十米内的树林里陡然白雪纷飞，扑扑簌簌地飘落下来，很快盖满了颖童全身，它那张青色脸孔在雪中显得愈加干枯。颖童似乎对冰雪毫不为意，四肢僵直朝前走去，关节处还发出嘎啦嘎啦的声音。

"劣童，还不束手？"小榕威严地喝道，头上乍起一道光芒，很快在头顶汇聚成一股雪白笔气，纷攘缭绕。

罗中夏蜷缩在地上，脸上难掩惊骇。看来，那天在长椿旧货店发生的绝对不是幻觉！这个姑娘似乎会用一种叫作咏絮笔的异能。

他感觉自己被骗了。

颖童见到咏絮笔现身，终于停住了脚步，慑于其威势不敢近前。

"区区一个散笔童儿还想忤逆笔灵？"

小榕反手一指，两道雪花挟带着风势扑向颖童双腿。颖童意识到有些不妙，也顾不得咏絮笔在头上虎视眈眈，连忙高高跳起，试图摆脱这股冰风。

这却恰恰中了小榕的圈套，原本铺在地面上的雪花忽地散开，顿时凝成一片亮晶晶的冰面。颖童跳在空中，已经是无可转圜，重重落在冰面上，脚下一滑摔倒在地。四周冰雪立刻席卷而来，似群蝶扑花，雪花锦簇，登时把颖童埋在雪堆之下，冻成一个硕大的冰堆。

这一起一落不过十几秒的时间。料理完了颖童，小榕缓缓转过身来，周身雪花飘荡，表情冷艳如冰雪女王。她低下头，盯着瘫在地上的罗中夏道：

"送给谁了？"

罗中夏张了张嘴，却没说出话来。小榕轻叹道：

"那支笔本是用来救你性命的，谁知你不爱惜，今日若非我来，只怕你已经死了。"

罗中夏一听，心中一阵恼怒。明明是他们自己不说清楚，让自己生死悬于一线，现在倒反过来责难自己。他从地上一骨碌爬起来，盯着小榕反问道：

"这一切到底是怎么回事？"

小榕微微皱了下淡眉："此事说来话长……"话音未落，罗中夏截口又问道："上星期，你和那个黑衣人在旧货店里又是风又是雪的，到底有没有这件事？"

"有。"小榕这一次回答得很爽快。

罗中夏冷哼一声，看来果然是韦势然那个老家伙骗人，亏他一脸忠厚的样子，硬是让自己相信了那是幻觉。他伸出手抚摸胸口，刚才那阵异动似乎稍微消退了些。

"那我被那支黑笔贯穿了胸部，也是真的喽？"

"是的。"

"那我体内的怪物，自然也是你们的主意了！"

小榕闻言一愣："怪物？"

"是啊，自从那天以后，我体内好像多了一只异形……"罗中夏把这一星期来的苦楚折磨通通说了出来，说到痛处，咬牙切齿。

不料小榕听罢，竟扑哧一声笑了出来，娇憨尽显，随即又立刻改回冰女形象，只是笑容一时收不住，还留了几丝在唇边。

罗中夏又窘又怒："这有什么好笑！被寄生的又不是你！"

小榕也不理他，扬起纤纤素手，指作兰花，本来悬在半空的笔灵登时化作白光，吸入卤顶，而四周纷飞的冰雪也开始被召回。她走到埋着颖童的大冰堆旁，俯下身子：

"让你看看，那怪物究竟是什么。"

她把手伸进冰堆里一捞，冰堆轰然倒塌，中间空无一物，刚才那体格颀长的颖童竟不知所终。罗中夏再仔细看去,发现小榕手里多了一杆毛笔。这支毛笔的笔杆沉青,笔头尖端有一段整齐而透明发亮的锋颖,和怪人额头一样。

"这就是它的原形,乃是一支湖笔所炼成的笔童。你看,湖笔有锋颖,是别家所无的。"

罗中夏不知湖笔是什么来历,咽了口唾液道:"那你爷爷送我那支……"

"那种笔叫作无心散卓,乃是……"小榕说到这里,欲言又止,"……唔,算了,总之是湖笔的克星。"

"这么说,我体内也是类似的东西了?"

小榕冷笑道:"果然是个牛嚼牡丹的人。湖笔虽然声名卓著,却只是没经炼化、未得灵性的散笔而已。你体内的笔灵,却比它们要上等得多。"

"那……那我的是什么?"

罗中夏觉得现在自己一肚子问题,什么笔灵啊,什么炼化啊,听起来都像是神话传说里的东西,现在却真实摆在自己眼前。

小榕抬起下巴,看看天色:"你想知道更多,就随我去见爷爷吧。"她说完,也不等他回答,转身就走。罗中夏别无他法,只得紧紧跟着小榕离开松涛园。

从华夏大学到长椿旧货店距离着实不近,罗中夏原本打算骑自行车,不过小榕出了校门,扬手就叫了一辆出租车,上了前排副驾驶的位置。罗中夏暗自叹息了一声,无可奈何地钻进了后排一个人坐着。

一路上小榕目视前方,默不作声,罗中夏也只好闭目养神。

说来也怪,现在他胸中那种异动已然消失无踪,呼吸也匀称起来。他一想到胸中居然藏着毛笔,就忍不住伸手去摸,无意中发现出租车司机通过后视镜诧异地看了自己一眼,吓得赶紧把手放下了。究竟是怎么回事,等一下就会真相大白了。罗中夏这样对自己说着,开始欣赏小榕在前排优美的身影轮廓,来转移自己的注意力。

很有效果。

不知过了多久,车子停住了。罗中夏往窗外一看,正是长椿旧货店。

旧货店内还是一切如旧,罗中夏小心地避开地上的古董,心里回忆着先前小榕与诸葛长卿那场战斗的情景,历历在目,清晰无比。

"这果然不是幻觉!我被那个老头骗了!"他在心里捏着拳头大喊。

恰好这时韦势然迎了出来,他一见罗中夏,热情地伸出手来:"罗先生,别来无恙?"

"托您老的福,担惊受怕了一个多星期。"罗中夏没好气地回答。

韦势然丝毫不尴尬,瞥了一眼他身后的小榕,随即笑道:"呵呵,进来再说吧。"

说完他把罗中夏引进小屋,这时罗中夏才发现原来这小屋后面还有一个后门。穿过后门,眼前霍然出现一个精致的四合院,院子不大,青砖铺地,左角一棵枝叶繁茂的枣树,树下一个石桌,三个石凳,紫白色的野花东一簇,西一丛,墙根草窠里油葫芦唱得正响。虽不比松涛园茂盛,却多了几分生气。

罗中夏没想到在寸土寸金的闹市之内,居然还有这等幽静的地方,原本惴惴不安的心情略微一舒。

他们三个走进院子,各自挑了一个石凳坐下。小榕端来了一壶茶。韦势然似乎不着急进入正题,而是不紧不慢地给罗中夏斟满了茶:"来,来,尝尝,上好的铁观音。"然后他给自己也倒了一杯,先啜了一口,深吸一口气,闭目神游,似乎为茶香所醉。

小榕端坐在一旁,默默地伺候泡茶。有她爷爷的场合,她似乎一直都默不作声。

罗中夏于茶道六窍皆通,草草牛饮了一大口,直截了当地问道:"韦老先生,请你告诉我,这一切究竟是怎么回事?"

韦势然似乎早预料到他会这么问,眯起眼睛又啜了口茶,回味片刻,这才悠然说道:"今夜月朗星稀,清风独院,正适合二三好友酌饮品茗,说说闲话,论论古今。时间尚早,罗先生也不急于这一时之……"

"谁说我不急!"罗中夏一拍桌子,他已经被这种感觉折磨了一个多星期,现在没有闲心附庸风雅。

韦势然见状,捋了捋胡须,把茶杯放下,徐徐道:"既然如此,那咱们就权且闲话少提吧。"他顿了顿,又道:"只不过此事牵涉广博,根节甚多,需要一一道来,还请耐心听着。"

"洗耳恭听!"

罗中夏深深吸了一口气,摆出正襟危坐的样子。只是这姿势坐起来委实太累,过不多时他就坚持不下,重新垂下肩膀,像个泄了气的充气猴子。小榕见了,偏过头去掩住口,却掩不住双肩微颤。

韦势然又啜了口茶,右手食指敲了敲桌面,沉吟一下,两道白眉下的脸变得严肃起来：

"你可听过笔冢？"

"手冢我就知道，画漫画的。"罗中夏生性如此，就是在这种时候还忍不住嘴欠了一句。

韦势然用指头蘸着茶水在桌子上写了"笔冢"二字，罗中夏嘟囔道："听起来像是一个秘密组织。"

"呵呵，也是也不是吧。欲说笔冢，就得先说笔冢主人。"

韦势然举臂恭敬地拱了拱手，罗中夏转头一看，不知什么时候院里多出了一幅画，正是先前挂在小屋神龛里的那一幅古画。风吹画动，画中男子衣袂飘飘，似是要踏步而出。

"笔冢主人就是他？"

"不错。这一位笔冢主人姓名字号都不详，只知道本是秦汉之间咸阳一个小小书吏。笔冢主人一生嗜书，寄情于典籍之间，尤好品文，一见上品好文就喜不自胜。你也知道，那时候时局混乱，焚书坑儒、火烧阿房，一个接着一个，搞得竹书飞灰，名士丧乱。笔冢主人眼见数百年文化精华一朝丧尽，不禁痛心疾首，遂发下一个宏愿：不教天下才情付水东流。"

"……说中文，听不太懂。"

韦势然解释道："就是说，他发誓不再让世间这些有天分的人被战火糟蹋。"罗中夏似懂非懂，只是点了点头："于是他把那些人的书都藏起来了吗？"

"夹壁藏书的是孔鲋。"韦势然微微一笑，"书简不过是才华的投射，是死物，才华才是活的。笔冢主人有更高的追求，他希望能把那些天才的才气保留下来，流传千古。"

"这怎么可能？"

"呵呵，别看笔冢主人只是一介书吏，却有着大智慧，乃是个精研诸子百家的奇人——最后真的被他悟到了一个炼笔收魂的法门。"

又是炼笔。罗中夏知道这与自己干系重大，不由得全神贯注起来。

"所谓炼笔收魂，就是汲取受者的魂魄元神为材料，将之熔炼成笔灵形状。《文心雕龙》里说过：'心生而言立，言立而文明，自然之道也。'可见才自心放，诗随神抒，魂魄既被收成笔灵，其中蕴藏的才华自然就被保存下来。"

"听起来好玄，为啥非要选笔做载体啊？"

046

"文房四宝之中，砚乃文之镇，纸乃文之承，墨乃文之体，而笔却是文之神，因此位列四宝之首。你想，人写文作画之时，必是全神贯注。想法自心而生，由言而立，无不倾注笔端。所以炼笔实在是采集才华的最佳途径。"

韦势然说到这里，又呷了一杯茶，罗中夏也学着啜了一小口，一种奇异的苦涩味道从舌尖荡漾开来，一股清气瞬间流遍身体各处。怠懒如他，一时间也不觉有些心清。

韦势然放下茶杯，继续娓娓说道："笔冢主人自从修得了这个手段，就周游天下，遍寻适于炼笔之人，俟其临终之际，亲往炼笔。常言道，身死如灯灭，所以那些名士泰半都不愿意让自己才情随身徒死，对笔冢主人的要求也就无有不从。他把炼得的笔灵都存在一处隐秘之地，称之为'笔冢'，自称笔冢主人，本名反而不传。"

"那后来呢？"

"且听我慢慢说来。"韦势然示意他少安毋躁，"笔冢主人自从领悟了炼笔之道，循修循深，最后竟修炼成了一个半仙之体。嗣后经历了数百年时光，由秦至汉，由汉至三国，由三国至南北朝隋唐，笔冢主人炼了许多名人笔灵，都一一收在笔冢中。后来不知生了什么变故——我估计可能是笔冢主人虽是半仙之体，毕竟也会老去——笔冢主人不再出来，而是派了笔冢吏代替自己四处寻访……"

这时罗中夏忽然打断了他的话："我只是想知道，这个神话故事和我有什么关系？"

韦势然不以为忤，他从小榕手里拿过那管被打回原形的湖笔，用指尖从笔锋画至笔尾，说道："刚才我也说了，笔灵乃是用名士的精魄炼就而成。名士性情迥异，炼就出的笔灵也是个个不同。凝重者有之，轻灵者有之，古朴者有之，险峻者有之，有多少种名士，便有多少种笔灵。"

韦势然说到这里，声音转低，他把脸凑近罗中夏，严肃道："接下来，才是我要说的重点。你可要听好了。"

罗中夏咽下一口唾沫。

"笔冢主人发现，笔灵自炼成之后，除了收藏才华之外，却还有另外一层功能。所谓天人合一，万物同体，笔灵自收了精魄以后，与自然隐然有了应和之妙。而且每支笔灵的应和之妙都不同，各有神通。"

韦势然指指身旁的孙女："小榕能冰雪，诸葛长卿能呼唤风云，这都是他们体内笔灵显现出来的神奇功效。"

罗中夏回想起他们那日对决的情形，在这么一间小屋之内居然风雪交加，这笔灵未免也太过奇妙了。他又想到自己那次还曾和小榕撞了个满怀，那种温香软玉的感觉至今思之仍叫人神往，唇边不禁微微泄出暧昧笑容。他恍惚间忽看到小榕正盯着自己，虽然面无表情，一双俊美的电眸却似看穿了自己的龌龊心思，面色一红，连忙去问韦势然问题，以示自己无歪心：

"他们的笔灵是如何得来？"

韦势然道："笔灵乃是神物，有着自己的灵性与才情，但非要与人类元神融合才能发挥。笔冢称与笔灵融合的人为笔冢史。"罗中夏连连点头，不敢侧眼去与小榕眼睛直视。韦势然却哪壶不开提哪壶："你可知小榕她体内寄寓的是什么？"

"啊……呃……韦姑娘会操纵冰雪……这个……是《冰雪奇缘》里的艾莎？"

"她体内的这支笔灵，乃是炼自东晋才女谢道韫。当年谢道韫少时，叔父谢安问一群子侄辈，空中飘雪像是什么。有人说像是撒盐，而谢道韫则说'未若柳絮因风起'，奉为一时之绝。所以这支笔的名字，就叫作咏絮笔。"

"那个诸葛长卿呢？"

"唔……"韦势然捋着胡子想了一下，又道，"我当日不在场，据小榕描述，他自称凌云，又以'子虚'二字为招。有此称号的只有汉代司马相如。司马相如擅作汉赋，尤以《子虚赋》为上佳，汉赋气魄宏大，小榕的咏絮本非敌手，若非你及时出手，只怕……"

罗中夏经这么一提醒，猛然想到自己被黑笔穿胸的记忆，不禁惊道："难道，难道说我胸内的不是怪物，而是笔灵？"

"不错。"韦势然盯着他，"而且你的那支笔灵，大大地有来头呢。"

罗中夏脑子里电光石火般地闪过那首绝命诗，说话不由得结结巴巴："你、你们别告诉我是李、李白的啊？"

"也是，也不是。"

第六章

○

更无好事来相访

"到底是，还是不是？"罗中夏急切地追问道。堂堂一代诗仙的灵魂，居然就在自己胸腔里转悠，这玩笑可开大了。

韦势然又慢慢啜了口茶，仿佛在挑战罗中夏的耐心，直到他几乎坐不住了，才徐徐道："当年李谪仙纵横天下，才气充塞四野，极负盛名。笔冢主人早就想收其入冢。宝应元年，也就是762年，李白客死在当涂他的族叔李阳冰家中。在他临死之前，笔冢主人亲赴榻前，为他炼出一支青莲笔。孰料这青莲笔和李白一样，洒脱不羁，不甘心被收入笔冢，竟逃出笔冢主人的手，不知所终。"

"说的就是这一支吗？"罗中夏又想去摸自己的胸部。

"不，真正的青莲笔已经消失逾千年，至今没有人知道李白的魂魄驱使着它去了何方。你身体里的那支笔，却是笔冢主人在遗憾之下，拿太白临终时的笔炼出来的，虽也沾染了些许太白的精气，终究离真正的青莲笔还差着许多。"

罗中夏听了，心里说不出是失望还是庆幸。难怪那天在师范大学自己能够奇迹般地逃脱，原来是这支伪青莲笔所带来的力量。

"可是……可是怎么会选中我呢？难道我是李白转世？"

听到这个问题，韦势然没有露出什么表情，反而是小榕撇了撇嘴，露出不屑神色。罗中夏为了掩饰尴尬，又喝了一口茶。

韦势然伸出两个指头道："一般来说，笔灵寻主的方式分成'神会'和'寄身'两种，前者是笔灵通神，自选其主；'寄身'则是用外力强行植入。两者威力不同，试想笔灵若与被植者性情迥异，不能人笔相悦，威力便会大打折扣。我千辛万苦搜得这支青莲遗笔，还没找到合适的神会对象，就被你生生寄身了。"

最后一句话显然是暗示罗中夏才学根本不够。他听了大为不悦,却又无从发泄。他和李白之间的差距,大概是霄壤之别的平方。

"这么说来,小……呃,韦小姐应该就是神会的了?"

"不错,她十二岁那年,就被笔灵选中,连我都出乎意料。"

罗中夏转头看小榕,只觉她怯怯弱弱,带着几丝淡雅,倒也和传说中的谢道韫有几分相似。

"那一支颖童呢?那家伙看起来木木的,眼神无光,却是什么笔炼出来的?"

"那个啊,严格来说不算笔灵。这些笔原本只是普通毛笔,没有魂魄,是以只能炼出傀儡来。你若是学过书法就该知道,湖笔乃是笔中一大系,以锋颖——行内人皆称为黑子——而闻名,质地最纯,拿湖笔炼成的是傀儡中的精品,便叫作颖童。通常笔冢炼出它们作为仆役来用。"

罗中夏听到这里,惊讶地从凳子上跳起来:"等一下!这么说那个颖童是笔冢的?那它为什么要杀我?我跟笔冢有什么仇怨?"

听到这些质问,韦势然声调复转低沉:"此事牵涉太广,你知道太多,只怕会招来杀身之祸。"

罗中夏有些恼火地嚷道:"喂,我已经招来杀身之祸了好不好!"

韦势然伸手示意他少安毋躁:"我那日故意骗你,正是为了你安全着想;送你一支无心散卓笔,也是为了备不时之需。只可惜你不曾留心,若非我孙女及时赶到,你恐怕早死在他们之手了。"

罗中夏从小到大,还不曾如此真切地感觉到死亡的威胁,一想到刚才颖童扼住自己咽喉的感觉,脸上就不禁泛起苍白:"他们为什么要来杀我……"他猛然间想到什么,又追问道:"莫非,莫非是为了那支青莲遗笔?"

"正是。此笔不祥啊……"韦势然点了点头。

就在这时,一个浑厚的声音突然扑入小院。这声音訇訇作响,如风似潮,瞬间就淹没整个院子,久久不退,就连枣树树叶都随之沙沙作响。

"大话炎炎,好不害羞。"

三个人俱是一惊,一时又无法辨别声潮的来源,只得转头四顾。罗中夏固然惊惧万分,就连韦小榕也面露不安之色,只有韦势然很快恢复镇定,眼神中闪烁着异样光芒。

声潮持续了数秒后渐渐退去,院内重新归于寂然,只是这种寂静和刚才的恬静迥然不同了。

韦势然捏起茶碗,朗声道:"既然来了,何妨现身一坐?"

小院内忽然平白泛起一大片黄光,千条光丝仿佛从地里长出来的芦苇一样摇曳摆荡,仿佛数十个强聚光灯汇聚在一起。一个人影自光圈中央缓步出现,呈放射状的光线随着他的步伐一点一点聚敛起来。当那人站定在小院中间时,光线如孔雀屏翼一般已经完全收起,只在他身影边缘隐隐泛起一圈金黄色的光芒。

罗中夏屏住呼吸,仔细端详。来人身着浅蓝色衬衫,戴一副黑框眼镜,面瘦眼深,有点像陈景润。但是儒雅中自带几分威势,叫人心中一凛。

"韦兄,别来无恙?"

韦势然冷哼一声,没有回答,小榕似无法承受这种无形压力,担心地叫了一声"爷爷"。韦势然拍拍她的手,示意没事。

来人笑了笑,又把视线集中在罗中夏身上。

"罗中夏同学,你好!"

"你……你也好!"罗中夏觉得自己的回答很可笑,但他已经口干舌燥不能思考。除了初中数学老师以外,他还是第一次如此清晰地感受到一个人所能带来的压力。

院子上空传来扑棱扑棱几声,宿在枣树上的几只鸟振翅逃开。

"老李,你终于还是忍不住跳出来了吗?"韦势然冷冷说道,同时把紫陶茶壶交给小榕。

老李摘下眼镜擦了擦,悠然道:"原本是不该来的,但是你用大话欺小孩子,总是不好。"

"哼,这里还轮不着诸葛家的人来教训。"

罗中夏在一旁听得心惊,忍不住开口问道:"我被骗了?"老李也不理他,略一抬手,一束光芒自手指激射而出,正刺入罗中夏胸前。罗中夏下意识地要躲,双腿却不听使唤,只得任由光束照射。好在这道光暖洋洋的,不疼不痒。唯有胸中笔灵似是不甘心被那光束罩住,上下翻腾不已。

纠缠了一分钟,老李回手一握,光束立消,瘦削的脸上浮起满意的笑容。

"果然是太白遗风。"

"……"

"罗同学，这千年以来，你可也算得上是数一数二的福缘至厚，韦兄还说不祥，岂不是欺你吗？"老李言罢，双手冲韦势然一拱，"恭喜，这不世之功，居然被韦兄你捷足先登了。"

韦势然不耐烦道："少在这里装腔作势，你不是一早就派人趁我不在的时候来抢了吗？"老李用食指扶扶即将从瘦弱鼻梁上滑下来的黑框眼镜："哦，你说诸葛长卿。他还是个喜欢冲动的年轻人，我已经严厉地批评他了。"

"哼，你这几年倒是集了不少笔灵，连凌云笔这些上等货色都被你收了。"

"万千沙砾，终不及宝珠毫光。我却不如韦兄口风紧，连自己孙女都种下了笔灵，可谓是处心积虑。"他忽地话锋一转，"这么多年来，我一直不曾计较你的存在，彼此相安无事，也是看顾往日情分。今日既然青莲现世，却又不同了。"

韦势然白眉一挑："你想如何？"

"把他交给我，然后一切如常。"

老李说得慢条斯理，语气平淡，既非问句亦非祈使句，而是高高在上的陈述句。

自信至极，也傲慢至极。

罗中夏听了，悚然一惊，背后一阵冰凉。这，这不是明摆着要抢人吗？韦势然端起茶杯，呵呵大笑："青莲现世，其价值如何你我都很清楚，何必再说这些废话！"

老李摇了摇头："你还是这副脾气。咏絮笔再加一支青莲遗笔，最多两个笔冢吏，能做些什么？蚍蜉螳臂，又岂能撼树当车。做个强项令有什么好处？"

"谁胜谁负，还尚未可知。总之你休想得手，我也绝不会与诸葛家有什么妥协。"韦势然说得斩钉截铁，面如峭岩，十指纠错成一个古怪的手势。

老李无奈地用指头敲了敲太阳穴，叹道："何必每次都搞得兵戎相见呢。"他朝前走了一步。

只走了一步。小院之内霎时精光四射。

在一旁保持沉默的小榕猝然暴起，抢先出手。数枚冰锥破风而出，直直刺向老李。可是，冰锥像穿过影子一般穿过老李的身体，势头丝毫不减，砸到对面墙壁上，传来几声清脆的叮叮声。

老李毫发无伤，只是笑道："看来性急是会遗传的。"小榕蛾眉紧蹙，挥手又要再射，被韦势然拦了下来："不用了，这只是个幻影。"仿佛为了证实他的话，眼前老李的身体开始慢慢变得稀薄起来，逐渐被光芒吞噬。

"今日就到这里吧，先礼后兵。罗同学，咱们后会有期。"

人已近消失，声音却依然清晰，隐有回响。

"你，你要做什么……"罗中夏脸上白一阵绿一阵，胆怯地嗫嚅。虽然他对目前的局势还是糊涂，但直觉告诉他，自己似乎被卷入了一场不得了的风波。

已经快要完全被光芒吞没的老李和蔼地回答道：

"不是我想做什么，而是我能做什么。"

老李既去，小院又恢复了刚才的清静，只是气氛已大为不同。

罗中夏看看韦势然，又看看小榕，壮起胆子问道："那个人是谁……"

"对你不利的人。"

韦势然低声答道，似乎不愿意多加解说，两条白眉耷拉下来，整个人一下子变成了松弛的发条。罗中夏还想要追问，却被小榕瞪了一眼：

"我爷爷已经耗尽心神。"

罗中夏这才知道，刚才在谈话之际老李和韦势然已经在水面下有了一番较量。虽然他不懂这些怪力乱神的玩意儿，但能看得出，老李只是以幻影之躯，就跟韦势然战了个平手。

韦势然喘息了一阵，才稍稍恢复了一点精神。他看看天色，挥手让小榕和罗中夏都从院子里进屋。他一招手，那幅笔冢主人的画像也飘然进屋，自行贴在墙上不动。

进了后屋以后，小榕扶着韦势然躺在那张行军床上，从一个五斗橱里取出一个小瓷瓶，从里面倒出一粒米粒大小的药丸，就水给韦势然服下。韦势然喉头滚动了几下，长长出了一口气，面色这才逐渐恢复红润。

韦势然转过头，对一直傻呆在旁边的罗中夏道："你现在一定想知道，我们是什么人，他们是什么人，和笔冢关系如何吧？"

罗中夏所想被完全猜中，有些尴尬地点了点头。

韦势然道："你可听过韦昶这个人？"

罗中夏摇了摇头。

"此事要上溯至三国时期，当时魏国有位书法名家叫韦诞，字仲将；韦昶正是他的亲兄，字伯将。韦昶幼时蒙笔冢主人提携，入冢为吏，晓悟炼笔之法，后来加上他自己潜心钻研，终于成为一代制笔名匠。韦昶的后人承袭祖职，入世则为制笔世家，出世则为笔冢吏，借制笔的名望结交名士，世代为笔冢主人搜集可炼之笔。"

"难道你们……"

"不错,我们便是韦氏之族的传人。绵延至今,已经是第四十五代了。"

罗中夏看看韦势然,再看看小榕,心中咂舌不已。

"原本历代笔冢吏都出自韦家,可到了唐代,却有了变化,笔冢吏中首次出现了外姓——琅玡诸葛氏。从此笔冢吏一分为二,韦氏与诸葛氏互较锋锐。这种局势持续了数百年,到了南宋年间,笔冢突然经历了一场劫难,这劫难究竟是什么,如今已经是千古之谜。只知道此事以后,笔冢主人不知所终,笔冢也随之湮没无闻,从此无人知其所在。"

"什么……笔冢在南宋就消失了吗?……我还以为这个秘密组织延续到今日了呢。"罗中夏遗憾道。

"呵呵,笔冢虽没,韦氏和诸葛氏却仍旧开枝散叶,繁衍下来。那一场纷争之后,两家一直明争暗斗,一面暗中收集散落各处的笔灵,一面设法找寻笔冢的下落。可惜炼笔之法失传,诸葛家、韦家只能把普通毛笔炼成笔童,却再也无法炼制真正的笔灵了。因此自南宋之后,再无任何笔灵诞生。"

"于是你们这类人一直流传到了今日?"

"与时俱进嘛,我们也得过日子。不过笔灵之秘却一直不曾外传,只有这两个家族的人才了解。倘若把这个公开,只怕会引发新的动荡。这一点两家都有默契。"

"那个老李,就是诸葛一族的后人吧?"

"不错,哼,他跟我斗了几十年时间,他的为人我太了解了,是个为达目的什么手段都能使出来的家伙。这一回他看到青莲再世,看来是打定主意要抢了。"

罗中夏想到老李临走前说的那句话,不禁一凛,抚胸道:

"我那支青莲,如此重要吗?"

"正是,青莲再世,意义重大。"韦势然说到这里,神色却忽然一黯,"老李这人苦心经营了这么多年,手下党羽众多,笔灵和笔冢吏想来也有了许多。而我只有小榕一人一笔可以依靠,前途却是渺茫。"

小榕在一旁听了,握住韦势然的手,身子不觉朝枕边靠了靠。

"老李也是笔冢吏吗?"

"他的力量深不可测。"

"那岂不是……"罗中夏觉得接下来的话太过怯懦,不好意思说,改口道,"他们要青莲遗笔，我会如何？"

韦势然瞥了他一眼："我说过了，老李那人做事不择手段。你忘了那个要杀你的颖童了吗？"

罗中夏面色大变。

"那，那我把笔还给你们，好不好？"罗中夏现在只想尽快脱离这是非之地，做回与世无争的普通大学生。

韦势然早料到他要说这句话，只是微微摇了摇头，叹息道："此事可没那么容易。若是能轻易把笔灵从你身上取出，那天你在店里的时候我就取了，何至于拖到现在？"

罗中夏听韦势然的口气，应该是还有办法，于是急忙问道："那该怎么取？"

"笔灵不是实体，而是寄寓在寄主魂魄之间。只要寄主人死神散，笔灵无所凭依，自然就能收回。"

"……"

"说得简单点，只要把你杀死，一切就解决了。"

罗中夏心神大震，不由得自嘲道："这倒确实是个好办法。"他警惕地朝四周望去，忽而转念一想，如果韦势然现在想杀他的话，也只能束手待毙，提防不提防，倒也没什么区别。

"我又何尝想让外人卷入这场纷争。"韦势然仰起头，严肃地说道，"其实既然笔灵已经为你所继承，也是缘分。"

"缘分啊……"罗中夏低头不语，反复咀嚼着这个词。

"是的，青莲笔的妙处你若体会得到，终生受用无穷。怎么样？加入我们吧。"

韦势然和小榕同时把目光投向罗中夏，屋子里陷入短暂的沉默。

"不，还是算了。"

罗中夏摇了摇头。

第七章

○

人生在世不称意

罗中夏忙不迭地摇了摇头。懵懂少年卷入奇怪的杀戮世界，这种事情在漫画里看看就好，现实中还是少惹为妙，毕竟是性命攸关。何况罗中夏本人是个好事却怕事的人，一想到敌我阵营实力悬殊，好胜之心就先自消了一半。

韦势然皱起眉头："可你若踏出这家旧货店，老李他们随时有可能派人来将你杀死。你现在就好似是唐僧肉，青莲一日在身，你就一日不得安宁。"

"中国……可是个法治社会。"

"老李如今是个有势力的人，想干掉你可以说是轻而易举。"

罗中夏坐在椅子上，双手抱住了头，有些彷徨失措，感觉自己被逼上了一条两难的绝路。最可悲的是，他连自己怎么被逼上去的都莫名其妙。

战亦死，不战亦死，这叫人如何抉择。

这种生死大事对于一个普通大学生来说，确实太严肃了点。

韦势然勉强从床上坐起来还想说什么，却一下子咳嗽不已。小榕连忙拍拍他的背，扭头瞪了罗中夏一眼，气道："爷爷，还是别逼他了。你看他那副样子，哪里有半点太白遗风，就是背来也不顶用！"

若是平时，罗中夏被女生这么践踏自己的男性尊严，早就跳起来抗辩了。但是现在他却听之任之，默默不语。

韦势然示意小榕不要继续说了，沉吟了一下，伸出三个指头："罗小友，兹事体大，让你仓促间做出决定也殊为不易。你不妨先回学校，三日之后再给我答复，如何？"

罗中夏连忙一口应允，心里想能躲一步算一步吧。他忽然又想到老李那张踌躇满志的脸，不禁畏缩道："可是……万一我回去以后，老李他……"

"这你放心，我自有安排，保你这三日内平安无事。"韦势然示意他不必担心，重新合上双眼，双手也交叉在胸前。

这是个谈话结束的信号。小榕对罗中夏做了一个送客的手势。两人临要出屋，韦势然忽然又睁开眼睛，别有深意地对罗中夏说：

"不要抗拒命运，有些事情，是讲究随遇而安的。"

罗中夏讪讪而退。

他回学校的时候已近凌晨三点，宿舍早就关门了。第二天的一大早恰好是国学课，于是罗中夏索性不回宿舍，在附近找了一间叫"战神"的网吧打游戏。网吧里只有寥寥十几个人，老板倒豪爽，给他算了一个通宵半价。

游戏虽然是小道，也能窥人心境。罗中夏一直心乱如麻，这游戏就打得心不在焉，屡战屡败。他连输了十几局，胸中烦躁如雨聚云积，最后啪地把鼠标一摔，几乎要一拳砸到显示屏上。

"老板，来瓶啤酒！"

老板听见，连忙给他端来一罐红牛。

罗中夏看着老板，不解其意。老板把易拉罐砰地打开递给他："嘿，哥们儿，借酒浇愁愁更愁，抽刀断水水倒流。我跟你说，你要是心里不痛快，就喝点红牛提提神，别拿电脑出气，是不是？"

罗中夏心中一惊，又是李白的诗。老板不知他的心理波动，斜斜靠在电脑桌前，继续说道："哥们儿你八成又是碰着什么不称意的事了吧？"

他见罗中夏沉默不语，哈哈一笑："甭介意，我见得多啦，不是失恋的，就是考研没考上的，总之什么人都有，心里揣着事半夜跑到我这儿来。我都有经验，见到这样的一律红牛伺候，让他们脑子清醒点；要是谁心里不痛快都借撒酒疯砸电脑，我这儿就成废品收购站了。"

罗中夏暗暗苦笑，心想他们的苦处岂能和我的相比，他们至少没有性命之虞啊。

老板浑然没觉察到，还在侃侃而谈："所以啊，年轻人，有啥不痛快的看开点，大不了一死呗，死了不就什么都不用担心了？"

罗中夏听了一乐，觉得这人风趣得紧，抬眼仔细端详。这位老板也就……

"老板你怎么称呼？"

"哦，我叫颜政，颜是颜色的颜，政是政治的政。"

老板介绍完自己，大大咧咧地拍了拍他肩膀，在对面机器的座位坐了下来："来，我陪你修炼。"

"修炼？"罗中夏一愣，难道这也是位方家？老板拍了拍机箱侧面，弹掉烟头，喊道："我跟你说，咱们今天就来个游戏修炼。"

原来是这个啊。罗中夏一阵失望，却也不好拂了老板的盛情，于是也操纵鼠标进了游戏。很快游戏开始，老板的声音从耳机里传了进来：

"嘿，你没这么修炼过吧？我跟你说，游戏这东西别看新闻媒体总报道是电子鸦片，其实不然，它练的是定力，考较的是注意力，得全神贯注，心无旁骛。心里有什么不痛快的事，只要是钻进游戏里，就能立刻给搁到一边去。我跟你说，什么时候你要修炼到校领导站你身后你都能拿下'一血'，那就算是到境界了。以后办起什么大事来，都吓不倒你。"

两个人就这么且打且聊，大多数时候都是老板在通信频道里喋喋不休。不过别说，也不知道是游戏真有这心理疗法的功能，还是老板的废话无限连击起了作用，罗中夏的心情确实比刚进网吧那会儿舒服多了。

"老板看来你是阅人无数啊。"

"承让承让，做我们这行的，没双慧眼识人还真不行。算命的说，我有当心理医生的命格。"

"不错，你不去做心理咨询可惜了。"

"嘿嘿，我跟你说吧，网吧这地方是人心的集散地，什么幺蛾子事都有，我在这儿每天教化的学生仔，可比在心理诊所拯救的多多了。我开了二十多年网吧，什么人没见过？"

"……二十多年前有网吧吗？"

"嘿，我就那么一说。"

"哎，那我咨询一下，我……呃，我有一个朋友，现在面临一个重大选择：要么是舍弃学业去做事，搞不好还有生命危险；要么不去，可搞不好也有生命危险……"

老板听了，放下鼠标，嘬了嘬牙花子，从怀里掏出根中南海给自己点上："你这位朋友是黑道的还是白道的，怎么动辄就来个生命危险？"

"这事吧……不能明说……"

老板大约见多了这种喜欢"代朋友来问"的家伙，促狭一笑："既然左右都有生命危险,那还不如由着自己性子来呢。"

"可惜连我自己都不知道自己性子是啥……"罗中夏心想,嘴上却不敢明说。

"我跟你说,人都有命数,甭管怎么折腾,还是逃不脱这俩字。"老板说到这里,罗中夏还暗想这人好消极,谁知老板话锋一转,嗓门陡然提高,"所以说,既然命数都预设好的,还不如率性而为,图个痛快。"

"命数……"罗中夏心念一动,忽然想到了什么。

"看后面!"老板在耳机里又大嚷起来。

第二天七点五十,满眼通红的罗中夏进了阶梯教室,趴在桌子上睡眼蒙眬。他跟老板打到早上七点多钟才鸣金收兵,出网吧以后随便买了两个包子吃,就直接过来了。老板说的游戏修炼却也有几分效果,他如今内心焦虑已略微平复,不如先前那么百爪挠心,只是困倦难耐。

八点整,鞠式耕准时出现在教室门口。他走上讲台,把花名册打开,环顾了一圈这些七点钟就被迫起床的学子,拿起毛笔来开始一一点名。罗中夏强睁开眼睛,发现他手里那支是长椿旧货店里弄来的菠萝漆雕管狼毫笔,那杆无心散卓却没带在身上。

点名花了足足十几分钟,鞠式耕每念一个名字都得凑近名册去看,声音拖着长腔儿,还要一丝不苟地用毛笔蘸墨在名字后画一道。

等到他点完所有人的名字,合上花名册以后,罗中夏忽然发现,今天郑和居然没来!这个国学积极分子居然会旷掉他最尊敬的鞠老先生的课,这可真是怪事。罗中夏又瞥了一眼郑和的空位置,重新趴到桌子上。

没来就没来吧,反正不关我的事,现在最重要的事情是睡觉。

今天上课的内容还是《中庸》,极适合催眠。鞠式耕开口没讲上三段,罗中夏就已经昏昏睡去,直见周公去了。说来也怪,罗中夏在宿舍里噩梦连连,在课堂上却睡得酣畅淋漓,连梦都没做,一觉睡到下课铃响,方才起身。

鞠式耕在讲台上拍了拍手上的粉笔灰尘,看看时间,开口说道:"同学们,今天的课就上到这里。"同学们如蒙大赦,纷纷要起身离开,未料鞠式耕又道:"请稍等一下,我有件事情要说。"大家只好又悻悻地坐了回去。

"上星期有同学提议,说光讲四书五经太枯燥了。我觉得这个意见值得思考,国学并不只包括儒家经典,一些好的诗词歌赋也是我国古代文化宝藏的一部分。所以呢,下节课我会分成两部分,一部分继续讲解《中庸》;第二部分则有选择性地挑选一些古诗词来做赏析。我们就从李白开始。"

听到这句话，罗中夏悚然一惊，挺起身子去看鞠式耕，正和后者四目相接。鞠式耕冲他微微颔首，还晃了晃手中的毛笔。

"所以请同学们回去做做准备，请阅读我指定的几个篇目，有《梦游天姥吟留别》《蜀道难》《庐山谣寄卢侍御虚舟》，这几篇比较有名，相信大家都有印象。我们就从这几篇开始。"

"x……他想干吗啊，这不是明摆着要刺激我吗？"

现在罗中夏一提李白就头疼，"李白"二字会把他埋在沙土里的鸵鸟脑袋生生拽出来，让他明白自己的危险处境以及两难抉择。而这个鞠式耕偏偏还让他们去读李白的诗，这不是火上浇油、硫酸加水嘛！

好在鞠式耕没再多说什么，夹起名册就离开了。树倒猢狲散，听课的学生们也都哄然离去。罗中夏呆呆坐在座位上，脑袋里浑浑噩噩，不知道接下来该干吗。

忽然有人猛拍了一下他的肩膀，罗中夏抬头一看，却是自己宿舍的老七。老七一脸兴奋，连说带比画地对罗中夏说："喂，还愣着干啥，快出去看看。"

"怎么了？美军入侵咱们学校食堂了？"

"不是。哎呀，你去了就知道了。"老七不由分说，拽着他就走。罗中夏这才注意到，往常这个教室下课后学生们走得很快，可今天门外却聚集着好多人，在走廊里哄哄嚷嚷，以男生居多。

"到底怎么回事啊？"

老七朝外面看了一眼，舔了舔嘴唇，露出健康大学生惯常的色眯眯表情："来了一个不知道从哪里跑来咱们学校的美女，就在教室门口哪！"

"美女？"

"对啊，咱们系花跟她比，连渣都不如！"他把罗中夏连推带搡地往门外带，罗中夏现在实在没有赏花鉴玉的心情，只是任由他推。两个人到了教室外面，走廊上已经站了好些男生。这些男生有的假装打手机，有的假装翻笔记，一个个眼睛却全往一个方向瞥。

罗中夏也朝着那个方向望去。

他一瞬间愣住了。

是小榕。

但又和他所见过的那个小榕不太一样。

她鼻梁上还多了一副精致的金丝眼镜，一改往常的古典风格，清雅宛如荷塘月色。也无怪这帮男生如此惊艳。

罗中夏经历了最初的震惊，很快另外一个疑问跳入脑海：她来干吗？

小榕此时也发现了罗中夏，她抬起右手扶扶眼镜，径直朝他走来。周围的男生看到这个神秘美女朝自己走来，心中都是一漾，待到发现美女的目标另有其人，又不约而同地发出一声叹息。

小榕走到罗中夏面前，淡淡说道："我们走吧。"

罗中夏在一秒钟内，就树起了包括他的兄弟老七在内的二十几个敌人。周围的人都用嫉恨交加的眼光反复穿刺着这个讨厌的幸运儿，老七张大了嘴巴，仿佛被谁突然按了暂停键。

"嗯嗯……好的。"罗中夏情知此地不适合谈话，也只好含糊应和。两个人也不说话，就这么并肩沉默地朝走廊外面走去，留下一大堆张口结舌的男生，望着小榕款款倩影发呆。

老七半天才恢复正常，他拍拍自己的脸，确定自己是处于清醒状态以后，暗骂了一句："我×！"转身朝宿舍跑去。这条八卦实在是太有传播价值了。

罗中夏和小榕两个人走出教学楼，走到一处僻静的拐角绿地。等确定周围没有什么人了，罗中夏停住脚步，转身问道："你来做什么？"

"我爷爷派我来保护你。"

原来这就是韦势然所说的保护措施。罗中夏听了心中一阵失落，也不知是因为什么。

"也就是说，这三天里你会形影不离地保护我？"

小榕点了点头，表情看不出情愿还是不情愿。

罗中夏望了望小榕身后，疑惑道："难道……你爷爷只派了你来吗？"

"正是，他另外有事。"

"……不是吧……你也只能和诸葛长卿打一个平手。万一诸葛家的人派来几个更厉害的，那岂不是孤掌难鸣？"

从一开始，罗中夏就没把自己算入战力之内，小榕杏眼闪过一丝鄙夷，伸出两个指头。

"所以我现在来找你，是有两件事。"

"呃？"

"第一，你把那支无心散卓笔要回来，那非常重要。"

罗中夏心中暗暗叫苦，那笔早就送给鞠式耕了，现在再去找人家要，自己都不太好意思开这个口。他又问第二件事是什么。

小榕郑重地扶了扶眼镜，眼神变得锐利起来。

"第二件事，就是要训练你运用笔灵的能力。"

"我学那、那些东西做什么？"

"让你至少能有些自保的能力，不至于拖累我。"

"才三天时间啊，能学到什么？"

小榕明明比罗中夏年纪小，这时却变得很像一个威严的老师："三天时间可以学许多东西了。"

"可是……"罗中夏一边不自信地挠着头皮，一边嗫嚅。打架这种事他实在是没什么自信，何况还是奇幻级别的。

"不必担心，你那天在旧货店，不是干得不错吗？"小榕说到这里，声音忽地转缓，镜片后的眼神也柔和了许多，"若非你出手，我还不知会如何……说起来我还得谢谢你呢。"

罗中夏仍旧拼命抓着头皮，他对自己那天如何击退诸葛长卿的过程毫无印象，那是整个人失去神志以后被笔灵侵占了身体，完全本能地在战斗。

仿佛了解他心中所想，胸中笔灵忽地跃动不已，迫不及待。左思右想了半天，罗中夏觉得自己好像没有什么选择。末了他长长出了一口气，高举双手，终于下定了决心：

"好吧，好吧，那我该怎么办？是跑步、健身还是先打沙包？"

小榕满意地点了点头，从挎在胳膊上的粉红色坤包里取出一本线装书，递给罗中夏。

"请你背熟它，这是第一步。"

罗中夏接过书本，上面写着五个字。

这是五个令罗中夏哭笑不得的字。

《李太白全集》。

第八章

○ 男儿穷通会有时

罗中夏拿着《李太白全集》在手里反复地掂量。怎么看这都是一本毫无特别之处的普通纸质印刷品，它甚至不够古，书后清楚地写着印于1977年，中华书局，清人王绮所注。每一页都不可能隐藏着夹层，汉字的排列也看不出有什么特别的规律——这又不是达·芬奇密码。

"我要修炼的就是这本东西吗？"他迷惑地抬起头。

"是的。"小榕的回答无比肯定。

"不是开玩笑吧，又不是语文考试。"

小榕似乎早预料到他会是这种反应，伸出一只纤纤素手点了点他的胸口："你的胸中寄寓的是李白的笔灵，虽然不够完全，但毕竟沾染了李白的精神。若想让它发挥出最大的威力，你必须要了解李白的秉性、他的才情、他的气魄，而读他的文字是最容易达成这种效果的途径。"

"就是说我要尽量把自己和李白的同步率调高？"

"我们叫作笔灵相知。观诗如观心，相知愈深，相悦愈厚。"

小榕说完以后，抿起嘴来不再作声。罗中夏盯着她形状极佳的嘴唇看了半天，终于忍不住开口问道："就完了？"

"当然，你还想知道什么？"

"我的意思是……呃，难道不该有些心法、口诀或者必杀技之类的东西教我吗？"

"笔灵是极为个人的东西，彼此之间个性迥异，每一支笔灵运用的法门也是独一无二，不能复制。所以没有人能教你，只能去自己体会。我所能告诉你的，只是多去读文。熟读唐诗三百首，不会作诗也能吟。这本集子里，你多看诗就好，后面的赋、铭、碑文什么的暂时不用理。"

罗中夏悻悻地缩了缩脖子:"这不是等于什么都没说嘛……"

这时一名校工骑着自行车从旁边路过,他看了罗中夏和小榕一眼,吹了声轻佻的口哨,扬长而去。小榕连忙把点在罗中夏胸口的手指缩了回去,脸上微微浮起一丝红晕。仿佛为了掩饰自己的尴尬,她转移了话题。

"你别忘了第一件事。那支无心散卓笔呢?我们必须找到它。"

罗中夏叹了一口气:"那支笔,已经送给我们学校的老师了。"然后他把整件事前因后果解释给小榕听,小榕听完撇了撇嘴,只说了四个字:"咎由自取。"因为这四个字批得实在恰当,罗中夏被噎得一句话也说不出来。

在小榕的催促下,罗中夏索性把第二节公共课给旷掉了,直接去松涛园找鞠式耕。小榕陪着他一起去,两个人一路并肩而行,不明真相的路人纷纷投来羡慕和诧异的目光。这一路上罗中夏试图找各种话题跟小榕聊天,却只换来了几句冷冰冰的回应。

在又一个话题夭折之后,小榕淡淡道:"你与其这么辛苦地寻找话题,不如抓紧时间多背些诗的好。"

"那从哪一首开始比较好啊?"罗中夏不死心。

"第一首。"

这回罗中夏彻底死心了。

两个人很快又一次迈进松涛园内。旧地重游,游人却没有生出几许感慨,而是沿着碎石小路径直去了招待所。小榕在招待所前忽然站定了脚步,表示自己不进去了。罗中夏也不想让她看见自己被鞠式耕教训的样子,于是也不勉强。

等到罗中夏离开以后,小榕抱臂站定,垂头沉思。她本是个极淡泊的人,这时却忽然心生不安。她抬起头环顾,四周野草耸峙,绿色、黄色的杨树肃然垂立,即使是上午的阳光照及此地,也被静谧气氛稀释至无形。

她朝右边迈出三步,踏入草坪。昨日颖童就是在这里袭击罗中夏的,草窠中尚且看得见浅浅的脚印,棱角方正分明,是笔童的典型特征。她低下头略矮下身子,沿着痕迹一路看去,在这脚印前面几米处是一片凌乱脚印,脚印朝向乱七八糟,显然是那个被吓得不知所措的罗中夏留下的。小榕脑海里想到他昨天晚上的表现,不禁莞尔。

一阵林风吹过,小榕把注意力集中到了右侧的更远处。大约二十米开外有一条深约半米的废弃沟渠,半绕开碎石小路深入林间。沟内无水,充塞着茂密的野草,从远处望去只能看到一片草尖飘摇，根本发觉不了这条沟的存在。

小榕慢慢拨开草丛来到沟边，她的细致眼光能够发现常人所无法觉察的微小线索，堪比CSI。她从野草的倾斜程度和泥土新鲜程度判断，这里曾经藏过人，而且时间和罗中夏遇袭差不多。她用右手把挣脱发带垂下来的几丝秀发撩至耳根，俯下身子，发出轻微的喘息。

一道极微弱的蓝光从少女的葱白指尖缓缓流泻而出，慢慢洒在地上，向四面八方蔓延开去。在沟渠的某一处，原本平缓的蓝光陡然弹开，朝周围漫射开来，像是一片蓝色水面被人投下一块石头，泛起一圈圈的涟漪。小榕的表情变得严峻起来。

罗中夏从招待所里走出来，两手空空。他看到小榕还站在原地，急忙快走两步，上前说道："那支笔，已经不在这里了。"

"我已经知道了。"

"啊？"

小榕扬起手指了指远处的沟渠："我刚才在那边发现了些线索。昨天晚上你遇袭的时候，有人隐藏在旁边，而且这个人手里拿着无心散卓笔。"

"你怎么确定？"

"笔灵过处，总会留下几丝灵迹。我刚才以咏絮笔去试探，正是无心散卓笔的反应。"

"难道真是郑和？"罗中夏疑惑地叫道。刚才鞠式耕告诉他，昨天晚上郑和借走了那支笔，就再没有回来过。

"郑和是谁？"

"就是那天去你们那里买了菠萝漆雕管狼毫笔的家伙。"罗中夏没好气地回答，那件事到现在他还是耿耿于怀。

"哦，原来是那个人，他现在在哪里？"

"那就不知道了，这得去问了。"

罗中夏心里对郑和的愤恨又增加了一层，这家伙每次都坏自己的事，而且两次都和毛笔有关，着实讨厌。小榕俏白的脸上也笼罩着浅浅一层忧虑：笔灵本是秘密，让罗中夏掺和进来已经引起无数麻烦，现在搞不好又有别人知道。不过眼下他们也没什么别的办法，只好先返回校园，四处去找郑和的同学打听。

接下来的时间罗中夏可是过得风光无比——至少表面上风光无比——他走到哪里小榕都如影相随，上课的时候小榕就在门口等着；到了中午，两个人还双双出入学校旁边的小餐馆，让罗中夏的那班兄弟眼睛里都要冒出火来。而老李丝毫不见动静，仿佛已经把罗中夏给忘掉了一样。这更让罗中夏惴惴不安，他终于深刻地理解到那句"不怕贼偷，就怕贼惦记"了。

他心中还存着另外一件事，但如果小榕在身边，这件事情是没有办法做的。

罗中夏问了几个郑和的同学，他们都说不知道那家伙跑去哪里了；还说今天的课郑和全都缺席没来，他的手机处于关机状态，也无法联络。他还带着小榕去了几个郑和经常出现的地方，在那里小榕没有发现任何无心散卓笔的痕迹。

罗中夏跑得乏了，找了个小卖部要了两瓶汽水，靠在栏杆上歇气，随口问道："我说，那支笔为什么叫作无心散卓啊？这名字听起来很武侠。"

小榕嘴唇沾了沾瓶口，略有些犹豫，罗中夏再三催促，她才缓缓道："汉晋之时，古笔笔锋都比较短，笔毛内多以石墨为核，便于蓄墨，是名为枣心；后来到了宋代，笔锋渐长，笔毫渐软，这墨核也就没有必要存在，所以就叫作无心。散卓就是散毫，是指笔毫软熟的软笔，这样写起字来笔锋自如，适于写草书。"

罗中夏似懂非懂地点了点头，又问道：

"那你能不能感应到无心散卓笔的气息呢？"

"不靠近的话几乎不能，事实上笔灵彼此之间的联系并不强烈。你看，我和诸葛长卿上次面对面，都不知道对方笔灵的存在。"

"那反过来说，诸葛家的人想找我，也没那么容易了？"罗中夏小心地引导着话题走上自己想要的方向。

小榕沉吟了一下，回答道："对，但他们已经知道你在这所大学，也许现在就有人在盯梢。"

罗中夏立刻顺着杆子往上爬："那我们逆向思维，离开这所大学不就得了？"小榕有些意外地看了看他："离开大学？"

"对啊，我离开大学，他们再想找到我就难了，你也就不必再辛苦护卫我，我们可以分头去找郑和，你看如何？"

小榕看着罗中夏侃侃而谈，丝毫不为所动："不必多此一举，我们就在校园里等。"

"可万一郑和没找到，敌人又打来了呢？"

"爷爷既然这么安排，总没错。"小榕轻松地否定了罗中夏的提议。罗中夏失望地摆了摆头，叹道："那晚上咱们只好在学校网吧里待着了。"

"网吧？干吗去那里？你们应该有晚自习吧？"

"……呃，有是有，可……"

"别欺负我没上过大学。"

小榕一直到现在，才算第一次在他面前绽放出笑容，这笑容让罗中夏无地自容。不知道为什么，在她面前，他一句反击的话也说不出来。

到了晚自习的时候，罗中夏被迫带着小榕来到阶梯教室，一百个不情愿地翻阅那本《李太白全集》；小榕则坐在他旁边，安静地翻阅着时尚杂志，她侧影的曲线文静而典雅。不用说，这又引起了周围一群不明真相者的窃窃私语。

罗中夏不知道自己今天已经成为校园一景，他闷着头翻阅手里的书，看着一行一行的文字从眼前滑过，然后又轻轻滑走，脑子里什么都没剩下。他胸中笔灵似已沉睡，丝毫没有呼应。

李白的诗他知道得其实不少，什么"床前明月光""飞流直下三千尺""天生我材必有用"。中国古代这么多诗人里，恐怕李白的诗他记得最多——相对而言。不过这些诗在全集里毕竟是少数，往往翻了十几页他也找不到一首熟悉的。

小榕在一旁看罗中夏左右扭动十分不耐，把头凑过去低声道："不必着急，古人有云'文以气为主'，你不必逐字逐句去了解，只需体会出诗中气势与风骨，自然就能与笔灵取得共鸣。你自己尚且敷衍了事，不深体味，又怎么能让笔灵舒张呢？"

罗中夏苦笑，心想说得轻巧，感觉这东西本来就是虚的，哪里能想体会到就体会到的？但他又不好在小榕面前示弱，只好继续一页页翻下去。

书页哗哗地翻过，多少李太白的华章彩句一闪而逝，都不过是丹青赠瞽、丝竹致聋，终归一句话，给罗中夏看李白，那真是柯镇恶的眼睛——瞎了。才过去区区四十分钟，罗中夏唯一看进去的两句就是"茫茫大梦中，唯我独先觉"，更是困到无以复加，上下两眼皮止不住地交战。忽然，胸中笔灵噌地一阵抖动，引得罗中夏全身一震。罗中夏大惊，开始以为是有敌人来袭，后来见小榕还安坐在旁边，才重新恢复镇定。

"奇怪，难道是刚才翻到了什么引起它共鸣的诗歌？"

罗中夏暗暗想，这听起来合情合理。他用拇指权当书签卡在页中，一页一页慢慢往回翻，看究竟是哪一首诗能挑起笔灵激情。

翻了不到十页，笔灵似被接了一个触电线圈，忽地腾空而起，在体内盘旋了数圈，流经四肢百骸，整个神经系统俱随笔灵激颤起来。小榕在一旁觉察到异象，连忙伸手按住罗中夏手腕,循着后者眼神去看那本打开的书。

这一页恰好印的是那一首绝命诗:

大鹏飞兮振八裔,中天摧兮力不济。余风激兮万世,游扶桑兮挂石袂。后人得之传此,仲尼亡兮谁为出涕。

罗中夏只觉得一股苍凉之感自胸膛磅礴而出,本不该属于他的悲壮情绪油然生起,这情绪把整个人都完全沉浸其中。笔灵的颤动越来越频繁,牵动着自己的灵魂随每一句诗、每一个字跌宕起伏,仿佛粉碎了的全息照片,每一个碎片中都蕴含着作者的全部才情,通通透透。不复纠缠于字句的诗体凭空升腾起无限气魄,自笔灵而入,自罗中夏而出。

突然,整个世界在一瞬间被抽走了,他的四周唯留下茫茫黑夜,神游宇外。无数裂隙之间,他似是看到了那飘摇雨夜的凄苦、谪仙临逝的哀伤激越,如度己身。

不知过了多少弹指,罗中夏才猛然从幻象中惊醒,环顾四周,仍旧是那间自修教室,小榕仍旧待在身边,时间只过去几秒钟,可自己分明有恍如隔世之感。

"你没事吧?"小榕摇晃着他的肩膀,焦急地问道。她没料到这支青莲遗笔感情如此丰沛,轻易就将宿主拉入笔灵幻觉之中。她的咏絮笔内敛深沉,远没这么强势,看来笔灵炼的人不同,风格实在是大异不同。

罗中夏缓缓张开嘴,说了两个字:"还好。"脑子里还是有些混沌。

小榕悄悄递给他一块淡蓝色手帕,让他擦擦额头细细的一层汗水,这才问道:"刚才发生了什么?"

"……呃……很难讲,大概就像是某种条件反射。我翻开这一页,笔灵立刻就跳弹起来,接着就出现了许多奇怪的东西……"罗中夏低声回答,用食指在那几行诗的纸面上轻轻地滑动,神情不似以往的愈懒,反而有种委蜕大难后的清静。

"不知道为什么……这首诗现在我全懂了,全明白了。它的不甘、它的无奈、它的骄傲我全都懂。很奇怪,也没有什么解说,只是单纯的通透,好像是亲手写就的一般。"

罗中夏又翻开别的页看了几眼,摇了摇头:"其他的还不成,还是没感觉。"

小榕蛾眉微蹙,咬住嘴唇想了一阵,细声道:"我明白了!"

"哦?"

"你这支笔本也不是真正的青莲笔,而是太白临终前的绝笔炼化而成。是以笔中倾注的多是临终绝笔诗意,别的闲情逸致反而承袭得不多。所以你读别的诗作都没反应，唯有看到这一首时笔灵的反响强烈如斯。"

罗中夏"嗯"了一声，又沉浸在刚才的氛围中去。

小榕喜道："这是个好的突破口。你不妨就以此为契机，摸清笔灵秉性。以后读其他诗就无往而不利了。"

"笔灵秉性啊……我现在只要心中稍微回想一番那首绝命诗，笔灵就会立刻复苏，在我体内乱撞乱冲。"

"很好，人笔有了呼应，这就是第一步了。接下来你只要学着如何顺笔灵之势而动就好。"

罗中夏低下头去，发现自己胸前隐隐泛起青莲之色，流光溢彩，他心想这若是被旁人看了，还不知道会引起怎样的议论。心念一动，光彩翕然收敛，复归暗淡，简直就是如臂使指。他忽地又想起来那日在师范大学时的情景，偏过头去把当日情景说给小榕听，问她这支青莲笔究竟有何妙用。

小榕说以前从不曾有人被这支笔神会或者附身过，不知道具体效用是什么。但她说太白诗以飘逸著称，炼出来的笔灵也必然是以轻灵动脱为主，究竟如何，还是得他自己深入挖掘和体验。

"你的咏絮笔，当时是如何修炼的？"

小榕一愣，随即答道："我小时候好静不好动，每天就是凝望天空，经常都是三四小时不动。我爷爷说神凝则静，心静则凉。咏絮笔秉性沉静，时间一长，自然就人笔合一了。"

罗中夏撇撇嘴："原来发呆也是修炼的一种，那你可比我省事多了……"

"好了，你继续。"小榕转过脸去。

适才的一番心路历程让罗中夏信心大振，他重新翻开太白诗集去看，比刚才有了更多感觉。虽然许多诗他还是看不懂，但多少能体会到其中味道。这本诗集尚有今人作注，若有疑问难解之处，可以寻求解答。

正看得热闹，罗中夏心中一个声音响起："你究竟在干什么呀？"他猛地一惊，情绪立刻低落下去。自己本来是千方百计与这些怪人脱了干系，怎么现在又开始热衷于钻研这些玩意儿了？岂不是越陷越深吗？

想到这里，他啪地把书合上，重新烦闷起来。

第九章

○

夜欲寢兮愁人心

小榕见他忽然把书合上了,奇道:"怎么了?"罗中夏已经没了读书的心思,于是指指黑板前的时钟道:"时间差不多了,该回去了。"

"哦,那好。"

两人起身收拾好东西,出了教室朝着生活区走去。罗中夏心中矛盾,小榕生性淡泊,两人一路无话。快到男生宿舍楼门口的时候,罗中夏才想起来小榕还没处安置。他停下脚步问道:"那……呃……晚上你怎么办?"

"放心好了,我就在附近。"

"这个……那多不好,要不你先回旧货店,明天早上再来吧。"

小榕不为所动:"我爷爷说了,你晚上被袭击的可能性最大。"

"可你就这么在外面站一晚上?"

"你别忘了,我从小就最耐得住寂寞啊。"小榕微微一笑。

罗中夏瞅瞅宿舍楼上寝室的窗户,心想老七肯定已经把这事告诉所有人了,自己今天晚上回去是九死一生,肯定会被那群色狼盘问到半夜。

左思右想之下,罗中夏打定了主意。他转过身来拉住小榕的手:"算了,我们去外面找个地方过夜。"

"什么?!"

就算是从容如小榕也被吓得双目圆睁。罗中夏慌忙摆手解释说:"啊啊,别误会,我是说去外面找个能通宵的网吧。总不能我在宿舍里蒙头大睡,你在外面站着啊。"

"那里……离大学远吗?"

"不远,就在旁边。那儿有吃有喝,总比在外面吹凉风的好。"

罗中夏连说带比画，唾沫横飞，极力劝说小榕。小榕想了想，觉得他说的也不无道理，点头应允了。于是两个人折返出生活区，去了战神网吧。

这会儿差不多十一点，该回宿舍的学生都回去了，想通宵的还没补完夜宵，所以屋子里颇为安静。只是空气里弥漫着一股混杂着汗味与香烟的味道，让小榕皱起眉头捂住了鼻子，一脸的厌恶。

"没事，没事，一会儿通风就好了。"罗中夏生怕小榕反悔，他东张西望，正看到老板拎着一箱红牛空罐出来。罗中夏笑道："哟，老板，今天过来心理咨询的人不少啊。"

"哎，我跟你说，现在的大学生，那是一代不如一代，心理脆弱得不得了。"老板一面摇着头一面走过来，他看到罗中夏身后的小榕，眉头一挑，把他拉到一边来悄声问道：

"嘿……这么快就搞定了？"

"不，不是这回事。"罗中夏赶紧辩解，生怕小榕听到发作。老板又露出那种洞悉一切的暧昧笑容，连连点头："我知道，我知道，你表妹来探望你，没找到住的地方，所以你陪她来网吧打发时间，对吧？"

"对，对。"

"对个屁，我上大学那会儿都不用这种借口了。"

老板在他头上象征性地挥打了一记，然后爽快地对小榕伸出右手："你好！我叫颜政，颜是颜真卿的颜，政是政通人和的政。"

"韦小榕。"

小榕微笑着也伸出手来，两个人握了握。罗中夏把颜政拽到旁边低声问道："喂，你以前跟我可不是这么介绍的。"

"到什么山上唱什么歌。人家小榕姑娘一看就出身书香门第，气质高雅。我跟你说颜真卿，你知道他是谁吗？"

颜政一句话就把罗中夏给噎回去了。他动作麻利地给他们开好两台相邻的机器，还送了两罐红牛。罗中夏赶紧推回去一罐，说有一罐就够了，换了一瓶冰红茶回来。

到了电脑前，罗中夏拉开椅子，随口问小榕：

"你以前上过网吗？"

"你是在笑我土吗？"

小榕不悦，罗中夏尴尬地挠了挠头："不是啦，我总觉得像你们这些……呃……

仙人，与现实世界应该是格格不入的。"

"我们只是身具笔灵的普通人罢了，哪里是什么仙人啊……"小榕忽然有些神色黯然，"不过你说得不错。我们韦家身背千年的宿命，每个人从一生下来就接受各种训练，很少能接触正常的普通人生活。"

罗中夏有些歉疚，刚要出言安慰，颜政又不失时机地冒了出来。

"小榕姑娘平时上网很少吧？"

小榕仰起头，饶有兴趣地回答："你怎么知道？"

颜政走到小榕身后，双手扳住她的椅子后背，身子前倾："我跟你说啊，一般天天来网吧的人，比如老罗吧，都是右手习惯性地放到电脑桌前，方便抓鼠标，左手搁在键盘上，随时能进入状态；你看你现在，双手交叉叠在桌前，拇指微抬，手腕空悬，一看便知很少用电脑，用毛笔倒是多一些吧？"

"老板你好厉害。"

"那当然了，算命的一直说我有当推理小说家的命格。"

"喂，上次你还说自己是心理医师的命格呢！"罗中夏在旁边坐不住了。

颜政冲他摆了摆指头，复对小榕道："如蒙不弃，就让我来教你如何？"

"好啊。"小榕点点头，露出清新爽快的笑容。罗中夏也把脑袋凑过来，警惕地对颜政道："要不咱们俩带她一起打游戏吧。"

"游戏打打杀杀的，不适合女孩子玩。"颜政刚说完，小榕转向罗中夏道："罗中夏同学，你还有更重要的功课对吧？"

后者像泄了气的皮球，悻悻缩了回去，把《李太白全集》拿了出来。

颜政左看看右看看，笑道："嚯！你管得还挺严的嘛，我还是头一回看见上网吧通宵来读诗的呢。"他又冲罗中夏挤了挤眼睛："以后你可有的是苦头吃了。"

罗中夏听了，不知是该哭还是该笑。

于是罗中夏老老实实地捧起书来，昏天黑地地看。而颜政则教小榕上网冲浪，去一些女孩子感兴趣的时尚、心情网站闲逛。罗中夏不时偷偷斜眼旁观，还好，颜政还算规矩，没有手把手地教她握鼠标。

读文字和打游戏不同，罗中夏一过十二点就开始犯困，只好拼命喝红牛撑着。那边颜政已经完成了教学任务，小榕冰雪聪明一点就会。颜政没事就说两个笑话，谈些掌故，逗得小榕咯咯一笑，气氛融洽到让一旁的年轻人酸水直冒。

所幸小榕很快就能自己独立上网，颜政回到柜台去招呼其他客人。

长夜漫漫。有道是有心十年弹指过，无意弹指胜十年。罗中夏拿着诗卷只觉得度时如年，小榕却是过得顺风顺水，转瞬就几小时飞过。

就这么一直到了凌晨五点。罗中夏经常通宵，知道这个时间点是个坎儿，大凡通宵的到这会儿都是最困的时候。他事先喝了红牛提神，小榕不知此中奥秘，虽然勉力支撑，可脸上却难掩倦意。

罗中夏见时机已到，凑过脸来关切地问道："困了吧？"

"还好……呵……"

小榕嘴里含混答着，稍稍猫展了一下两条胳膊，不期然引爆了连续数个哈欠。

"要不你休息一会儿吧，通宵不睡对皮肤不好。"

"哼，还不是你害的。"

"这会儿应该没事，坏人也得睡觉呀。有什么事发生，我再叫醒你就是。"

"可是……这里没有地方躺。"

罗中夏一看有门，连忙回答："那边有长条椅，躺着还挺舒服的。"

小榕听了罗中夏的话，踌躇了一下，自己也着实有些困倦了，经不住罗中夏劝说，就走了过去。她原本已经躺倒，忽又起身嘱咐道：

"有什么可疑的事发生记得叫醒我，诸葛家的攻击方式比我们想象中更广泛。"

"一定，一定。"

小榕放心不下，再三叮嘱完才翻身睡去。颜政趴在柜台上，一边磕着手里一摞厚厚的身份证，一边斜眼看着罗中夏："我跟你说啊——虽然掺和你们的事不合适——你看人家对你多体贴，年轻人，得珍惜呀。"

"什么？"

"少装糊涂了，从一开始你就是成心把她骗来网吧，你好脱身而走的吧？"

"你，你误会了，不是那么回事……"罗中夏结结巴巴地说，"我离开几小时，最快七八点就回来了，让她在这儿等我。"

说完他不顾颜政怀疑的目光，匆匆离开了战神网吧。颜政看他的背影消失，摇了摇头，走到小榕身边给盖上一件大衣，回到柜台继续忙活起来。

离开了战神网吧，罗中夏立刻拦下一辆夜班的出租车，拉开车门腾地坐到后排。司机回头疑惑地打量了罗中夏一番，问道："去哪儿？"

"旧货市场。"罗中夏半是紧张半是兴奋地说道。

旧货市场旁边有个墨雨斋，当初郑和是在那里和赵飞白见面，才从韦势然手里弄到一支菠萝漆笔。罗中夏有个直觉，这次郑和借走了无心散卓笔，说不定也会跑来这里。他决定不惊动小榕，自己把笔去要回来。

过去一段时间发生的事情太诡异了，无论是凶狠如狼的诸葛长卿、强迫自己修炼背诗的韦小榕还是神秘莫测的韦势然和老李，以及那个笔冢主人和他背后那如同神话般的故事，都让罗中夏心生惧意，无所适从。

他一点也不想被牵扯进来，只想把这件事尽快了结。而他觉得最好的办法，就是不惊动和笔灵有关的任何人，去把无心散卓笔找回来，还给小榕，再设法把李白的笔还掉，老老实实做回一个平凡的学生。

到了旧货市场的时候，天还没亮，一轮弯月挂在天空还精神得紧，丝毫不见月薄西山的颓势。市场前的人不算特别多，卖豆腐脑、油条、馄饨和煎饼果子的小贩们刚把摊子支起来，三三两两的生意人在摊前抄手闲谈；旁边老柏树上的乌鸦尚未睡醒，只是偶尔拍拍翅膀，懒散地呀呀叫上两声。

墨雨斋还是老样子，只是梧桐树立在黑暗中，倒比白天多了几分幽深的气息。其他几家店门户紧闭，显然是还没开门，唯有墨雨斋的门微微开了半扇。四下一片寂静，月亮斜挂偏院檐角，颇有琉璃檐角衬月冷的清冷。

"我的倒霉，就始于此了。"

罗中夏暗自叹息，若非当日他过来偷听，也就不会把这等麻烦事惹上身，现在只怕还无忧无虑地在宿舍里睡觉呢。

伤心之地，不宜久留。他转身要走，胸中的笔灵忽地又开始振荡起来。

罗中夏大惊，若非有什么重大感应，青莲笔断然不会如此跃动。他四下望去，院内悄然无声。他朝前走了几步，发觉笔灵跃动的频率前后不同。

朝右三步，笔灵激动不已；退后三步，则复又转缓。

难道这是个类似雷达的东西？

罗中夏虽然不知是怎么回事，但好奇心盖过了一切。他试探着又往右迈了几步，笔灵大振，于是他就依着这个规律摸索着前进。

小院不大，罗中夏慢慢绕开正路，一步一步探查着。经过几次试探，他总算搞清楚了正确的方向，逐渐走到墨雨斋房后的梧桐树下。此时笔灵振动已经达到一个极限，他探头一看，不禁倒抽一口冷气。

在梧桐树下赫然蜷缩着一个人。

这人身穿白色运动服，双手抱臂，脑袋被运动服的兜帽遮住看不清楚，双腿弯曲缩成了一团，身体不时抽搐一下，这是唯一能表明他仍旧活着的表征。

罗中夏赶忙拿出手机，准备拨打110。他又凑近了一些，想借着手机的夜光再看仔细点，却惊讶地发现，躺倒之人十分面熟。正是墨雨斋的老板，帮着郑和找笔的赵飞白。

"怎么老板晕倒在自家店的后面了？"罗中夏自言自语。

只见兜帽里的赵飞白眉头紧皱，双唇苍白，整个面色就像竹漆一般惨青。罗中夏拼命按捺住惊恐，用手去触他的鼻息，感觉到极微弱的呼吸，心中一宽。

至少他还活着。

虽然他帮郑和夺了自己的笔，那也只是旧怨。眼下人命关天，这些小事罗中夏也就顾不上计较了。至于他为什么晕倒此处、郑和与无心散卓笔何在，这些都等把人救出去再说。

他拍了拍赵飞白的脸，喊了几声"喂"，赵飞白毫无反应，双手仍旧紧紧箍着，似是冰冷至极。

"还是赶紧先弄到医院去吧。"

罗中夏拿起手机，刚按了两个数字，就听外面传来一阵脚步声。他站起身来想大声呼唤，突然之间一股不祥之感冲入心中，把他的声音生生按下。

他悄悄关上手机，闪身躲到墨雨斋的另外一侧，心脏与笔灵都狂跳不已。

脚步声渐近，来人只有一个，只是天色未明，看不清相貌穿着。

这人先到了墨雨斋前，拿出钥匙哗啦哗啦打开门锁，推门进去，过不多时，又推门出来，绕到房后，刚好发现梧桐树下的赵飞白。

罗中夏紧贴在拐角处的墙壁上，大气也不敢出一口。

这人用脚踢了踢昏迷不醒的赵飞白，见没什么反应，竟然笑道："想不到你倒能跑，居然还有力气爬到这里。"

赵飞白自然是毫无反应。

"本来咱们一场相好，我不想伤你性命，谁叫你反抗来着。不就是个世交的侄子嘛，何至于此！"听声音是个女子，而且年纪不大。

罗中夏暗暗心惊,听她的口气似乎是谈及郑和。那边传来一阵衣服磨地的声音,只见来人拽着赵飞白一条腿,生生拖回墨雨斋内。看她的手法举重若轻,拖起这一百多斤的人来毫不费力。

"是该报警还是……"罗中夏犹豫了一下,决定还是再看一下情况。他一步一步小心蹭到墨雨斋门前,门没关牢,刚好给他留了一道小缝。

那人恰好背对着门缝,罗中夏这回看清楚了她穿着一身风衣,身材却不高。只见她把赵飞白随便甩到一旁,打开口光灯,随后从怀里掏出一个竹制小筒,搁到紫檀桌上。这筒长十几厘米,由暗青色的竹片用金丝箍成,上面似乎还漆着几行字,不过距离太远,实在看不清。

再往屋子深处看,罗中夏一惊。

一个人在一张简易行军床上盘膝而坐,双目紧闭,正是郑和。

但他的模样是何等可怕!

郑和的整张脸完全被青色所侵蚀,裸露在外面的手臂也是青筋暴起,黑中透紫,整个人恍如鬼魅。他的脸形本是正方,现在却越发瘦削起来,仿佛被不知名的力量拉得长且直,太阳穴深陷。

罗中夏猛然想到,此时的郑和,与颖童有几分相似。

风衣人用手按在郑和的人中和太阳穴各几秒钟,又摸向郑和下腹,一股光亮闪出,隐约可见一管毛笔影影绰绰在丹田之内。她自言自语道:"奇怪了,就算是无心散卓笔,何以炼化得如此之慢呢?"

郑和依然沉默,她拍了拍郑和的头,忽笑道:"不过无所谓啦,我就再多等十几分钟,待到日出之时,你便可以开始作为我奴仆笔童的新人生,这是你的福分哦。"

这番话听得罗中夏毛骨悚然。韦势然那个老狐狸,可没提过炼笔童需要活人来做材料的。

他心中害怕,身体自然朝后缩去,心中天人交战,不知是该去救郑和的性命还是自顾逃生。郑和虽然讨厌,可毕竟是自己同学。罗中夏虽然浑,可绝不会坐视别人濒临绝境而不理。

此时天空已然泛起鱼肚白,只怕没一会儿就要日出。一个人的生死,不,是两个人,不,是三个人的生死,就掌握在自己一念之间,罗中夏陡然背负起沉重的心理压力,呼吸不觉开始粗重起来。

"是谁?!"屋内风衣人厉声叫道。

罗中夏大惊,转身就跑。

为时已晚。

第十章

○

麟阁峥嵘谁可见

从墨雨斋门口到偏院出口只有二十米远，只要逃到那里就安全了。只是想走过这二十米，却如跨天堑深崖。

罗中夏刚一转身，只听身后墨雨斋的大门"啪"的一声被推开，随即一阵罡风呼地擦耳而过。他再定睛一看，那个风衣人已经挡到了他与偏院出口之间。

风衣人打量了罗中夏一番，笑道："我当是谁，原来又是个年轻人。你不在家里睡觉，跑到这种荒僻之地做什么？"语气轻松，倒像是闲谈。

罗中夏犹豫了一下，现在想逃只怕也已经晚了，还不如放手一搏。他本来也是个好耍小聪明的人，于是壮起胆子喝道："你干的一切，我都看到了。"此时他与风衣人直面相对，天色又已泛亮，对方面容看得清清楚楚，竟是一名年近三十的艳丽少妇。她齐耳短发，素妆粉黛，一双圆眼却透着精干之色。

她听到罗中夏呼喊，用手端住尖尖下巴，似是饶有兴味："哦？你倒说说看，我干什么了？"

"哼，你想把他变成你的奴隶！"

"哎呀，哎呀。"少妇扬扬手腕，羞涩地拍了拍自己的脸颊，妩媚一笑，"真是小孩子，你误会了。"

"我没误会。"罗中夏冷冷回答，"笔童如行尸走肉，不是奴隶是什么？"

少妇没料到眼前这个年轻人竟知道笔童为何，轻佻做派消失不见，眉宇间一下子涌出煞气："你，你是诸葛家的还是韦家的？"

"我是罗家的。"

罗中夏泰然自若，负手而立。少妇被他的气度吓住，先自疑惑道："罗家？我怎么不知道有这么一派？"

"你不知道的，可多了。"

罗中夏从容答道，朝前走了两步，忽然抻长脖子，越过少妇肩头向出口处打了个招呼："老李，我在这儿呢！"

少妇听得这个名字，面色剧变，连忙回头。罗中夏见机不可失，心中笔灵一提，发足狂奔，与少妇擦身而过，直扑出口。刚才他就算准了时间，情知自己敌不过她，所以先虚张声势把对手唬住，再伺机逃走。

青莲笔本擅长灵动，只是罗中夏不知如何操控，与笔灵本身相知又低。初时发足之际全凭一口冲气，心念绝命，青莲笔进力一跃，一下子出去十几米远。而时间一长，身体与笔灵之间流通复塞，他脚步登时又慢了下来。

眼看人已经冲到了出口，罗中夏眼前黑影闪过，夹以幽幽香气。他觉得一只软软玉手抵住自己胸膛，轰的一声，自己被震出十几米远，背部正正撞在墨雨斋门上。

这一下把他撞得眼冒金星，头昏脑涨，躺倒在地半天爬不起来。

少妇款款走来，笑意盎然："我还真被你吓着了呢，真是个坏孩子。"说完这句，她陡然停下了脚步，表情既惊且疑。罗中夏不知何故，挣扎着要起来，一低头，看到自己胸前衣服已经化为片片碎布，而裸露胸部正闪着青色毫光。

"你，也有笔灵？"少妇收敛起笑容。

"而且是好多支呢。"

罗中夏嘴上胡说八道，心里反复默念绝命诗，希望能催起笔灵。笔灵虽以鼓荡应和，他却不知如何运用，就好像一个人拿了汽车钥匙启动发动机，却不知道如何起步上路一样。真是书到用时方恨少，若是自己昨天晚上认认真真读几首诗，也不至于落到这种窘迫境地。

少妇不知罗中夏心理波动，警惕地停住了脚步不敢上前。两个人四目相对，却是谁都不敢先动。

局势僵持了一阵，少妇眼珠一转，先开口示好："你既然也有笔灵，那我们就是同道中人了。我叫秦宜，尊驾怎么称呼？"罗中夏不知她突然怀柔意欲何为，也不答话，尽力掩饰住自己的虚弱。如果被她看破自己根本无法驾驭笔灵，只怕生死立决。

"啧，疑心病还挺重的。好啦，好啦，为了表示我的诚意，让你先见识一下。"

少妇以为他不信，又是妩媚一笑，伸手开始解风衣的扣子。罗中夏大窘，赶紧把视线朝旁边移去。秦宜笑道："这孩子，这么猴急，我给你看的可是另外一样东西。"

风衣之下，是一套粉红色的 OL 套装，穿在秦宜身上凹凸有致，曲线玲珑。而吸引罗中夏的，不是她前胸两处诱人的圆润突起，却是双峰间一个玉麒麟的挂饰。

"很美吧？"秦宜垂头半看，声调柔媚，也不知她指的是什么。

随着她的指头抚弄，几缕光彩自玉麒麟头部飘然而出，隐约间罗中夏看到一管毛笔幻象自秦宜背后冉冉形成，笔顶微弯若角，笔身斑驳如鳞，隐有琥光。

这是除凌云笔、咏絮笔和自己的青莲遗笔以外，罗中夏见到的第四支笔灵。这管笔流光溢彩，端庄华丽，直看得他心驰目眩，不由得脱口问道："这是什么笔？"

"呵呵，好看吧，这叫作麟角笔。"秦宜的笑面在彩光中魅惑无限，"那尊驾的笔灵又是什么呢？"

"是当年日军投降时签字用的，叫作派克笔。"罗中夏一本正经地说。秦宜先是一愣，然后很幽怨地说道："好过分呀，你都把人家的看完了，还净骗人家。"

秦宜媚态尽显，娇柔的幽怨之声让罗中夏心旌动摇。他忽地想到屋子里的郑和生死不知，一股冷气穿心而入，把那股虚火生生压了下去。

"快把你的笔灵给姐姐看看嘛。"秦宜半真半假地催促道。

罗中夏侧脸看看屋内，郑和的面色愈加惨青，只怕真如秦宜所言，一到日出就会被炼化到无心散卓笔中，沦为傀儡。

"可恶，得想个办法啊。"罗中夏挪动一下四肢，在心中暗暗着急。为今之计，只能设法催动起青莲遗笔的神速能力，突破出去找小榕或者韦势然，他性格消极，知道自己是没有胜算的。秦宜又朝前走了两步，罗中夏忽然开口道：

"你这么做，就不怕诸葛家不高兴吗？"

秦宜果然停了下来，表情有些不自然。从刚才她对"老李"这个名字的反应来看，她似乎对老李颇为忌惮。罗中夏知道自己这一把押在诸葛家算是押对了。

"他，他们已经知道了？"秦宜的声音有些发颤，不是那种故作娇嗔的颤音，而是自恐慌而生。

"不错，一切都在我们掌握之中。"罗中夏继续演戏，故意停住不往下说。

秦宜朝后退了一步，身上笔灵一涣，神情似乎不太相信。罗中夏决定再吓她一吓，眯起眼睛道："这是老爷子亲自下的指示。"

"……"

"我现在若是不回去，就自会有人来接应。到时候你可别怪老爷子无情了。"

秦宜又畏缩地退了退，罗中夏心中一喜，心说得手了，起身就走。突然罗中夏觉得右腿一酥，登时整个人摔倒在地，动弹不得，浑如瘫痪了一般。

秦宜放声大笑："小伙子，我几乎被你骗到了。"

"怎……怎么回事？"

"你这人真有意思，老李什么时候成了老爷子了？"

罗中夏听了后悔不迭，直骂自己胡乱发挥，反露了破绽。

"不听话的孩子就得调教。"

秦宜打了两个响指，啪啪两声，罗中夏的左腿和右臂也是一酥，也都陷入瘫痪。他能恍惚感觉到，自己三肢之内的神经似是被三把重锁锁住，阴阴地往外渗出酸痛，如蚁附体。

他难受得在地上打滚，张口大呼，秦宜居高临下道："如何？咱们再换个滋味吧。"

又是一声响指，酸痛之感陡然消失，取而代之的是一阵奇痒，百蛆蚀骨，更加难耐。这种感觉持续了一分钟，秦宜又打了一个响指，柔声道："现在如何？"

奇痒瞬间消失，一股难言的兴奋从他的下腹悄然升温。

"别以为姐姐只会虐待别人，在我手里欲仙欲死的男人可多了呢。"秦宜调笑着拿眼神向下扫去，亲切地说，"只要你告诉姐姐，姐姐就用这麟角笔好好谢谢你，岂不比你双手省力？"

罗中夏不知道，这麟角笔本源自西晋名士张华（字茂先）。当年张华作《博物论》洋洋万言，献与晋武帝，武帝大喜，遂赐其辽东多色麟角笔。若论年代，麟角尚在咏絮、青莲之先。麒麟本是祥物，其角能正乾发阳，故有"麟角如鹿，挚茸报春"之说；所以这麟角笔天生就可司掌人类神经，控制各类神经冲动。只要被它的麟角锁住，就等于被接管了一身感觉，要痛则痛，要酸则酸，要爽则爽。

秦宜一边用麟角笔继续抚弄他的兴奋神经中枢，一边逼问道："你到底说还是不说呀？"罗中夏心想：若是被你知道我有青莲笔，只怕死得更快。于是抵死不吭声，只是咬紧牙关硬扛住下腹一波波传来的快感。

秦宜见他如此，脸色一翻，纵身跳进屋子里，把适才那个小竹筒握在手里，冷冷对罗中夏道："我说，我已经够客气的了，别敬酒不吃吃罚酒。"罗中夏只是闭目不语。

"好，既然如此，我就不问了，反正等我把你的笔灵收了，就知道是什么货色了。"

秦宜恨恨说道，高举起那个小竹笔筒，头上麟角笔光彩大盛，一股巨大的疼痛感瞬间爬满罗中夏所有的神经。

"啊！"

罗中夏痛苦地大叫起来，秦宜丝毫不为所动，继续施加压力，直至要把他的神经全部碾碎为止。就在此时，罗中夏的身体骤然发抖，肌肉以极高的频率颤动起来，到了极致时，一缕青光盘旋而出，缭绕在身体四周。

原本因为寄主不懂运用的法门，体内笔灵能力虽盛却无处发泄，如今却生生被强大的外部压力激发而出，其势便变得极猛极强。青莲笔自胸中扩散而开，灵波所及，双腿和右臂上的麟角锁立时反被震至粉碎。

秦宜早预料到这种事发生，她既惊且喜。喜的是毕竟逼出了这年轻人的笔灵，可以一睹真面目；惊的是这笔灵威力竟至于斯，一出手就震碎了自己的三把麟角锁。只见缭绕在罗中夏周身的青光愈盘愈盛，最后凝聚在他头顶，汇成一支毛笔形状。这笔轻灵飘忽，形态百变；一朵青莲妙花绽放于笔顶，花分七瓣，宝相庄严。

秦宜几乎不敢相信自己的眼睛："想不到，想不到竟然是青莲遗笔！"罗中夏此时悠悠恢复过来，看到青莲花开，心头一阵大慰——只是接下来该如何处置，却仍旧茫然不知。

秦宜面色变得神采奕奕，她习惯性地摆动了一下腰肢，不由得喜道："老天爷真是眷顾我，先让我得了无心散卓，又把青莲遗笔送上门来，真是得来全不费功夫啊。"

她把那个竹制笔筒对准罗中夏："能成为我收藏的一部分，你也算幸运！"

言语之间，仿佛已经笃定能把青莲收入囊中一般。

"×，好大口气！"有青莲浮现，罗中夏胆气也壮起来了。

"那，你要小心了哦。"

秦宜说罢，身形忽地消失，整个院子只听到极速的脚步声在四面墙间回荡。麟角笔飞至半空，笔毫散落，每一毫都化成一件奇物，有锁有剑，有龙有鱼，一时间漫天纷杂，汹汹扑来。张茂先以博物而闻名，见识广博，麟角笔秉其精气，自然也就变幻无方、不拘一类。

罗中夏看得眼花缭乱，意欲抵挡，却发现无从下手。

他心中暗念"动啊"，青莲纹风不动；他又高喊一声"动啊"，仍旧不动。刚才青莲绽放，纯粹是因为外部压力过大给逼出体外。若是寄主不能与之心意合一，还是无济于事。

他不动,敌人却在动。

只听"砰砰砰砰"数声闷响,毫无抵抗能力的罗中夏被这些东西撞了个正着,这些奇物皆是灵气所化,甫一入体,纷纷变回麟角锁,把他周身关窍俱重重紧锁。

罗中夏整个人登时瘫软在地,与植物人无异。

见一击得手,秦宜现出身形,轻启红唇,冲罗中夏飞了一个吻:"再见了,不老实的小家伙。"她缓缓举起两根手指,只消那么一搓,麟角锁就会立时收断神经,让罗中夏二十三年的人生画上一个句号。

罗中夏情知局势已经严重至无以复加,自己无力回天,绝望之际,脑子忽然电光石火般地闪过小榕曾经说过的一句话:

观诗如观心,相知愈深,相悦愈厚。

观诗?

观什么诗?

啪。

秦宜二指搓响,麟角锁轰然发动……

日照香炉生紫烟,
遥看瀑布挂前川。
飞流直下三千尺,
疑是银河落九天。

一首七言绝句,二十八个字。

一字一响,青莲花开,麟角寸断。

罗中夏自地上缓缓爬起,头顶青莲遗笔复振于云端,恰迎朝阳晨曦,金光万道。

这一首《望庐山瀑布》乃是李白壮年游至庐山时乘兴而作,千年以来流传极广,虽三岁小童亦能牙牙默诵,乃是万古开蒙必读。罗中夏虽不谙谪仙精妙,于这首诗却是熟极而流,遇到要紧关头,自然不假思索,本能反应而出。

历代大家评价此诗,无不以"大气""奇瑰"称之,盖其响彻天地之能,号称古今第一,极具冲击感。诗意皇皇,正合了诗仙精义所在,是以立时贯通寄主笔灵,使人笔合一，灵感交汇。若换了第二首，必不能如此轻易地冲破麟角锁。

秦宜在大好局面之下，丝毫没有心理准备，猛然遭此剧变，脸上霎时涨得紫红。

此时青莲笔为灵气牵动，一动则风云翕张，再动则青气四塞。麟角笔受此压力，略有畏缩之意。小院内的落叶被呼呼吹动，旋成朵朵旋涡。

"没道理！"她不甘心放弃，四指一并，麟角笔呼呼又放出数枚麟角锁，直锁罗中夏心脏。只要能锁住心脏肌腱，便可置敌于死地。只是现实永远不如理论那般美好，麟角锁飞至一半，罗中夏横手一扫，朗声吟道："日照香炉生紫烟。"

此时天光大亮，金乌东升，正合了日照之象。只见阳光所及，紫烟袅袅而起，阻住了麟角的去势。

"遥看瀑布挂前川。"

紫烟漫展开来，竟在罗中夏与秦宜之间形成一道屏障，高约十米。这屏障如海生紫潮，汹涌翻卷，不时有浪头直立拍起，仿佛这堵烟墙随时可以化作巨浪拍击下来，席卷一切。

秦宜也知道罗中夏念的是《望庐山瀑布》，她想到接下来的一句是"飞流直下三千尺"，一张俏丽的面孔登时变了颜色。只消罗中夏念动这一句，都不必"疑是银河落九天"，自己就已经被汹汹烟浪活活拍死了。麟角笔只是小巧之物，面对这等攻势无能为力——张华虽贤，却怎及李太白？

濒此绝境，秦宜银齿暗咬，把麟角笔召回，闭目凝神。麟角笔似乎感觉到了主人决心，飞至人前不住鸣叫，隐有铿锵之声。秦宜猛睁开眼，双臂一振，竟从麟角笔管中掣出两柄长剑。

一名龙泉，一名太阿。

张茂先当年曾在吴中窥得龙光大盛，亲往试掘，得古剑两柄，持之若宝。是以麟角笔变幻虽多，却以这两柄宝剑最臻化境。秦宜平时总不肯以这招示人，现在使出来，实在已是万不得已。

她高举双剑，交于头顶，一股灵气自头顶百会蒸腾而出，欲挽狂澜于既倒。

"飞流直下三千尺。"

随着一声轻吟，烟幕势如滔天巨浪，先自惊起千丈，再从天顶飞流而下，訇然击石。

整个偏院一时间都被紫浪淹没。

浪涛过后，院中无人，地上空余一个小巧竹筒与两柄残剑。

第十一章 ○ 桃竹书筒绮绣文

大敌既退，罗中夏靠在墨雨斋门外，大口大口喘着粗气，四肢酸痛难忍。他生平除了中学时代的一千米跑步，还不曾经历过如此剧烈运动。

　　秦宜那个女人生不见人，死不见尸，想来是逃走了。他往地上看去，那两片残剑本是灵力所化，不能持久，很快消融不见。

　　罗中夏挣扎着起身，俯首捡起那个小竹筒。这东西是以竹片金线箍成扁平，通体呈鱼形，筒口有曲尺沟槽；筒身正面镌刻着篆体"存墨"二字，腹侧则刻有侍读童子、松树仙云，未有多余雕饰。看似古雅素朴，筒内却隐隐有啸声，摇震欲出。

　　罗中夏虽不知这是什么，但看刚才秦宜表现，猜到此物绝非寻常，就顺手揣到怀里。他略一抬头，太阳已然升起，透过梧桐树叶照射下来，形成斑斑光点。又是一日好天气。

　　"糟糕！"

　　他猛然惊觉，秦宜刚才说日出之时炼笔可成，现在不知郑和怎么样了。他大步闯进墨雨斋内，见到郑和依然紧闭双目，端坐不动，脸上青气却比刚才重了几分。

　　罗中夏摇了摇郑和肩膀，大声叫他的名字，后者却全无反应。

　　"这个浑蛋，总是给我找来各种各样的麻烦。"

　　罗中夏一边骂着郑和，一边拼命拽起他的手臂架在自己肩膀上，搀扶着往外走。郑和个子有一米八几，块头又壮，拖起来格外辛苦。

　　到了门外，正看见赵飞白晃晃悠悠地走了过来。他的身体本也被麟角锁锁住，拜刚才那一战所赐，总算消除了禁锢，方才醒转过来。

　　"你是……"赵飞白迷茫地看着罗中夏。

罗中夏也不客套，劈头就问："你们和那个秦宜到底发生了什么？"

赵飞白一听这个名字，又是愤恨又是扭捏，犹豫片刻方才答道："那天郑公子拿来一支毛笔，说让我给鉴定鉴定。我于此道不太精通，就请了一个朋友，哦，就是秦宜，我跟她是好朋友，嗯嗯……算是吧……来帮忙鉴定。秦宜那个女人虽然是外企部门主管，但是对毛笔很有研究，我就让她过来了，没想到她居然见利忘义，把我打晕……"

罗中夏大概能猜出整个事情的全貌了：郑和那天无意中偷窥到了颖童追杀自己的情景，又听了小榕关于无心散卓的一番解说，便从鞠式耕那里借出笔来墨雨斋找人鉴定。谁想到赵飞白找谁不好，却找上了秦宜。秦宜见宝心喜，于是锁住赵飞白，还要拿郑和来炼笔童。由此看来，秦宜似乎与诸葛家不是一路。

不过这些事稍微放后一点再详加参详，如今还有更要紧的事情要办。罗中夏问赵飞白身体还挺得住吗，赵飞白点了点头。

"那自己去医院检查一下吧，我带郑和先走，救人要紧。"

赵飞白看了一眼郑和，大吃一惊，连忙低头在怀里摸出一把车钥匙："赶紧送郑公子去医院吧，我这里有车。"

"有车吗？太好了，把我们送到华夏大学。"

"华夏大学？不是去医院吗？"

"听我的没错，赶快，不然人就没救了！"罗中夏跺脚喝道。

赵飞白虽不知就里，但凭借在古玩界多年的经验，多少隐隐感觉到有些不对劲。当下他也不多问，和罗中夏一起搀扶着郑和从偏院小门出了旧货市场，上了车，直奔华夏大学。

罗中夏指路，让他来到战神网吧门口，把车子停住。

"不是吧，现在来网吧？"赵飞白把着方向盘疑惑地问道。

"总比洗浴中心强吧？"

罗中夏丢下这句话，转身一溜小跑冲进网吧。现在是早上七点过一点，正是最清静的时段。他一进网吧，就看到颜政专心致志在柜台点数钞票。

颜政一见是罗中夏，用中指比了一个嘘的姿势，小心地点了点左边。罗中夏忽然觉得一阵冰冷刺骨的视线从背后射来，慌忙回头去看，看到小榕正坐在沙发上，双手抱胸直视自己，沙发前的地板上搁着一本已经冻成了冰坨子的《李太白全集》，摆在那里异常骇人。

"你女朋友……不是有特异功能吧？我还没见发火发成这样的……"颜政悄悄对罗中夏说，一脸的敬畏。

罗中夏顾不上搭理他，一个箭步冲到小榕身前，没等她发作就先声夺人："无心散卓找到了！"

"哦。"小榕不动声色。

"是郑和拿去了旧货市场。"

"哦。"

罗中夏深吸一口气，然后说道："我在那里发现有人试图把郑和炼成笔童。"

这一句话终于动摇了小榕的冰山表情。笔灵的存在是千古隐情，历来只有极少数人知道，现在居然有人在旧货市场试图炼笔童，在小榕看来只有一个可能。

"诸葛家的人终于动手了？"小榕的口气充满了戒备。

"那些事容后再说，你先看看这位吧！"

罗中夏重新折回门口，恰好赵飞白搀着郑和冲进来，两个人把郑和直挺挺平放在一张玻璃桌上。

在柜台里的颜政目瞪口呆，紧接着不满地嚷道："喂，喂，这里是网吧，不是太平间啊。"但他看到小榕的眼神，吓得立刻把话咽了回去。

"他就是郑和，被炼化到一半的时候被我救出来了。你看看是否还有救。"

小榕看着不省人事的郑和，神情严峻。她虽然笔灵种下得早，但活生生一个人被炼成笔童并强行中断的事却是从来没碰到过。她把眼镜取下来搁到一旁，用发卡把自己的长发扎起来，不那么自信地说：

"那……我来试试看。"

小榕命令罗中夏把郑和的前襟解开，用手绢蘸冷水先擦了一遍，郑和面色铁青依旧，胸口略有起伏，证明尚有呼吸。小榕拿起他的手腕探了探脉搏，从怀里取出一粒药丸塞入他口中，冲罗中夏使了一个眼色。

罗中夏会意，转身对赵飞白说："赵叔叔，请您去附近药店买三个氧气包、两罐生理盐水和一包安非他命。"

赵飞白哪知这是调虎离山之计，连忙"嗯嗯"点头，转身出去。罗中夏见解决了一个，转向颜政，还未开口，颜政先翻了翻眼皮："你不是也想对我用这招吧？"

"怎么会呢。"罗中夏生生把原先的话咽下去，赔笑道，"我是想问你这里是否有隔间，万一客人进来看到总不好。"

"哼哼，算了，姑且就算我上了你们的当好了。"颜政不满地抽动了一下鼻子，用手一指，"那里是豪华包厢，虽然不大，多少也算是个隔离空间。"

"多谢多谢！"

罗中夏和小榕在颜政的帮助下把郑和架进包厢里。这个包厢是两排沙发椅加隔间磨花玻璃构成，从外面不容易看到里面的情况。

颜政看了眼郑和，道："你们真的不用帮忙吗？算命先生说我有做推拿医生的命格。"

"不，不必了……"

好不容易把颜政送了出去，小榕对罗中夏道："你把他的裤子解开。"

"什么？"

"让你解开裤子。炼笔之处是在人的丹田，必须从那里才能判断出状况。"

"为什么让我解啊？"

"难道让我解？"小榕狠狠地瞪了他一眼，罗中夏面色一红，不再争辩，低头，心里忽然回想起来，今天早上秦宜摸那地方的时候，表情却甘之如饴，一想真是让人面赤心跳。

好不容易克服了重重心理障碍把郑和的裤子脱至膝盖处，罗中夏如释重负，还未及喘气，小榕又说道："握着我的手。"

"这个好办！"罗中夏心中一喜，连忙把手伸过去，忙不迭地把那双温软细嫩的小手捏住，一股滑润细腻的触感如电流般瞬间流遍全身。他再看小榕，小榕的表情严肃依旧，双手泛起一阵橙色光芒，这光芒逐渐扩大，把两个人的手都裹在了一起。

"你可以松开了。"

罗中夏心生小小的遗憾，不情愿地把手放开，指尖一阵空虚。随即他惊讶地发现那团橙光仍旧围着自己双手。

小榕抬了抬下巴："我已经给你渡了一注灵气，你按我说的去做，用手去给他注入丹田。"

纵然有百般的不情愿，罗中夏也只得去做了。他强忍悲愤，把双手平摊按在郑和丹田部位，缓慢地顺时针挪动。随着手掌与肌肤之间的细微摩擦，那团橙光竟逐渐渗入郑和小腹，并向身体其他部分延伸而去，分枝错综，宛如老树根须。更令人惊讶的是，这一切深入腠理的运动，肉眼竟然可凭借橙光的指引看得一清二楚。

"这和做 CT 时的造影剂原理是一样的。我让你贯注进去的橙光与无心散卓笔的灵气相通，它会标记出郑和体内被无心散卓融炼的部分。"

"那岂不是说……"

罗中夏望着郑和的身体，瞠目结舌。郑和全身已经被蜘蛛网似的橙光布满，密密麻麻，可见侵蚀之深；只有头部尚没有什么变化，数道橙光升到人中的位置就不再上行。小榕以手托住下巴，眉头紧蹙，自言自语道：

"很奇怪……他已经接近完全炼化状态，一身经脉差不多全都攀附上了无心散卓笔的灵气，脑部却暂时平安无事。"

"呼，这么说还有救？"

小榕摇了摇头，让他凑近头部去看。那里橙光虽然停止了前进，但分成丝丝缕缕的细微小流，执拗地朝前顶去，去势极慢却无比坚定，不仔细看很容易被忽略掉。

"炼笔童不同于与笔灵神会，它是将笔材强行炼化打入人体之内，以体内骨骼为柱架攀缘而生，像植物一样寄生。是以笔材寄生之意极强，不彻底侵占整个人体便不会停——尤其是无心散卓笔，我很了解。"

"那就是说郑和他……"

"虽然我不知道原因，但暂时看来应该不会有大碍，但时间一长就难说了。如果不采取什么措施，无心散卓早晚会跟他的神经彻底融合，到时候就是孙思邈、白求恩再世，也救他不得了。"

罗中夏一听，反倒先松了口气，至少眼下是不用着急了。

"就是说，我们现在什么也做不了？"

小榕无奈地点了点头。

"具体怎么处置，还得去问我爷爷。不过他外出有事，怕是要明天才回来。"

"最好不回来……"罗中夏一想到自己两日之后还要做一个重大决定，心中就忐忑不安。今天早上虽然误打误撞侥幸胜了，却丝毫不能给他带来什么成就感，反而是郑和的下场让他恐慌愈深。以后万一再碰到类似的强敌，他是一点自信也没有。"再让我重复一次是不可能的，我也只能做到这一步了……"他心想。

小榕没有觉察到他的这种心理波动，她把注意力都集中到了郑和身上，一对深黑双眸陷入沉思，白皙的脸上浮现出一丝不安。

就在这时，外面"咣"的一声，像是谁把门踹开了。

"我儿子在哪里？！"

罗中夏和小榕俱是一惊，连忙把身体探出包厢去看。只见赵飞白、一个大腹便便的胖子和几个年轻人出现在门口，那胖子和郑和眉眼有几分相似。

那个中年男子快步走到郑和身前，表情十分僵硬。他端详了几秒钟，挥了挥手，沉声说道："把他抬出去，马上送市三院。"

那几个年轻手下得了命令，一起从沙发上抬起郑和出了网吧。

然后中年男子走到罗中夏面前，伸出手来："罗中夏同学是吧？"

"啊……是，是。"

"我是郑和的父亲，叫郑飞。"中年男子说到这里，看了一眼赵飞白。罗中夏瞪了他一眼，赵飞白赶紧解释道："我刚才出去买药，心想这么大事，怎么也得通知郑公子父母一声，就顺便打了一个电话。"

郑飞继续说道："赵兄弟已经把整个事情都讲给我听了，感谢你救了犬子和赵兄弟。虽然我不知道你为什么不送犬子去医院，反而把他带来这间网吧，但我相信一定有你的理由。"

罗中夏无法给他解释，只好"嗯嗯"地点头。

"事起仓促，没时间准备，这里是一点心意。等犬子的事情告一段落，我会另行致谢。"郑飞说完，从公文包里取出一沓现钞，递到罗中夏手里。罗中夏大惊，正要摆手拒绝，郑飞已经转身离开了。

他到了门口，回过头道："时间紧迫，便不多言了。接下来的事情你们不必费心了，我会照顾好他。一旦有什么消息，我会派人来通知你们。"说完拉开门匆匆离去，赵飞白也紧随其后。

这一伙人来也匆匆，去也匆匆，似一阵大风吹过，带上郑和又呼啦啦地消失，前后连五分钟的时间都不到。转眼间整个网吧又只剩下颜政、罗中夏和小榕三人。

这一切变故太快，网吧的气氛变得颇为古怪，三个人都陷入了尴尬的沉默。最后还是小榕率先打破沉默，她冲罗中夏招了招手："你过来。"

颜政耸了耸肩，大声道："你们小两口慢慢谈，我扫地。"拿了把扫帚走开。

罗中夏乖乖走了过去，恭恭敬敬道：

"我知道我偷偷离开是不对，不过那是有原因的。"

小榕从鼻子里冷冷哼了一声，仍旧板着脸。罗中夏挠了挠头，不知道该怎么往下说。据大学男生宿舍故老相传，哄女生转怒为喜的法门有三万六千个。可惜现在他一个也想不起来，只好老老实实地双手合十，不住告饶。

看到他那副狼狈的样子，小榕的嘴角微微翘起，白了他一眼，终于松口说道："告诉我整个事情经过，就原谅你。"

罗中夏忙不迭地把前因后果细细说了一遍，连说带比画。小榕听完以后，表情十分意外："你是说，你打败了一个笔冢吏？"

"啊……实际情况就是如此，我自己其实也很惊讶。"声音里却有遮掩不住的得意。

"真的是你打退的吗？麟角笔虽不强大，毕竟也是支古笔……"

罗中夏像是受了伤害一样，委屈地大嚷："怎么不是！我有证据，那个女人丢下了一个竹筒呢！"

"一个竹筒？"

罗中夏简单描述了一下外貌，小榕道："那个叫作鱼书筒，笔冢中人必备之物，是用来盛放笔灵的容器。"顿了一顿，她的声音复转忧虑："可见那个叫秦宜的一直暗中搜罗笔灵，只是不知道目的是什么。"

"我就知道你不信，所以把它捡回来了。"罗中夏上下摸了摸，都找不到，"哎，奇怪，刚才还在身上呢……"他回头刚想问颜政，却看到颜政从地上捡起一个竹筒，正好奇地翻来覆去地看。

"颜政，把那个竹筒拿来。"罗中夏冲他喊道。

可为时已晚，颜政已经把手按在了那个竹筒的盖子处，用力一旋，筒盖顺着凹槽"唰"的一声打开。

只听两声尖啸，两道灵气突然从黑漆漆的筒口飞蹿而出，狂放的动作好似已经被禁锢了许久，如今终于得到了解放。颜政被突如其来的变化吓了一跳，手一松，竹筒啪的一声摔到了地上。一道灵气在网吧内盘旋一周，嗖的一声顺着网吧门缝飞了出去；另外一道灵气却似犹豫不定，只在天空晃动。

几秒以后，它突然发力，化作一道光线直直打入颜政胸口之内。

第十二章

○

如今了然识所在

颜政猝不及防，竟被这条刚摆脱了桎梏的灵气生生打进胸口，整个人一下子冲着柜台倒了下去。

罗中夏和小榕相隔甚远，想冲过去帮忙已经来不及了，只能眼睁睁看着这一切发生。颜政在倒下的瞬间还保持着惊愕，那是一种面对突如其来的变故不知所措的表情。

只听一声沉闷的"咚"，颜政重重仰面摔倒在木地板上。罗中夏一个箭步冲过去，试图搀他一把；小榕也飞身上前，却越过颜政的身体，冲到大门前把两扇门奋力推开。只见远处碧空之上灵光一闪，随即消失不见。

罗中夏手忙脚乱地把颜政扶起来，抬头去向小榕求助。小榕却没理睬他，而是直勾勾地盯着天空，满是憾色。

颜政此时紧闭双目，面如金纸，已经失去知觉。罗中夏没学过紧急救助，只好按武侠小说里的法子拿拇指按他的人中。他一边按一边再度抬头，看到小榕仍旧呆呆地看着天空，十分不满："喂，现在是人命关天啊！"

小榕听到呼喊，这才把目光转回来，淡淡道："不妨事，他只是突然笔灵入体，心智一时混乱而已，一会儿就能恢复。"

罗中夏霍地站起身来："他也笔灵入体？"

"正是。刚才笔筒被他打开，一共逃出两支笔灵。一支入了他的身体，一支却已经逃走了。"

小榕的表情似是在说一件很平常的事，说完她又转过身望着天空，口中喃喃说道："这个秦宜究竟是什么来头，居然收有两支笔灵……"

笔灵炼自名士，一人一笔。历代下来虽然积少成多，可自笔冢没后，藏笔大多风流云散，已经是世所罕有。韦势然穷其几十年，也才访到咏絮笔与青莲遗笔两支，秦宜不过三十出头就坐拥三支笔灵，确实十分蹊跷。

罗中夏并不知道此中究竟，他只是把注意力集中在"笔灵入体"这件事上。在潜意识里，他还是觉得这是件要命的事，于是也就对第二个"受害者"特别紧张。

他见小榕一点不着急，就自己气鼓鼓地把颜政放平在长椅上，扯开他衬衫领子。果然不出所料，颜政胸膛平滑如常，不见一丝痕迹。他再仔细看，发现皮肤有些泛红。这红却与平常一巴掌拍出来的红色不同，如自体内散射出来的纤纤毫光，浮流于表面。罗中夏有些惊讶，取出一包餐巾纸蘸了水去抹，红光透过水珠而出，暗暗闪烁。

这时小榕终于走了过来，她端详了一番颜政，抓起他的手腕把了把脉，复又放下，对罗中夏说："取一杯水来。"

罗中夏对她刚才那种做法很不满，不过现在却不是投诉的时候。他从旁边饮水机里倒了一杯水递给她。小榕取出一枚紫色药丸，把颜政的牙关撬开，混着白水把药丸灌了下去。

"我已经喂了他镇神定心丸，十分钟内他就会醒转过来。"

药一入腹，当即发挥了作用，颜政面色开始转润。罗中夏这才放下心来，开口对小榕说："你刚才为什么要那么做？"

"怎么做？"小榕似乎没明白。

"对你来说，一支笔比人命还重要吗？"罗中夏认为她在装糊涂，有些不悦。

网吧里忽然陷入一种尴尬的安静中。罗中夏忽然有些紧张，害怕自己和小榕好不容易建立起来的一点默契就因为这个质问而毁了，不过实在是如骨鲠在喉，不说不快。

小榕听完他的话，也没作声，默默把药瓶揣回怀里，朝外走去。

罗中夏以为她生气了，有些惴惴不安。

那本冻透了的《李太白全集》在桌子上尚未融化。要知道，冰雪看似纤弱，实则绵里藏针，既有"故穿庭树作飞花"，也可"北风卷地白草折"。当年谢道韫虽有才女之称，也是个刚烈的人。她老年之时，面对乱贼攻城，竟能挈妇将雏，一路杀将出去，直面杀人魔王孙恩而色不挠，骨子里自有一股硬悍之气。小榕承其灵魂，也沿袭了外柔内刚的秉性，惹她发怒可不是好玩的。

现在过去拽她回来也不是，不拽也不是，罗中夏正左右为难，小榕却回来了，手里握着刚才被颜政甩在一旁的鱼书筒——原来她只是过去捡鱼书筒。罗中夏暗暗松了一口气。

小榕用葱白手指细细抚摩鱼书筒黑漆漆的边缘,无限遗憾道:"寻访笔灵殊为不易,有时一个笔吏终其一世都两手空空——如果不是他的鲁莽,我们本可以拿到两支。"

"那颜政的生死你就不管了?"

"他只是被笔灵神会附体,根本不会有生命危险。"

罗中夏的怒气一瞬间变成突然被关掉了煤气阀的火锅:"你说神会?"

"对,神会。"小榕冷静地说,"刚才我看得很清楚,那支笔灵在屋内盘旋了几圈,主动撞进了颜政的身体。是笔灵自己的选择。"

记得韦势然说过,笔灵附体分为两种,一种是强行植入的寄身,一种是笔灵自己选择的神会。罗中夏想到这里,不禁低头看了看躺在地上的颜政,心想究竟什么样的笔灵,会和这个自称拥有各种命格的网吧老板品性相通呢?

"你能知道是什么笔吗?"

小榕无奈地摇了摇头:"这个要看他自己了,旁人是无从得知的。"

罗中夏道:"我还以为你们会有本笔灵名单,就好像潜艇的声纹特征,每支笔都记下特点,到时候一查就得了。"

"听爷爷说,当年是有的。自从诸葛家、韦家决裂,笔冢关闭以后,这份名录就不知所终。"

"那还真是可惜。"罗中夏咂咂嘴,大概这和学校的论文索引库一样,一旦关闭,这帮学生立刻就抓瞎了。

颜政依旧躺在地上一动不动,胸口起伏,呼吸平稳,赫然就在呼呼大睡,周身溶溶有红光闪耀。别说罗中夏,就连小榕都有些惊讶。按说笔灵入体,是与人的元神相洽,少不得要有一番折冲磨合,寄主往往表现得特别兴奋,严重如罗中夏甚至会被笔灵短时间控制神志——而颜政却睡得酣畅淋漓,毫无痛苦神情。

颜政自顾睡着,身旁的两个人一时间却不知说什么好。罗中夏拿眼角瞥了一眼小榕,后者抱臂静立,兀自沉思。他抓了抓头皮,鼓起勇气对小榕说:"好吧,刚才我有点误会,您多包涵。"

"哦,你刚才说什么了?"小榕抬了抬眉毛,微偏了一下头。罗中夏从她俏丽冰冷的表情里分辨不出这是气话还是玩笑,赶紧又转移了话题:"我去把门关上,省得别人闯进来。"

他走到门口,把"暂停营业"的牌子挂出去,把两扇大门关上,忽然想到一件麻烦事。

"对了,等到他清醒以后,要不要把笔冢的事告诉他?"

小榕不假思索地回答:"当然,他现在已经算是个笔冢吏了。"

"可是……他自己是否能接受得了这种事?"

罗中夏自己就是莫名其妙成了笔冢吏,一直到现在都不能完全接受这一事实,这种面对超越现实的惶恐心情他所知最深。

"事情已经发生,随遇而安吧。"小榕淡淡说道。罗中夏不知道她指的是颜政还是他自己,他犹豫了一下,用半是建议半是恳求的语气对她说:

"如果他自己不问,就不告诉他,好吗?"

"好。"小榕有点意外,但还是答应了,"你这个人真怪呢,怎么对笔灵这么敌视?"

"如果你经历过调剂专业这种事,就会明白生活的突然改变并不总是充满乐趣……"罗中夏低声嘟囔着,同时习惯性地抚了抚胸口。青莲笔安然卧在其中,似已沉沉睡去。

接下来的十几分钟内,两个人再也没说话。小榕拉了把椅子坐在颜政旁边,低头不知给谁发着短信;罗中夏不好上去攀谈,就随便找了台电脑,心不在焉地打着游戏。门外不时传来脚步声,看到牌子后就随即远去了。

几小时以后,颜政终于悠悠醒来。他从长椅上挣扎着爬起身,张大嘴打出一连串的哈欠。

罗中夏和小榕赶紧凑了过去,颜政随手抹抹嘴角的口水,漫不经心地开口问道:"你们是MIB(黑衣人)还是X-MEN(X战警)?"

"……"

"……"

两个人都没想到他一开口,居然问的是这么一个问题。唯一的区别是,小榕心里有疑问,而罗中夏则直接喊了出来:"你到底想说什么?"

"说这个。"颜政指了指自己隐隐发红的胸膛,"刚才一定发生了奇怪的事情,对吧?"

"呃……没那回事。"

| 103 |

"不必隐瞒了，我记得很清楚。我打开了那个竹筒，然后飞出来一团光，砸到我身上。一定有什么事发生。"

颜政停了停，兴奋地比画着双手："我猜，你们应该就是某个秘密组织的成员，就好像 MIB 或者 X-MEN 那样，你看小榕刚才居然能把书冻上——而我，就是被选中的新成员吧？"面对想象力高度发达的颜政，罗中夏只好把求助的眼光投向小榕。颜政还在那里喋喋不休："无论是拯救世界还是追捕吸血鬼，我随时都 OK。"

"颜政。"小榕说。

"能力越大，责任越大。"

"颜政！"

"什么？"

"你能安静一下，听我说吗？"小榕的声音变得很有威势。颜政"啪"的一个立正，敬了个军礼，然后一脸兴奋地望着她，满怀期待。小榕无奈地侧脸看了看罗中夏，意思是说可是这家伙逼着我说真相的啊，罗中夏以同样的无奈眼光回视。

小榕花了二十分钟时间，把笔冢、炼笔以及诸葛家、韦家两族的恩怨简短地讲给了颜政听。她的声音很轻，又没有抑扬顿挫，把整件事讲得如同吃饭、睡觉般平淡，但颜政听得却十分认真。

"这就是我们为什么在这里。"小榕说到这儿就停住了，她很少会一口气说这么多话。

"说完了？"

"完了。"

"我明白了。"颜政严肃地点了点头，双手放在膝盖上，挺直了胸膛。罗中夏忍不住问了一句："你就这么相信了？"

"那你觉得我应该怎样？"颜政反问。

"这种事，任谁听了都会先说几句诸如'听起来不太靠谱''这是真的吗''常识上不可能'之类的话吧？"

颜政满不在乎地回答："这世界上没什么不可能的，算命的说我天生有做超级英雄的命格。"

小榕看了罗中夏一眼，意思很明显：姑且不论这种人生哲学是否可取，至少在态度上，颜政要比罗中夏积极得多，也开放得多。

颜政迫不及待地又问道："对了，我这个笔灵是什么来头？想来也很不寻常吧？"

"这个……"罗中夏和小榕面面相觑，"很抱歉，我们不知道。"

"不知道？"

"对，这个要靠你自己参悟，别人帮不上什么忙——在梦里笔灵有无给你什么暗示？"

"哎呀哎呀，这个嘛……我都不记得了。"颜政抓了抓头，"算了，我回头自己在家慢慢试吧，先试飞檐走壁，再试移形换位，总有一款最适合我。"

小榕忽然站起身："那很好，我们先走了。"罗中夏和颜政都是一愣，然后异口同声地问道："等等，你去哪里？"

"郑和所在的医院。"小榕拽了一下罗中夏，让他也站起身来，"既然有了无心散卓的下落，我们就必须待在它身边。若非出了颜政的事，我们本该跟着郑和父亲直接去的。"

颜政"哦"了一声，示意他们稍等，转身回吧台内开了一罐红牛，咕咚咕咚喝了个干净，又扔了两罐给罗中夏。罗中夏有点不知所措地把红牛都揣到衣服里，一抬头，发现颜政拿出一件米黄色外套，正往自己身上套。

"咱们一起去。"颜政高高兴兴地说，利索地把拉锁拉上。

小榕眉毛一挑，冷冷说道："我记得我刚才说过，诸葛家一直在追杀我们。你跟我们走，是很危险的。"

"没关系，正义必胜嘛。"

罗中夏心想我自己避之尚不及，你倒还主动往上凑，开口反问道："你怎么知道我们一定就是在正义这边呢？"

颜政咧开嘴，露出灿烂的笑容，竖起右手食指得意地在半空晃动了一下："这个很简单，无论漫画还是电影，可爱的美女永远都是在正义的一边。"

大象无形，大拍希声，这马屁拍得浑然天成，竟丝毫没有破绽。小榕听了，露出一丝笑容，走到颜政跟前拍了拍他肩膀道："好吧，不过你现在笔灵还未觉醒，若碰到危险就先逃吧。"

"放心，放心。"颜政把手伸向罗中夏，"我还是个新人，还请前辈多多指教。"

"……少来这套。"

三人离开网吧，从旁边车库开出一辆破旧的小汽车来，直奔市三院而去。

市三院是本市数一数二的大医院，占地极广，每天都是人来人往，熙熙攘攘。颜政开着车在院子里转来转去，愣是没找到停车的地方。最后他们七绕八绕，总算找到了一处停车的位置。

停罢了小长安，颜政趴在方向盘上望望窗外，回头问罗中夏："咱们去哪儿找那个叫郑和的人？"

"急诊部吧。"

"很好，那么急诊部在哪里呢？"

这时罗中夏和小榕才发觉他们置身于一大片草坪的旁边，草坪之间道路纵横，远处还有些穿着病患服的人在缓缓走动，就没有一处牌子是指向急诊部的。

一个年轻护士推着一辆轮椅缓缓沿着水泥便道走过来，轮椅上坐着个老人，老人腿上盖着条蓝格毛巾被，正在闭目养神。颜政一看到那个漂亮小护士，脸色立刻变得神采奕奕，推门下了车。

"我去问问路。"

"你是想跟人家搭讪吧？"罗中夏咂了咂嘴，在这种事情上他总是目光如炬。

"哎，你不懂，护士服代表了先进生产力。"

颜政丢下这句话，转身跑到了小护士的跟前。

"你好，请问急诊部怎么走？"

小护士把轮椅停住，友好地朝着一个方向指了指。颜政点了点头，却还不走，两只眼睛上下打量那身凹凸有致的雪白护士服。小护士不满道："急诊部在那边，你看我干吗？"

"有机会能不能一起吃个饭呢？"

小护士大概是经常碰到这种人，非但没有惊惶，反而不甘示弱地一扬下巴："我口味很挑的，只怕你请不起。"

"跟您在一起，我就是这所医院里最富有的人。"颜政露出温和的笑容，谄而不媚。

这时老人的毛巾被忽然从身上滑落，颜政立刻殷勤地弯腰给捡起来，重新铺到他身上，还亲切地拍了拍他的腿："您可比我幸运多了。"小护士咯咯笑道："你这人，真有意思。"

颜政突然面色一变，像触电一样飞快地把手缩了回来，面上气血翻涌，红光大盛。小护士不知缘由，还以为他害羞了。"嘻嘻，哎？刚才还……怎么现在夸了一句，就脸红了？"

"嗯嗯，是被你的风采倾倒了。"颜政敷衍了一句，转身赶紧跑了。小护士莫名其妙，望着他消失的背影，轻轻怅然叹息了一声。

轮椅上的老人忽然动了一下，被子又滑了下去。小护士弯腰朝下望去，圆圆的眼睛一下子睁得更圆了……

第十三章

○

当年颇似寻常人

眼前是一栋三层灰色小楼，外表其貌不扬，里面的装潢却十分精致，走廊铺着厚厚的深绿色绒毯，走起路来悄然无声。要说郑和的面子还真大，没送去急诊部，而是直接送到特需病房了。

他所在病房的门口聚集着好多人，黑压压的一片。站在人群中心的是郑和的父亲和赵飞白，还有个不住啜泣的中年女子，想来是他妈妈。这些人都诚惶诚恐地站在原地，望着病房门口，大气也不敢喘一声。

小榕不愿惊动他们，三个人悄悄找了一个偏僻的拐角在沙发上坐下。这个角度恰好能够看到走廊的动静，又不会被人注意到。罗中夏看了看那群人，两只手不耐烦地交叉在小腹："我一直不太明白，干吗非要待在无心散卓笔的旁边？那支笔很能打吗？"

"我爷爷是这样叮嘱的。"小榕似乎并不想做过多解释。

"可我们就这样一直待下去吗？"

"时机到了，自然知道。"

罗中夏放弃似的垂下头，这段时间胸中平静得很，笔灵再无动静。他百无聊赖，只好把身体拉直，采取最舒服的姿势靠在沙发上。这里太安静了，让他有些昏昏欲睡。

忽然，小榕说："你有没有觉得不太对劲？"听她这么一说，罗中夏腾地直起身子，紧张地左顾右盼，触目所及，好似深深的走廊两侧都隐藏着诸葛家的人。

"敌人在哪里？"他压低声音。

"我是说颜政。"

经小榕这么一提醒，罗中夏想起来已经好长时间没听到颜政的声音了，这可不太寻常。他扭转视线，看到颜政跷着二郎腿，右手两个指头心不在焉地敲击着沙发扶手，目光的焦点不在任何一点。

罗中夏刚想开口询问，一个小护士从另外一个方向匆匆走过来，她瞥了这三个人一眼，停下了脚步。

"哎，哎？你不是刚才那个谁吗？"小护士凑到颜政跟前，弯腰抬起下巴。颜政看了她一眼，笑道："是你啊，怎么？特地来找我？荣幸，荣幸。"

"呸，呸，谁是特意来找你的。"小护士瞪了他一眼，"还不就是因为你……"话没说完，远处另外一个护士喊道："小赵，你的病人已经送到特护了，专家也快到了，你赶紧过去。"小护士答应了一声，对颜政做了个鬼脸，转身一路小跑离开，白衣飘飘。

颜政看她背影，缓缓抬起右手端详，又是一声长叹。罗中夏心中纳罕，忙问他是怎么了。颜政道："刚才我与那个小护士搭讪的时候，轮椅上的病人盖的毯子掉了。我好心帮忙捡起来，不小心右手碰了他膝盖一下……"

"然后呢？"

颜政摇摇头："然后我就忽然觉得有一阵热流翻滚，像是端着刚泡好的方便面那种烫手，我急忙收手，全身一下子都气血翻涌，几乎没站住。"他伸手给罗中夏看，五个指头上都有微微烧灼过的红痕。

"难道那个病人是高人？"罗中夏惊道。小榕在一旁问："你是否感觉胸内鼓荡？"颜政点点头，小榕道："那就是了，笔灵牵心，异动显然是从你这边来的。"

罗中夏又问："那个病人后来如何了？"

"不知道，我一觉得浑身不对劲，就赶紧离开了。"

"看来你的笔灵力量真不得了，他只被轻轻一碰，立刻就被送到加护病房了。"罗中夏望了望刚才小护士消失的楼梯，口气有些敬畏。颜政看起来有些郁闷："唉，他若是因此而死，我岂不是成了杀人犯？"罗中夏也不知如何安慰才好，只得拍了拍他肩膀，也"唉"了一声。小榕看了看他指肚上的灼痕，皱眉道："看起来，你这支笔灵，却是与阳火相关的。"她闭上眼睛想了一会儿，却想不到什么笔灵与火能扯上干系。

"就像是 X-MEN 里的那个火人一样吗？"

颜政说着，奋力往前挥出一掌，却连个火星也没冒出来。小榕道："笔灵和元神是需要慢慢融合汇通的，不能一蹴而就。"罗中夏在旁边没吱声，心里暗暗庆幸还好自己没和他握过手，不然怕是也进特护了。

三个人坐在沙发上又等了三四小时，天色逐渐黑了下来。他们亲眼见到那一干专家摇着头走出病房，跟随着郑和父母离去。看来郑和的"病情"既没恶化，也没找出毛病。走廊里的人逐渐散去，只留下几个护士不时进出。

小榕自幼修得心静，能耐得住寂寞，却苦了罗中夏和颜政。两个人没网可上、无漫画可翻，只能不停变换姿势，聊作发泄。

大约到了傍晚时分，原本闭目养神的小榕猛然睁开眼睛，灵台一颤，敏锐地觉察到了空气中一丝丝特别的感觉。

准确地说，是一丝丝特别的色彩。

此时夕阳已没，窗户又向北面，窗外昏暗一片，走廊里已经半融入沉沉夜色。可在他们目力所及之处，走廊地板上飘然伸展起几株异色光线。这些光线婀娜多姿，宛若芝草，缕缕光丝如深海植物摇曳摆动，缓慢而有致地蔓延生长，一会儿工夫就爬满了半个走廊，泛起奇诡色彩，不暗亦不亮。

罗中夏和颜政也随后发现了这种异变，纷纷坐直了身体，面色兴奋。无论这东西是吉是凶，总算是把他们从无聊的地狱里拯救了出来。

三个人原地不动，默默地注视着这些光线。颜政忽然开口轻声问道：

"老罗，你说彩虹有几种颜色？"

"七种，赤、橙、黄、绿、青、蓝、紫。"

颜政伸出五个指头："我怎么数这里也才五种呢？而且种类也不对。"

经他提醒，罗中夏定下心神去数，果不其然。走廊上看似色彩纷呈，仔细数下来，严格意义上的色彩只红色、黄色、青色三种，另还有黑色与白色两束，黑的纯黑，白的晶白，却都能看得清清楚楚。

"大家镇静。"小榕冷静地说，同时唤醒了咏絮笔，"五色使人目盲，不要被迷惑了。"

话虽如此，面对这些仿佛具有生命的光线，罗、颜二人还是忍不住瞪大了眼睛去看。颜政还想伸手去抚摸，却只摸到虚空。看来这些光线不是具备了实体的东西。一小股寒气从小榕身体倏地盘旋而出，形成一个旋涡，让这段走廊的温度瞬间下降了二十几度。这虽然对光线不能产生什么作用，但多少能让另外两个人脑子清醒一下。

五色光线时而分散，时而合在一处，不紧不慢地围着三个人形成一圈光芒的结界。

最先出现反应的是颜政，他的眼神被光芒牵引，头部随着光线开始来回摆动，人不自觉地从沙发上站了起来。随即罗中夏也紧随其后，半张着嘴，开始手舞足蹈。红色、青色从两侧悄然绕上两人身体，黄色挑逗般地抚摸着下巴，黑白两色则远远侧立，冷冷地睥睨着这一切。黄色光线挑逗了一阵，忽然搭上了他们的脑袋，一瞬间颜政眼睛里看到了美女，而罗中夏眼中则出现了另外一个美女。

两个人同时露出傻兮兮的欣喜笑容。

"快闭上眼睛！"

小榕大喝道，同时让周围的温度又下降了十摄氏度，希望那两个家伙能够从幻觉里清醒过来。颜、罗二人充耳不闻，只是哧哧地笑。那几色光线又朝着小榕游动而来。

一阵雪云立刻挡在她面前，只是冰雪虽冷，却阻不住光芒。黄光一马当先扑至小榕面门，轻轻搭到她脑门。小榕闷哼了一声，眼前依稀幻出一些稀薄的影子，随即就烟消云散。她清心寡欲，内心不像那两个家伙一样乱七八糟，黄光难以动摇。

青光见黄光奈何不了这个淡泊女子，立刻飞扑而上。小榕后退了一步，可惜走廊太过狭窄，终究还是被青光捕住。

一只硕大无朋的黑色蜘蛛出现在小榕面前，清晰异常，连嘴前口器、腿上绒毛都看得一清二楚。

"啊——"

尖锐的女性尖叫在走廊一下子炸裂开来，小榕花容惨然失色，脸一下子变得煞白煞白，几乎站立不住。身旁冰雪也因为主人心意动摇而轰然落地。

塞翁失马，焉知非福，小榕的这一声尖叫，却惊醒了那两个被美女弄晕了头脑的大老爷儿们。颜政眼神恢复清明的瞬间，凭借直觉一个箭步冲到小榕身前，把浑身颤抖的她搀住；罗中夏慢了一步，刚一恢复了神志就看到那束青光直直又冲自己而来。

罗中夏的青莲遗笔有点像段誉的六脉神剑，不能收发自如，时灵时不灵，不到紧要关头不能唤出。此时情况凶险，罗中夏眼见躲不过这束青光，情急之下，胸中笔灵呼地喷涌而出，在他头顶绽放。

青莲笔取自莲色，乃是青色之祖。那青光一见青莲绽放，立刻畏缩不前。青丝一断，小榕眼前的蜘蛛也随之消失。她惊魂未定，在颜政怀里不住大口喘息。

"不愧是青莲遗笔。"

一个人声自周围黑暗中传来，半是赞叹，半是恼怒。这声音飘忽不定，无法分辨出方位。罗中夏见青光刚才被自己吓退,胆气复壮:"既然知道厉害,就赶紧走吧,我不计较。"

黑暗中的人呵呵干笑:"啧啧,小子你的内心可是够污的,我可看得清楚。"罗中夏被人说破了隐私,面色大窘,不由得恼羞成怒:"呸!不要污蔑人!"

"黄色致欲,青色致惧,你看到的都是内心照映,哪里是我污蔑?"

罗中夏还要再梗着脖子反驳,却被小榕伸手拦了下来,示意他住嘴。她虽然脸色还是苍白,可精神已经恢复了一些。

她定下心神,抚胸四顾,朗声说道:"不知来的可是五色笔?"仿佛是为了回答她的问题,五色光芒如五条光蛇昂起头来,轻轻吐芯。

"咏絮笔,好久不见。"黑暗中的声音说。

"来的是江淹还是郭璞?"

黑暗中的声音沉默了一阵,过了半分钟方才回道:"你小小年纪,倒也见识广博。"

"你还没回答我的问题。"

对方不再回答,五色光芒又开始嗞嗞向前。小榕冷笑一声,横身上前,一道冰壁"唰"地拔地而起。这道冰壁是吸尽周围空气中的水分凝结而成,薄而晶莹。小榕见那五色光芒还是能够透过冰壁,又唤了一层雪花覆于其上,防止光线透过来。

小榕知道这种程度的防御支撑不了多久,让颜政赶紧后退。颜政又试着挥舞了几下手掌,毫无效果,知道自己暂时帮不上什么忙,只好老老实实朝后退去。临退之时,他还不忘冲黑暗中嚷了一句:"对自己讨厌的问题避而不答,这可不是什么好习惯……"

罗中夏知道此时已经不能逃避,暗暗咬了咬牙,鼓起勇气走上前,与小榕并肩而立。此时周遭已经是一片漆黑,连只隔十几米远的病房微光都无从看到。刚才那一番剧烈的折腾打斗,竟没引起旁边值班护士的注意,显然是被这团黑暗给隔开了。对方存心打算取一个主场之利。

冰壁又支撑了一阵,终于轰的一声坍塌。黄光与青光一马当先,汹汹而来。小榕心无欲求,罗中夏的青莲又强势,两个人交错轮替,黄光来则由小榕抵挡,青光来则靠罗中夏的青莲压制,一时间二光始终奈何不了他们。

如此持续了两分多钟,黑暗中的人终于沉不住气了。一声呼哨,原本留在圈外的红光加入战团。小榕横眼一瞥,急忙对罗中夏喊道:"要小心,红色是致危之色。"

"啥?致痿?"罗中夏听了面色大变,脚步有些纷乱。红色乘虚而入,有几条光

| 114 |

线堪堪切过脖颈，他登时觉得自己脚下地板裂成千仞深涧，深不见底。红色能诱出人类对特定环境的恐慌，罗中夏本来就有些恐高症，被这么一刺激，两股战战，几乎无法站立。

小榕一见，挥手一块冰坨砸出，正中罗中夏头部。他惨叫一声，身体歪歪倒下去，这才勉强避过红光。罗中夏捂着脑袋再度起身，情知这红色比青、黄二色还厉害，不敢再掉以轻心。

自从经过秦宜一役，他得了灵感，知道吟诗是个与笔灵呼应的好办法，青莲遗笔似乎可以将诗句具象化。现在的局势是对方红、黄、青三色纠扰不清，罗中夏觉得应该也要想一首带有许多颜色的诗，才能反制。计议已定，他双手微抬，回想太白飘逸之体，朗声念道：

  鹅，鹅，鹅，
  曲项向天歌。
  白毛浮绿水，
  红掌拨清波。

青莲光芒骤然暗淡，三色乘虚而入。

"笨蛋！那是骆宾王的诗！！"

小榕奋力抵挡着三色侵袭，回头生气地大叫道。就连黑暗中的人也呵呵大笑："我道青莲遗笔的笔冢吏是何等人物，原来不过是这种傻瓜。"

"你也好不到哪里去。"小榕一边悄悄扩大冰雪范围，一边故意大声道，"不过是支未臻化境的江淹笔，还好意思说人家。"

"胡说！"对方仿佛被刺中了痛处，跳起脚来。

"要不那黑、白二色为什么不动？"

"无知小辈！你懂什么！"黑暗中的人怒骂了一句，黑、白两道光束却纹丝不动，没有任何攻击的迹象。

"若是不想承认，就动来看看吧。"小榕淡淡说道，她平静如水的态度反让反击更有力度，对方暴跳如雷，却没有什么实质性的反击，这一场口舌之争却是小榕完胜。

"出来吧！"

声音暴喝，却有遮掩不住的挫败感。这时候，走廊的四个角落里突然出现四个颖童，一起木然欺近。它们四个额头都有一道发亮的颖缝，面色泛着惨青。

"力有未逮，只好拿些笔童来凑数吗？"

小榕嘴上占尽便宜，却知此时局势愈加不利。五色笔中的红、黄、青三色能迷惑人心，却无物理伤害能力，黑白功能不明，真正最终的物理攻击还是要由其他人来做出。

这就是四个颖童出现得恰到好处的原因。

小榕被三色纠缠，一时脱不开身；罗中夏还没摸清青莲遗笔的底细，只是靠误打误撞，尚不知该如何应付这种局面。现在再加上四个颖童，可谓是雪上加霜。

"臭丫头，你以后不许讲这种我无法反驳的话！"

话音才落，四个颖童分进合击，默契无比。罗中夏刚才被小榕这一喝，脑子全乱了，更别说吟什么诗了，只能凭借青莲遗笔勉强逃避。

颜政在旁边急得团团转，拼命挥舞手掌，又是念咒又是比画，急得气血翻涌却无从发泄。他现在浑身都闷得发红，好似一只煮熟的大闸蟹，可就是半点火苗都放不出来。

"可恶……若是能放出火来，这几个毛笔变的家伙算得了什么！"

颜政自言自语，搓了搓十指，猛然听到呼啦一声，自己双手手掌一下子笼罩上一层红盈盈的光芒。"哈哈，钻木取火，成了！"

他大喜过望，连忙转头过去，看到两人三色四个颖童激战正酣，不由得摆出一个姿势："现在是正义使者颜政的出场时间！"

凭借这双火焰肉掌，颜政觉得对付那几个笔童肯定是不费吹灰之力。他心念一动，胸中那支不知底细的毛笔即行回应，输送了更多红焰去双掌，这更让他信心十足。

就在此时，东躲西藏的罗中夏一时气息窒涩，被一个笔童的竹掌拍上了脊背。只听"咔吧"一声骨头断裂的声音，他凌空飞出，直直飞向颜政所在的方向。颜政一见，情急之下忘了双手之事，下意识地去接。

罗中夏的身体重重落下，压在他十个燃烧着熊熊火焰的指头上。

一声男性的惨叫划破走廊。

第十四章 ○ 寒灰重暖生阳春

笔童炼自常人，人躯为体，湖笔为窍，笔毫伸成奇经八脉。毛笔本是竹木之物，又不曾受灵，是以笔童无思无想，唯一的特点就是力大无穷。若是被它们正面打中，正常人如罗中夏一样的肉身根本无法承受。

颜政双臂一沉，听得耳边先是一声真切的"咔吧"，又是一声撕心裂肺的惨叫，心想八成是脊梁断了；再一想到自己双手飞火焰，竟还把他接了个正着，惊惶之情自峰顶又向上翻了一番。

心惶则筋软，他下意识地双手一松，直接把罗中夏扔到了地上，闭上眼睛，不忍去看那一场人间惨剧。好在地面铺的全是厚厚的绒毯，罗中夏五体投地，只发出一声闷闷的撞击声。

颜政沮丧不已，他本想当个超级英雄，怎么也没想到甫一出手就先伤了一个自己人。他失望地抬起双手，却惊讶地发现，自己原本被火焰笼罩的十个指头里，左手的小指头已经褪色，恢复如常。

一声微弱的呻吟忽然从他脚下传来，颜政连忙低头去看，看到罗中夏像一条菜青虫一样在地上滚来滚去，嘴里哼哼唧唧，皮肤却并不像烤鸭那般外焦里嫩。

颜政赶紧俯下身子喊道："喂，还活着？"双手作势想去搀扶，又在半途停住，不敢近前。罗中夏听到呼唤，勉强抬起头来："这要看你活的标准是什么……"说完他晃晃悠悠站了起来，直了直腰——颜政注意到他除了脸色有些苍白以外，全身倒没什么异样之处。

这一变化让小榕和黑暗中的五色笔吏都非常惊讶，他们都知道笔童的手底分量，也都猜得出罗中夏挨上这一掌后骨断肉飞的惨状。现在预料竟然落空，两个人不由得停下动作，原本激烈的战况为之一顿。

"什么……难道青莲遗笔竟已经……"黑暗中的人发出惊叹。

"太白遗风，又哪里是区区江淹可以参透的！"小榕不放过任何一个讽刺他的机会，随手带起两团雪雾，试图用雪的不透明性把五色光笼罩起来。

"我不信！"

感觉受到了愚弄的声音猛然提高，一个笔童感应到主人命令，急速飞扑而上。罗中夏猝不及防，被它对准下巴狠狠来了一记上勾拳。这回大家都看得真真切切，罗中夏被正面击中，仰天摔倒，半空鲜血乱飞。

旁边的颜政一把撑住罗中夏双肩，使之不致倒地，心里却暗暗叫苦。从他的经验判断，罗中夏下巴已经被揍脱了臼，搞不好下颌骨也已经粉碎。可当他手掌接触到罗中夏肩膀的一瞬间，颜政忽然觉得一股热流自掌端涌出，顺着肩膀流入对方体内。随着热流涌入，罗中夏原本痛苦不堪的表情开始转缓，很快嘴巴就能一张一合。

这时候，颜政注意到自己左手无名指的红光也悄然熄灭。他脑子转得快，立刻想到了最大的可能性。

"难道说……我的双手不是火焰，而是急救喷剂？"

他自言自语，周围的三个人却听得清清楚楚。小榕既惊且喜，罗中夏除了惊喜还多了几分后怕——如果颜政的笔灵不是这种功效，只怕自己已经蒙主恩召了。

既然有了颜政当后盾，罗中夏恐惧之心渐消，怒火大盛。这也不怪他，谁刚刚被人狠狠揍了两回，性命几乎丧掉，也会发怒的——泥人尚有个土性，泰森逼急了还咬人呢。

太白诗境原本就是恃才放旷、诗随意转，全凭五内一股情绪驱驰。罗中夏这一怒，心意流转，元神与笔灵之间登时流畅通顺，青莲得了情绪滋补，愈加光彩照人。

那四个笔童已经重新调整了阵势，在五色光的掩护之下再度杀来。罗中夏略定了下心神，终于想起一首合适的诗来——而且确定是李白的没错。

"床前明月光。"

轻声吟出，整条走廊登时青光满溢，五色光芒顿时矮了几分，瑟瑟不敢轻动。

"疑是地上霜。"

小榕刚才一直就在极力飞霜布雪，虽然屡屡被五色笔阻挠，不能成势，但走廊空间中已经冰冷无比，满布冰雪微粒。罗中夏这一句一经唇出，这些飘浮在各处的微粒登时凝结一处，沉降于地，在地毯上铺了厚厚的一层冰霜银面。

五色光芒已被彻底压制，没有了后顾之忧的小榕飞身上前，区区几个笔童根本不在话下。转瞬间就有一个笔童被冰锥拦腰斩断，重重倒在冰面上，化为两截断笔。另外三个笔童见状不妙，转而去攻罗中夏。罗中夏就地一滚，就着光滑冰面避开锋芒，堪堪吟完后面两句："举头望明月，低头思故乡。"

这两句饱含感怀怨望，一举一低之间语多沉郁。一个笔童欺身跟进，却忽然被笼罩在一片青光之内，动作一下子沉滞起来，关节处咔咔空响，慢如龟鳖。小榕见势，奋起咏絮笔，笔锋扫出两道冰气，把它彻底冻结。

黑暗中的五色笔吏被这一连串的变故弄得措手不及，笔童几秒内就损失了一半，五色光又被压得抬不起头，局势可有些不妙。

"吾有笔在卿处多年，可以见还。"小榕不忘嘲讽他一句。这句是当年郭璞对江淹说过的原话，现在被小榕说出来，显然是嘲弄那人能力上不了台面。

这次五色笔吏学乖了，知道自己在口舌上争不过小榕，索性装没听见，只是沉沉喝道：

"我就先彻底断绝你们的希望！"

残存的两个笔童听了主人号令，立刻齐齐扑向颜政。他的意图很明显，颜政的笔灵只能恢复，却没有什么战力，只要先打残了恢复者，再对付敌人就容易多了。古代兵法先截粮道，现代电子游戏先杀恢复系的牧师，都是这个道理。

这一招围魏救赵让小榕和罗中夏大惊，一个挥袖飞出两枚冰锥，一个飞身上前，可惜反应都太慢。两个笔童的竹拳转眼间已经砸到了颜政的面门和小腹，只消再往前半分，就能置他于死地。

但这半分却无法逾越。

颜政双掌一上一下，各自封住了一个笔童的拳路。他轻轻一带，双手潇洒地画了半个圆圈，两个笔童立刻被自己的力量朝前推去，扑通、扑通两声摔倒在地。颜政得意扬扬地晃了晃手腕，潇洒地摆出了一个起手式：

"对不起，算命的告诉我，我有太极拳三段的命格。"

罗中夏惊讶地问道："你居然会太极拳？"

颜政又换了个"揽雀尾"，笑道："请称呼我为华夏大学网吧界六十公斤级以下男子组少数民族分组太极拳表演项目起手式第一高手。"

"……"

无论敌友，都被这一连串的华丽头衔所震慑，走廊一瞬间陷入略带喜剧感的沉寂。

"不要以为我读书少！"黑暗中的声音低吼着，他感觉受到了愚弄，很愤怒。声音在走廊里回荡。

颜政没作声，而是偏过头去似沉思般地侧耳听了听，然后唇边露出一丝笑容。他收起招式，无比坚定地朝着黑暗中的某一个方向走去。

小榕和罗中夏不明白他要干什么，五色笔吏却立刻洞察了他的用心，变得大为紧张："你要做什么？"

颜政也不回答，只是抬步疾走，五色笔吏急忙派那两个刚从地上爬起来的笔童去拦截。笔童迅速跑到颜政旁边，挥起横拳就砸，他举臂去挡，咔嚓一声，右臂骨头应声而断。颜政暗哼一声，脚步却片刻不停，只是抬起左手摸了摸断臂。又一根指头的红光消逝，断骨重生。

这种手法貌似无赖，却有效得很。笔童连续打断了颜政的手臂数次，咔嚓声不绝于耳，却始终阻不住这个可怕的家伙前进。当颜政还剩两根指头尚有红光萦绕的时候，他终于走到黑暗走廊中的某一处。

"今、今天就算是打个平手吧！"

黑暗中的声音忽然变得十分惊惶，五色光芒唑唑往回收去。在颜政听来，这声音却是近在咫尺，他挥起左手挡下笔童的最后一记攻势，右手跟进恢复，随即用刚刚复原的左手向前一探，把一个人影抓在手里。

"平手可不符合我的作风呢！"

颜政低头去看，黑暗中看不太清对手的脸，但大致能看得出这人个子不高，是个矮胖子，好似还戴着一副眼镜。颜政拎着他脖领，像玩具一样把他提了起来。

首脑一经被擒，那两个笔童就像是断了线的木偶一样，瘫软在地，动弹不得。眼镜胖子试图挣扎，却被颜政一拳打中小腹，发出一声惨叫。

"嘿，你打断了我胳膊起码有十七次，现在只还了一拳就受不了了？"

眼镜胖子瞥了一眼颜政仍旧闪着红光的右手中指，怯怯地回答："最多也就七次啊……"颜政把中指单独伸到他眼前，骂了一句："呸！七次也不少了！"

说完又是好几拳，打得那个眼镜胖子连连惨呼，很快就变得鼻青脸肿，狼狈不堪。拳法不合太极冲虚圆融之道，只是一个狠字。末了颜政"唰"地收回拳头，正色道:"本来该多打你几拳,不过看在刚才我见着凉宫春日的分上,就少打你一下吧。"

"多、多谢……"眼镜胖子喘息道。

"但是你拿蜘蛛吓唬女孩子,罪却不能赦!"本来收回来的拳头又砸了过来。

"哇啊!"

这一拳打得着实厉害,正中眼镜胖子的鼻子,登时鲜血迸流。眼镜胖子涕泪交加,含混不清地呻吟着。

颜政料定这家伙已经彻底屈服了,把他放回到地上,冷冷道:"先给我把这层黑幕解除。"

"是。"眼镜胖子跪在地上,五色笔隐然在半空出现。颜政看到这支五色笔狭小精致,短锋紫毫,周身五色流转,不由得啧啧称奇,心想这支笔和它主人唯一的共同点,大概就只有"长度"了。

"我说,给你提个意见。"

"您说,您说。"

"口才不行,以后就少说话,当反派当成你这个样子,被小姑娘噎得说不出话,也太掉价了。"

"您说得是,说得是。"胖子恭敬地回答,不敢对这揶揄之词表露出什么不满。

周围黑幕逐渐淡去,颜政左顾右盼,想先分辨出小榕和罗中夏的位置。趴在地板上的眼镜胖子窥准了时机,突然跳起来五指回拢。原本伏地如死蛇的五色光芒一下子被拽了起来,其中红色最为突前。眼镜胖子食指一挥,红光拐了一个弯,立刻笼罩住毫无准备的颜政。

"哇哈哈哈,尽情地流出恐惧之泪吧!!"

眼镜胖子顾不得擦干脸上的血,兴奋地哈哈大叫道。笑声未落,颜政已经飞起一脚,把他重重踹飞。胖子一下子从天堂跌落地狱,狼狈地揉着肚子,气急败坏地嚷道:

"……你……我明明打中你了!"

"很抱歉。"颜政头顶红光,满不在乎地揉了揉头发,"我这个人有点浑不懔,没什么矫情的心理创伤。"又是一脚,把他踢了个筋斗。

颜政从怀里掏出一包餐巾纸丢给眼镜胖子:"赶紧自己擦干净点,免得一会儿让人家女孩子看了害怕。"眼镜胖子瑟瑟地接过餐巾纸,把自己脸上的血迹抹去。接下来的几分钟里,他不敢造次,只好慢慢撤去黑幕。

随着黑幕渐淡，颜政发现原来他们一直只是在这一小段走廊里打转，小榕和罗中夏就在几米开外的地方。远处值班护士在特护病房前打着瞌睡，丝毫没留意这边的天翻地覆。

"嘿，这儿呢。"

颜政冲他们两个打了个招呼，挥了挥手，忽然觉得身边一阵风响。他急忙转头，发现这个死缠不休的胖子又扑了上来，不过这一次他对准的目标，却是颜政唯一还带着红光的中指。

他知道这种治愈能力只要有物理接触就会自动触发，所以拼死一搏，任凭颜政怎么殴打都死不松手。这份顽强大大出乎颜政的意料，他拼命甩也甩不掉，终于被眼镜胖子抓到一个机会，让自己的脸碰到了那根中指。

中指的光芒猝然熄灭。

胖子的脸上立时血流成河。

这一变故别说胖子自己，就连颜政都大吃一惊。这治愈能力用了九次都分毫不差，怎么这一回却显现出完全相反的结果呢？

就在他一闪念吃惊的工夫，眼镜胖子就地打了一个滚，以五色笔做掩护，骨碌到楼梯口处。等到小榕和罗中夏赶到颜政身旁的时候，楼梯口已经失去了他的踪影，只剩下一串血迹洇在地毯之上。

三个人彼此对望一眼，均觉得筋软骨疲。方才那一战，可真是波折四起，险象环生。

没有祝贺的言辞，也没有欢呼，他们第一个反应是坐回到沙发上，长长地舒了一口气。颜政伸手从沙发旁边的塑料口袋里掏出三罐红牛，每人一罐。易拉罐已经被小榕刚才那一通风雪给冻成了冰镇，这三个刚经历了剧斗的人喝在嘴里，倒也清爽怡人。

罗中夏一罐红牛下肚，精神头恢复了许多，转头感叹道："哎，颜政，今天若不是你，我就完蛋了。"

"好说好说。"颜政已经一饮而尽，用手玩着空罐。罗中夏又转头看看小榕，回想起刚才死战之时并肩而立的情景，两个人均是微微一笑，原本的几丝不快已然烟消云散。

"对了，你现在可知道颜政的笔灵是什么来头了吗？"罗中夏问。

小榕把目光投向颜政那两条被折断了好几次的胳膊，肌腱分明，丝毫看不出折断的痕迹。小榕用手指抵着太阳穴仔细想了一会儿，终究惋惜道：

"想不到，至少我听过的笔灵里，似乎没有与其匹配的。"

"难道笔冢主人还炼过孙思邈或者李时珍？"罗中夏半是胡说半是认真地猜测。颜政皱起眉头，抬起十指看了又看，红光已经完全收敛："可是，如果这有疗伤之能的话，怎么刚才那个死胖子一碰，就弄得满脸是血呢？"

没人能回答。

末了颜政耸耸肩，表示这无所谓，转而问道："小榕啊，我也问个问题。"

"嗯？"小榕小口啜着饮料，面色已经慢慢红润起来。

"你刚才损那个家伙，说什么江淹、郭璞，那是怎么回事？"

"什么酱腌、果脯？"罗中夏也把耳朵凑了过来。

小榕白了罗中夏一眼，慢慢说道："江郎才尽这个典故，你们可听过？"

两个人都忙不迭地点了点头。小榕又道："江郎，指的就是江淹。他是南梁的一位文学大家，诗赋双绝。他在四十多岁那年有一天梦见晋代的郭璞，郭璞问他来讨要五色笔。结果他把笔还了以后，从此才思飞退，一蹶不振，再也写不出好文章了。"

"小时候好似听过成语故事……"罗中夏挠挠头。

"没错，'江郎才尽'这个成语就是这么来的。"

"那么这支五色笔，就是我们今天碰到的那支了？"

小榕点点头："听我爷爷说，这个还笔事件，还与笔冢大有关联。事情还得上溯至晋元帝时，郭璞那时候担任大将军王敦的记室，生性耿直。王敦意图谋逆，他劝阻不成，反遭杀戮。笔冢主人当时身在始安与干宝论道，赶来时郭璞已死，炼笔不及。他痛惜之下，收殓了郭璞尸身，把他已经半散的魂魄收入笔筒。一直到了两百年后的南梁，笔冢主人方才为散魂寻得一个合适的孩童寄寓，就是江淹。"

两个人几乎听直了眼，问不出话来。小榕喝了口红牛，又继续说道："江淹凭着郭璞的散魂遂得文名，到了四十多岁时，他无论才情、心智还是见识都已经达到一个巅峰。笔冢主人见时机已到，就现身入梦，以江淹已至文才巅峰的肉身为丹炉，终于把迟了两百年的郭璞魂魄炼成了五色笔，收归笔冢。"

"听起来够玄乎的。"连颜政都发出这样的感慨。

"这个郭璞我怎么从来没听过……"罗中夏越听越糊涂。小榕看了他一眼，淡淡说道："他留存下来的著作不多，而且多在注释训诂方面，你可以找《郭弘农集》来翻翻。"

罗中夏知趣地闭上了嘴，这些东西对他来说太艰深了。小榕又回到正题："正因为有了这个典故，所以这支五色笔就有了两重境界，一重是江淹，只得其皮相；一重是郭璞，才是真正的正源本心。刚才那个家伙只能操控三色，显然只能发挥出江淹的实力罢了。"

"笔是好笔，可惜所托非人哪。"颜政摇了摇头，罗中夏狐疑地瞪了他一眼，不知道他指的是谁，怕又说出别的什么难听话，赶紧转移了话题：

"对了，颜政你什么时候学的太极？"

颜政得意地一晃脑袋，举起双手推来推去："我没师承，是通过函授学的。"

"我×，函授太极拳，你靠谱不靠谱啊？"罗中夏一看他又要吹牛，连忙摆了摆手，"得了得了，算我没问过。"他一罐红牛下肚，小腹有些发胀，于是站起身来说："我去趟洗手间。"

大敌刚退，料想短时间内应该不会有危险，小榕也就没有阻拦。

罗中夏独自走出走廊，沿着指示牌朝厕所走去。这一层的厕所旁边就是侧翼楼梯。罗中夏刚要迈腿走进厕所，旁边却突然传来吱呀一声门响，随即自己的肩膀被一只手搭住。

"罗中夏？"

背后一个声音问道。

第十五章 ○ 此心郁怅谁能论

罗中夏刚经历完一场大战,被这么冷不丁一拍肩膀,吓得悚然一惊,像触了电的兔子一样朝厕所门里跳去。来人没料到他反应这么大,也被吓退了三步,确信自己没认错人以后,才奇道:"你这是怎么了?"

罗中夏听到这声音有几分耳熟,他定定心神,回头去看了一眼,方长出一口气。来者是一位老人,高高瘦瘦,外加一副厚重的玳瑁腿老花镜。

"鞠老先生?"

"呵呵,正是。"鞠式耕先点了点头,又摇了摇头,大概是觉得这孩子太毛躁了,毫不稳重。罗中夏尴尬得不知说什么好,只能没话找话:"您老,也是来看郑和?"

鞠式耕偏头看了看病房的方向,银眉紧皱,语气中不胜痛惜:"是啊,真是天有不测风云,居然会发生这种事。"

"唉唉,谁也想不到啊,天妒英才。"罗中夏附和道。

鞠式耕瞥了他一眼,沉声道:"那是丧葬悼语,不可乱用。"罗中夏赶紧闭上嘴,他原本想讲得风雅点,反露了怯。鞠式耕忽然想到什么,又问道:"听说,还是你先发现他出事的?"

"啊,算是吧……"罗中夏把过程约略讲了一遍——当然,略掉了一切关于笔冢的事情。鞠式耕听完,拍了拍他的肩膀称赞道:"我看你和郑和一向不睦,危难之时却能不念旧恨,很有君子之风呢!"

"人命关天嘛。"罗中夏听到表扬,很是得意。不过他生怕老先生问得多了自己露出破绽,连忙转了个话题:"您老怎么这么晚才过来?"

鞠式耕指指自己耳朵:"我年纪大了,好清净,刚才杂人太多,就晚来了一阵。"

罗中夏听了，心脏兀自在胸腔里突突地跳，一阵后怕。幸亏鞠式耕现在才来，否则若被他看到刚才那一幕，可就更加麻烦了。

两个人且聊且走，不知不觉就到了郑和的病房门口。门外的护士见有人来了，站起身来说现在大夫在房间里做例行查房，要稍候一下。两个人只好站在门外等着，鞠式耕把拐杖靠在一旁，摘下眼镜擦了擦，随口问道：

"太白的诗，你现在读得如何了？"

罗中夏没想到这老头子还没忘掉这茬儿，暗暗叫苦，含含糊糊答道："读了一些，读了一些。"鞠式耕很严肃地伸出一个指头："上次其实我就想提醒你来着。我见你从绝命诗读起，这却不妥。你年纪尚轻，这等悲怆的东西有伤心境，难免让自己堕入为赋新词强说愁的窠臼；该多挑些神采激扬、清新可人的，能与少年脾味相投，借此渐入佳境，再寻别作，才是上佳读法。"

罗中夏暗想，如果只是一味诺诺，未免会被他鄙视，恰好刚才用《静夜思》击退了强敌，于是随口道："先生说得是。我以前在宿舍里偶尔起夜，看到床前的月光，忽然想到那句'床前明月光'，倒真有思乡的感觉。"

鞠式耕呵呵一笑，手指一弹："此所谓望文而生义了。"

罗中夏一愣，自己难得想装得风雅些，难道又露怯了？可这句诗小学就教过，平白朴实，还能有什么特别的讲究？鞠式耕把眼镜戴了回去，轻捋长髯，侃侃而谈：

"唐代之前，是没有咱们现在所说的床的，古人寝具皆称为榻。而这里的'床'字，指的其实是井的围栏。"

"×……"罗中夏听着新鲜，在这之前可从来没人告诉过他这一点。

"其实如果想想后面两句，便可豁然明了。试想如果一个人躺在床上，又如何能举头和低头呢？唯有解成井栏，才能解释得通。李太白的其他诗句，诸如'怀余对酒夜霜白，玉床金井冰峥嵘''前有昔时井，下有五丈床'等，即是旁证。所以诗人其实是站在井边感怀，不是床边。"

罗中夏搔搔脑袋，刚才拿着这首诗战得威风八面，以为已经通晓了意境，想不到却是个猴吃麻花——整个儿蛮拧。

"读诗须得看注，否则就会误入歧途。倘若与原诗意旨相悖，还不如不读。"

鞠式耕正谆谆教导到兴头，病房门"吱呀"一声开了，大夫和一个护士走出来，叮嘱了几句就匆匆离去。罗中夏如蒙大赦，赶紧跟鞠老先生说咱们快进去吧，鞠式耕无奈，只好拿起拐杖，推门而入。

这间病房有三四十平方米，周围的墙壁都漆成了轻快的淡绿色，窗帘半开半闭，透入窗外溶溶月色。房间中只有病床和一些必要的医疗设备，显得很宽敞。郑和平静地躺在床上，一动不动，脸上罩着一个氧气罩，旁边心电监视屏幕的曲线有规律地跳动着，形象地说明病人的状况很稳定。

鞠式耕站在床头，双手垂立，注视着昏迷不醒的郑和，嗟叹不已。郑和身上盖着一层白白的薄被，罗中夏不好上前掀开，只好在心里猜度他的身体已经被侵蚀成什么样子了。

虽然两个人关系一直不好，但看到郑和变成这番模样，罗中夏也不禁有些同情。

大约过了两分钟，鞠式耕腾出一只手，轻轻拍了拍床头铁框，语有悔意："只怪我昨天要他代我验笔，今天才变成这样，可叹，可叹。"

"验笔？"

"对。你可还记得那支无心散卓？昨天郑和说可以帮我去查一下来源，就带走了，不想就这样一去不回。"

罗中夏立刻明白了，接下来郑和带着无心散卓笔去墨雨斋找赵飞白，结果那个倒霉孩子却撞见了秦宜，以致遭此横祸。鞠式耕纵然是当世大儒，也肯定想不到，那支笔近在咫尺，已经散去郑和体内了。

这些事自然不能说出来，罗中夏小声顺着他的话题道："人总算捡了条性命回来，只可惜那管笔不见了。"

鞠式耕重重跺了一下拐杖："咳！为这区区一管诸葛笔，竟累得一个年轻人如此！让老夫我于心何安！"

罗中夏刚要出言安慰，却突然愣住了："您刚才说什么？不是无心散卓笔吗？"

鞠式耕扶了扶眼镜："无心散卓，不就是诸葛笔吗？"

"什么？"罗中夏一瞬间被冻结。

"无心散卓笔指的乃是毛笔功用，最早是由宋代的制笔名匠、宣州诸葛高所首创，所以在行内又被称为诸葛笔。"鞠式耕简短地解释了一下，注意力仍旧放在郑和身上，没留意身旁的罗中夏面色已苍白如纸，汗水涔涔，仿佛置身于新年午夜的寒山寺大钟内，脑袋嗡嗡声不绝于耳。

无心散卓是诸葛高的笔，是诸葛家的笔。

但诸葛家的笔，为何在韦势然手中？为何他对此绝口不提？

为何小榕一定要让我守在无心散卓旁边？

一连串的问号在他心中蹦出来，飞快地在神经节之间来回奔走，逐渐连接成了一个浸满了恶意的猜想。这个猜想太可怕了，以至于他甚至不愿意去多想。可是他无法控制自己，这个念头越想越深入，越想越合理，而且挥之不去。

接下来在病房里发生了什么，他一点都没注意到，只是拼命攥住病床的护栏，仿佛这样可以把自己的震惊与混乱传导走。

鞠式耕看罢郑和，和罗中夏一同走出病房，两个人一前一后走出小楼，一路无话。在邻近楼前林荫小路，走在后面的罗中夏犹豫片刻，舔舔嘴唇，终于开口叫了一声："鞠老先生……"

鞠式耕拐杖触地，回过头来，微微一笑："你终于下决心说出来了？"罗中夏心里突地一跳，停住了脚步，颤声道："难道，难道您早就知道了？"

"我看你刚才脚步浮乱，面有难色，就猜到你心中有事。"

罗中夏松了口气，看来他并不知道笔冢之事，于是吞吞吐吐地说道："其实是这样，我有个好朋友，我发现他可能骗了我，但是又不能确定，现在很是犹豫，不知该不该跟他挑明。"

"先贤有言：君子可欺之以其方，难罔以非其道。"鞠式耕竖起一根指头，"你自己问心无愧就好。"

罗中夏勉强挤出一丝笑容："多谢您老教诲。只是我自己也不知是否无愧。"

"年轻人，有些事情，是不能以是非来论的。"

鞠式耕蹾了蹾拐杖，在地板上发出橐橐闷响，仿佛在为自己的话加注脚。

送走鞠式耕后，罗中夏自己又偷偷折返回特护楼。颜政和小榕正在沙发上坐着，一见罗中夏回来，同时转过头去。颜政抬起手，不耐烦地嚷了一声："喂，你是去蹲坑了还是去蹲点啊，这么长时间？"

罗中夏没有回答，而是沉着脸径直走到小榕跟前。小榕看出他面色不对，双手不经意地交叉搁在小腹。

"小榕，我有话要问你。"

"嗯？"

颜政看看罗中夏，又看看小榕，笑道："告白吗？是否需要我回避？"

"不用，这事和你也有关系。"罗中夏略偏一下头，随即重新直视着小榕。小榕胸前咏絮笔飘然凝结，仿佛是感到了来自罗中夏的压力。

"无心散卓是诸葛家的笔，对不对？"

罗中夏一字一顿地问道。听到他突然问及此事，小榕的冰冷表情出现一丝意外的迸裂，她张了张嘴，一时间不知道说什么才好。罗中夏把这看成默认，继续追问道：

"为什么你们韦家会有诸葛家的笔？"

小榕还是没有作声，颜政觉得气氛开始有些不对劲，不过他对这个问题也有些好奇，于是搔了搔头发，没有阻止罗中夏问下去。

罗中夏双手抱臂，滔滔不绝地把自己刚才的想法一倒而出：

"我一直很奇怪，为什么韦势然一定要让我待在无心散卓旁边。当然，你告诉我的理由是，无心散卓是保护我的重要一环。"

稍微停了一下，他又继续说道：

"我刚才想到一件有趣的巧合。自从我被灵……呃，青莲笔上身以来，韦势然总说我会被诸葛家追杀，但这几天无论是在宿舍、颜政的网吧还是大学教室，都平安无事。反而针对我的两次袭击，一次是湖颖笔童，当时郑和怀揣着无心散卓在旁边偷看；第二次是五色笔吏，郑和与无心散卓恰好就在隔壁的病房。我不觉得这是什么巧合。"

他一口气说完这一大段推理，见小榕还是没有动静，遂一字一顿吐出了萦绕于心的结论："所以，你们让我留在无心散卓笔的身旁，根本不是为了救我，而是为了故意吸引诸葛家的人来！让他们把我干掉，你们好取出笔灵！"

他的声音在幽暗的走廊里回荡，地面上还残留着些许剧斗的痕迹，半小时前还并肩作战的罗中夏、小榕和颜政此时构成了一个意味深长的三角。

罗中夏本来料想小榕会出言反驳，结果对方毫无反应，甚至连姿势都没有动一下，只是用那双美丽而冷漠的眼睛注视着自己，冰蓝色的咏絮笔冰冷依旧。他有些慌乱和胆怯，右手不由自主地拽了拽衣角，一瞬间对自己的推理失去了信心。

"我想……小榕也许你并不知情，我们都被你爷爷骗了。"罗中夏不那么自信地补充了一句，他心存侥幸，试图把她拉回到自己战线上来。

小榕用极轻微的动作耸了耸肩。

这种态度一下子激怒了罗中夏。从一开始被青莲遗笔附体，自己不仅被牵扯进乱七八糟的危险事情中来，还一直被"友军"韦势然愚弄——至少他是如此坚信的——

从外人角度来看这些事好似很有趣，但他这个当事人可从来没有情愿变成李白的传人并跟一些奇怪的家伙战斗。

硬把我扯进这一切，还把我当傻瓜一样耍，凭什么啊？

罗中夏的浑劲忽地一下子冒了出来，他攥紧双拳，半是委屈半是恼怒地吼道："那随便你们好了！我可不想被人卖了还帮着数钱！"

他低头看了一眼小榕，后者仍旧没有要做出任何解释的意思。

事已至此，怒火中烧的罗中夏"呼"地一扬手，转身欲走。这时颜政从旁边站起来，一把按住他的肩膀。

"喂，不能这么武断吧？"颜政的手沉而有力。罗中夏挣扎了一下，居然动弹不得："虽然我读书少，可也知道这不好。如果韦势然成心想你死，那干吗还派他孙女一起来冒这个险啊？"

他松开罗中夏的肩膀，灵活地活动一下自己的指头。这些指头上的红光刚刚打跑了五色江淹笔，让三个人都得以生还。

"他不想弄脏自己的手吧？或者根本就没有什么诸葛家，从头到尾都是他自己编造的谎言！"

罗中夏一梗脖子，嚷嚷起来。颜政再次按住他的肩膀，这一次表情变得很严肃，就像个真正的心理咨询师："你已经有了能力，再有些责任感就更完美了。"

罗中夏怒道："我没义务被他们当枪使！"说完他甩开颜政，转过身去，偷偷回眸看了小榕一眼，怔了怔，终究还是鼓起勇气大踏步地朝外面走去。颜政还想挡住他，罗中夏停下脚步，冷冷地说道："你想要阻止我吗？"随着话音，青莲蓬然而开。颜政十指的红光早已用尽，现在是万万打不过他的。

颜政非但不怒，反而笑了："你还说是被硬扯进来的，现在运起青莲遗笔不还是甘之如饴？"罗中夏一愣，面露尴尬，低头含混嗫嚅了一句，撞开颜政匆匆离去。

这一回颜政没再阻拦，而是无奈地看了一眼端坐不动的小榕，摊开双手："你若一直不说话，我也没辙了啊。"小榕一直到罗中夏的背影从走廊消失，才缓慢地抬起右手掌，轻轻捂了一下鼻子，眼神闪动。

原本凝结在她胸口的咏絮笔涣然消解，如冰雪融化，散流成片片灵絮……

罗中夏凭着一口怒气冲出特护楼，气哼哼直奔大门而去，决意把这件事忘得干干净净，从此不再提起。此时已近十一点，医院外还是熙熙攘攘，车水马龙。罗中夏快步走到马路边上,想尽快离开这是非之地,一摸口袋,忽然发觉一件很尴尬的事。

没钱了。

今天他们是坐着颜政的车来的,身上没放多少钱。现在公共汽车恐怕已经没有了,医院距离学校又远,他身上的钱打车肯定付不起。

更要命的是,他的肚子不合时宜地发出咕噜咕噜的响声。从昨天开始一连串的事情接连发生,罗中夏其实就没怎么正经吃过东西。

罗中夏仰天长叹,不由自主地拍了拍胸口,假如借助青莲遗笔的力量,倒是可以一口气跑回学校去,不过自己刚发誓不再和这个世界发生任何关系,十分钟不到就食言而肥,这就有点太说不过去了……

"好吧!今天我豁出去了!!"

罗中夏暗自下了个很浑的决心,卷起袖子。他打算罄尽身上的余财吃个饱,然后徒步回学校去。这个决定是他余怒未消的产物,血气方刚,直抒胸臆,反倒惹得秉承太白豪爽之风的青莲遗笔在胸中摇曳共鸣,让罗中夏啼笑皆非。

计议已定,即行上路。医院附近的饭店罗中夏不敢去,就一直朝着学校方向走。沿途饭店大多已经关门。他走过三个街区,才找到一家二十四小时营业的永和大王。这里附近高级写字楼鳞次栉比,店里面三三两两的,都是一些加班刚结束或者夜班间歇的上班族。一个个眼睛通红,不是叼着包子死盯手提电脑屏幕,就是手握半杯豆浆不停对着手机嘟囔。

罗中夏点了两屉包子,一碗稀粥,端着盘子挑了个角落的位置,自顾埋头猛吃。不一会儿工夫,他就已经干掉了一屉半,彻底把悲痛化为饭量。

正当他夹起倒数第二个包子,准备送入口中时,一个人走到他对面说了声"对不起,借光",然后把手里刚点的冰豆浆搁到了桌子上。罗中夏见状,把托盘往自己身边拽了拽,腾出片地方。那人道了谢,在对面坐了下来。罗中夏包子丢进嘴里,一边咀嚼一边抬眼看去。

这是个穿着浅灰色办公套装的 OL 小姐,戴着一副金边无框眼镜,波浪般的乌黑鬈发自然地从双肩垂下,漂亮中透着精干,只是那张妩媚的面孔有些眼熟。

罗中夏又仔细端详了一下,手中筷子一颤。这时候,对方也发觉了罗中夏的视线。

"哟……这,这还真是巧啊。"秦宜不自然地笑了笑,警惕地抚了抚胸前那块麒麟玉佩。

第十六章

○

春风尔来为阿谁

两个人四目相对，一时间气氛十分尴尬。罗中夏对这个女人的狠毒记忆犹新，这几日的事端可以说都是因她而起；而秦宜上次在罗中夏手底下吃了大亏，对这个愣头青颇为忌惮，一下子也不敢轻举妄动。

这一男一女对视良久，谁都摸不清楚对方突然出现在这里到底是什么居心。到底还是秦宜最先从震惊中恢复过来，她看看左右，给了罗中夏一个暧昧的笑容。

"你好啊！"

口气轻松平常，就好像是两个不太熟的朋友无意中在街头邂逅一样。罗中夏狠命快嚼几下，几乎把嘴里的包子囫囵咽下去，这才放下筷子，装出一副冷峻的样子：

"我今天不想与你打。"

秦宜闻言，眨眨眼睛，从手提袋里拿出一个粉色的梳妆盒，一边旁若无人地开始补妆，一边悠然说道："我也想不出好理由打架。我这是刚加完班，回家前来买点夜宵吃，你呢？"

她口气亲热，完全看不出几秒钟前还是剑拔弩张。罗中夏却丝毫不敢掉以轻心，像一只猫竖起了全身的毛，凝视秦宜胸前那个麒麟挂饰。

这具丰满身体里隐藏的，是张华的麟角笔，博极万物，挚茸报春。

这个女人那天也是带着这副笑脸把郑和炼成了笔童，把自己打得几乎全身瘫痪。女人都是些表面可爱无比，实际上却能把你骗到死的生物，连小榕都可以面不改色地欺骗自己……一想到小榕，罗中夏心里没来由地疼了一下，连忙勉强扭转注意力，不去想她。

秦宜还在兀自说个不停："你们做学生的可不知道上班族多惨，天天被老板当牛当马，不把你榨干了不放你走，啧啧。"罗中夏打定主意不再理睬她，自顾吃自己的包子。秦宜一边吸着冰豆浆，一边托腮笑盈盈地望着罗中夏，眼神飘飞，还故意露出衣领之间一片欺霜赛雪。若是普通人，有这么一位美女跟你有说有笑，只怕早就神魂颠倒筋骨俱酥了。还好麟角笔的威力罗中夏是见过的，不敢稍有松懈。

上次一战，秦宜是败在了轻敌上，才令罗中夏从容使出青莲遗笔；倘若这一回大打出手，秦宜必然一出手即是全力，时灵时不灵的青莲遗笔能不能斗得过麟角笔，还是未知之数。

秦宜早看出了他这点心思，本来嘴上一直说着最新出品的LV包，忽然话锋一转："对了，你坏了我的笔童也就罢了，我那两支笔，现在还在你那里搁着吧？"

罗中夏光惦记着提防，没料到她忽然问了这么一句，猝不及防，不由自主地张开嘴回了一句："啊？"

秦宜伸出手去在他额头上点了一下，娇嗔道："你装什么呀，讨厌！"罗中夏吓得赶紧捂住额头，生怕被她一招偷袭，青莲笔"唰"地绽放开来。秦宜扑哧一笑，施施然收回手指，轻轻抚摸着自己精致的小拇指指甲："别紧张嘛，今天咱们不打架。我就是问问，我那两支笔灵呢？"

罗中夏这才明白她说的是什么，于是摇了摇头。秦宜镜片后的眼神陡然多了几分锐利，雪白的脸颊也泛起几丝阴鸷之色。

"它们在哪里？"

"一支名花有主，一支不知所终。"罗中夏没好气地回答。

"名花有主？"秦宜杏眼圆睁。

罗中夏懒得跟她解释，现在的他，一点也不想跟这些笔灵扯上关系。反正有青莲笔在握，谅这个女人也不敢造次。

要依靠笔灵才能远离笔灵生活，这真讽刺。

于是他咽下最后一口包子，站起身来朝外走去。

"哎？怎么说着说着就走了？"

秦宜指甲轻轻一弹，一个极小的麟角锁飘然而出，正中罗中夏右腿。这片小麟角微乎其微，效力刚好够让神经一酥。罗中夏被绊了一个趔趄，有些恼火地回过头来怒道："你想干吗？"秦宜双手交拢在一起，柔声道："你有没有想过，我们可以合作？"

"合作？"

秦宜注视着罗中夏的双眼，妩媚一笑："不用隐瞒了，你也不是诸葛家的人吧？"罗中夏原本要走，但一听到诸葛家的名字，不由得停住了脚步。秦宜把这一切看在眼里，唇边浮起一丝浅笑，继续道：

"老李那个人啊，你是不了解。你一个人跟他斗，是一点胜算也无的。今天既然咱们能偶遇，也是缘分，何不携手合作？"

罗中夏脑子里飞快地转着。经秦宜这么一提醒，他猛然想到，自己可能还仍旧处在威胁之下。虽然他推测如果没有无心散卓，诸葛家就找不到自己，但这毕竟是推测，没有经过任何验证。如果自己错了，诸葛家的人杀上门，现在不会有任何人来帮忙了——除了眼前的这个不太可靠的秦宜。他们两个彼此都不知道对方底细，罗中夏实在不知自己是否可以轻率地把韦势然和小榕的事情告诉她。

罗中夏有些后悔自己不该轻率地与小榕闹翻，但木已成舟，悔之已晚。

"但你是什么来头？韦家的人吗？"

秦宜神情一黯，随即耸耸肩，露出一丝鄙夷的口气："谁会是韦家的——我是谁并不重要，重要的是咱们都不是老李的人。敌人的敌人，就是朋友。"秦宜停顿了一下，一手指向罗中夏，一手按抚在自己胸口。

"你的青莲遗笔，再加上我的麟角笔，相信就能和诸葛家分庭抗礼——何况还有我辛苦搜集来的那两支笔灵呢！"

秦宜的"我"字发音发得很重。略微沉吟了一下，罗中夏抬起头，诚恳道："你那两支笔灵，一支已经找到了宿主，另外一支不知飞去哪里了，我可没瞒你。不过……"

"不过什么？"

罗中夏咬咬嘴唇，下了决心："你真的想要我身上这支青莲遗笔吗？"秦宜咻咻笑道："这是自然，太白青莲位列管城七侯，谁会不要呢？"

"啥？城管啥侯？"

"哈哈哈，你这孩子真是油嘴滑舌，是管城七侯啦。"

"我不管你是几侯，只要你有办法取出，又不伤我性命，就请随便拿走。"罗中夏摊开手，坦然说道。他心想韦势然这家伙讲的话虚虚实实，也不知哪句是真的，也许自己身上这支笔灵别有妙法可脱，也未可知。

秦宜只道已经看透了罗中夏的秉性，却没料到他如此干脆，此时她看罗中夏的眼光好似看一只不吃伟嘉妙鲜包的家猫。青莲遗笔人人梦寐以求，眼前这个家伙却弃如敞屣，真是不可捉摸。

"成交。"秦宜潇洒地打了一个响指，同时站起身来，"走吧。"

"去，去哪儿？"

"下了班，自然是回家喽。"秦宜眼波流转，食指间一串银光闪闪的钥匙晃动。

秦宜的家距离她上班的公司并不远，位于某高档小区里的二十六层，是一套一百二十多平方米的公寓房。罗中夏心算了一下价格，咂舌不已。

房间里的装潢以白色和橘黄色为主，简约而明快，客厅里只挂着一台液晶电视、一个摆满玩偶的透明玻璃柜子、一个小茶几和两个可爱的Q式沙袋椅。墙上还挂着几个洋人的海报，两个漆黑音箱阴沉地趴在角落里。

秦宜从厨房里探出头来问罗中夏："喝点什么？"

"呃……红牛吧。"

"我这里没红牛，自己榨的柠檬汁行吗？"

罗中夏默默地点点头，打定主意绝不碰这个"秦宜自己榨的"柠檬汁。他虽然读书少，但《水浒传》中的蒙汗药总还是听过的。

他正低头忐忑不安地琢磨着，秦宜已经端着两杯柠檬汁走了出来。她已经脱掉了办公套装，摘下眼镜，换成了一身休闲的米黄色家居服，两条绵软玉臂摇动生姿，胸前的圆润曲线让罗中夏口干舌燥。

"为我们的合作干杯。"秦宜举起了杯子。罗中夏也举起杯子，只略沾了沾唇便放下，纠正她的用词："我可没说与你合作，我不想跟你们有什么瓜葛。"

秦宜不以为忤，把杯子里的水一饮而尽："这样也好，每个人都有自己的秘密。过了今夜，你不问我是谁，我也不问你是谁。"说完她放下杯子，拉开旁边的卧室门，斜靠在门边冲他轻轻摆了一下下巴。

她的话和动作暧昧无比，罗中夏依稀看到里面有张双人床，登时闹了个大红脸，双手急遽摆动："这，这……"

秦宜白了他一眼，示意他赶紧进来。

罗中夏战战兢兢进了卧室，发现和自己想象的完全不同。里面没有什么罗帐锦被、麝炉红烛，墙上是几幅字画，阳台与卧室之间的墙壁被打通，空间里摆着一张檀木方桌，其上整齐地摆放着文房四宝，旁边竹制书架上是几排线装蓝皮的典籍。这房间和外面大厅的后现代休闲风格形成了极大差异，是个书香门第的格调。

罗中夏深吸了一口气，说不上是失望还是庆幸。

"跟赵飞白那帮文化人混，也得装点装点门面嘛。"秦宜仿佛洞察了罗中夏的心思，她一边说着一边走到桌前，从一个小匣子里拿起一方砚台。

"你打算怎么取笔？"罗中夏一直对此将信将疑。

秦宜纤纤玉手托起砚台，款款走来："本来笔灵与元神纠缠，再度分离实属不易，不过我自有妙法。"

"是什么？"

"就是我掌中之物了。"秦宜把它端到罗中夏跟前。

这方砚台方形四足，砚色浅绿而杂有紫褐二色，纹理细密，其形如燕蝠，砚堂阳刻，与砚边恰成一个平面，看起来古朴凝重。堂前还刻着一行字，不过光线不足，无法辨认。

"呃，你说这砚台能取出我的笔灵？"

"笔为灵长，砚称端方。这砚台也是四宝之一，专门用来磨杵发墨。笔灵与元神的纠葛，当然只有用砚台方能化开。"秦宜且说且靠，不知不觉把罗中夏按在床边，二人并肩而坐。罗中夏感觉到对方一阵香气飘来，宽松的领口时张时合，让他双目不敢乱动。

他不敢大意，嘴上应承，暗中把青莲笔提到心口，一俟感应到麒角发动，即行反击。

秦宜看起来并无意如此，自顾说道："我这方砚，可是个古物，乃是产自泰山的燕蝠石砚，采天地精华，专能化灵，不信你来摸。"罗中夏觉得手心一凉，已经被她把砚台塞到手里。

这块燕蝠石砚确实是个名物。虽然罗中夏不懂这些，却也能体会到其中妙处：皮肤一经接触，就觉得石质清凉滑嫩，只稍微握了一会儿，手砚之间就滋生一层水露。

秦宜右手攀上罗中夏肩膀，下巴也开始往上凑，暖烟袅袅而升。罗中夏紧张地朝旁边靠了靠，秦宜红唇微抿，媚眼如丝，温柔地把那砚台从他手中取回来。两人双手无意间相触，罗中夏只觉得滑腻如砚，还多了几分温润，心神为之一荡。

"你有所不知。燕蝠石砚虽然外皮柔滑，内质却是极硬，所以被人称为砚中君子呢。"秦宜趴在罗中夏脖子边轻轻说道，吹气如兰。

秦宜前胸已经开始有意无意地轻轻蹭着他的胳膊，罗中夏拼命控制神志，从牙缝里挤出一段声音:"内质坚硬,取笔会比较容易吗?……"声音干涩不堪,显然是已经口干舌燥了。

"那是自然喽。"秦宜的娇躯仍在摆动,蹭的幅度也越来越大。

噗!

罗中夏只觉得脑后突然一下剧痛,眼前迸出无数金星,随即黑幕降临……

他从昏迷中睁开眼睛,过了几十秒,视力才稍微恢复一些,后脑勺如同被一只疼痛章鱼的八爪紧紧攥住,触手所及都热辣辣的,疼痛无比。

罗中夏环顾四周,发现自己置身于一个狭小的空间里,周围漆黑一片,还有股胶皮的异味。他挣扎着要爬起来,却发现自己的手脚都被电线牢牢绑住,胸前被一张纸紧紧压着。

他试着运了运气,青莲笔在胸中鼓荡不已,却恰恰被那张纸压住,窒涩难耐,一口气息难以流畅运转。

正挣扎着,罗中夏眼前忽然一亮,刺眼的光线照射下来,他才发现自己原来是被关在一辆汽车的后备厢里。

而打开车后盖的,正是秦宜。

"哟,你醒了呀。"她还是那一副娇媚的做派,但在罗中夏眼中却变得加倍可恶。

"你骗我。"少年咬牙切齿。

"我不想惹出青莲遗笔,只好另辟蹊径喽。只要不动用麟角笔你就不会起疑心,嘿嘿,好天真。"

"所以你就用了那块燕蝠砚?"

"为了拍你,着实废了我一块好砚台。"秦宜撇撇嘴,她已经换了一身黑皮夹克,"哎呀,哎呀,拿砚台当板砖,我真是焚琴煮鹤。"

"那个砚台多少钱?"罗中夏叹了一口气。

"行情怎么也得五六万吧。"

"被这么值钱的板砖拍死,倒也能瞑目了……"罗中夏穷途末路,胡说八道的秉性反而开始勃发,"这么说,你的话全是假的!"

秦宜掩口笑道:"咯咯,哪会有什么不伤性命的退笔之法啊——人死魂散,笔可不就退出来了吗?"

"那你干吗还不杀我?"

秦宜打开一瓶矿泉水，对着罗中夏的嘴咕咚咚咚灌了几口："杀你？我现在哪里舍得。青莲笔轻灵不羁，难以捉摸，没有万全的收笔之策，还是暂时留在你体内比较安全。"

罗中夏不安地扭动身体，拼命要让青莲笔活起来，却徒劳无功。那一张薄薄的纸如重峰叠峦死死压在胸口，青莲遗笔就像是五行山下的孙猴子，空有一腔血气却动弹不得，在这张纸前竟显得有些畏缩。

"这，这是什么符？"

"符？这可是字帖呢。"

"庞中华的吗？"

"贫嘴孩子。"秦宜笑骂一声，"你没听过'眼前有景题不得，崔颢有诗在上头'吗？这帖是崔颢的《黄鹤楼》，镇太白可谓极佳。可惜黄鹤笔如今不在，不过一张字帖也够压制住你这业余笔冢吏了。"

罗中夏没奈何，只得恨恨道："哼，我现在若是咬舌自尽，你就人财两空。"

"得了吧，你这孩子哪里有胆子自杀啊。"秦宜一句话刺破了罗中夏外强中干的伪装，"咱们现在就去能收笔的地方，你放心，我会对你很温柔的。"

她砰的一声，把车后盖重新关上。很快罗中夏就觉得车子抖动，轰鸣声声，显然是上路了。

"妈的，我也快上路了。"他心里想，却丝毫没有办法。

车子开了有半个多小时，罗中夏忍住强烈的眩晕感，试着动了动手臂。

还好，能动。崔颢镇得住李白，可镇不住罗中夏。虽然双手被背捆，至少手指和肘关节还能活动，他挣扎了几下，勉强把手指伸进裤兜，指尖刚刚能碰到手机的外壳。

又经过一番艰苦卓绝的小动作，他终于把手机拿到了手里，可以在口袋里直接按动数字。

可是打给谁呢？

110？自己根本分辨不出方向，也别指望他们会像FBI一样随便就能追踪信号。

120？收尸的事应该不用自己操心。

114？别傻了！这是胡思乱想的时候吗？最终他还是想到了小榕……但是……这可实在是太丢人了。死到临头的罗中夏左右为难，想到了一个折中的办法。

他想打电话给颜政。

颜政的那支不知名的笔灵来自秦宜，也许彼此之间能有什么感应也说不定。事到如今，只能赌一赌了。

罗中夏凭着感觉输入完数字，刚刚按下通话键，车子突然一个急刹车，巨大的惯性猛地把他朝前抛去，脑袋重重撞在铁壁上。他还没来得及骂娘，车后盖砰的一声被掀开。秦宜神色慌张地探进身子来，挥手割断捆着罗中夏手脚的电线，一把扯掉《黄鹤楼》的字帖。

"来帮忙，否则我们都要死！"她的声音紧张得变了声。

罗中夏揉着酸疼的手腕爬出车子，还没想好用什么话来嘲讽秦宜，就注意到周围环境有些不对劲。这是一片稀疏的小树林，附近高高低低都是小沙丘，如坟伏碑立，幽冥静谧，看来是远离公路。

在秦宜的帕萨特前面遥遥站着两个人。

一个少年，还有一个和尚。

第十七章

○

空留锦字表心素

这两个人造型迥异，夜幕下显得很不协调。少年浓眉大眼，颧骨上两团高原红，一身崭新的耐克运动服穿得很拘谨，不大合身；那个僧人看起来三十多岁，戴着一副金丝眼镜，脱掉那身僧袍就是副大学年轻讲师的模样。

秦宜一看到这两个人，浑身瑟瑟发抖。在她身旁的罗中夏摸摸脑后的大包，忍不住出言相讽："你刚才还要杀我，现在还要我帮你？"

"此一时，彼一时。"秦宜口气虚弱，嘴上居然还是理直气壮，"你不帮我，大家都要死。"

"反正我左右都是死，多一个你做伴也不错。"罗中夏心理占了优势，言语上也轻松许多。秦宜看了他一眼，银牙暗咬，不由得急道："你说吧，陪几夜？"

"×。"

罗中夏面色一红，登时被噎了回去。虽然这女人总是想把自己置于死地，他却始终无法憎恶到底，难道真的是被她的容貌所惑？

那边两个人已经慢慢走近，和尚扶了扶眼镜，一拍僧袍，向前走了一步："Miss 秦，我们找你可找得好辛苦呢。"

秦宜嘴角牵动一下，终于开口说道："我早说过，你们找错人了。"

"Miss 秦，你在国外大公司工作那么久，这个简单的道理总该明白吧？"和尚表情和气，还有些滑稽地用手指梳了梳并不存在的头发。

"没有就是没有，你们看不住东西，与我有什么相干？"秦宜一改平日嗲声嗲气的做派，表情变得严肃起来。

和尚也不急恼，又上前了一步："Miss 秦，你我都心知肚明，又何必在这里演戏呢？今天既然寻到了你，总该问个明白才是。我们韦家向来讲道理，不会冤枉一个好人。"他顿了顿，又加了一句："也不会放过一个坏人。"

罗中夏在一旁听到，心里咯噔一声，怎么他们也是韦家的人？他原本不想帮秦宜，一走了之，但一听对方是韦家，反倒踌躇起来。

秦宜警惕地朝后退了一步，右手已经摸上了胸前的麒麟挂饰。和尚注意到了这个小动作，微微一笑，又开口说道："看来Miss秦你不见棺材，是不肯落泪的。"

"你们什么都不知道。"

"我们什么都知道。"和尚微笑着，又朝前迈了一步。

这一步举轻若重，脚步落地看似悄无声息，却蓄着极大的力道，竟震得浮空尘土微微一颤。

秦宜面色骤变，仿佛被这一震切断了早已紧绷的神经，全身灵力如拔掉了塞子的香槟酒，霎时喷涌而出，很快汇成一支毫光毕现的神笔，浮在半空，雕饰分明。

和尚仰头看了看，叹了口气道："果然是麟角，Miss秦，你这可算是不打自招了。"

明明是他那一踏迫出了秦宜的笔灵，却还说得像是秦宜自己主动的一样。她虽然气得不轻，却不敢回话，只能恶狠狠地盯着和尚的光头，丰盈胸部起伏不定。

和尚还想说什么，麟角笔锋突然乍立，无数细小的麟角锁疾飞而出，铺天盖地扑向和尚。和尚并没躲闪，只是默默双手合十。麟角小锁冲到他面前一尺，就再也无法前进，仿佛被一道无形弧盾挡住，一时如雨打塑料大棚，噼啪作响。

等到攻势稍歇，和尚摘下眼镜，捏了捏鼻梁，用赞叹的口气说道："Miss秦的麟角威力如斯，可见深得张华神会之妙，并非寄身。"他口气继而转厉："你和麟角灵性相洽，人笔两悦，就该推己及人——你私自带走那两管灵笔，致使空笔蒙尘，不能认主归宗，于心何安呢？"

"呸！说得好像你们就笃定能找到正主似的！"秦宜忍不住啐了一口。

这时罗中夏忍不住提醒秦宜："喂，看看你的四周。"

光顾着跟和尚斗嘴的秦宜这才发现，少年不知何时已经站在了身后，与和尚恰好构成夹击之势，将他们两个人围在中间。

和尚道："Miss秦你到了这一步，还是死撑吗？"

两个人很默契地朝前迈了一步，将包围圈缩小。秦宜环顾四周，追兵不依不饶，而罗中夏看起来不打算配合，她情知今日绝无转圜的余地了，不由得蛾眉紧蹙，颇有

"深坐蹙蛾眉"的韵态——只可惜罗中夏不读诗，无从欣赏。

和尚忽然开口道："二柱子，去把秦姑娘打晕。"

那少年"嗯"了一声，走上前来，认认真真对秦宜一抱拳道："我要打你了。"罗中夏心说哪里有打人之前还告诉的，暗中提了提气防备，青莲遗笔振动了一下作为应和。

秦宜拽了一下罗中夏衣角，说你快点出手。罗中夏对她偷袭自己的事仍旧愤愤不平，帮与不帮还没想好，于是只是哼了一声，站在原地不动。

说时迟，那时快，秦宜还没说第二句话，少年的拳头已经到了。这双拳可以说是虎啸风来，拳压极有威势。秦宜来不及用麟角笔去挡，只能闪身躲避。她穿的高跟鞋，几番翻滚以后，脚下一歪，哎呀一声倒在地上。少年见状立刻停手，对秦宜道："起来吧，我们重新打过。"

秦宜顾不得多想，连忙一骨碌从地上爬起来，身子还没站稳，少年的拳头又打了过来。和尚在圈外称赞道："二柱子你的拳法又有进步了，只是还少点心计，亏欠些历练。"

罗中夏虽然不懂行，也能看得出来。这个少年全身没有丝毫灵笔气息，是纯粹的外家功夫，且全无花哨，一招一式有板有眼。如果不是出现在这个场合，肯定会被人当成河南哪个武术学校的。

重剑无锋，大巧不工，这朴实无华的拳法，拳拳相连，绵绵不绝，一波接一波的攻势让秦宜疲于应付，丝毫没有喘息的机会，一头青丝纷乱飘摇。本来秦宜身负麟角笔，这等对手是不放在眼里的，但现在身旁还有两个强敌环伺，随时可能出手干涉，逼得她不敢擅出笔灵。若没有了笔灵，一个普通的上班族，怎么会是武校少年的对手。

两人相持了一阵，和尚又喊道："二柱子，快些，不要怕伤了人。"秦宜一听，吓得魂飞魄散，她慌不择路逃到罗中夏身后，拽着他的胳膊朝前挡去。二柱子正要挥拳直捣，猛然见一个外人插了进来，连忙收住招式，生生把雄浑的拳劲卸掉。

"怎么停手了？"和尚问。

"彼得师父，你让我打秦姑娘，可没说要打他。"二柱子瓮声瓮气地指着罗中夏回答。

那个叫彼得的和尚一时不知该说什么才好。秦宜见有隙可乘，眼珠一转，窈窕身体突然挺立，左手臂一把搂住罗中夏的脖子，另一只手紧扼住他喉咙，大喊道："你们不要上前,你可知他是谁?"

两人立刻把目光集中在罗中夏身上。罗中夏突遭袭击,不禁又气又急,一边挣扎一边怒道:"你要干吗?"秦宜也不答话,手指扼得更紧。

彼得擦了擦眼镜,诧异道:"Miss 秦,这位先生是你带来的,怎么反倒拿他要挟起我们来了?"秦宜腾出一只手把自己散乱的长发撩起夹到耳根,冷笑一声:"这个人,可与你们干系不小呢。"

"哦,愿闻其详。"

秦宜一字字道:"他体内寄寓的,就是青莲遗笔!"

是言一出,一下子便震慑全场。和尚一听是"青莲遗笔"四字,一时呆在那里,不能言语。小树林在这一刻寂静无声,空有幽幽风声传来,就连空气流动都显出几分诡秘。

彼得和尚先恢复了神志,他瞪大了眼睛:"Miss 秦,你所言可是真的?"

秦宜手中力道又加了几分,厉声叫道:"不错,此时青莲遗笔就在他的身体里。你们若再逼我,我就先把他杀了,到时候青莲飞出,谁也收不着了。"

"可我们又怎么能相信青莲遗笔就在这人体内呢?"

"那你大可过来一试。"秦宜冷冷道。罗中夏被她三番五次算计,现在居然还被胁迫,终于忍无可忍,欲振出青莲遗笔来反击。可秦宜捏着他喉咙,让他呼吸不畅,真气不续,无法呼出笔灵。罗中夏没奈何,只能破口大骂,把平时在学校球场和宿舍听来的脏话统统倾泻出来。

秦宜充耳不闻,彼得和尚听罗中夏骂得越来越不像话,反而皱起眉头来:"太白潇洒飘逸,有谪仙之风,这位先生的做派可就差得有些……嘿嘿。Miss 秦说他是青莲遗笔的笔冢吏,恐怕难以认同。"

"不信是吗?"

秦宜双指一捻,幻出一把麟角锁,二话不说,啪的一声直接打入罗中夏的嘴里。俗话说:"天下至苦谁堪期,莫如凌迟与牙医。"牙神经乃是人体里对痛感最为敏感的地方,甫一被麟角锁住,无限疼痛轰然贯注其中,只怕凌迟比之都有所不如。

罗中夏发出一声惊天动地的惨号,也不知从哪里迸发出一股神力,一下就挣脱了秦宜的束缚,青莲遗笔也被这疼痛所催生的惊人力量迫出体外,化作青莲绽放于半空。

彼得仰头一看，原本眯成一条缝隙的眼睛陡然圆睁，双肩微微颤抖，神情竟似不能自已。二柱子倒没有受到影响，他看到秦宜悄悄朝后退去，连忙对彼得说："秦姑娘逃走了，咱们不追吗？"彼得没有理睬，兀自望天。秦宜见机不可失，也不顾自己那辆帕萨特了，转身就跑，跌跌撞撞不一会儿就消失在黑暗中。二柱子目送她离去，抓了抓头皮，显得很茫然。

这一股疼痛劲持续了大约三秒，对罗中夏来说却像是三个学期那么长。等到他从混乱中恢复时，已经是大汗淋漓，面部肌肉也因过度扭曲而变得酸疼。

彼得忽然喃喃说道："青莲现世……看来传言果然不错。"他转过头来，打量了一番罗中夏，镜片后的眼神闪过一道光芒：

"那么现在我们只需要解决一个问题了。"

罗中夏这时才意识到，秦宜是走了，而现在自己却要面对这两个强敌。

他不得不在心里扇自己一个耳光，把绝不再用青莲笔的誓言和血吞了。

他必须要战，以李白的名义。

然后他看到彼得笑了。

与此同时，在市三院的特护病房前，一男一女仍旧留在原地。

颜政双手插兜在走廊里来回转悠，不时斜过眼去偷偷瞥小榕。小榕自从罗中夏走了以后，就一直木然不语，宛如一尊晶莹剔透的玉像，漂亮是漂亮，只是没什么生气。颜政有心想逗她说话，也只换来点头与摇头两种动作，只得作罢。

"唉，真是少年心性，一个浑，一个呆，这成什么话。"颜政暗地里自言自语，无可奈何地拍了拍自己的脑袋，朝着走廊深处闲逛而去。此时正主儿罗中夏已然离去，郑和在病房里躺得正舒坦，若非有小榕还留在这里，颜政早就走了。他是个闲不住的人，现在既然已经没什么大敌，小榕又不肯说话，他就只好四处乱逛，聊以打发时间。

说实在的，这栋楼实在没什么好逛的，千篇一律都是淡绿色的墙壁，深色地毯，放眼望过去门窗都是一母所生。而且与普通病房不同，这里的墙上连值班女护士照片都没有，只挂着一些颜政毫无兴趣的艺术画之类。

他正百无聊赖地溜达着，忽然身后传来一声轻微的关门声。他转头一看，看到白天指路的那个小护士正怀抱着病历表从一个房间里出来。

"哎，我们真是有缘分。"颜政笑嘻嘻地走过去，伸手打了个招呼。

小护士一看是他，奇道："怎么是你，你还没走啊？"

"据说这栋楼晚上心灵纯洁的人能看到白衣天使，所以我来碰碰运气。"

小护士一撇嘴："呸，油腔滑调，还说自己心灵纯洁呢。"颜政高举双手，很委屈地说道："心灵不纯洁，怎么会这么巧碰到你当班呢？"

"还提这个！"小护士一张圆脸立刻变得很恼怒，"都怪你，害得我今天要加班。"

"哎？难道你是为了我而加班的？"颜政半真半假地做了个夸张的惊讶手势。小护士瞪了他一眼，把病历表砸到他脸上。

"到底是怎么回事呢？"颜政笑嘻嘻地问。

"还不是那个病人的事。他两天前刚做完腿部外科手术，我推车带他出去透透气。后来你不是问路还顺便帮他盖被子吗？你刚走，我就发现病人的腿上本来缝好的线全开了！手术的刀口也都裂开了，那边新得像刚开了刀似的——这不赶紧送到特护病房，一直折腾到很晚，我也只好留下来专门看护了。"

"……"

颜政伸出自己的十个指头看了又看，陷入了沉思。战五色笔时，罗中夏和自己都被那支无名之笔救过，治愈功能应该是无可置疑；可那个五色笔吏和小护士的病人接触了自己的红指光，却都出了事。

到底自己的这支笔是能治病救人，还是火上添乱？

"哎，想什么呢？"小护士在颜政耳边叫喊。颜政这才猛地惊醒过来，冲她尴尬一笑。

"你这人，一会儿油嘴滑舌，一会儿又心不在焉，哪有你这么搭讪的啊？"小护士拿回病历表，抬腕看了看时间，"给你个机会吧，我马上就交班了，请我去吃消夜。"

"消夜啊……"颜政有心想去，忽然想到小榕还一个人留在那里，就有些踌躇。小护士催促道："喂，你快决定啊，不然我自己去了。有的是人排队请我吃呢。"

颜政最初有些为难，忽然转念一想，这其实倒是个好机会。这个小护士叽叽喳喳的，活泼开朗，说不定能逗出小榕点话来，两个女生在一起，什么都好说。无论怎么着，总比她现在跟兵马俑似的强。

计议既定，颜政就对小护士说道："对了，我有个朋友在这楼里，一起叫上吧。"

"男朋友女朋友呀？我刚才可是看到你们有三个人呢。"小护士忽闪忽闪大眼睛，全是八卦神色。

"女的，女性朋友。"颜政竖起食指，严肃地强调了一句。

两个人一路说笑，来到了郑和病房附近的那条走廊。一拐过弯来，颜政就愣在了原地。

沙发上搁着小榕的手机与一页便笺。手机为冰雪所覆，已然冻成了一坨；便笺素白，上面寥寥几行娟秀字迹。

而小榕已经不见踪影，只留下空荡荡的走廊，冷霜铺地。窗外月光洒入，映得地毯上几片尚未融尽的冰雪痕迹，晶莹闪烁，如兀自不肯落下的残泪余魂一般……

而颜政的手机忽然在这时响起。

第十八章

以手抚膺坐长叹

天下的笑有许多种，有微笑，有媚笑，有甜笑，有假笑，有冷笑，有晏笑，有开怀大笑，有掩嘴轻笑，有沧海一声笑，有墙外行人墙内佳人笑，可没有一种笑能够概括彼得和尚此时的笑容。那是一种混杂了佛性安然和知识分子睿智的笑容，自信而内敛，然而细细品味这笑容，却让人感觉如芒在背，油然生出一种被对方完全掌握了的无力感。

所以当彼得和尚冲他一笑的时候，罗中夏顿时大骇，不由得往后退了一步。彼得和尚纹丝不动，原地宣了一声佛号，问道："阿弥陀佛，这位先生，请问高姓大名？"

罗中夏刚才见识过他那一踏，非同小可，所以不敢掉以轻心，一边琢磨着如何使出青莲遗笔，一边敷衍答道："姓罗，罗中夏。"

"哦，罗先生，幸会。我想我们之间，或许有些福缘，不妨借步聊聊如何？"

彼得和尚这番话罗中夏压根没听进去，他一看这两个人都不是良善之辈，心想只有先发制人一条路了。他经过数次剧斗，对于青莲遗笔的秉性也有了些了解，平添了几分自信，不似在长椿旧货店那时懵懂无知。

他嘴唇嚅动了几下，彼得和尚稍微往前凑了凑，道："罗先生声音太小，可否再说一遍？"

"长风几万里，吹度玉门关。"

罗中夏又重复了一次，彼得和尚一听，悚然惊觉，已经晚了。只见长风如瀑，平地而起，化作一条风龙席卷而去——虽无相如凌云笔的霸气，却也声势惊人。

彼得和尚就手一合，想故技重演，画起一道圆盾。没想到这股风暴吹得如此强劲，他的力量防得住麟角锁，却扛不住青莲笔的风暴，身子一晃，不由得往后足足退了三步。

不料罗中夏不记得下面的句子，情急之下随手乱抓了一句："孤帆远影碧空尽，唯见长江天际流。"

风暴陡止，全场气氛开始凝重低沉。彼得和尚得了喘息的机会，这才停住身形。他不怒反笑，朗声赞道："不愧是青莲笔，果然是大将之风。"

罗中夏看到敌人还有余力称赞，有些暗暗起急。这些诗句都是他那天晚上捧着《李太白全集》浑浑噩噩记下来的，只记得一鳞半爪，而且诗句之间意境相悖，全无连贯，他本身理解又肤浅，难以构成强大的威力。

看来旧不如新，还是用自己背熟的几首诗比较好。于是很自然地，他开始施展出《望庐山瀑布》来。这首诗气魄宏大，比喻精奇，容易被青莲遗笔象化成战力。它挫败过秦宜，实战经验应该信得过。

罗中夏一边将前两句慢慢吟出来，一边警惕地望着彼得和尚，脚下画圆。这首诗前两句平平而去，只是铺垫，无甚能为，实际上却是为第三、四两句的突然爆发张目，诗法上叫作"平地波澜"。罗中夏自然不晓得这些技巧，不过他凭借自己武侠小说里学来的一点常识，知道一套掌法从头到尾连环施展出来，威力比起单独几招强了数倍。所以他从头到尾，把整首诗逐句念出，也暗合了诗家心法。

只见得吟声到处，紫烟在四周袅袅升腾，水声依稀响起，形成一道奇特的景观。彼得和尚不知虚实，不敢上前进逼。罗中夏见状大喜，开口要吟出第三句"飞流直下三千尺"。

此句一出，就算彼得和尚有通天之能，恐怕也抵挡不住。

岂料"直"字还没出口，彼得和尚突然开口，大喊了一声："行！"这声音不大，却中气十足，脆亮清楚，宛如铜豆坠在地上，铿然作响。若是有京剧行家在场，定会击节叫好。

这一声呼啸恰好打在诗的"七寸"之上。

诗分平仄，"飞流"为平，"直下"为仄。他这一个"行"字乃是个脑后摘音，炸在平仄分野之间，韵律立断，罗中夏登时就念不下去。

罗中夏定了定心神，心想这也许只是巧合，哪里有话说不出来的道理。他瞥了一眼和尚，决心说快一点，看他又能如何。

可任凭他说得再快，和尚总能炸得恰到妙处，刚好截断诗韵的关窍。他吟不成句子,更不要说发挥什么威力了。罗中夏反复几次吟到一半,都被彼得和尚的炸音腰斩,时间长了他渐觉呼吸不畅,有窒息之感。对方的啸音却越发高亢清越。

这种感觉最难受不过,罗中夏满腹情绪无从发泄,胸闷难忍,不由得仰起脖子大叫一声。这一声不要紧,青莲遗笔辛苦营造的紫烟水声具象被破坏无遗,涣然消散,再无半点威势。

彼得和尚见机不可失,连忙使了个眼色。一旁的二柱子犹豫了一下,终于冲上前去,一记干净利落的手刀落在罗中夏脖颈。

这个不幸的家伙"哎呀"一声,"扑通"栽倒在地,一夜之内二度昏迷不醒。

四周归于平静,夜色依然。彼得和尚指了指秦宜扔下的那辆帕萨特:"既然有人不告而别,留下这辆车,我们就不必客气了。"

二柱子歉然看了一眼罗中夏,俯身把他扛在肩上,如同扛着一袋粮食般轻松。彼得和尚手法熟练地拽开两截电线打着火,汽车突突开始震动,慢慢驶出树林。

不知时日多久,罗中夏悠悠醒来,发现自己斜靠着一块石碑,四肢没被捆缚,额头上还盖着一条浸湿了的蓝格大手帕。

他拿开手帕,试图搞清楚周围环境。此时仍旧是夜色沉沉,四周黑影幢幢都是古旧建筑,檐角低掠,显得很压抑。只有一豆烛光幽幽亮在石碑顶上,烛火随风摆曳,不时暗送来几缕丁香花的清香。

罗中夏朝身后一摸,这石碑比他本人个头还高,依稀刻着些字迹,不过岁月磨蚀,如今只有个轮廓了。石碑下的通路是凹凸不平的条石铺就,间隙全被细腻的黄土填满,间或有星点绿草,渗着苍凉古旧之感。

这时,黑暗中传来"嚓"的一声。

罗中夏一个激灵,看到彼得和尚从黑暗中缓缓而出,全身如竖起毛的猫一样戒备起来。

"罗先生,别害怕。"彼得和尚伸出手来,试图安抚他,"我们并没有恶意。"

"没有恶意?"罗中夏摸了摸自己的后颈,讽刺地说。

"那是不得已而行之。刚才的情况之下,罗先生你恐怕根本不会听我们说话。"

"难道现在我就会听你们说了?"

彼得和尚扶了扶眼镜,不紧不慢地说:"至少我们已经有了一个良好的开端,不是吗?"

罗中夏鼻子里哼了一声，不置可否。他已经被韦势然和秦宜骗怕了，再缺心眼儿的人也会长点记性。彼得和尚笑道："为了表示诚意，我们已经除掉了你身上的绳索。"罗中夏伸开双手，暗地里一运气，青莲立刻鼓荡响应。

还好，笔灵还在，只是有些沉滞，不似以往那么轻灵。

他几小时前还迫不及待地要把笔灵退出来，现在居然庆幸它仍旧跟随自己。这种反差连罗中夏自己都觉得有些可笑，可在现实面前又有什么办法呢？

"介绍一下，贫僧法号'彼得'，佛家有云，能舍彼念，即无所得，是所云也。"彼得和尚虔诚地合上手掌宣声佛号，然后挥袖指了指另外一个人，"这一位叫韦裁庸，不过我们都叫他二柱子。"

二柱子大大咧咧一抱拳："抱歉刚才打晕你了。你要是觉得亏，可以打俺一下，俺绝不还手。"彼得斜眼瞪了二柱子一眼，二柱子赶紧闭上嘴，挠着头嘿嘿傻笑。

"我这位贤侄憨厚了点，不过人是好人。"

罗中夏警惕心也大起，他们这一伙人果然是韦家的，不知跟韦势然有什么干系。

"我们介绍完了，不知罗先生你是否方便说说自己的情况？"

彼得和尚用字遣词都很讲究，好似是在跟罗中夏商量着来，而不是审问。

"罗中夏，华夏大学大二学生。"他干巴巴地回答。这个答案显然不能让他们满意，彼得和尚开门见山道：

"罗先生，你知道你体内是青莲遗笔吗？"

罗中夏撇撇嘴，不屑道："那又如何？"他这种弃之如敝屣的态度让彼得和尚一愣。彼得和尚奇道："看起来，你并不知道身上这管青莲遗笔的意义有多重大。"

"我是不知道，也没兴趣知道，你们若能收得走，尽管来拿就是。"他有恃无恐。

彼得和尚摇了摇头，叹道："人笔相融，取出笔来，就等于抽走了魂魄。难道让我们杀了你吗？"

罗中夏心想狐狸尾巴总算露出来了，冷笑道："杀了我是容易，只怕到时候青莲遗笔逍遥而去，大家人财两空。"

彼得和尚怜悯地看了他一眼，轻声道："罗先生，你可知这是哪里？"

"你们带我来的，我怎么知道？"

"不是我们要带你来，而是 Miss 秦要带你来。我们只是顺藤摸瓜找到此处而已。"彼得和尚笑了笑，"这里是法源寺。"

"法源寺？"

罗中夏再次环顾四周，这里确实有几分古刹的感觉。只是他记得这庙如今已经改成了佛教图书馆，不知道他们把自己擒来这里，有什么特别用意。

"你就不怕旁人知道吗？这里可是中国佛教协会的所在。"

彼得和尚淡淡摇了摇头："我自有办法让他们觉察不到，何况此地是碑石之地，大半夜的谁也不会来的。"他伸出食指，以指画圈，把方圆十几米内都笼罩在一层淡薄的气息之中，然后说道：

"法源寺本叫悯忠寺，本是唐太宗为战死在高丽的唐军将士所设，取怜悯忠良之意。之后历代风云轮转，宋时的宋钦宗、谢枋得，元时的张耒，明时的袁崇焕，都曾与此寺有过牵连，民国时甚至一度是停灵之所，无数孤魂怨灵都经此地而堕轮回，无不怀着嗟叹怨愤之情。千年积淀下来，就让这寺中天然带着悲怆阴郁的气息。"

他一拍石碑，烛光自行大炽，罗中夏看到碑上的文字清晰了几分，那是一首律诗：

> 百级危梯溯碧空，凭栏浩浩纳长风。
> 金银宫阙诸天上，锦绣山川一气中。
> 事往前朝人自老，魂来沧海鬼为雄。
> 只怜春色城南苑，寂寞余花落旧红。

诗意苍凉，语气愁郁。落款是蜕庵先生。

"你想表达什么？这种话你该对文物局的去说。"罗中夏不知蜕庵先生就是张耒，冷淡地反问。

"钦宗、谢枋得怀亡国之痛，张耒感时局之殇，袁崇焕更有沉冤啖肉之怨。就算是整个华夏历史上，这几个人的哀伤怨痛都是至情至深。是以整个京城，要数此地沉怨最甚。"彼得和尚说到这里，镜片后的目光一凛，"笔灵是灵性之物，对于情绪最为敏感。太白之笔性情飘逸，到了此地必为忧愤的重灵所羁绊，不能一意任行——就好像是蚊虫落入松脂一样。"

"难道说……"

"不错，Miss 秦显然是打算把你带来这里杀掉，然后借忧愤之气粘住脱离了宿主的太白遗笔，然后从容收之。"

罗中夏听了以后，面色一变。难怪自己一来到这里，就觉得胸中憋闷，原来是另有原因。如果他们所言属实，那现在自己就处于绝大的危险中。只消他们动手杀掉罗中夏，青莲遗笔唾手可得。

彼得和尚仿佛看穿了他的心思，不由得呵呵笑道："罗先生你过虑了，我们韦家不是那等下作之人，否则我们早就动手了，何苦跟你在这里白费唇舌？"

"那……你们究竟是什么人，跟秦宜到底是什么关系？"

彼得和尚道："如果我们告诉罗先生韦家与秦宜之事，你是否愿意也把青莲遗笔的来历告诉我们？"

"好吧，不过得你先讲。"罗中夏勉强同意了这个提议。他怕万一再推三阻四惹恼了这伙人，指不定会发生什么事。

"在我讲之前，可否让我感受一下那支青莲遗笔？"彼得和尚道。罗中夏把手伸了过去。和尚的双手微微发颤，他小心地握着罗中夏的手，仿佛虔诚的天主教徒亲吻教皇的手背。罗中夏微一运笔力，青莲轻轻绽放，一股奇异的温软感觉顺着罗中夏的手传到彼得身上。和尚如被雷击，僵在原地，五官沉醉。过了半晌，他才重新睁开眼睛，双眸放光。

"是了，是了，这就是太白遗风啊！"

罗中夏把手缩了回去，彼得点点头，右手习惯性地敲了一下并不存在的木鱼，娓娓道来：

"韦氏的来历，我想罗先生你也是知道的，乃是笔冢流传的两大家族之一。其实我们韦氏传到今日，开枝散叶，宗族也颇为繁盛，但真正握有笔灵之秘的，却只有正房这一系。人心难测，万一哪个不肖子孙拿着笔灵出去招摇，早晚会给整个家族带来灾难。所以韦家除了正房和诸房房长以外的绝大多数族人，都不知道韦家和笔冢之间的渊源。正房一直秉承韬光养晦之策，尽量低调，与世无争。"

彼得这时声音略有些抬高："如今韦家的族长叫作韦定邦。二十多年前，他的长子韦情刚外出游历时，在安徽当涂一个叫龙山桥的镇子，认识了一个姓秦的上海姑娘，两个人情投意合，谈了朋友。时代已经不同，韦家对'媒妁之言，父母之命'也不那么重视，不过韦家身负笔冢之秘，大少爷又是正房长孙，择偶不得不慎。因此韦氏特意派了一位长老前往当涂，去暗中考察一下。"

"这故事听起来真像《故事会》。"罗中夏暗自嘟囔。

彼得继续讲道:"韦势然到了当涂龙山桥镇以后……"

"等一等!你说谁?"罗中夏猛然间听到这个名字,仿佛神经被抽了一鞭子。

"韦势然。"彼得迷惑不解地反问,"你认识他?"

"岂止认识……"罗中夏苦笑道,指了指自己胸口,"我这支青莲笔,就是拜他所赐啊。"

他再一看,彼得和尚的脸色已经变得如蒙死灰,难看至极。

第十九章

◯

当年意气不肯平

"呃……我倒忘记了，韦势然也是你们韦家的人吧？"罗中夏看他们面色不善，不知情由，于是谨慎地问了一句。

彼得沉吟片刻，方才慢慢答道："此人与我们韦家……咳，可以说渊源颇深了。"言语之间，似是已经不把他当作韦家的人看待。罗中夏问："那么他与你现在说的事可有关联？"彼得道："牵涉很大。"罗中夏一点头："那您继续，到了韦势然的时候再详说便是。"

彼得长叹一声，继续说道：

"谁料过了一个月，韦势然伤重而回。族长问他怎么回事，韦势然说他去了龙山桥镇以后，查出那个秦波可能与诸葛家颇有勾结。诸葛家野心勃勃，向来于我们韦氏不利，韦势然当下就劝韦情刚要慎重。可他已经被那女子迷得神魂颠倒，任韦势然如何苦劝只是不听。最后二人甚至不顾叔侄之情，大打出手。韦情刚系出正脉，又怀有笔灵，竟把韦势然打得落荒而逃。"

"他的笔灵是什么？"罗中夏插了句嘴。

"裴剑笔。"

罗中夏不知这是什么典故，又不想露怯，就"哦"了一声，示意他继续。彼得道："这一下阖族大震，韦情刚是韦家少主，秦波又是死敌诸葛家的人，这事就极严重。族长先后派遣了四五批人前往龙山桥镇拘韦情刚回来，结果派去的人全都不知所终。韦家的震惊可想而知。族长不得不亲自带队，出发去捉拿孽子。"

"韦势然呢？"

"当时他已经养好了伤，也在族长的队中。"彼得回答，然后继续说道，"那一战，至今想起来都让人心痛不已。韦家的长老们固然都是强手，可韦情刚是个不世出的天才。老爷和族中的几位长老经过一番苦斗，始终不能制伏他。后来韦势然出了个主意，他们抓住秦姑娘，意图逼韦情刚投降。哪知这人突然发难，一时失手将族长打成重伤，随后带了同样身受重伤的秦姑娘逃走。族中长老去追，却尽皆死于其手，只有一个人逃了回来……"

"又是韦势然？"

"正是。"彼得双手不禁攥紧，面露愤恨之色，"这两次逃脱，巧合痕迹太重。族长很快就识破了他的谎言。原来韦势然此次随大队来龙山桥镇，是别有私心。"

"私心？"

彼得沉声道："你要知道，龙山桥镇不是寻常之地，这里历代都是当涂的治所。以南五公里，有一个地方，叫作太白乡。"

"啊？"罗中夏想到了什么，胸中一振。

"不错，太白乡那地方，就是谪仙当年仙逝之所，也是笔家主人炼制青莲遗笔之处，处处有太白遗迹。韦家和诸葛家历代以来，都不遗余力地在此地寻找，希望能找到一星半点关于那支青莲笔的线索，只是始终没什么结果。于是这一百多年来，两家渐渐放弃了搜寻——但太白乡始终是个敏感地带。"

罗中夏慢慢听出点味道来了，胸中的青莲遗笔微微颤动。

"韦势然大概是找到了什么秘密，所以故意挑唆韦家内斗，想从中渔利。可惜族长虽然识破他的奸计，但那时身负重伤，还是让他逃走。经此一役，韦情刚和那秦姑娘不知所终，族长至今残废在榻，而韦势然被族长革了他的族籍，从此再也不曾出现过。"彼得顿了顿，指着罗中夏补充道，"直至今日。"

"那个秘密，大概就是和青莲遗笔有着千丝万缕的关系。原来韦老头果然骗了我。"罗中夏心中说不上是愤怒还是如释重负，他舔了舔嘴唇，疑惑道，"那这个秦宜，怕不是与韦情刚有什么渊源？"

彼得苦笑道："今年早些时候，她突然找到韦家，自称是韦情刚的女儿，说自己父母都已去世，临死前让她来韦家归还裴剑笔。族长怜她孤苦，又是自家血脉，没多加提防。没想到当天夜里，这个秦宜突然亮出了一直隐藏着的麟角笔灵，夜闯韦家藏笔阁，打伤了好几名族人，偷走了两支笔灵。"

彼得转向罗中夏道："如果是笔灵选择了秦宜，纯粹发自心意，我们这些笔家吏会玉成其事，不横加阻拦；但秦宜硬生生把笔偷走，却又是另外一回事了。我们受命外出追查，到了最近才找到她的踪迹，然后就如罗先生您刚才所见……"

罗中夏下意识地抚了抚自己胸口，可惜笔灵虽巧，却不能言，不然这些谜团就可迎刃而解。

彼得道："那么，罗先生，现在你是否能告诉我们，你的青莲遗笔从何而来呢？"

罗中夏心想如今不说也不行了，于是把自己如何去淘笔，如何误入长椿旧货店，如何被硬植了青莲，以及之后一系列离奇遭遇，前后约略说了一遍。

彼得和尚听完以后，默然不语。过了半晌，方才恨恨道："听你这么一说，当年在太白乡的秘密，应该就是这青莲遗笔。想不到韦家这么多代人的辛苦，最后居然是韦势然这个小人找到了它！"彼得忽然想到什么，又问道：

"那个少女，你说是叫韦小榕？"

"不错。"罗中夏点头。

彼得和尚哼了一声："正偏僭越，他可真是荒唐。"

罗中夏不解道："什么？"

彼得道："罗先生你有所不知。我们韦家自入世以来，是以《文心雕龙》的章名排字。《雕龙》每章两字，正房取前一字，偏房取后一字，长幼次序都乱不得。比如老爷那一代是第三十代，取的是第三十章名'定势'二字。所以老爷名'定邦'，与老爷平辈但系出偏房的韦势然，就取一个'势'；再比如二柱子，是第三十二代偏房，所以取了三十二章名'熔裁'的次字，叫韦裁庸。韦势然身为偏房，又已废籍，居然还给自己的孙女取了一个正字'熔'，不是僭越却是什么？"

罗中夏哪里知道此榕非彼熔，又听得脑子混乱，连忙摆了摆手，说这不是重点。

"可叹韦势然机关算尽，却还是被罗先生您无意中得了青莲笔。可见佛祖公平，从不投骰子。"彼得和尚双手合十，口称善哉。

罗中夏这时悄悄挪动了一下脚步，终于问了一个自己一直想知道的问题：

"然后呢？你们打算怎么办？"

彼得和尚正色道："青莲既然真的现世，兹事体大，我们韦家绝不能放手不管。罗先生，您得跟我们走一趟韦氏祖村了。"

罗中夏有些不好意思地挠了挠头，呼出一口气："唔，是这样。能不能把青莲笔从我体内拿走啊？我实在不想被卷进这些事情里来。我才大二，我还有许多门课没过呢。"

韦家二人都露出不可思议的神情。自古得了笔灵的人都是天大的福缘，何况是太白青莲笔。谁肯去做这种弃玉捐金的傻事？而眼前这个年轻人却视之如洪水猛兽，避犹不及，无怪他们要瞠目结舌了。

"我想……"彼得和尚一时也不知该说什么好，"罗先生你是不知道青莲现世的意义有多么重大，才会有此妄念吧。"

"我不会说那么多文绉绉的词，反正这支笔很能打，我知道。不过对我没什么用就是了，徒增危险。到底有没有取笔的方法啊？"

"活体取笔，闻所未闻。"两个人异口同声地答道。罗中夏一阵失望，看来至少这一点上韦势然没骗他，天下就没有既取出笔来又不伤性命的便宜事。

彼得和尚又道："但我必须指出，罗先生你犯了一个最基本的错误。青莲遗笔再有威力，终究也只是一支笔罢了。韦氏与诸葛氏两家纷争千年，泰半是为这管笔而起，原因却非为这笔本身，实在是这笔背后隐藏着无穷的深意。"

"哦？"罗中夏稍微有了点兴趣。

"你要知道，笔冢虽然号称收尽天下笔灵，可万千笔灵皆都不及管城七侯……"彼得和尚刚说到一半，忽然被二柱子打断。

"有人来了！"二柱子低声喝道，他虽然憨直，却十分敏锐。彼得和尚立刻收了声。罗中夏又惊又疑，心想难道又有新的敌人杀来？今天晚上倒真是热闹非凡。

一时间三个人都不作声，果然，远处传来一阵脚步声，缓慢而坚定，听足音节奏明显就是朝着这边来的。彼得"唰"地睁开眼睛，做了一个手势。二柱子看到发令，身子一躬，像一只狍子般钻入草丛，悄无声息。彼得和尚见二柱子消失，随即朗声笑道：

"呵呵，罗先生，刚才咱们说到哪里了？"

"管，管啥七侯。"罗中夏先前听秦宜提过这个词，不过没记住。

"哦，对对。这乃是引自韩退之的典故，《毛颖传》中有云：秦皇帝使恬赐之汤沐，而封诸管城，号曰管城子，所以毛笔古时又称'管城侯'……"

彼得和尚开始滔滔不绝，只是话题变得有如闲扯一般，忽而说到蒙恬造笔，忽而扯到文房四宝，甚至还说起莎士比亚的鹅毛笔、阿基米德的木枝笔。罗中夏知道他是为了不致让敌人起疑，所以也不打断他，任这和尚满嘴跑火车。

脚步声渐近，忽然响动消失。来人似乎很迟疑，不敢轻举妄动。又过了半分钟，脚步重新响起，但只踏出不到五步，骤然多出另外一串急促脚步声。随即足声纷乱，拳脚声霍霍，隐约还夹杂着喘息。看来二柱子已经跟潜入者打了起来。

本来口若悬河的彼得和尚登时住了口，飞身朝那边冲去。罗中夏自恃青莲之威，也跟了过去。他们转过古碑旁的青砖屋角，看到两个人影兀自缠斗不休。二柱子的对手身材比较高大，不过拳脚功夫明显不及他。二柱子施展开招数以后，占尽上风——但这个对手怪招频出，一会儿浑如街头流氓，一会儿空手道中带了些柔术脚法，甚至还有几式美国摔跤的架势，虽不如二柱子招式严谨，打法却不拘一格。二柱子碰到这种机灵百出的对手，一时难以卒制。两人堪堪战了个平手。

彼得和尚见状，抖了抖胸前的佛珠，要加入战团。罗中夏在一旁急忙按住他的肩膀，大喊道："喂，都不要打了！"彼得和尚忽觉一股热力从肩膀渗入，瞬时瓦解了自己刚刚提起来的一股劲力。

那边二柱子听到呼喊，立刻就停下手来，对方也没趁机紧逼，两个人各退了三步站定，彼此都有些敬佩对方。

"罗先生，怎么？"彼得和尚问道。

"那个……不必打了，是朋友不是敌人。"罗中夏有些尴尬地擦了擦鼻子，转过头来看着那个神秘来客，"你怎么找到这里的？"

神秘来客学着李小龙的样子，用拇指蹭了蹭自己的大鼻头，悠然道："我不是跟你说过吗？算命的说我有做刑警的命格。"

来人居然是颜政。

罗中夏既喜且惊，喜的是总算见到一个故人，惊的是不知颜政怎么就能摸到这里来。

颜政早看出了罗中夏的疑问，他拿出自己的手机晃了晃，笑道："全程手机现场直播。"罗中夏这才恍然大悟，刚才他被秦宜关在后备厢里的时候，曾经把手伸到裤袋里给颜政拨电话求救，刚刚拨通他就被秦宜揪出了汽车。接下来这手机就一直处于通话状态，颜政把他们在法源寺的对话听了个一清二楚。

罗中夏赶忙掏出手机一看，不禁暗暗叫苦。这手机已经微微发烫，屏幕显示通话时间将近两小时，看来这个月的话费要达到天文数字了。

颜政道："本来我光听手机里呼呼打斗，却不知地点，只好在城里瞎转悠。后来你们到了这里，我一听那个彼得师父介绍说是法源寺，这才赶了过来。"他说完晃了晃手腕，看了一眼二柱子，颇为恭敬地竖起大拇指："这位二柱子兄弟真是拳法高手。"

二柱子憨声憨气地反问道："你咋知道我的小名？"

颜政呵呵一笑，一时还真不知道该如何回答这个问题。罗中夏把颜政拉到一旁，小声问道："小榕呢？她没跟你来吗？"颜政挑了挑眉毛："咦？是你把她甩了走开，怎么这会儿又问起我来了？"罗中夏面色一红，急忙分辩道："你刚才也都听见了吧？韦势然把我们都骗了。"

颜政正色道："她爷爷骗没骗人，这我不知。不过我不认为小榕有丝毫作伪。你不问情由，就乱下结论，如今可是伤透了她的心了，不是男人所为。"

"可我又能如何……"

"女性是拿来尊重的，不可由着自己性子去亵渎。"颜政一涉及这类话题就很认真。

"好吧，那她现在在哪里？"罗中夏明知她肯定没来，还是朝他身后张望了一下。这个小细节被颜政看在眼里，微微一笑："我也不知道。她自己离开医院了，不过——"

颜政话未说完，旁边彼得忽然截口说道："既然是罗先生的朋友，不妨也认识一下吧。"

"您好，我叫颜政。颜是颜真卿的颜，政是政通人和的政。"颜政开朗地拨了拨头发，伸出右手。

罗中夏忽然想到，颜政其实也跟韦家有些渊源。秦宜从韦家偷出来的两支笔灵，其中一支正寄寓在颜政体内。刚才彼得说如果是笔灵择主，神会入体，韦家便不会多加干涉，亦不会追讨，他想是不是把这事跟他们提一下？——可是罗中夏转念一想，万一韦家的人反悔该怎么办？

他正在这儿左右为难，颜政已经大大咧咧说道："刚才的故事我都听见了，真是巧得很，您丢的那两支笔灵，恰好有一支在我这里。"

韦家的人和罗中夏俱是一惊。颜政看看罗中夏，神情轻松地说："藏头藏尾可不合我的风格，没什么好隐瞒的。"

"您说您有支笔灵，是说——"彼得和尚的眼神透过镜片，直视颜政的胸前。颜政拍拍胸膛，道："不错，这笔灵已经跟我神会了，您能告诉我是什么笔灵吗？"

罗中夏还以为他们见自己家的笔灵被人横刀夺爱，多少会显露出一丝犹豫，不料彼得和尚颇为欣喜，连连作揖道："又一支笔灵认主，却是喜事，喜事。只是不知道颜施主你的笔灵特征如何？"

颜政把自己战五色笔时的情形讲给他听。彼得和尚听了，笑容中带了五分欣喜、三分得意，还有两分促狭。

"颜施主，如果不介意的话，请允许我先问一句，你结婚了吗？"

"呃，还没。"

"女朋友总该有几个吧？"

"具体数量的话，那要看你问的是哪一个城区的了。"颜政面不改色。彼得和尚合掌深施一礼："颜施主你的福缘深厚，得了支极适合你的好笔。"

"花花公子的兔女郎笔？"

"不，是张敞画眉笔。"

第二十章 ○ 日惨惨兮云冥冥

张敞，乃是汉代宣帝时的京兆尹。他为人清正精干，是一代循吏名臣。张敞的夫人幼年曾经受过伤，眉角不全，于是他每日亲执墨笔，为夫人细细画眉。后来有人把这件事以败坏风俗的罪名告至宣帝处，宣帝在朝会上质问此事，张敞从容答道："闺房之乐，有甚于画眉者。"从此为后世留下一段夫妻恩爱的佳话，即"张敞画眉"的典故。这故事实在可爱，以至于连以古板著称的班超，都忍不住在皇皇《汉书》中对这段逸事记了一笔。

"我×。"

古朴凝重的法源寺上空，忽然爆起一声响亮的粗口。

颜政原本也在猜测自己能得什么笔，却万没想到竟然是这等脂粉气的东西。他听了彼得和尚的解释，大为失望。虽然爱护女性这一点值得尊敬，不过自己的笔灵听起来实在柔弱，和凌云、青莲、咏絮、麟角什么的相比，气势差了太多。

"我还以为会多威风呢。"颜政十分失望，不由得伸开十指看了又看。彼得和尚嘿嘿一乐，宽慰道：

"颜施主有所不知。张敞此人虽然是个循吏，却也放达任性。史书明载：每次退朝之后，他都特意选择走长安著名的红灯区章台街，还取下遮面之具拍马，任请妓女瞻仰。这种特立独行，在汉代也可算是一个异数。"

颜政一听，转忧为喜，连连拍腿，乐道："这个好，合我的胃口。"

"我就知道这个适合颜施主。"彼得和尚微微抬眼。

"那是自然，我平时最喜欢的就是这种做派。"颜政忽然转了话题，"你们可听说过武术协会十诫？"他见大家不答，就自己答道："就是不许酗酒、不得打架之类。"

众人都以为他要宣扬武德云云，谁知颜政一拍胸部，得意道："唯有我十诫全犯。"

这一句引得罗中夏、二柱子和彼得和尚笑了起来。原本沉滞的气氛被颜政稀释至无形，这个家伙似乎有那种让所有的事都变轻松的命格。

"对了，对了，你接着说管城七侯的事吧。"罗中夏催促道，刚才被打断了好几次，差点忘了这个话茬。

彼得和尚点点头："其实能说的东西，倒也不多。笔冢在南宋时离奇关闭，从此不知所终，而炼笔之道也就此失传。故老相传，笔冢主人曾经练就七支至尊至贵的笔灵，每一支都炼自空前绝后的天才巨擘，地位高贵，足可傲视群笔。"

"青莲笔，就是其中一支？"

"不错，李太白一代诗仙，如泰山北斗，七侯之位，自然有它一席。可惜其他六支如神龙见首不见尾。据说如果凑齐了这七管笔灵，就能重开笔冢，找到炼笔法门，再兴笔灵之道——现在你明白为何那么多人要夺你的青莲笔了吧？"

罗中夏勉强笑了笑，心情却越发沉重起来。如果彼得和尚所言不虚，那自己就成了一把关键钥匙。这得引来多少人的觊觎啊，他一想到未来要面对的腥风血雨，顿时就高兴不起来。

此时天色已近蒙蒙亮，天光掀起夜幕的一角，并逐渐将其撕开，贴上白昼的标签。对于罗中夏来说，疯狂的一夜行将结束，这让他多少松了一口气。在过去十二小时发生的事情，简直比他一个月遭遇的都多。假如他读过李白的诗，那么就一定会对"生事如转蓬"这一句感触良多。

一只晨起的灰色麻雀落到古建筑的檐角，发出一声清脆的鸣啾。彼得咳了一声，把那些刚刚陷入小小欢乐中的人带回现实。

"无论如何，罗施主，我们得带你回去，希望你能理解。"彼得和尚竖起食指，言辞礼貌而坚决。

"喂，喂……你们不要擅自决定别人的去留好不好？"罗中夏本来稍微放松的心情忽地又紧起来，"我是个在校大学生，还得准备专业课考试和英语四级呢！"

"兹事体大，还请你谅解。"

颜政忽然想到什么，把手伸进口袋，一边掏一边嘟囔："我刚才就想说呢，这里有一份小榕留给你的东西……等我找找，我记得搁到裤兜里了……"

他还没翻到，就见二柱子突然一步迈上前来，开口说道："又有人过来了！"彼得和尚歪了歪头："是不是法源寺的工作人员？环卫工人起得都很早。"

"不是。"二柱子坚定地摇了摇头，"是笔冢吏。"二柱子别看憨厚，对环境的感觉却极为敏锐。他这么一说，在场的人俱是一惊。二柱子又趴在地上静听了一阵，爬起身来拍拍腿上的土，回答说："两个人，听脚步声是直奔这个方向，应该半分钟内就到。"

"先避一避。"

彼得和尚立刻招呼众人站到自己身后，双手一合。一道无形的屏障笼罩在他们周围，与旁边的灌木丛浑然一色。

这边刚刚隐去，那边就传来一阵急促的脚步声，还夹杂着重重的喘息。很快两个人出现在古碑附近的碎石小路。为首的是个平头小青年，他西装革履，右手还拽着另外一个男子。那个被拽的人佝偻着腰，不时喘息不已，双腿几乎不会挪动，似已受了极重的伤。但那年轻人丝毫不理会，只是一味硬拖着朝前走去。

年轻人走到张耒古碑前，仰头看了看碑文，还用手掌贴在碑面挪动几寸。他嘴边露出一丝阴鸷的微笑，随手松开那男子。那男子失去支撑，立时如同一摊软泥倒在地上，弯曲的身体活像一尾小龙虾。

年轻人闭目细细体会，深深吸了一口气，右手轻拍，喜道："是了，是了，我一路走过来，只觉得笔灵逐渐沉滞，这里果然是重灵之地。"

年轻人用脚踢了踢倒地之人，自言自语道："嘿，嘿，若不是重灵之地，还真怕压不住你这支笔呢。"

罗中夏躲在彼得和尚屏障之后，只觉得浑身发凉。那一脸狠劲的年轻人他记得太清楚了，正是前两天直闯长椿旧货店，让他卷入这一连串诡异事件的始作俑者诸葛长卿。

诸葛长卿蹲下身子麻利地把那人翻过来，解开上衣拉锁，从怀里掏出一把短刀来晃了晃，另外一只手从怀里掏出一个笔挂。这个笔挂用琉璃制成，通体琥珀颜色，笔梁两端是两个鳌龙头，看起来狰狞凶悍。

只见他的手指慢慢流出一道光芒，这光芒逐渐爬满笔挂。笔挂仿佛一只被唤醒的屋头坐兽，张牙舞爪，竟似活了一般。诸葛长卿向空中一抛，笔挂飞到半空停住，悠悠悬在那里，双龙头居高临下，睥睨着那倒地之人的胸中之笔。

古人有言，良禽择木而栖，良臣择主而事，良笔择挂而息。笔为君子，笔挂就是君子之范，是以收笔必以笔挂为范，方能系住笔灵，而后才好纳入笔筒。

诸葛长卿又取出一块墨，摊开手掌，以手心为砚磨了几转。不一会儿掌心雾气蒸腾，竟有墨汁微微聚起。他随手一甩，墨汁画成一条弧线飞出去，恰好洒了那人周围一圈，如黑蛇盘旋。

罗中夏看得一头雾水，懂行的彼得和尚却是眉头紧皱。双龙笔挂和嵩山墨，都是威力巨大的稀罕物，这诸葛长卿到底要收什么笔，要搞得如此郑重其事？

诸葛长卿反握着尖刀，逐渐逼近那人胸口。被害者已经是半昏迷的状态，动弹不得，只能坐以待毙。

三厘米，两厘米，一厘米。

当刀子的尖刃刚刚触及胸膛时，有三个声音同时吼道：

"住手！！"

罗中夏、颜政和二柱子同时直身高喝，彼得和尚的屏障登时失去了作用。他们虽然或怯懦，或随性，或憨直，但面对这等凶残之事，都无法坐视不理。

这几个人突然凭空出来，诸葛长卿却只是眉毛一挑，面色仍旧不变。他收回刀锋，从容起身道："几位藏得好隐蔽，佩服，佩服！"

彼得冷冷说道："杀人取笔，诸葛家教出来的好门人，我才真是佩服佩服。"

诸葛长卿听了他的话，眼中一下子凶光大盛，他用狼一般的目光扫了一圈眼前这四个人，最后把视线停留在了罗中夏脸上。

"你不就是……"

罗中夏料想躲无可躲，索性挺直了胸膛："不错，青莲遗笔就在我这里。"

"好得很，好得很。"诸葛长卿哈哈大笑，把自己的西装脱下来，露出一身黑衬衫和衬衫下的肌肉，"左右寻你不着，你却自动送上门来，这很好。管城七侯，今日就让我一次得二。"

"管城七侯？"罗中夏听到这个词，大吃一惊，难道这奄奄一息的人身上，竟然藏的是第二支管城七侯？

诸葛长卿狞笑道："你好像也知道管城七侯的事情了？不过可惜太晚了。"

"哼，你就尽管说大话吧，我们有四个人，你只有一个。"

"全杀掉就是零了。"诸葛长卿随意捏了捏拳头，发出"嘎巴、嘎巴"的响声。

彼得和尚悄悄问道："这就是那个把笔打入你体内的诸葛长卿？"罗中夏点了点

头。彼得和尚叹道:"不想诸葛家出世日久,竟然堕落如斯。"

"还轮不着你来评论!"

话音刚落,诸葛长卿一拳已经冲着罗中夏打过来,动如雷霆,虎虎生风。最先反应过来的是二柱子,他一步踏到诸葛长卿和罗中夏之间,双手去夹诸葛长卿的手臂两侧。不料诸葛长卿中途一变,凌云笔毫无征兆地自灵台暴起,一道罡风吹入二柱子眼中。二柱子没有提防,双眼一下子被眯到,招式突滞。诸葛长卿的拳头毫不放松,仍旧朝着罗中夏捣去。

罗中夏待在原地,反应不及。彼得和尚见状不妙,第一时间横挡在他面前,十指一弯,面前聚起一道气盾。诸葛长卿的拳头撞到盾上,铿锵有声,两个人各自退了几步,身后的草丛沙沙作响。

诸葛长卿晃了晃手腕,颇有些意外:"你这人没有笔灵,却也有几分能耐。"罗中夏一愣,彼得和尚自己没有笔灵?

这边诸葛长卿已经再度发难,瞄着罗中夏连续发出十几拳,拳拳都刚健威猛。彼得和尚牢牢护在他身前,取了十成守势,周身半米内被一层气罩牢牢包裹,生生顶着诸葛长卿狂风暴雨般的攻击,一时不落下风,却也没有反击的余裕。

罗中夏心中起急,想发动笔灵却无从使力。

这时二柱子已经冲了上去。诸葛长卿知道这个憨小子拳沉力大,不想与他硬拼,就往后稍退了两步。彼得和尚窥见这一间隙,朝前疾走两步,周身气盾恰好罩住二柱子。诸葛长卿再想反击,二柱子已经被纳入气盾保护之内。等他一迟疑,二柱子抢身而出,暴发一拳,彼得和尚紧跟其后,再度把他罩入圈内。

两个人配合起来默契无比,步步紧逼。诸葛长卿只得连连后退,眼见背后已经快靠到一堵青墙,退无可退,这人一身悍勇之气反被激得大起。他低吼一声,原本在身后若隐若现的凌云笔现出了本尊。

一支巨大刚直的大笔凛然浮现于众人头顶,烟云缭绕,间有风啸。

诸葛长卿虽然狂傲,却不粗疏,他知道这三个人都不是泛泛之辈,于是一唤出笔灵即使出全力。

只见古碑上空方寸之间骤然风云突变,层层翳云翻涌而至,将刚刚升起的太阳完全遮蔽,一片愁云惨雾,四下如坠阴墟。彼得和尚一见,不由赞道:"汉赋以相如为最高,今日一见,凌云笔果然有凌云之象。"诸葛长卿咧开嘴笑了笑,眼神中的凶光越来越浓。

罗中夏看看颜政,后者伸开十指,无奈地晃了晃脑袋。他的十根指头中只有左手中指略显出微微红光,显然还未恢复。

空中突然狂风大作,裹挟着片片阴云缠绕上诸葛长卿的右臂,两道飙风遮云蔽日,变幻无方,风云间仿佛幻成"红杳渺以眩湣兮,飙风涌而云浮"数列飘飘大字,颇有《大人赋》中的境界。昔日司马相如作《大人赋》,武帝见之而赞曰:"有凌云气游天地之间意。"凌云笔名即出自此意。所以诸葛长卿一经使出,威力却非寻常辞赋所能比拟。

"再来试试这一拳吧!"

诸葛长卿又飞起一拳,这回是真正的挟风恃雷。彼得和尚不敢托大,全力迎上。不料诸葛长卿这一拳的拳劲如汉赋骈词,绵绵不断。数十秒钟以后,气盾终于抵受不住,砰的一声碎成几丝乱气,彼得和尚袍袖一挥推开二柱子,自己双肩剧震,连连倒退了数十步方才站定,嘴角流出一丝鲜血。

第二十一章 ○ 云龙风虎尽交回

眼下彼得和尚受伤、二柱子身上无笔、颜政尚未恢复，罗中夏意识到目下能依靠的，就只有自己了。

怯懦如他，在险恶局势面前也不得不打起精神，把退笔什么的念想抛之脑后。

罗中夏舔了舔嘴唇，用力攥住拳头，心脏却狂跳不已。诸葛长卿虽然强悍，毕竟曾经是自己的手下败将，心理上该占些优势。但看他如此凶悍，自信不觉减了几分。

此时二柱子仍旧在与诸葛长卿缠斗，但是面对着罡风劲吹的凌云笔，他左支右绌，只靠着一腔血气和精纯功夫才勉强撑到现在。罗中夏一沉气，大喊道："二柱子，我来帮你。"

"罗先生，不可。"靠在古碑上的彼得和尚忽然截口说道，嘴边鲜血还不及擦拭。

"什么？"

"你忘了吗？笔灵归根结底是情绪所化。青莲笔以飘逸见长，在这愁苦冤重之地备受压制，是施展不开的，过去只是送死。"

罗中夏不信，试着呼唤青莲，果然胸中一阵鼓荡，笔灵却难以舒展，像被压在五行山下的孙猴子。罗中夏惊道："可是诸葛长卿为什么能用？"彼得和尚道："笔灵亦有个性，凌云笔性慷慨，自然不受此地的影响。倘若是杜甫秋风笔、易安漱玉笔之类在此，威力恐怕还要加成。但青莲就……喀……喀……"

"可，可我不出手，我们岂非更加危险？"

彼得和尚摘下眼镜揣入怀中，拍拍罗中夏肩膀，勉强笑道："笔冢祖训，不可为取笔而杀生，亦不可见死不救——我们不过是遵循先人遗训罢了。何况罗先生您青莲在身，我们就是拼了性命，也要保您平安。"

罗中夏一瞬间觉得鼻子有些发酸。这些人与自己相识不过几小时，如今却在为自己而拼命，一时他不知该说什么是好。

那边二柱子忽然一声大叫，右腿被云朵牵扯失去了平衡，被诸葛长卿一拳打飞，身子飞出十几米远才重重落在地上。诸葛长卿收了招式，略活动活动手腕关节，冷笑道："你们没别的杂耍了吗？"

彼得和尚拿袖子擦了擦嘴角的血迹，走上前去，从容说道："阿弥陀佛，诸葛施主就不怕违了祖训吗？"

"规矩是人定的，老天是无眼的。"诸葛长卿的凶戾本色暴露无遗，他一指上空，几团云气翻卷如浪，阳光丝毫透不进来，简直不可一世。

"如此说来，我们是没有共识了？"彼得和尚看了一眼二柱子，他虽然受了伤，好在皮糙肉厚，打了个滚自己爬了起来，站到彼得和尚旁边。

"你们唯一需要知道的，就是都要死。"

诸葛长卿双臂一震，风云翕张，空中赫然幻出"长门"二字，幡然又是一番格局。《长门赋》与司马相如其他作品不同，拟以冷宫嫔妃之口，其辞幽怨深婉，为历代宫怨体之祖，在悯忠寺这等深沉之地再合适不过。"浮云郁而四塞""天日窈窈而昼阴"……原本狂荡的风云收敛，凝成片片大字纷沓而出，一时间整个空间都被这些字云充塞，就连张骞古碑也隐隐相鸣。

"罗先生。"彼得和尚侧过头去，悄声说道。

"唔？"

"你看准时机，逃出去吧。"

说完这句话，彼得和尚与二柱子甩开惊愕的罗中夏，一后一前，再度迎着猎猎飙风冲了上去。

罗中夏呆呆站在原地，心中百感交集。以往他千方百计要丢弃笔灵，却总有不得已之事迫他运用；如今他真心实意想用了，笔灵却已经无从伸展。

难道说就按彼得和尚的嘱咐，自己逃了？

不逃？不逃自己又拿什么来打呢？

罗中夏又抬起头来，看到彼得和尚与二柱子已经渐显不支之象。彼得和尚还在勉力支撑，但他身前的气盾越来越稀薄，几不可见；失去了有效保护的二柱子更是只有挨打的份儿。诸葛长卿却是愈战愈勇，气流乱窜，纵横天地之间，实在是把汉赋之高亢博大发挥到了极致。

"二柱子,快带他们走!"一直面色从容的彼得和尚突然怒喝道,哗啦一声扯碎脖子上的黄木佛珠。木珠四散,飘在空中滴溜溜飞速转动,构成一道屏障,在狂风中成为一个小小的避风港。

"雕虫小技!"

诸葛长卿又发一掌,一枚木珠应声而爆,但屏障仍在。彼得和尚生平只精研防守之术,这串木珠是他心血凝成,就算是凌云笔也无法立刻突破。

二柱子听到彼得和尚呼喊,立刻跳到罗中夏面前,大呼道:"彼得先生让我们走。"

"走?那彼得呢?"罗中夏质问他。

"彼得先生让我们走。"二柱子双眼发红,他也知彼得和尚必遭不幸,但仍旧执拗地重复着。

"笨蛋!"

罗中夏骂了二柱子一句,甩开他的手,凭着一股血气朝前跑去。他心想前两次都是濒临绝境才发挥出实力,现在如果把自己置于险地,说不定也可以迫出青莲笔来。

坐视别人为自己而死,他无法容忍这种事情发生。

诸葛长卿被彼得和尚阻得怒了,双手一立,云气纷纷化成片片刀锋,切向木珠。只听见数十声爆裂声同时响起,彼得和尚的木珠阵立时崩溃。彼得和尚长叹一声,全身爆出数团血雾,朝后倒去。

罗中夏恰好在此时跑来,一把撑住彼得和尚双肩。诸葛长卿见状,手起刀飞,三团凌云刀朝着已经没有任何防护的罗中夏直直飞去。

二柱子从后面猛地推了一把,罗中夏、彼得二人堪堪倒地,避过了刀锋。而二柱子却已经躲闪不及,"噗噗"两声被插中了背部,发出闷闷的一声呻吟,扑通倒在地上。

诸葛长卿哈哈大笑,风云稍息,他走到这一干已经丧失了战斗力的人身边,把罗中夏揪了起来。

"你这小子,前几天坏了我的大事,还让我蒙受羞辱,今天就全还给我吧。"

罗中夏咽喉被掐,说不出话来,只好瞪目怒视。诸葛长卿松开他丢到地上,又唤来一柄凌云刀,就地就是一刺。

"哦,不!"

刀光一闪，最初躺倒在地的那个人突然发出一声惨号，凌云刀已然直直插入他的心脏，眼见双腿一蹬，气绝身亡。

"先等我取出这支笔来，算作今日青莲入手的庆祝。"

诸葛长卿提手回刀，鲜血从那个不幸的人前胸喷涌而出，他低头欣赏片刻，竟对这种血腥镜头很是迷醉。

这是罗中夏第一次见到人类在自己面前死去，他手脚冰凉，被一种巨大的恐怖锁链攥住了全身的神经，根本动弹不得。

此时悬在空中的双龙笔挂仿佛活了一般，开始围着那人余温尚存的尸体盘旋。有一股细小却清晰的气息丝丝缕缕地从死者胸前伤口冒出来，慢慢被吸入双龙龙嘴，再集中在笔梁之下，逐渐显现出一支倒挂毛笔的形状。这笔状如玉圭，直杆之上隐隐浮现鳞甲，好似龙头一般，上头还沾了两点墨迹。

"点睛笔，果然不错！"诸葛长卿满意地点了点头，从腰间取出一件竹制笔筒，轻轻一抖，把它吸了进去，然后盖住了盖子。笔架挂笔，笔筒收笔。这件笔筒和笔挂一样自蕴有灵性，专为收笔而用，点睛笔一进去，立刻被紧紧束缚，再也不可能跑出来。

彼得和尚一听这名字，登时大惊，急忙想起身却动弹不得。

诸葛长卿顺利收了一支笔灵，心情大畅。他舔了舔嘴边，提着滴血的刀子，又走向罗中夏。今天好事成双，一个也是杀，两个也是杀，先收点睛，再纳青莲，实在是再好不过。

罗中夏喉咙干涩，想要爬起来跑掉，可是手脚发软，毫无力气。那具新死的狰狞尸体躺在地上，仿佛预示着他的未来。而在胸中的青莲笔，因为主人的这一股畏缩惊惧的情绪，也无从施展。

诸葛长卿咧嘴大笑，左手拿着笔筒，右手握着凌云刀，一脚踢翻罗中夏。一道寒光闪过，凌云刀直奔胸膛而去。

就在千钧一发之际，一个黑影猛然扑过来，竟是颜政。他伸出右手一根指头，直直戳过来，那指头被一圈红光包裹，看起来异常醒目。

画眉笔的异能是什么？到底是救人还是杀人？颜政始终没搞明白。可这局势急转直下，他也顾不得细想，一看红光刚刚蓄满一根指头，便立刻戳过去了。

诸葛长卿精于格斗，对此早有提防，他身子微偏，顺手用左手拎着的竹笔筒一挡，巧妙地顶住了颜政的一指。他虽不知这混混的笔是什么来头，但只要不让它接触自己或罗中夏的身体，就已足够安全。

颜政感觉到指头前方一硬，心中大叹，知道这最后的偷袭失败了。诸葛长卿狞笑道："莫要急，你们今天都要死的。"

他再次驱动凌云刀，刺向罗中夏。就在这时，那笔筒却猛烈颤动起来，在手里疯狂地摇摆起来。诸葛长卿动作一滞，疑惑地转眼看去，不知这是怎么回事。

就在下一个瞬间，那笔筒"噗"的一声，盖口被什么力量给掀开了，原本被收的点睛笔再度恢复自由，浮现在半空之中，矫如金龙一般。

诸葛长卿勃然大怒，还以为这是颜政玩的什么手段。可颜政自己也莫名其妙，这画眉笔什么毛病，一会儿治疗，一会儿损伤，怎么现在又改开锁了？

突然一个念头电光石火般地闪过他的脑海，那些接触过画眉笔光芒的案例一个个闪现出来，最终构成了一个近乎荒谬的猜测。

难道说，画眉笔的功效不是治疗，而是时光倒流？

所以在三院那场大战里，罗中夏和自己不是被画眉笔治愈，而是被恢复到受伤前的状态；而五色笔吏碰到画眉笔后血流满面，只是因为他之前就已经被揍得头破血流——至于那个刚做完手术的不幸的病人，显然是被画眉笔把他的伤口恢复到了手术时的状态。

换句话说，竹笔筒被莫名其妙打开，是因为画眉笔把点睛笔恢复到了被收之前的自由。

诸葛长卿怒极，飞起一脚，把颜政一脚踹开十几步远，又狠狠踩住罗中夏胸膛，抓住笔筒要再收一次。罗中夏被这一踩，身躯痛苦地弓起来，恰好让他与刚才那位死者四目相对。

一霎时，恐惧、愤恨、惊惶、悲哀诸般情绪一拥而至，罗中夏突然大吼一声，把诸葛长卿拦腰抱住。诸葛长卿只顾要去收点睛笔，猝不及防，倒被他弄了个狼狈不堪。他正在气头上，顺手喷出一片罡风，吹得罗中夏一阵窒息。

那点睛笔本来想走，怎奈此地阴郁之气太重，飞不远，只得悠悠浮在半空，茫然无措。此时平地里忽起了一股大风，把它吹得东倒西歪，被气流推着乱走。

只听"噗"的一声。

笔透入胸。

入了罗中夏的胸。

又入。

四周霎时安静下来，就连诸葛长卿也怔在了原地，不知该如何是好。此情此景，他再熟悉不过，前几日就是在长椿旧货店内，这个小子也是被凌云笔的气势推动，被青莲笔打入胸中。如今历史重演，他当真是哭笑不得。

整场陷入了微妙的安静，一时所有人都不知如何是好，似乎都在等待当事人的动静。过不多时，躺倒在地的罗中夏双手动了一动，然后悠悠从地上站起来。他原本惊惶的表情消失不见，取而代之的是一种似笑非笑的神态，神秘莫测。

诸葛长卿本来天不怕地不怕，但他看到罗中夏这副样子，心里却突了一下。当日罗中夏被青莲入体后失去了神志，反被青莲笔控制，陷入了一种疯狂状态，威力无俦，自己几乎不能抵挡。

而现在又多了一管点睛笔。

二笔入一人，这在笔冢历史上没有先例，究竟效果如何，诸葛长卿根本毫无概念。恐慌生于未知，面对着这种状态的罗中夏，凶悍如他也滋生出一丝恐惧，不由自主地后退了一步。

罗中夏双臂高举过头，只见左臂青光如莲，右臂金光如鳞。鳞若龙鳞。诸葛长卿面色变得极为难看。他强压住心头恐惧，大叫道：

"只要杀了你，两管笔都是我的！"

话虽如此，可他头顶的凌云笔身形稍稍缩小了一圈，气势大减。笔灵随心，凌云笔讲究的是气势宏大，主人此时露了怯，笔灵自然也就无从施展。

罗中夏恍如没有听见，双臂光芒越来越强烈，似是两股力量在剧烈碰撞激战，整个人竟微微有些摇摆。此时他的身体变得近乎透明，体内可以隐隐看到两个光团，变化无方，如同一个小型的核熔炉。

"青莲笔、点睛笔……这怎么能合二为一……只怕，只怕……"勉强清醒过来的彼得和尚喃喃道。笔灵是极骄傲的灵魂，大多眼高于顶，不肯分巢，何况这两支位列管城七侯，如今居于一人之身，难保不会出现笔灵互噬、两下交攻的惨事。到时候只怕罗中夏的肉体承受不住这样的剧斗。

空气此时微微一震，随即归为无比寂静。四周的风声、沙声、草声一时尽敛，罗中夏身上的一切奇光骤然收回，缩入体内，只留下他衣衫褴褛的暗淡肉身。

诸葛长卿定了定神，现在的罗中夏没那么唬人了，他觉得自己还有希望。他一舞头顶凌云笔，想过去掐死这个屡次坏事的臭小子。

可他只朝前走了一步，就停住了。

因为罗中夏动了。

他伸直了那条右臂，手掌张开对准诸葛长卿，口中不知念动什么。

只见已经褪色的手臂重新又涌起一片金色，金鳞复现。

几秒钟后，一条云龙自他的掌心长啸飞出，一身金鳞耀眼无比，潜龙腾渊，鳞爪飞扬。初时不大，遇风而长，最后竟有二三十丈长。

这龙张牙舞爪，尤以双目炯炯有神，仿佛刚被丹青名手点出玉睛，破壁方出。

云从龙，风从虎。

点睛之龙，恰恰就是凌云笔的命中克星。

诸葛长卿脸色更难看了，又朝后退了一步。

"让我来送你一程吧！"罗中夏邪邪一笑，声音与往常大不相同。云龙张牙舞爪，作势要扑，四下里的风云一时间都纷纷辟易，像是被云龙震慑。

就连凌云笔都轻轻震颤，仿佛不能承受这等压力。

诸葛长卿心神俱裂，虽不知罗中夏用的什么法子，但现在显然他已经压服了二笔，与点睛融会贯通。点睛之龙仍旧在空中吞噬着风云，诸葛长卿辛苦布下的云障已经被吃光一角，有几缕晨光透下。此时的形势，已然逆转。

罗中夏手舞点睛龙，逐渐欺近诸葛长卿身边，炫耀般地故意在他四周游走，故意游而不击，仿佛挑衅，凛凛金鳞显出十足威势。

诸葛长卿还想反击，罗中夏看穿了他的心思，驱使金龙扶摇直上，从诸葛长卿面前几乎擦着鼻尖飞上半空，张开大嘴去吞仍旧盘旋的凌云笔。

诸葛长卿如遭雷击，再无半分犹豫，慌忙双臂一合，凌云笔受了召唤，朝着主人头顶飞来。那条金龙不依不饶，摆着尾巴直追过来，凌云笔慌不择路，堂堂一支汉赋名笔竟乱如行草，落荒而逃。诸葛长卿使尽力气，方才勉强避过追咬，让凌云笔回归灵台。

就在凌云笔回体的一瞬间，金龙猛然追袭而来。诸葛长卿连忙身体一个后仰，带着凌云笔堪堪避过，与金龙大嘴只差毫厘，惊险至极。

他冷汗四流，知道今日已经没有胜机。经过刚才那一番折腾，本来为凌云笔牵系的风云逐渐散去，四周景色也清晰起来。诸葛长卿恨恨地看了一眼罗中夏，忍痛咬破舌尖，鲜血飞溅而出，掀动地上层层沙土，风起沙响，沙尘暴起，一下子把他的身形又遮掩起来。

沙尘呼呼吹过，遮天蔽日，这一次金龙却在半空停止了动作，一动不动。黄沙隔了好久方才落下，目力所及，诸葛长卿已经不见了踪影。地面上一摊鲜血，可见他受创极深。

这人一旦判断出形势不利，说走就走，毫不拖泥带水，这种贯彻到底的精悍着实令人惊叹。

四下复归平静，罗中夏一个人静静站在中央，把云龙收了，也不去追赶。其他人瘫在原地，看他的眼神都有些敬畏。

"罗……罗先生？"彼得按住胸口，试探着问了一句。

罗中夏垂下双手，回首低声道："可把他吓走了。"

"什么？"彼得不解其意。

罗中夏扑通一声瘫软在地，疲惫中带了一丝恶作剧得逞后的喜悦："我只是冒冒险，用青莲笔吓他而已。点睛之龙，其实并不是真的啊。"

原来他的青莲笔虽在此地备受压制，但将诗句具象化的能力尚还能运用几分。罗中夏听到诸葛长卿口称点睛笔，就立刻想到了李白《胡无人》中"虏箭如沙射金甲，云龙风虎尽交回"两句，于是放手一搏，以这两句作底，利用青莲的能力幻出一条金色云龙，让对方以为自己已经得了两笔之妙，好知难而退。

这事也是极巧，罗中夏虽然不学无术，但平时极关注霍大将军，所以对赞颂霍去病的《胡无人》印象极深——没想到这两句今日就起了大大的作用。

金龙作势要吃凌云笔，不过是做做样子。诸葛长卿却早有了成见，一心认定那金龙就是点睛所化，生生被唬得肝胆俱裂，伤重而逃。

罗中夏忍住胸中异动，蹒跚过去看各人的情况。二柱子身中两刀，彼得和尚身负重伤，这结果可谓是凄惨之至。

他走到颜政身旁。颜政浑身剧痛依旧，挣扎着爬不起来，只好笑道："虽然不是说这话的时候，不过……我怀里有份东西给你，自己来取。"罗中夏从他怀里摸索了一回，掏出一张素笺。

"这是什么？"

"这是小榕给你的信，刚才太忙了，现在才来得及给你。"

罗中夏展开信笺，上面写了寥寥五行娟秀的字样。颜政解释道："她留言说这是她爷爷寻到的退笔之法，托我转交给你。"罗中夏听到"退笔"二字，不禁冷冷哼了一声："退笔？韦势然又来诳我。"

"别人我不知，至少我可以确信，她是不会骗你的。"

颜政认认真真说道。罗中夏心乱如麻，与小榕的种种回忆再度涌上心头。

他捏着素笺，胸中的异动却越来越大，他如今身上史无前例地寄着两管笔灵，在胸中互相抵牾，实在不知吉凶如何。心情苦闷，笔灵冲突，两下交汇一处，加倍难耐，再加之刚刚一场大战，罗中夏终于支持不住。他双目一合，身子沉沉倒下，素笺飘然跌落在地……

第二十二章

○

临歧惆怅若为分

罗中夏做了许多奇怪的梦，每一个梦都五彩缤纷、庞杂纷乱，自己好像身陷斑斓的蜘蛛网中，神思咝咝地随着无数文字与色彩飞速切换，令他目不暇接，以至于尚不及细细思忖，思绪已然被牵扯着忽而攀缘高峰，忽而挟带着风声与雷霆跌落深不可测的山谷。

一切终于都回复寂然，他慢慢睁开眼睛，首先映入眼帘的是几丝和煦温暖的午后阳光，然后是颜政。

"哟。"颜政把手里的报纸放下，冲他挥了挥手。

他的脑袋还是有些迷茫，不得不缓慢地从左转到右，从右转到左，这才发现自己是躺在一间处置室的临时硬床上，远处的氧气瓶上印着大大的"市三院"几个字。

罗中夏终于想起来了之前发生的事情，他活动了一下身体，只是四肢有些酸疼，别的倒没什么大碍。他挣扎着从床上坐起来，指尖无意中触到了枕边的那张素笺，他拿起来一看，上面是五行娟秀楷字：

　　不如铲却退笔冢，
　　酒花春满茶绖青。
　　手辞万众洒然去，
　　青莲拥蜕秋蝉轻。
　　君自珍重——榕字

这诗看起来似是个退笔的法子，却写得含含糊糊。他看到末尾"榕字"，心里没来由地又是一阵郁闷，赶紧抓起素笺放回口袋里，转头问颜政："他们呢？"

颜政指了指门口："彼得师父和二柱子倒都没什么大事，都住着院呢。"

"你怎么样？"

颜政竖起一个指头，神情轻松地回答："已经没事了。我算过，红光灌满一个指头大约要花五小时，可惜逆转时间的规律不好掌握，不敢在别人身上试。我冒险给自己戳了戳，运气还好，总算恢复到昨天晚上的状态了。"

罗中夏点了点头，画眉笔严格来说不算恢复系，它只是能让物体的状态恢复到一个特定的时间，不能随便乱用。

"那，那位死者呢？"罗中夏一提此事，心中一沉。他生平第一次见到一个人如此真切地死在自己面前，而他的遗物如今就在自己体内。

"我们离开法源寺的时候没顾上他，也许现在尸体已经被人发现了吧。"颜政说到这里，语气也转为低沉，他从裤兜里掏出一本驾驶证，"我把他的身份证留给警察，把驾驶证拿来了。他因笔灵而死，我想做个凭吊也好。"

罗中夏接过驾驶证，上面的照片是个普通男性，眉眼儒雅，才二十六岁，名字叫作房斌。他不由叹道："因笔灵而死啊……不知他生前是否也如我一样，欲避不及，以致横遭这样的劫难啊。都说笔灵是宝，也不知宝在什么地方。"

颜政知道他对于笔灵一事始终存有芥蒂，也不好再去刺激他。恰好这时小护士风风火火跑进处置室，一拍颜政肩膀："嘿！你朋友醒了？"

"对，我请了好多公主和护士来吻他，这才醒。"

小护士举起粉拳砸了颜政一下："去，还是油腔滑调！你这家伙，昨天忽然把我甩开跑出去，早上又带着一群奇怪的人来急诊，你到底是干什么的啊？黑社会？"她的话如同连珠炮一样噼里啪啦，颜政赶紧拦住她的话头："那边都弄好了？"

"我就是来告诉你这个的，我带你去看看啊。"

于是颜政和罗中夏跟着小护士走进一间病房。躺在病床上的彼得面色苍白，身上缠着绷带，眼镜碎了一边，看上去颇为狼狈；二柱子倒是皮糙肉厚，只是下巴上贴了几块创可贴。

"彼得师父，你身体怎么样了？"罗中夏快步走近病床，轻声问候。这两个韦家的人为了自己曾经不惜生死，这让他感动莫名，不由多了几分亲热。

彼得神色不太好，但声音依然清晰："没什么。倒是罗先生你，现在感觉如何？"

罗中夏知道他问的是胸中那两支笔灵的事，迟疑了一下，按胸答道："目前还没什么异状。"他又忍不住追问了一句："如果一个人植入两支笔灵，会怎样？"

"会变成红蓝铅笔吧。"彼得和尚在一旁半是调侃半是严肃地说，见罗中夏脸色转阴，赶紧言归正传，"按道理说，一人一种才性，也应该只合一支笔灵。这一人二笔，或许古代有先例，不过我确实是闻所未闻。究竟有害，抑或有益，委实不知。"

也就是说自己如今吉凶未卜……罗中夏悲观地想。

颜政在一旁忽然插嘴问道："他这一支新的，却是什么笔？"

"点睛笔。"

"点睛？画龙点睛的那个点睛？"

彼得点点头，深吸一口气："这笔乃是炼自南梁的丹青妙手张僧繇，我想画龙点睛的故事你们都听过。"颜政拍了拍罗中夏的肩膀，笑道："你这小子还真幸运，又是李白，又是张僧繇，可称得上是诗画双绝了。"

罗中夏苦笑一声，这哪里能够称得上幸运。他又问道："听诸葛长卿的意思，这支点睛笔，也是管城七侯之一？"

彼得道："准确地说，点睛笔是唯一一支现世的管城七侯，在诸葛家和韦家都曾经待过。我只听说这一世的点睛笔落到一个外人手里，却没想到会是这么个下场。"

"这点睛笔好歹也是七侯之一，怎么这么废柴？我看那个笔冢吏一点还手能力都没有。"

彼得摇摇头："笔灵用法，千变万化，并非所有的笔灵都有对战之能。这支点睛笔似乎别有隐秘，在笔冢吏手里流转很快，可惜具体怎么回事，只有两家的高层才知道了。"

罗中夏摸摸自己的胸口，点睛笔蜷缩在其中，一动不动，看起来人畜无害。他先把这个杂念抛开，从兜里掏出小榕给他的那张素笺递给彼得，彼得接过素笺一看，抬头问道："这是什么？"

"小榕……呃……就是韦势然的孙女给我的，说其中是退笔的法子。"

彼得"哦"了一声，看来罗中夏仍旧没打算接受笔灵，还一直惦记着退笔走人。他首先接过素笺看了一番，拍了拍光头："依此诗意，倒也能品出些味道，只是这信出自韦势然，实在令人难以相信……"

罗中夏上前一步，坚定地说："无论如何，我得试一试，这是目前我唯一的希望。"

彼得注视罗中夏双目，见他态度坚决，徐徐叹道："也罢，罗先生你本非笔冢中人，又无此意，若能及早脱身，也是桩好事。"

颜政靠在门口，不以为然地耸了耸肩。彼得和尚扶了扶碎掉一半的眼镜，开口道："此诗看起来是集句，我想推敲诗意没什么用处，重点应落在'退笔冢'三字上。"

罗中夏听得着急："你说的退笔冢，究竟是什么？听名字像是一个确实能退笔的地方啊！"

"是两个地方。"彼得和尚伸出两个指头，郑重其事地在他面前晃动了一下。罗中夏迷惑地看了看他，彼得和尚露出好为人师的表情，对他讲解。

退笔冢共有两处：一处是在绍兴永欣寺，是王羲之的七世孙智永禅师在陈隋时所立。他三十多年时间里用废了五大筐毛笔，后来特意把这些毛笔埋在永欣寺内，立了一块碑，号"退笔冢"，留下这么一段典故。另外一处则是在零陵的绿天庵，乃是唐代草圣怀素所留。此人擅书狂草，笔意直追草圣张旭；他嗜写如痴，在自家故里的绿天庵中每日习字，日久天长，被写废了的毛笔甚至堆积成山，遂起名叫作退笔冢。

"也就是说，一个在永欣寺，一个在绿天庵；一个在浙江，一个在湖南。"

彼得和尚道："不过你也别高兴太早。这两个地方只是书法史上的两段典故，没有人真正见过，甚至存在与否都不能确定。韦势然说退笔冢能退笔，未免望文生义了。"

"那其他三句是不是也有什么典故？"罗中夏仍旧不甘心。

"也许吧，不过现在还参详不出来。"彼得和尚抖了抖素笺，抱怨道，"这集句的人真可笑，他以为这是达·芬奇密码啊。"

罗中夏没注意到他的玩笑，他现在满脑子都是退笔冢的事。退笔冢，能退笔，听上去实在是合情合理，充满了巨大的诱惑力。笔冢的世界虽好，却不是自己能承受的，那个叫房斌的死者，就是前车之鉴。他死去的眼神，至今仍旧萦绕在罗中夏的梦境里。

力量越强，责任越大，既然我负不起责任，还是不要这份力量吧。

最终，他抬起头，做出了自己的决定：

"无论如何，我都希望能够尽快摆脱这个笔灵，回到正常生活中来。"

彼得早料到他会做如此打算，于是颔首道："退笔冢一直以来只是个典故，究竟虚实如何，没人知道。就算能找到，里面也可能隐藏着巨大危险。即便如此，罗先生，你还是要去吗？"

"是的。"罗中夏斩钉截铁。自从青莲入体，他总是不断遭遇生命危险，到处被人追杀，这种生活可不是一个正常大学生想过的。

"小榕你也不管了？"

罗中夏的心中浮起一道白影，可他狠狠心，咬牙道："她爷爷韦势然，根本无法信任。我们根本是不同世界的人，最好不再见。"

彼得闭上眼睛，沉思良久，开口道："既然你已做了决定，我们便陪你去走一遭吧。"

罗中夏有些愕然，他可没指望韦家的人做到这地步。彼得笑道："你一个普通人，对笔冢世界了解太少，万一路上再遇到诸葛家的敌人，怎么抵挡得了？还是我们跟着比较放心。"他停顿一下，又道："当然，我们也是有私心的。事先说好啊，倘若真的顺利取出青莲笔，罗先生回归正常生活，这青莲笔和点睛笔，我们韦家是要拿走的。"

"拿走，拿走，我才不要呢。"罗中夏忙不迭地摆手。

就在这时，一直没怎么说话的颜政忽然开口："喂，你们也算我一个吧。"

其他人同时转过头去看他。颜政乐呵呵地说："这么有趣的事情，我又怎么能错过呢！"

罗中夏暗自叹了口气，试图说服这个好奇心过剩的家伙："退笔冢里会发生什么，谁也不知道，诸葛家半路会偷袭也说不定。其实你与这件事全然无关，何必冒这个险呢？"

颜政却对这些警告置若罔闻，他活动活动手腕，露出招牌般的阳光笑容："谁让算命的说我有探险家的命格呢！"

彼得微微一笑道："颜先生笔灵的能力十分罕见，说不定这次能帮上大忙。"

"还是彼得师父有见地。"颜政大为得意，然后又问道，"那么，绍兴永欣寺、永州绿天庵这两个退笔冢，到底去哪个才好呢？"

彼得和尚摇摇头："这个我也不知道，所以得麻烦颜先生你和二柱子分别行动，前往这两处做个先期调查，摸摸底。"

"那你和罗中夏呢？"

"我会先带罗施主去一个地方。"

"哪里？"

"自然是我们韦家的大本营——韦庄。韦家现任族长韦定邦,他也许会知道这两处退笔冢的答案。"说到这里,彼得的表情转为忧心,"何况青莲现世、阖族震动,再加上韦势然复出、秦宜又有了踪迹,这种种大事,必须得当面亲自向族长说明。"

和尚那两片眼镜片后的温和目光,突然为之一闪。

残阳如血,车鸣萧萧,一条铁路延伸至远方。

四个人站在月台上,各自背着行囊。颜政头戴棒球帽,身着花衬衫,甚至领口还挂了一副墨镜,心不在焉地嚼着口香糖;二柱子则换了一身普通的蓝色运动服,土是土气了点,但是他自己明显感觉自在多了;罗中夏的行李不多,最重的是一本叫作《李太白全集》的书,这是他安身立命之本。

彼得和尚看看左右无人,从怀里掏出一包香烟,颜政毫不客气地拿了一支。彼得和尚给自己也点了一根,狠狠嘬了一口,半支烟就没了。

罗中夏看到他不顾形象的馋样,尽管心事重重,也不禁莞尔一笑。

彼得和尚徐徐吐出一团烟雾,道:"学校那边都办妥了?"

"嗯,我请了病假。"罗中夏看了颜政一眼,他正跟二柱子连说带比画,似乎在讲什么摔跤技巧,"颜政那家伙比我还痛快,把网吧都给关了,好像不打算回来似的。"

彼得和尚随手扔掉烟蒂,双掌合十,呵呵一笑:"颜施主有大智慧,罗施主你有大机缘。"

罗中夏听了他这句机锋,忽然觉得人生真是充满了幽默感和矛盾:此次出行寻找退笔冢,为的是及早解脱笔灵牵绊,前路茫茫,险阻未知,自己与笔冢的关系却是越来越深,纠葛愈多。

彼得看出他的心事,拍肩宽慰道:"放心吧,咱们这次去韦庄,主要是让族长见见你。韦家的传承已有千年之久,底蕴深厚,定邦族长学识渊博,一定可以为你指点迷津,找出真正的退笔冢来。"

罗中夏勉强笑笑,他仰头望天,涌出一股莫名惆怅之气。意随心动,胸中笔灵忽有感应,也开始鼓荡起来。

第二十三章

浮云蔽日去不返

一辆满是尘土的中巴车在公路上徐徐开动，引擎有气无力地哼哼着，让人昏昏欲睡。

　　此时天色刚近正午，阳光炽烈，靠车窗的乘客们纷纷把身体朝中间靠去，尽量避开晒人的光线；中间的人老大不情愿，又不好公开呵斥，只得也装作睡着，用肩膀或者大腿顶回去，默不作声地捍卫着自己的领土。再加上过道和上方堆积如山的编织袋构成的崎岖地形，十几排座位呈现出犬牙交错的复杂态势。

　　车子每一次摆动，都会让这个小小世界的格局变化一次。汗臭味、家禽味、汽油味，甚至还有个别人偷偷脱下皮鞋晾出来的臭脚丫子味，丝丝缕缕游荡在狭窄的车厢中，不时还有几只塞在座位底下的鸡、鹅昂起脖子嘶叫两声，让本来就燥热的空气更加难耐。

　　在这些表情痛苦的乘客之中，端坐着两个人。左边的是个普通大学生，一脸嫌恶地蜷缩在座位上装睡，生怕沾上禽笼上的粪便或者后排的臭袜子。右边是个面目清秀的和尚，一袭灰色僧袍，脖子上一串黄木佛珠，鼻子上还架着一副金边眼镜。

　　大学生已经快装不下去了，倒是这位释家子弟算得上是佛性纯正，身处这种嘈杂、拥挤的环境之下仍旧不急不躁，泰然自若，颇有当年菩提树下天魔狂舞、佛祖悟道的风范。仔细一看就会发现，这位大德耳朵里还塞着两个黑色耳机，一条细线牵进僧袍，手指有节奏地敲打着膝盖，双唇嚅动，似是在默默咏唱。

　　那声音缥缥缈缈，若有若无，如梵音低吟："我送你离开，千里之外，你无声黑白……"

　　中巴车突然一个急刹车，发出一声尖厉的啸声，惯性把所有的人都朝前抛去，车厢里响起一片惊呼。一件包着钢角的密码箱从行李架上跳下来，斜斜砸向前排的一个小女孩。

说来也怪，就在这箱子即将砸中小女孩头部的时候，却像是凭空被一股力量横向推动，在空中翻滚了几圈，"哎哟"一声，正面拍中了售票员的后脑勺。

这一切都是瞬息之间发生，乘客们谁都没注意到过程，只看到了结果，纷纷露出幸灾乐祸的表情。售票员疼得龇牙咧嘴，又怪不着别人，只得弯腰捡起箱子，冲司机大吼："你怎么开车的？！"

司机唯唯诺诺，缩着脖子拉动手刹，让车子完全停稳。售票员揉着脑袋，恨恨转脸嚷道："韦庄到了，谁要下车？"和尚睁开眼睛，优雅地把耳机从耳朵里取出来揣入怀中，拍拍小女孩的头，然后把装睡的大学生叫醒，一起走下车去。

到了车下，和尚忽然回身，冲售票员颂了一声佛号：

"阿弥陀佛，贫僧适才听到停车时声音异常，既造业因，便得业果，想必是施主长期超载，以致制动鼓失圆，还是换个新的为上。善哉善哉。"说完和尚深施一礼，扯着旁边一脸蒙的大学生扬长而去。

这个和尚正是彼得，旁边那个大学生，自然就是罗中夏。

这次回韦庄只为打探消息，所以颜政和二柱子并没跟来，而是在附近待命。他和罗中夏在韦庄办完事，立刻就赶去跟他们会合，再去前往绍兴永欣寺或永州绿天庵。

然后罗中夏和彼得和尚离开帝都，一路风尘仆仆，先坐火车，再转长途汽车，然后又挤上这辆穿行于乡间的小巴，辗转数日，方才抵达韦氏一族的聚集地——韦庄。

"尾椎骨都快坐断了……"罗中夏揉着酸疼的脖子，低声抱怨道。他原本以为，韦家传承千年，笔冢吏们聚集的韦庄一定是个类似蓬莱、昆仑一样的巍巍仙宫，至少也该是个武林门派的样子，没想到现实却是如此残酷。他环顾四周，这附近和普通山村的景色也没什么区别，满眼灰黄，尘土飞扬，可丝毫看不出什么隐逸的仙气。

"罗施主，韦庄已经不远。我最后再问你一次，你真的要退掉这支青莲笔吗？"彼得忽然问道。

罗中夏毫不犹豫地点了一下头。能力越大，责任越大，他既然不想担负什么责任，这种能力不要也罢。

彼得和尚看了他一眼，微微一叹，转身迈步走去。

两人沿着一条简陋的乡间土路步行了约莫一小时，转上一条满是粉色、淡黄色野花的山梁，九转八折，最后翻过一道高坡。一过高坡，视线豁然开朗，扑面皆绿，一条山路逶迤而下，如同万绿丛中的一条白线，途中绕过一汪深潭和几簇竹林，弯弯曲曲进入一处四面环山的低洼盆地。盆地依山傍水，盆底可以看到一片高檐青瓦的屋群，正是韦庄的所在。

彼得和尚表情淡然，罗中夏却觉得眼前一清，仿佛被一股清泉洗涤了视线。比起外面世界的天翻地覆，这里却没什么变化，仿佛是五柳先生笔下的化外之境，超脱时间之外。尤其是习惯了都市喧嚣的人，来到这里都会有恍若隔世的感觉。

"这还像点样子。"罗中夏嘀咕。

韦庄的路是青条石铺成的，起伏不定，宽度刚刚能容两辆汽车对开而过。道路两侧多是砖木结构的古屋，青砖青瓦，屋檐檐角高高挑起，姿态堂皇而宽方。楹联、石雕和碑石比比皆是，点缀在古屋之间，弥散着敦淳之气，比起普通小村多了几分古雅的书香味道。

他们两个走到村口，仰起头望了望石牌楼，上面两个篆字"韦庄"，古意盎然，可惜牌楼旁边还竖起一块蓝底白字的路牌，上面写着"韦庄欢迎您"五个仿宋字，实在有点煞风景。罗中夏正要评论几句，村里的几个年轻人恰好骑着摩托车"突、突、突"地与他擦肩而过，纷纷好奇地朝这边望过来，吹两声口哨，还有一两个背着旅行包的驴友对他举起了照相机。

彼得和尚看着罗中夏的窘迫表情，不由大笑道："罗施主，你莫非以为韦庄是与世隔绝的世外桃源？"

"我没想到这是个和乌镇一样的旅游景点……"

彼得和尚摸了摸佛珠："笔冢吏讲究的是入世修心，红尘磨炼，试想一个人不谙世情、不通世故，又如何能体味到笔灵的神韵？所以韦家从来不关起门来当隐士，用现在的话说，得和这个现实世界同呼吸、共命运，俗称接地气。"

罗中夏忽然想起了另外一个大族："那诸葛家呢？也讲究入世吗？"

彼得和尚苦笑道："他们家啊……问题是入世太深。算了，先不说这个，我带你先去见族长。"他扶了扶金丝镜框，不知为什么，这一片本该熟极的家乡之地却让他突然有了另外一种感觉，一种隔膜且不安的陌生感。就连小村静谧的气氛，都显得不太一样。

大概是长途旅行太累了吧，彼得和尚想，下意识地摸了摸自己的光头。

两人径直走到韦庄的村委会。韦庄村委会设在一个叫作敦颂堂的地方，以前是一个私塾，现在改成了几间办公室。彼得和尚推门进去的时候，一群干部模样的人正在开会，其中一个身穿藏青干部服的老头手夹香烟，一手拿着钢笔，正侃侃而谈。他一看到彼得和尚，连忙把香烟掐了，把钢笔别回胸前，起身对其他人说："我有个客人要接待一下，你们先研究研究，我一会儿就回来。"

他走出门，随手把门关上，示意彼得和尚随他走到走廊拐弯，这才热情地拍了拍他肩膀，上下打量了一番："等你好久了。少小离家老大回，乡音无改鬓毛衰，这后三个字倒是真适合你啊，呵呵。"

彼得和尚慢慢后退一步，淡淡一笑："定国叔，好久不见。"

这个人叫韦定国，是现任韦氏族长韦定邦的亲弟弟。韦定国处事手腕灵活，入世心重，很有活动能力，族内和笔灵相关的事情都是族长韦定邦处理，而一切俗务外事工作则交给了韦定国。他如鱼得水，顺理成章地当上了韦庄名义上的村长，以至于韦庄族内素有"内事不决问定邦，外事不决问定国"一说。只是彼得和尚一直不大喜欢这位叔叔，总觉得和自己秉性不合。

"这一位是……？"韦定国看到罗中夏，眼睛一眯。罗中夏尴尬地点头笑了笑，不知该说啥才好。

彼得和尚小声说了几句，韦定国眼睛一瞪："青莲出世，就在他身上？"

罗中夏暗暗提高了警惕，生怕这位韦家长老突然发难，把自己抓住，毕竟青莲遗笔是笔冢吏们志在必得之物。不过他感应了一下，并没在韦定国身上感觉到笔冢吏的气息——大概是笔灵难得的缘故，不是谁都有的。

没想到韦定国热情地走上来，握住罗中夏的手道："欢迎啊欢迎，听说你还是华夏大学的高才生，嗯，不错，小伙子有前途，这次能莅临韦庄考察学习，让我们蓬荜生辉啊。"

这一套官场套话，让罗中夏哭笑不得。他开口解释道："韦村长，这次我来，是来退掉青莲笔的。"韦定国笑容不变，官腔照打："笔冢吏活着退笔这事，没有先例，不过年轻人有想法是好的，多研究一下，多研究。"听他的口气，似乎压根不相信。

彼得和尚这时插话道："族长如今在哪里？"

韦定国扶了扶玳瑁腿的黑框眼镜，背着手慢慢踱到楼梯口，长叹一声："族长如今情况却不太好……"彼得和尚一惊："怎么？"韦定国道："自从我哥被我那不成器的侄子打成重伤，就一直状况不佳，这你也是知道的。这几年病情越发严重，又不肯去省里的医院治疗。前一阵被秦宜的事情一刺激，如今……咳。"

罗中夏听彼得和尚讲过，当年在当涂一战，韦家损失惨重，没想到族长到现在也没恢复过来，病情似乎还更加严重了。

彼得和尚不动声色，韦定国又道："我这几年来一直忙着咱们外村的古镇旅游开发项目，族里的事也没怎么帮忙。现在青莲笔已经现世，这个节骨眼上正需要有人主持大局，大哥若是有什么不测，韦家群龙无首……唉。"他见彼得和尚一直不吭声，立刻换了一个话题："你们是打算先歇一下，还是立刻去见族长？"

"多谢定国叔关心，我们先去见族长吧。"

"也对，正事要紧，我马上安排车。咱们叔侄俩回头再慢慢叙旧。"韦定国说。三个人边说边走，来到村委会门口，并肩站定。韦定国掏出手机交代了几句，忽然没来由地对彼得和尚说道：

"你现在也三十多了吧？"

彼得和尚纠正道："小僧二十三岁剃度，如今已经过了六载，是二十九岁，还没到三十呢。"韦定国呵呵一笑："你这次回来，恰好能赶上笔灵归宗，怎么样？要不要也去试试？"彼得和尚眉毛一扬，摩挲着佛珠，似是心里有什么被触动了，末了还是双手合十道："小僧已经遁入空门，这等好机会，还是让给少年才俊吧。"

"贤侄你不必过谦，这一辈中，你本来就是最有前途的，若非出了那样的事……嗯，现在既然回来了，就不要错过。人选方面，组织上也会考虑的。"

彼得和尚只是嚅动一下嘴唇，最终还是摇头微笑，沉默不语。韦定国皱了皱眉头，没再说什么。

罗中夏悄悄问彼得和尚什么是笔灵归宗。彼得简单地解释了一下。

笔灵归宗是韦家五年一度的大事。每隔五年，韦家就会遴选出这一辈中才学、人品、能力俱优的族人，允许他们进入藏笔阁，同时暂时解放阁中所收藏的笔灵。如果有人天资够高，又足够幸运，就有机会被笔灵选中，不光实力能一跃数级，而且从此成为笔冢吏，地位卓然。

这些人选的年龄一般都限于十五岁至三十岁，由族内老一辈推荐。彼得和尚今年二十九岁，已经到了最后的机会，听韦定国的口气，似乎是有意推荐他参加。

罗中夏讶道："这不是好事吗？你已经很厉害了，有了笔灵岂不更是雪上加霜？"

"那叫如虎添翼吧？"

"对，对，如虎添翼……"罗中夏忙不迭地纠正了一下，"为啥你不参加啊？"

彼得和尚淡淡道："既然笔灵这么好，罗施主又何必退呢？"他见罗中夏答不出来，淡定地双手合十："每个人都有自己的理由，不去成为笔冢吏。"罗中夏看彼得和尚表情坚决，似乎另有隐情，只好闭上嘴。

三个人沉默地站了一会儿，一辆纯白色的越野车开了过来，停到三人身边。司机从里面探头出来，恭敬地叫了一声："韦村长。"韦定国拉开车门，让罗中夏和彼得和尚上去，然后对司机说："内庄，祠堂。"司机心领神会地点点头。

彼得和尚坐在车里，他看到后视镜里的韦定国又举起了手机讲话，不禁一阵叹息："我这位叔父，倒真是个入世之人，只是也似乎入得深了点。"

罗中夏纵然迟钝，也能感觉到韦庄似乎也不是一团和气，隐隐也有些抵牾在里面。他摸摸脑袋，决定不去想这么多，赶紧问了族长退笔冢的事，然后去把遗笔退掉是正经。这笔灵就是个定时炸弹，一天揣在怀里，一天放不下心来。

世事纷扰，能看顾好自己就不错了。

汽车发出一阵轰鸣，在韦庄的小巷子里七转八转，开了约莫十分钟，绕到了韦庄的后面。原本的石条路逐渐变成土路，视野也变得狭窄起来，像是钻进庄子后面的山里，四周都被翠绿色的密林遮掩。

韦庄实际上分为内、外两重。外庄住的多是韦氏偏房，也有外地来的散户；从外庄进山以后，还要转过几道弯，才进入韦氏的内庄。这里才是韦氏一族的核心，笔灵和关于笔冢的诸多秘密亦收藏于此，只有正房和族内长老被允许居住。

内庄被一圈清澈见底的溪水所环绕，只有一座竹桥与外界连接。车子开到桥前，就停住了。两人下了车，走过竹桥。一踏入内村，罗中夏陡然觉得一股灵气从地面拔地而起，从脚底瞬间传遍全身，让自己一个激灵，就连胸中青莲遗笔和点睛笔，都为之一跃。那种莫名的通畅，令罗中夏忍不住想仰天长啸，似乎不这样不足以抒发心中爽快。

与此同时，在村子不同方位同时有十几处力量升起。在罗中夏的感觉里，他们的灵气就好似暗夜手电那么耀眼醒目。想来那些都是韦家潜藏的笔冢吏，他们感应到了青莲和点睛二笔的气势，纷纷发出应和。

罗中夏暗暗下了决心，无论如何得把笔灵退掉，哪怕退一支也行。身怀二笔，这实在是太难听了……彼得和尚拍了拍罗中夏的肩膀，示意他把笔灵安抚一下，然后那些笔冢吏也纷纷收敛气息，重新隐遁不见。

可见韦庄的防卫实乃外松内紧，外头是旅游景点，内村却戒备森严。

内村很安静，几十间高大瓦房连成一片，却丝毫不显得拥挤窒涩。罗中夏走到村边，最先看到的就是村口那座气宇轩昂的韦氏祠堂。祠堂门庭正中写着三个正楷大字"扶阳堂"，旁边是一副对联"张胆谏上、白首题台"，上联典故用的是韦思谦，下联就是这一脉韦氏的先祖韦诞。对联阴刻石内，铁钩银画，历经数世仍旧清晰可见。

远处风声带来隐约的朗诵之声，在都市里最近才兴盛起来的私塾，韦庄已经留存几十年。笔灵是至性至学，才情之纵，所以为了能驾驭笔灵，这些诗书礼乐之类的修为必不可少。

据彼得和尚说，前些年村子里建了小学，孩子们就在每天下课后再聚集到祠堂里继续读书。不过韦庄的私塾不限于读经，阅读范围广泛得多，从《诗经》《楚辞》到唐诗、宋词，乃至《搜神记》《酉阳杂俎》之类闲书，甚至还有抚琴、舞剑、围棋等科目。笔灵秉性各有不同，既有青莲笔这样喜欢飘逸之才的，也有凌云健笔那种偏好刚猛之辈的，所以韦庄广种薄收，因材施教，以适应于不同的笔灵。外界那些浅陋之徒以为国学就是读几卷儒经、背几段蒙学、穿几身古装，实在是肤浅。

远处的草坪上可以看到十几名各式装束的少年，他们穿着长衫、运动服或者跨栏背心，有的捧书朗读，有的舞刀弄枪，有的练柔身体操，甚至还有的手持硕大铁笔悬腕在空气中疾写。

他们个个英姿勃发，气定神足，只是彼此之间隐约有些紧张气氛，各顾各的，很少见他们互相交谈。彼得和尚微微一笑，这些都是韦家"熔"和"裁"字辈的少年才俊，都在为笔灵归宗大会积极地做着准备，幸运的就可以一跃龙门，成为家中骄子。他不由得想起当年的一段往事，唇边浮起一抹奇异的情绪。

两人举步前行，祠堂前的几名族人事先知道他要来，也不上前搭讪，只是朝祠堂入口指了指。祠堂内堂正殿供着笔冢主人的那幅旧画，与罗中夏在韦势然家里看到的一般无二；旁边立着一块古青石制牌位，上书"先祖韦公讳诞之灵位"。抬头可见一块暗金横匾，上有"韦氏宗祠"四字，凛然有威。

彼得和尚一进门槛，立刻跪拜在地，冲着旧画灵位磕了三个头。他磕完第三个，还未及抬头，耳边忽然传来一个淳厚安稳的声音："你回来了。"

"我回来了。"彼得和尚从容起身，拍了拍身上尘土，双手合十，望着眼前之人，"阿弥陀佛。"

准确地说，眼前是二人一车：一个面容枯槁的老人坐在轮椅上，右手还在输着液，一道触目惊心的伤疤从眉心划下，直接连到脖颈下。若仔细观察就会发现，这个人的苍老并非因为年纪，而是被长时间病痛折磨所致。他的身后还有一名穿着护士服的少女，她一手握着轮椅把手，一手还扶着吊瓶的架子。

这位老人与彼得和尚四目相对，两个人一时都陷入了沉默，祠堂里安静到几乎可以听到输液管中滴药的声音。罗中夏站在旁边，感觉自己就像是一个外人。

老人把视线从彼得身上移向罗中夏，那目光如刀似钩，把他看得浑身不自在，仿佛五脏六腑都被剖出来一样。

"随我来。"老人威严地说，他的声音异常洪亮，和身体状况形成了鲜明的对比。少女推着老人转身朝祠堂后院走去，彼得和尚和罗中夏紧随其后。不知为何，罗中夏觉得他镜片后的眼神，比以往任何时候都更加平静，平静得有些不同寻常。

他们来到一间清雅的小隔间，这间小屋里只摆了两把檀香方椅和一面空空如也的书架。少女把轮椅摆正，恰好这时吊瓶也空了。于是她拔掉针头，细心地用一片胶布贴在针口处，然后抬起吊瓶架，冲彼得和尚鞠了一躬，临出门前还不忘把门给带上。

此时屋子里只剩下他们三个。老人颤巍巍抬起手来："你来说说，这到底是怎么一回事。"

彼得和尚躬身一拜："是，父亲。"

第二十四章 ○ 愁客思归坐晓寒

韦庄内村，祠堂小室。彼得和尚这一声"父亲"喊得无烟无火、淡泊之至，也不知是佛性澄净，还是心中存了愤懑。倒是把罗中夏吓了一跳，他只知道彼得和尚在韦家身份不凡，却没料到这家伙居然是族长的儿子。

韦定邦的大儿子韦情刚已经去世，岂不是说彼得和尚在韦家，相当于是太子之位？可他为何执意遁入空门，又为何与韦家这些老人的关系都这么疏离呢？一瞬间有无数念头涌入罗中夏的脑海。

"这些年来，委屈你了。"

轮椅上韦定邦脸上的表情被蚯蚓般的深色疤痕掩盖，看不出喜怒，只能从声音分辨出几丝苍凉的叹息。彼得和尚淡淡一笑，不再多说什么，他身处密室仍旧执佛家礼，态度已经很明确了。韦定邦见他不愿叙旧，也没强逼，又恢复了威严的族长模样，看了一眼罗中夏。

彼得和尚把前因后果详细一说，这一说就是一个多小时。韦定邦听罢，闭上眼睛道："这么说，杀人炼笔，是诸葛家的人所为？"

彼得和尚开口道："关于这一点，我倒是另有看法。"

"哦？"

"若有诸葛家插手，以老李的手眼通天，不需要特意跑来法源寺偷偷摸摸干。我看那诸葛长卿杀人取笔的举动有些古怪，搞不好他是背着诸葛家在搞事，背后策动者另有其人。"

"嗯。"韦定邦对彼得和尚的猜测不置可否，他调整了一下轮椅方向，声音提高了一度，"放出你的笔灵来。"

在这位气场强大的族长面前，罗中夏觉得自己没什么选择。他运了运气，放开念头，两股灵气破胸而出，悬浮在半空之中。一支笔顶生出青莲轮廓，一支隐隐有龙吟之响。在这斗室之内，两笔交相辉映，熠熠生光。

韦定邦盯着这两支笔灵，喃喃道："点睛、五色、凌云、麟角、画眉、咏絮，以往几十年都不会出一支，现在却如此频繁，难道真应了那句'青莲现世，万笔应和'的谶言？"老人的指头在椅背上轻轻敲击着，发出钝钝的声音。

过了半晌，他才缓缓开口："这么说，青莲遗笔是韦势然找到的？"

"不错，此人老谋深算，他这一次重新出现，必然是有所图谋。"彼得和尚郑重道。

提到这个名字，两个人的表情都为之一凛，都想起多年前的那一场轩然大波。彼得和尚只是听说，尚且心有余悸；韦定邦亲身经历，自然更加刻骨铭心。

韦定邦又道："青莲不必说，咏絮笔也是罕有之物。想不到韦家经营这么多年，还不及势然一人之力。"他神情有些黯然，又抬头道："那个韦小榕，是何等人物？"

彼得和尚摇摇头："我没见过，还是听罗施主自己说吧。"

罗中夏对小榕的了解，其实也极有限，只能把自己知道的讲述一遍。韦定邦听完，又问道："这个小姑娘，有什么与寻常女子不同之处？"

罗中夏不太明白韦定邦为什么一直追问小榕的事。他搜肠刮肚想了半天，除了不爱搭理人之外，小榕也没别的奇异之处了。非说有的话，每次他靠近她时，总觉得有种冷清萧索之感，少了些温热之感，可这说出去略显猥琐……韦定邦见他说不出什么，便又抬头看去，把那两支笔都打量了一番，啧啧称奇："罗先生你身兼青莲、点睛二笔，际遇之奇，世所罕见。老夫这么多年，也是第一次见到。"

罗中夏苦笑道："可这种奇遇我一点也不想要，更没那个水平去驾驭它们。你们笔冢吏的争斗太吓人。这支点睛笔的上一任主人，就在我眼前被杀，我可不想重蹈覆辙。我只想尽快退笔，回到正常生活。"

彼得和尚接口道："韦小榕给罗施主留下一首诗，暗示其中有退笔的法门：不如铲却退笔冢，酒花春满荼䕷青。手辞万众洒然去，青莲拥蜕秋蝉轻。我已经查过了，前两句来自明代王叔承的《侠香亭是要离专诸梁鸿葬处为周公瑕赋》，后两句则来自《东海游仙歌简王学士元驭王中丞元美》——究竟这四句诗如何退笔，始终晦涩难以索解，特来请教父亲。"

韦定邦沉思片刻，似笑非笑："若说退笔冢的话，绍兴永欣寺和永州绿天庵各有一处。不过那只是前人遗迹，和退笔没什么关系。老夫可从未听过有笔冢吏能活着退掉笔灵的事。"

罗中夏听到他这里也没有答案，一阵失望，正要告辞离去。韦定邦又开口道："其实对你来说，退与不退，区别不大，注定要成为笔冢吏们觊觎的焦点。"

罗中夏大吃一惊："这，这是从何说起？他们不是只要笔吗？"就连彼得和尚都面露疑惑，转脸去看韦定邦。

韦定邦拍拍扶手，语气里多出一丝诡异的敬畏："你可知道笔冢吏为何一人只能拥有一支笔灵？"彼得和尚在旁边回答："才情互斥，性灵专一。"

"不错。自古以来，那些才华横溢之人，无不是把自己的性格、学识与天赋熔炼一体，形成自己独有的鲜明风格。李太白的谪仙飘逸是一种，杜工部的沉郁顿挫是另外一种；怀素的书法以狂放不羁见长，柳公权却讲究法度严谨。这些天纵英才探索出了自己的独色，并燃烧到了极致，千古独此一家，岂能容你别有分心？所以自古笔冢吏一人只能拥有一支笔灵，绝无例外。"

罗中夏点点头，这个铁律他听很多人说过。正因为如此，他一人双笔的遭遇，才会引起诸多笔冢吏的惊叹。韦定邦颤巍巍地抬起手腕，指向罗中夏："可是你的体质，却和寻常笔冢吏不同——你不是笔冢吏，而是渡笔人。"

罗中夏从来没听过这名字，他隐隐觉得不安，赶忙转头去看彼得，彼得也是一脸茫然，恐怕也是头一回听说。

韦定邦道："不怪你们不知。整个韦家，恐怕都没几个人知道这是怎么回事，我也是偶尔翻阅一本前人笔记，里面曾语焉不详地提过渡笔之事。老夫原来也不大明白，不过看到你的遭遇，忽然之间豁然开朗了。"

"什么意思？"

"什么是渡？是摆渡之渡，亦是让渡之渡。要知道，才情虽不可兼备，却可以诸家同时传颂。比如有那爱画之人，既可以颂扬阎立本的妙笔，也可以赞叹张僧繇的点睛，经他品题传播，让两者皆是声名远播，叫九州之人一起领略丹青神妙。这传颂之才到了极致，即是渡笔人。"说到这里，韦定邦一点他的胸口，"渡笔人本身不具才情，无法与笔灵神会，但他们的心胸天生虚怀收纳、包容百家，所以可同时承载数支笔灵，彼此之间不会互斥。"

说到这里，韦定邦大为感慨："韦家、诸葛家千年传承，也不曾有过一个渡笔人，我原来以为这只是个荒诞不经的传说罢了，没想到今日竟然见到真身。古人诚不我欺。"

罗中夏下意识地摸了摸自己的胸口，脸色有些苍白。难怪青莲遗笔和点睛笔这么痛快地冲入自己身体，原来是把自己当成人肉笔筒了。

他见过诸葛长卿和秦宜收笔的过程，需要用到笔海、笔架、笔筒之类的道具，过程十分繁复，而且稍有不慎就被笔灵跑了。若有这么一个随意收储笔灵的渡笔人在，对笔冢吏来说可就是太方便了。难怪韦定邦会说，退不退笔，他都会成为别人觊觎的对象。

罗中夏正自惊疑不定，彼得和尚忽然开口道："既然渡笔人有收储笔灵之妙，那岂不是说，退笔也是有可能的喽？"

他一句话提醒，让罗中夏眼睛一亮。对呀，渡笔人既然能储笔，就必然能退笔，否则只进不出，这人肉笔筒便毫无价值了。韦定邦却冷冷一笑："渡笔人能不能退笔，古籍中的记载语焉不详，没人知道。不过你们得考虑另外一种可能。"

罗中夏听到这话，悚然一惊。他毕竟不傻，只是略做思忖，便猜出了韦定邦的意思。

一个笔冢吏只能装一支笔，渡笔人却可以同时装数支笔灵。而且从实战来看，这些笔灵的功能可以同时发挥，自如切换，这若是推演下去，可实在太可怕了。

想想看，若是有心人刻意把各种笔灵送入他体内，装五支，装十支，甚至装百支……就算渡笔人天生无法与笔灵神会，只能寄身，可架不住数量多啊，很快便能培养出一个同时发挥出几十支笔灵功效的笔冢吏，其威能惊世骇俗，堪称笔冢世界核武器级别的怪物。

这是任何笔冢吏都不愿见到的局面，势必要把渡笔人除之而后快。这与人性无关，实在是天生相克。

想到此节，罗中夏顿时口舌干燥，没想到今天是自投罗网来了。他下意识想转身拔腿跑开，可一低头却发现，双腿被不知哪儿来的茅草给缠住了。这屋子里明明是木制地板，上头还打了蜡，光溜溜的，什么时候长满了这许多茅草？而且这一簇簇茅草丰茂厚实，叶宽梗韧，似乎已经长了几年，比绳索还结实，罗中夏用力动了动腿，竟是纹丝不能挪。

他哪里还不明白，这是韦定邦发难了，下意识要驱动青莲遗笔对抗。可就在选择诗句的一瞬间，一股苍凉凄苦之感如秋风吹入心扉，顿生忧伤郁闷，一时间根本提不起吟诗的兴头。那茅草趁机又蹿高了数尺，眼看要把罗中夏裹成一个草人。

罗中夏万念俱灰，心道罢了罢了，竟然闭上眼睛束手待毙。

彼得和尚在一旁见势不妙，冲韦定邦大叫道："父亲，你这是做什么？"韦定邦坐在轮椅上，沉着脸道："你这么聪明，该知道渡笔人对笔冢吏来说意味着什么。"

彼得和尚怒道："罗中夏是咱们韦家的客人，岂能言而无信，见利忘义！"他平时总是那一副温文优雅的面孔，这一刻却化为金刚怒目。

韦定邦面对儿子质问，却丝毫不为所动，继续驱动茅草去缠罗中夏。彼得和尚一个箭步要冲到罗中夏身边，双手合十，要去挡住韦定邦的攻势。韦定邦知道这孩子专心守御之术，虽无笔灵在身，但若摆出十成守御的架势，寻常笔冢吏也奈何不了。

这个儿子性格倔强迂腐，用言语是说不通的。韦定邦微微叹息了一声，分出一道茅草去缠彼得。彼得双目厉芒一闪，扯开胸口佛珠，大喝一声："散！"那一粒粒佛珠竟然把茅草丛撞开一道缝隙。可这时韦定邦的声音从四面八方传了过来：

"情东，纵然你有心救他，可面对一族之长的笔灵，也未免太托大了。"

话音刚落，一阵秋风平地吹过来，屋中顿生萧瑟之意。黄叶旋起，茅草飘摇，无数的碎叶竟在风中构成了一支长笔的轮廓。那笔杆枯瘦，顶端似还隐然有个斗笠形状。

彼得和尚眉头紧皱，双手却丝毫不肯放松守势。他对韦定邦的笔灵再熟悉不过了，这支笔赫然是与李白齐名的杜甫秋风笔。

杜甫以苦吟著称，诗中悲天悯人，感时伤事，饱含家国之痛，加上他自己际遇凄苦，曾有"八月秋高风怒号，卷我屋上三重茅"之叹，其笔灵遂得名"秋风"。至于那瘦笔之上的斗笠，其实还和青莲笔颇有关系。当年李白曾经在饭颗山偶遇杜甫，戏赠一首调侃他的造型："饭颗山头逢杜甫，顶戴笠子日卓午。"杜甫一生十分敬仰李白，因此笔灵也把李白的形容保留了下来。

那如臂使指的茅草，自然就是杜甫所吟"三重茅"的具象。其实秋风笔的威力，远不止此，它攻伐手段不多，强在守御控场，必要时可以化出方圆数丈"沉郁顿挫"的领域，能令对手深陷其中，动弹不得。这四个字，乃是杜甫自我评价，历来为方家所推许，乃是杜诗之精髓所在，其形成的结界威力，自然不容小觑。

可惜自从那次大战伤了元气，韦定邦只能发挥出秋风笔威力十之二三，但对付罗中夏却是绰绰有余。

彼得和尚深知此节，因此拼命僵持，只要挨过一段时日，韦定邦残病之躯必然后力不济，便有可乘之隙了。韦定邦也看出自己儿子的打算，他冷哼一声，抬起一个手指道："兵！"

彼得和尚听到这一个字，惊而抬首："您怎么连这个都恢……"话未说完，整个人已经被一团碎叶罩住，里面车辚辚，马萧萧，有金属相击的铿锵之声，与哭声汇成一场杂音合唱。

杜甫秋风笔展开的"沉郁顿挫"结界，分作数型。这一型取的是《兵车行》意境，有车、马、兵刃、哭别等诸多声响混杂一处，此起彼伏，百音缭绕，最能削人斗志。彼得和尚没料到，一下子被困在其中。韦定邦抬起头来，望着秋风笔喃喃道"居然还有力量使出这一型来"。

彼得知道秋风笔只能困敌，不能伤人，但若想闯出去也绝非易事。他心念电转，朝着旁边被困在茅草里的罗中夏喝道："快！沙丘城下！"

杜甫一生最敬仰李白，所以理论上青莲笔是可以克制秋风笔的。李白写过几首诗给杜甫，彼得和尚让罗中夏念的是其中一首《沙丘城下寄杜甫》，也是描写两人友情最真挚的一首。青莲遗笔若是将此诗用出，当能中和秋风笔的《兵车行》结界影响，彼得和尚就能得以喘息。

可是罗中夏那边，却是置若罔闻，一点动静也没有，任凭茅草蔓延上来。彼得心中一沉，这家伙本来就如同惊弓之鸟，斗志不强，一心想退笔避祸，如今突遭袭击，恐怕韦家人的信用在他心目中已轰然破产，再无半点战斗的欲望。

他犹不甘心，还想再努力一下。那秋风笔已是秋风劲吹，结界大盛，一股无比巨大的压力压在彼得和尚身上，有如山岳之重。彼得实在支撑不住，终于眼前一黑，晕了过去。很快有无数茅草如长蛇攀缠，把他裹了个严严实实。

韦定邦看到大局已定，这才收起秋风笔，面容比刚才更加苍白，忍不住咳出一口血来。他的健康状况十分糟糕，刚才勉强用出《兵车行》，已突破了极限。韦定邦看了眼被茅草紧紧捆缚住的两个草人，颤抖着抬起右手，想去摸摸彼得和尚的脸，可很快又垂下去了。刚才的一战耗去太多精力，他已是力不从心。

"畏人千里井，问俗九州箴。战血流依旧，军声动至今。秋风啊秋风，不知我还能看你多少时日……"

这是杜甫的绝笔诗，此时韦定邦喃喃吟出来，那秋风笔在半空瑟瑟鸣叫，似有悲意传来。韦定邦勉强打起精神，抓起旁边一部电话，简短地说了四个字："定国，开会。"

当天晚上，韦家的几位长老和诸房的房长都来到了内庄的祠堂内，黑压压坐了十几个人，个个年纪都在六十岁上下。祠堂里还有几把紫檀椅子是空的，前一阵子因为秦宜的事情，族里派出许多人去追捕，来不及赶回来。

韦定邦坐在上首的位置，韦定国站在他身旁。电灯被刻意关掉，只保留了几支特制的红袍蜡烛，把屋子照得昏黄一片。

听闻渡笔人和青莲遗笔此时就在韦庄，长老和房长们的反应如同把水倒入硫酸般沸腾，议论纷纷。也不怪他们如此反应，青莲现世这事实在太大，牵涉到韦家安身立命之本，是这几百年来几十代祖先孜孜以求的目标。

更何况还有一管点睛笔在。

青莲、点睛，管城七侯已得其二；如果凑齐管城七侯，就有希望重开笔冢，再兴炼笔之道。长老、房长们从小就听长辈把这事当成一个传说来讲述，如今却跃然跳入现实，个个都激动不已，面泛红光。唯有韦定国面色如常，背着手站在他哥哥身旁默不作声。

"关于这件事，不知诸位有什么看法？"韦定邦问道。

"这还用说，既然青莲笔和点睛笔已经被咱们的人控制，就赶紧弄回来，免得夜长梦多！"一个房长站起来大声说道。他的意见简洁明快，引得好几个人连连点头。这时另一个人反问道："你弄回来又如何？难道杀掉那个笔冢吏取出笔来？"那个房长一下子被问住，憋了半天才回答道："呃……呃……当然不，韦家祖训，岂能为了笔灵而杀生？"那人又问道："既不能杀生，你抓来又有何用？"房长道："只要我们好言相劝，动之以情，他自然会帮我们。""他若不帮呢？""不帮？到时候不由得他不帮。""你这还不是威胁？"

另外一位长老看两人快吵起来，插了个嘴道："你们搞清楚，那可是传说中的渡笔人，就算青莲笔能放，他也不能放，万一被诸葛家抓去，只怕就无人能制了。"

头一位长老斜眼道："既然渡笔人就在韦庄，为何咱们韦家不去改造一下，先发制人去干他诸葛家？"另一长老道："你打算怎么说服渡笔人真心为咱们所用？""嘿，这不是又回到刚才那个话题了！渡笔人该怎么处置好？杀不得，劝不得！"

又一人起身道："青莲遗笔关系到我韦家千年存续，兹事体大，不可拘泥于祖制,从长计议才是。"他对面的人冷冷道:"如今是法治社会,你还搞那老一套?警察怎么办?你还想和国家机器对着干?再说就算警察不抓,你为了两支笔,让手里多一条人命,于心何安?"

这位身怀青莲遗笔的渡笔人到底该如何处置,韦家的长老们吵吵嚷嚷了半个多小时,也没有个结论。韦定邦疲惫地合上眼睛,也不出言阻止。忽然一个声音插了进来:"我来说两句吧。"众人纷纷看去,发现竟是一直保持沉默的韦定国。韦定国操持韦庄村务十多年,把整个村子管理得井井有条,威望卓著,所以他这无笔之人,地位并不比身上带着笔灵的长老、房长们低。他一开口,大家都不说话了。

韦定国看了一眼自己哥哥,韦定邦点了点头,于是他走上一步,用平时开会的语气说道:"经验告诉我们,走中间路线是不行的。想要做一件事,就要做得彻底,不留一丝余地,犹犹豫豫、摇摆不定,都不是应有的态度,会有损于我们的事业。"

说到这里,他"咣"的一声把手里端着的搪瓷缸子蹾在桌子上,吓了众人一跳。

"我在这里有两个想法,说出来给大家做个参考。"

韦定国环顾一下四周,看大家都聚精会神,轻咳了一声,徐徐道:"第一,既然青莲笔是开启笔冢的关键,那我们韦家就该排除万难,不怕牺牲,以夺笔为第一要务。至于那个渡笔人,既不能为我所用,早晚是个麻烦。我的意见是,直接杀人取笔,不留隐患。"

他这番发言苛烈之至,就连持最激进态度的长老都瞠目结舌,面面相觑。韦定邦道:"定国,你的意见虽好,可现在不比从前,擅自杀人可是要受法律制裁的,韦庄可不能惹上什么刑事麻烦,这点你比我清楚。"

韦定国慢慢把搪瓷缸子拿起来,咕咚咕咚喝了一大口水,才笑道:"既然族长您有这层顾虑,我还有另外一个想法。"

他背起手来,开始绕着桌子踱步。他忽然伸手拍了拍其中一位房长的肩膀,问道:"青莲笔对我们家族的意义是什么?"那个房长没料到他忽然发问,一下子竟不知如何回答。韦定国也没追问,自顾说道:"或者我换个方式问,没有了青莲,我们韦庄的生活是否会有所改变?"

"不,不会改变什么。"韦定国自问自答,"夺取青莲笔,就能开启笔冢,而笔冢中有什么东西?谁也不知道。就算能炼笔吧,又能怎么样呢?能帮咱们村子增长GDP吗?说到底,咱们也不过是为了完成祖先的嘱托罢了,这么一代代传下来,都习惯了，习惯到不去思考它的意义在哪里。韦庄从建立起时就没有青莲，一样延续到了今天，是不是？"

韦定国见长老们都沉默下来，笑了笑，抛出第二个建议："索性忘掉青莲笔、点睛笔和管城七侯，忘掉笔冢，就像一个普通的村子一样生活。现在我正在和一个公司谈韦庄的开发，以我们这里深厚的人文气息和古镇风貌，绝对可以做得很大，全村人也都能受益。其他的事，不要去理。"

这一番发言，比刚才更让人震惊，把在座者连人带思想都完全冻结。笔灵本是韦庄安身立命之本，如今竟然被完全否定，实属大逆不道，可韦定国说的话却又让人觉得无可辩驳。

"要么尽全力去把青莲笔追回来，不惜赌上整个韦家的命运；要么干脆放弃，从此不理笔灵，安心生活。无论怎么选择，千万不要首鼠两端，犹豫不决。族长你的决定是什么？"

韦定国说完，刚好围着桌子转了一圈，回到原位。祠堂里一片寂静，所有人都不约而同地注视着韦定邦，虽然他们现在分成两派，但哪一派都没有韦定国的提议那么激进，只好默默地把球踢给族长。

韦定邦却是一脸平静，好似对他弟弟的这番言论早已了然于胸，他平抬手掌，两侧的红烛猝然熄灭，在短暂的黑暗之后，祠堂里的日光灯大亮。所有人猝不及防，一下子暴露在光亮之下，还没来得及调整原本隐藏在黑暗中的真实表情，显得有些狼狈、扭曲。

韦定邦扫视一圈，口气虚弱而坚定："此事干系重大，容我再仔细考虑一下。今天我身子有些倦，明天早上再请诸位来议。"他双手操纵轮椅朝后退了一段距离，转了半个圈，又回头道："定国，你随我来。"

于是韦定国推着他哥哥的轮椅，两个人一前一后进了祠堂里间。众多长老和房长目送他们离开，彼此交换了一下眼神，纷纷离去。很快祠堂里空荡荡的，只剩一张供在正中的笔冢主人画像，画中人神态安详，清风明月。

……又一次，罗中夏见到了幻影。

这幻影只有轮廓，形体飘逸不定，似是雾霭所化。罗中夏发现自己居然变成了一个孩童，被它牵着手，站在一处孤崖边缘。它娓娓说着什么，罗中夏仰着头细心倾听，可惜那声音缥缈，难以辨认。他只好举目远望，远处云涛翻涌，缥缈间似乎有一处开满桃花的村落，时隐时现。

那幻影又说了几句，忽然松开罗中夏的手，就这么迈出悬崖边缘，凌空飘然而去。罗中夏化身的孩童大急欲追，可那身影很快消失在云涛之间，不见了踪迹。孩子瘫坐在地上，不由得大哭起来……

"莫走，莫走！"

罗中夏大叫一声，猛然醒来。他环顾四周，发现自己正立在族长的屋子里，周身被坚韧的茅草捆得严严实实，旁边彼得和尚也是一样被捆绑起来，两个人好似两只大粽子似的，立在屋子里，动弹不得。大概是秋风笔灵特有的压制作用，青莲和点睛都暂时呼唤不出来。

彼得和尚见他醒了，转头过来苦笑道："我若知道你是渡笔人的体质，便不会带你回来了。没想到是我害了你，唉……"罗中夏定了定神，哑着嗓子问道："接下来你们要把我怎么样？杀了炼笔还是活着装笔？"

彼得和尚咬牙道："既然是贫僧带你来的，就算拼了性命，也会把你活着带出去。"罗中夏却冷笑一声，只当他是哄自己，韦庄的笔冢吏少说有二十之数，一个没有笔灵的和尚，怎么对付得了他们？

彼得和尚还要继续说，罗中夏却断喝一声："你别说了！临死之前让我清净一下行不行？"他此时心里烦得不行，恨不得拿把刀来把胸膛劈开，把那两支恼人的笔灵丢出去，谁爱要谁要。沾了笔灵，果然一点好事都没有。

这时大门"吱呀"一声被推开，有轮椅脚轮的"咯吱咯吱"声传来。两人抬头一看，韦定邦脸色复杂地进了屋子。

罗中夏闭上眼睛，知道自己亡日已到，不由得心如死灰。彼得和尚正要怒目大喊，韦定邦却一抬手，止住彼得的呼喝，一挥手，那些捆人的茅草顿时松弛开来，化为无数碎条消失在地板上。

罗中夏活动了一下全身，不明白他这葫芦里卖的什么药。

"前日老夫出手捆你，只因无论青莲笔还是渡笔人，对笔冢吏来说都干系重大，不容有任何闪失。"韦定邦淡淡地解释了一句，然后把昨天韦家长老们在会上的争论简单说了说。

彼得对此并不意外，韦家一直有出世和入世两派思潮，尤其是最近几十年，外界冲击太大，韦庄想要保持超然独立已不可能。幸亏有韦定国这么一个擅长庶务交际的人物，才算能勉强维持。

"这么说，他们都在等您做决定？"

"不错。"

"而且您已经做出决定了？"

韦定邦点头："不错。老夫仔细想了一夜，笔冢终究是留存才情之地，不是什么屠场。若为此杀人炼笔，可就有违先祖初衷了。我虽然不能让韦家复兴，也不能沾着这些因果——罗小友，你可以走了，韦家不留你。"

罗中夏浑身一颤，简直不相信这是真的。韦定邦又看向彼得："我等一下就召集长老，把族长之位让给韦定国，以后韦庄如何发展，就看他的想法了。"他说完这一句，疲态尽显，面孔似乎又苍老了许多。看得出，这个决定对他来说，下得有多么不容易。

彼得嘴唇嚅动一下，终究没说什么，只是双手合十。他已是出家之人，韦家的事不宜置喙。

罗中夏死里逃生，正琢磨着是不是趁族长没变卦离开。韦定邦又道："你体内那支青莲遗笔，勾连着真正的青莲笔，而真正的青莲笔，又勾连着管城七侯，七侯又勾连着笔冢最大的秘密。所以你想求平安度日，只怕是树欲静而风不止啊。"

罗中夏闻言，把抬起来的腿又悄悄放下去了，苦笑道："所以我才来这里请教您，到底该怎么退笔才好，可没想到后来您……"

韦定邦微微一笑："退笔的法门老夫虽无头绪，但既然捆了你一夜，也该有些赔偿。你过来一下。"

罗中夏警惕地凑近了几步，生怕他又变卦发难。韦定邦从旁边一个螺钿漆雕扁盒里，取出一沓宣纸信笺来。这宣纸白中透黄，红线勾出字格，纸上隐隐还有香气。

"这是仿薛涛笺，全国如今也没有多少张，老夫珍藏的这些，都送给你吧。"韦定邦道。罗中夏有点莫名其妙，这不就是一沓纸吗？能值什么钱？真有心赔偿就给人民币啊！

韦定邦看出这人胸无点墨，摇摇头，指向他胸口道："你身为渡笔人，胸中除了青莲笔，尚有一管点睛对不对？"

罗中夏点点头。

"你可知道点睛笔有何神妙之处？"

这个问题把他给问住了。之前在法源寺战诸葛长卿时，他是用青莲笔幻化成一条龙，假装是点睛笔发威——画龙点睛——但到底这支笔是做什么用的，却茫然无头绪。他这一路上试图跟它产生联系，它也是爱搭不理。所以韦定邦这么一说，他立刻好奇起来。

韦定邦道："点睛笔位列管城七侯，自然有缘由。它没有斗战之能，却拥有看破未来的预见之力。倘若在人生困惑处，请出点睛笔指点迷津，点向未来那一点明昭之处，这其中价值，可比其他任何一支笔灵都要大。这才是画龙点睛的真意所在。它点睛的不是龙，而是命运。"

"合着它原来是笔仙啊？"罗中夏一阵失望，可很快又想明白了，"就是说，到底退笔之法在永州还是绍兴，它能够告诉我喽？"

"它没法给你具体指示，它只能观望你的命运之河，并辨认出一条未来最好的方向。至于那流向会发生什么事，到底该怎么做，还是看你自己。"

"那，那有什么用啊！"罗中夏很是沮丧。

"年轻人，你可知道一次抉择错失，命运会偏差多少？古今中外多少圣贤大德，欲求一句启示而不得，你就不要捡便宜卖乖了。"韦定邦到底是老族长，训斥起来言辞严厉，罗中夏只能唯唯称诺。

韦定邦又抖了抖手里的仿薛涛笺："点睛笔开示命运，一定要有灵物相载。老夫珍藏的这几张仿薛涛笺，乃是一位老纸匠临终所制，又在韦庄文气浓郁处浸润了几十年，虽不是什么名纸，但里面蕴藏的灵气，足够引出点睛笔了。"

罗中夏大喜，接过薛涛笺，立刻就要唤出点睛笔来问话。韦定邦又提醒道："点睛每开示一次命运，便要掉落一根笔须，消耗一点你的寿数。等到笔须全秃了，你的寿数也就到尽头了，须知天机严密，不可多问……"

罗中夏这才明白，为何彼得和尚说点睛笔的笔冢吏更换很频繁。想必他们都是耐不住诱惑，频频询问点睛笔未来之事，以致寿数耗尽。

罗中夏一听这个，脸色变得谨慎许多。他心想就问这一次，退完笔就不用再问了，然后胸中一振，唤出了点睛笔。

这笔活脱脱一支主笔模样，笔头尖弱，末端细至毫巅，只余一缕金黄色的毫尖高高翘起。罗中夏驾驭着它，朝着那薛涛笺上点去。点睛笔原本只是微微有光，一见到这薛涛笺，突然光芒大盛，"嗖"的一声自行飞过去，笔尖遥对纸面，不时点画，似乎有一位无形的丹青大手在心中打着草稿。

罗中夏望着这一番景象，开口道："笔仙，笔仙，接下来的路该往哪里走？"

彼得和尚扑哧笑了一声，韦定邦却是一脸无奈。

这时点睛笔动了，它在薛涛笺上飞快地写了两个字，然后一根闪耀着灵光的笔须飘然落地，化为微风。

薛涛笺上的两个字荧光闪闪："东南。"

绍兴永欣寺在浙江。这"东南"二字，显然是说罗中夏该去的退笔冢，是在永欣寺里。

罗中夏大喜过望，只要有个方向就好。他正要转头道谢，却看到点睛笔又写了一个"西南"。永州绿天庵在湖南，难道它的意思是去永州？

罗中夏彻底糊涂了，这点睛笔什么意思？难道说命运的指引，是同时在这两个地方吗？可他只有一个人啊，怎么分身前往？

"这点睛笔不是坏了吧？"罗中夏狐疑地问。

韦定邦坚定地说道："点睛笔不可能指示错命运。它这么指，一定有它的道理。"彼得和尚在一旁也是满脸疑惑，可惜点睛笔不会说话，写出方位，已经是它表达的极限了。

"罗施主，或许我们可以……"

他话没说完，韦定邦突然被电击一般，四肢"嗖"地无形中被一下子伸直，双目圆睁，整个身体开始剧烈地摆动。

罗中夏大惊，下意识地后退了几步。彼得和尚大惊，连忙冲过去按住他双肩。可韦定邦的抖动幅度丝毫未减，双眼已经开始浑浊，嘴痉挛般地张大，发出"嘀嘀"的呻吟声。

彼得和尚没有选择，只得双手一起按住他脖子两侧，通过颈部动脉把"力量"注入韦定邦体内，试图压制住这股来历不明的冲动。这是相当冒险的行为，彼得和尚身无笔灵，贸然把力量打入一个笔冢吏的身体，极有可能遭到笔灵的反击，何况还是韦家族长的笔灵，威力势必极大。可事到如今，已不容他犹豫了。

可他的手刚搭到脖子上，彼得和尚就骤然觉得自己按空了，一个踉跄险些摔倒。他露出难以置信的表情，重新试了一回，力量仍旧透过老人空荡荡的残破身躯流失一空，就像是对着一个网兜儿泼水一样，涓滴不留。

彼得和尚额头冒出了一滴汗水。

这种现象只有一种解释，韦定邦体内没有笔灵。

彼得和尚却无法相信眼前的事实。这怎么可能？昨天他还亮出秋风笔，制住了他们两个人，怎么今天身体里就没有笔灵了？

疑问如潮水般纷纷涌来，把彼得和尚的神经回路深深浸入惊疑之海：

他人尚还在世，笔灵却去了哪里？人笔两分，怎能独活？

昨晚到底发生了什么？

彼得和尚越想越心惊肉跳，双手不知不觉收了回来。韦定邦没了束缚，全身抖得愈加厉害，如飓风中的一张树叶，梳理好的白发也完全散乱，有如狂暴的海草，嘴边甚至开始流出鲜血。

他忽然意识到，这是来自笔灵的攻击！

"罗施主，快趴下！"

彼得和尚提醒了一声，然后像猫一样蹲伏下去，试图发现攻击者的位置。胆敢在韦家内庄攻击韦家族长，这个人胆子相当大。这时，韦定邦的疯狂抖动突然停止了，整个人瘫软在轮椅上，几似败絮。彼得和尚扑过去，双手仍旧按住他脖颈，同时在屋子里展出一圈波纹，试图探测出是否有人藏在附近。

罗中夏手里抓着薛涛笺，也一步迈过去，亮出青莲笔来，在心里琢磨着用哪一句诗御敌比较好。

就在这时，外面一阵脚步响动，昨天那个护士推门进来，软语相呼："族长，到吃药时间了。"她说完这一句，才看到彼得双手按在族长脖子上，一声尖叫，整个人瘫软在地板上。彼得和尚冲她"嘘"了一声，护士却看到了韦定邦嘴边的鲜血，颤声道："你，你杀了族长？"

彼得和尚还想分辨，护士已经开始大声呼救："来人啊，有人掐死了族长！"他暂时顾不得分辨，忙去探韦定邦的脉搏和心跳，发现两处均悄无声息。一代族长，已经溘然逝去。

他心中一酸，几乎不忍抽手而去。

罗中夏知道这误会大了，想过去跟小护士解释，可护士一看他头顶悬浮的青莲笔，又喊道："不好了！笔灵杀人了！"罗中夏大急，过去想抓住小护士胳膊，可她一甩手，掉头跑了出去，声音喊了一路。

这时门外传来纷乱的脚步声，还有少年人的喘息和叫嚷。此时天色尚早，最先听到护士呼救的是那些晨练的韦家少年，可以迅速赶来。

罗中夏还要站在门口分辩，彼得和尚却把他给叫住了，苦笑道："别去解释了，那是自投罗网。咱们只怕是被人算计了。"

这一连串事件赶得太巧，小护士的反应又颇不自然。彼得和尚心细如发，已经觉出其中味道不对。族长只怕是被人阴谋害死，然后再栽赃在他们两个身上——这动机太明显了，族长昨晚开会商议青莲笔是杀是放，今天就被罗中夏给杀了，这不是很合理的推论吗？

一个熟悉的影子出现在彼得和尚心中，难道是韦定国？

彼得和尚心中一叹。韦定国虽无笔灵，却与许多长老交好，家中流传他觊觎族长位置也不是一天两天了。若他是幕后黑手，只怕早就做好了后续计划，要把这次栽赃敲定转角，钉得十足，他们无论如何解释都是无用。

看来眼下只有先逃出去，才有机会洗清冤屈。

彼得和尚跟罗中夏飞快地交代了几句，然后身形一矮，把散布在屋子里的气息收敛到周身，屏息凝气。等到少年们冲到卧室门口，一脚踢开房门的一瞬间，彼得和尚腾空而起，双腿如弹簧一般蹬踏而出，罗中夏也紧随而出。

那群少年骤然见两个黑影冲出内室，都下意识地纷纷闪避。彼得和尚趁机从人群缝隙中左转右旋，来回穿插。几个来回下来他就已经突破了走廊，冲到了院门口，动作如行云流水。罗中夏虽没他那么灵活，但靠着这些小孩子对笔灵的敬畏，也顺利逃了出来。

他们一出院门，正赶上另外一拨族人匆匆赶到。这回是几个住在附近的长老，看他们的装束，都是听到呼喊后匆匆起床赶来的。

彼得和尚认出其中有两个人是有笔灵在身的，如果被他们缠住，只怕就逃脱无望。他心念如电转，甫一落地，脚尖一旋，整个人朝着另外一个方向飞去。罗中夏之前为了逃命，着实背了不少扰乱敌人的诗句，如"烟涛微茫信难求""云青青兮欲雨，水澹澹兮生烟"，现在正是用的时候，很快便造出一大片遮蔽视线的水雾。

那几位长老尚不明形势，反应不及，竟来不及出招阻拦，被他们从反方向逃走，很快就失去了踪影。

很快，整个内村都被惊扰起来，得知族长遇害的村民纷纷聚集到村口祠堂前，议论纷纷。这实在是韦庄五十年来所未有的大变。

韦定国也从外村匆匆赶来，他一来，全场立刻都安静下来。一位长老把整件事跟韦定国说了说，他皱了皱眉头，却仍旧面沉如水："彼得和罗中夏呢？"

"逃走了，现在应该还在村里。"

韦定国沉稳地摆了摆手："内庄三面围山，只有村口一条路，咱们派人把桥截住，一层一层搜进去，不怕找不出他来。"

两小时过去，彼得和尚感觉到有些绝望，罗中夏也喘息不已。眼前的路越走越窄，而且再无岔路，两侧都是高逾十米的石壁与翠竹，身后是整个内庄的村民。

原本他想带着罗中夏趁乱冲出庄去，可村民们在韦定国的指挥下，层层推进，环环相连，连一丝空隙也没有，逐渐把他逼至庄子深处，走投无路只是早晚的事。

"咱们怎么走？"罗中夏问。

"罗施主你放心，我把你带进来的，就一定把你带出去。"

彼得和尚深吸一口气，自己误闯的这条小路不能回头，只好硬着头皮朝着里面逃去。走了不知几个一百米，这条窄路的终点豁然开朗，眼前视野一片开阔。

眼前是一处赤灰色的高耸峭壁，石壁上有一个看似极深的半月形洞窟，洞口距地面足有十几米，还用两扇墨色木门牢牢关住。远远望去，这个洞窟隐有异气，就连空气流动都与周遭环境大为不同，仿佛一个连接异空间的入口。

这里彼得和尚只来过一次，但是印象极深。

洞口两侧是一副楹联：印授中书令，爵膺管城侯。

洞眉处有五个苍劲有力的赤色大篆，但罗中夏不认得。彼得和尚苦笑着念道："韦氏藏笔阁。"

第二十五章

○

起来向壁不停手

罗中夏首先感觉到的是一片漆黑，这是人类视觉突然失去光线时的正常反应。藏笔阁中的黑暗与寻常不同，并不因为洞门刚刚开启时射入的阳光而变得稀薄，它异常坚实，并黏稠无比。当他转身把木门小心关闭的一刹那，整个人立刻陷入沉滞如墨的黑暗中。

黑暗带来未知和恐惧，但在一定时候也带来安全，比如现在。

罗中夏用手摸索到凹凸不平的墙壁，把身体靠过去，连连喘息。彼得和尚道："内村现在已经大乱，现在也许族人们尚还不知我们遁入藏笔阁，兀自在村舍里搜寻。"

"这个地方，是你们藏笔的地方吗？"罗中夏问。

彼得和尚点点头："韦氏藏笔阁是韦庄至秘至隐之所，所有无主笔灵皆内藏于此，因此除了韦家族长，其他人未经允许是绝不可以随意进入的，代代如此，概莫能外。"

罗中夏撇了撇嘴，这地方说是外人不得进入，却已经是今年以来第二次被外人入侵了。第一次是秦宜，她甚至还抢走了两支笔灵。一想到"外人"这个词，他不免又看了彼得和尚一眼，这个人之前应该发生过什么，以致父子决裂，遁入空门，如今又目睹自己父亲被杀，被全韦庄的人当成凶手，不知那副温和面孔下得承受着多少痛苦。

彼得和尚似乎觉察到他的眼神，开口道："眼下最重要的，是设法逃出去，其他事情安全了再说。"于是两人扶着墙往漆黑的洞内走去。

这一路上，洞内空气发出陈腐的味道，似乎从不曾流动。彼得和尚关切道："罗施主，你感觉还好？"

"还好，还好。"

藏笔阁内虽然没有光亮，却不憋闷。罗中夏甚至能感觉到几丝微妙的灵性涌动，就像是夏风中暗暗送来的丁香花香，虽目不可及，仍能深体其味。藏笔阁中藏的都是韦家历代收藏的诸支笔灵，阁内沐灵已久，浸染深长，自有一番庄重清雅的气度。他身具两管笔灵，对此颇为敏感。

他好奇地环顾四周，想看看都有些什么笔灵，可惜视力所见，全是一片黑暗。彼得和尚道："据说笔灵并非搁在一起，而是各有所在，每一支都有自己的笔龛。除了族长之外，没有人知道这些笔龛的确切位置。"

"据说？原来你没来过？"

彼得和尚呵呵笑了一声。他上一次——也是唯一一次——进入洞中已经是十年前的事情了。而且那一次是被人蒙上眼睛一直带去山洞深处，因为出了一些波折，他立刻就退出来了，对藏笔阁实际上还是懵懂无知。

两人走了一百多米，罗中夏感觉似乎置身于一条人工开凿的隧道里，用手摸了一圈，两侧石壁，头顶是拱形石穹，脚下是石板地面，就像一条长长的墓道。

罗中夏扶住墙壁，发觉手指有异。他停下脚步，在石壁上细细一摸，觉察到有异的不是手指，而是墙壁。那些坑坑洼洼的长短小坑，原来都是凿痕，满墙雕的竟是一排排阴刻文字。

这些文字笔画繁复，就算开了灯他也认不出来，他连忙叫彼得和尚过来看。

彼得和尚一摸下去，嘴里"咦"了一声。凭借触感，他能感觉到这些刻痕直硬刚健，笔势雄强，每至竖笔长锋之处，字痕甚至锋利到可以划伤指肚，浑然有晋人筋骨。仔细揣摩了一下，这竟是王右军的名篇《笔阵图》。再摸下去，则还有《笔经》《东轩笔录》《毛颖传》等历代咏笔名篇，这些文字不分段裁错格，也不标明篇名著者，只一路落落写下，首尾相接。

他又朝前走了十几步，发现壁字略微有了些变化，趋于平直匀称，字架丰美；再往前走，忽如平地一阵风起，壁字一变而成狂草，颠荡跳脱，在墙壁上纵横交错，如布朗运动。仅凭指摸很难辨认这些细致的变化，更不要说读出内容，彼得和尚索性不再去费心神，径直朝前走去。

甬道长三十多米，壁上文字风格变了数次。彼得和尚闭目缓步前行，忽然发现两侧墙壁开始朝外延伸，他知道甬道已经走到头了，于是沿着右侧石壁摸了一圈，最后竟回到甬道入口，于是判断自己置身于一个五十多平方米的椭圆形空厅之内。空厅的中央是一张木桌，桌上有一具笔挂，上面悬着几支毛笔，独缺文房四宝的其他三样。

空厅的四周除了进来的甬道以外,至少还有十几条通道,洞口都是一人大小,里面都很深,看来是通向别处的。彼得和尚出于谨慎,暂时没有贸然迈进去。

他已经逐渐适应了黑暗,呼吸也有规律多了,不再像刚开始那样感觉溺水一般。长老说得不错,视力被剥夺以后,反而更容易让人沉下心来静思。

罗中夏也跟着彼得走过来,他发现有这么多甬道,也是倒吸一口凉气,抱怨道:"这么多路,咱们走哪一条才好?这墙上没刻标记吗?"

彼得和尚没回答,仍旧闭目沉思。藏笔阁除了收藏笔灵以外,还用来考校韦氏族人的能力,那么必然不会仅仅只是迷宫这么简单,肯定隐藏有什么暗示机关,唯有破解者才能继续深入。既然秦宜能闯入藏笔阁且盗走两支笔灵,显然是成功破解了这个秘密。

"她既然可以,我当然也有机会。"

彼得和尚涌起一股争胜之心,已经犯了佛家我执之戒,不过他不在乎。他"环顾"四周,发现空厅墙壁上仍旧刻着铺天盖地的文字,这些字和甬道中的一样,有篆有草,有楷有隶,不一而足,而且变化无方,全无规整,也无句读。有些字彼得可以摸得出来,有些字却漫漶难辨。

"难道暗示就在这些文章内?"

彼得和尚暗忖,他手边恰好摸到几句像是诗文的部分,细细辨认,乃是:"京师诸笔工,牌榜自称述。累累相国东,比若衣缝虱。或柔多虚尖,或硬不可屈。"这是欧阳修《圣俞惠宣州笔戏书》中的几句,恰好沿着其中一个洞口的边缘刻下。

彼得和尚能背得出全文,他清楚记得此诗前四句是"圣俞宣城人,能使紫毫笔。宣人诸葛高,世业守不失",明明赞颂的是诸葛家人,居然出现在韦家藏笔阁内,不得不使人深思。壁字故意隐去"诸葛高",只从"京师"起笔,莫非是暗有所指?他忽又想到"或柔多虚尖,或硬不可屈"说的全是制笔之法,但未必不可解为辨识藏笔的方向。"虚尖"或指洞内似有路实则不通;而"硬不可屈"似也能理解为一条直路到头,或者不要管其他岔路,一味直走。

他想了一通,觉得每一种都似是而非,难以索解,只好摸去洞口的另外一端,看是否还有其他提示。另一端用魏碑楷书写着"伯英不真,点划狼藉",下一段却用行草刻有"元常不草,使转纵横",这四句俱引自孙过庭的《书谱》。

彼得和尚虽然了解这几句话的意思,心中疑问却愈大。伯英指的是三国书法名人张芝，元常指的是同时代的钟繇，这几句话说的是张芝擅长草书而拙于楷书，钟繇擅长楷书而拙于草书。而刻字的人仿佛故意跟他们对着干似的，用楷书写张芝两句，用草书写钟繇两句，未免忤逆得太过明显，不知是什么用意。

只是一个洞口，就有如此之多的壁字，空厅里可是有数十个洞口呢，何况甬道内尚还有海量文字，不知是否内藏玄机。若是要全部一一索解，怕是要花上几年工夫，更何况现在无法用眼睛看，只能用手去摸。

罗中夏不敢打扰他，在洞口就地坐下，耐心等待。他忽然耳朵一动，听见外面黑暗中一阵响动。响声不大，但在这种环境之下却异常醒目。

"洞内还有人？"

罗中夏惊觉回首，瞪大了眼睛，然后意识到自己这么做毫无意义。他连忙凝神细听，黑暗中看不到来者身形，只有两对脚步踏在石地上发出橐橐之声。奇怪的是，罗中夏却没听到对方有任何喘息。

只要是人类，就必然会有呼吸。虽然屏气可以忍于一时，但既然来人脚步声都不隐藏，又何苦藏匿气息？

也就是说，来的并非是人类。罗中夏飞快地在心里做出判断：

"是笔童！"

他见过好几次笔童，如今算是老熟人了。为了证实自己的判断，罗中夏把身体屈起来平贴地面朝空厅中央游去。笔童炼自毛笔，体长硬直，不易弯腰，尽量让自己放低身体是对付笔童的一种办法。

两个脚步声从两个方向逐渐逼近，罗中夏趴在地上，慢慢爬到空厅中央。脚步声也循声追来，他来到木桌前伸手一摸，笔挂上空空如也。

果不其然。

刚才木桌上还有几支笔，现在没了。

黑暗中最恐怖的是未知，既然确定了对方身份，那就没什么好怕的了。罗中夏赶紧找到彼得和尚，低声示警。

彼得和尚虽不入韦家族籍，对于韦家笔灵种种掌故秘密的了解却不在任何人之下。与专拿湖笔炼笔童的诸葛家不同，韦家专炼的是安徽宣笔，是除了湖笔以外的另外一大系列，乃韦家始祖韦诞所创。韦家向来看不起诸葛家的湖笔，觉得湖笔不过是元末湖州工匠拾其残羹冷炙而成，比不得源自汉代的宣笔根正苗红。

至于罗中夏之前接触过的无心散卓，那是韦势然个人炼的笔，不在谱系之内。

宣笔笔童比湖笔笔童还要刚硬率直，正面打起来不会吃亏，但带来的问题就是柔韧度不够，难以灵活转圜。古笔多是如此。只是韦家碍于颜面与自尊，从不肯屈尊使用湖笔，不能糅合二者之长。

彼得和尚于此节非常熟悉，眼前黑暗中的两个笔童木然前行，也不知加速追击，更不懂匿踪偷袭。于是他对罗中夏面授机宜，又转头去研究石壁上的字了。

罗中夏唤出青莲笔，念了两句："客心洗流水，余响入霜钟。"这是李白《听蜀僧濬弹琴》里的句子，一经念出，空厅内钟声四起，仿佛四面八方都有霜钟摇摆，让本来就呆头呆脑的笔童无所适从。

宣笔笔童目不能视，靠的是以声辨位。若在平时，即使是地上一只蚂蚁叼食，笔童也能听个差不离，罗中夏若想隐蔽身形蒙混过去那是万无可能。不料彼得和尚教他反其道而行之，故意弄得满处噪音，笔童的超强听力反成了缺点。

只听空厅内音响频频，两个笔童瞻之在前，忽焉在后，瞻之在左，忽焉在右，生生被罗中夏拖着空转，只是打不着。一人二笔来回呼呼地围着厅里转了数十个圈子，两个笔童渐次被分开，前后拉开好长一段距离。

罗中夏见时机到了，先轻踏一步，吸引一个笔童朝反方向跑去，然后侧身跃起，用手飞快地在厅顶敲了一下。另外一个笔童只知循声而去，一下子也跳起来。此落彼升，正赶上罗中夏下落，两个人在半空恰有一瞬间处于同一平面。

罗中夏伸出右手，大拇指一挺，食指钩、中指送，三指并用，瞬间罩住笔童周身。只听一声清脆的"咔吧"，待得罗中夏落地，手中已经多了一支宣笔。

这个手法在书法上叫作"单钩"，是握笔的手法，以食指钩住笔管，和压住侧面的拇指构成两个支点夹住毛笔，写字时全以食指抬压取势，灵活多变。笔童炼自毛笔，单钩握笔之法可以说是正中它们的七寸所在。

这是彼得和尚刚才悄悄教罗中夏的一招，虽然他学得很不熟练，但对付这些笔童问题不大。

除掉一个笔童，压力骤减。罗中夏好整以暇，再以声响惑敌，掩护自己，不出一分钟就抓住了第二个笔童的破绽，再一次施展单钩之法，把它打回了原形。

罗中夏双手持笔，把它们小心地搁回桌子上的笔挂，为防这些笔童又活过来，还把笔头都卸掉。罗中夏心里多少有些得意，宣笔笔童虽非强敌，但在短时间干掉两个也不是轻而易举。他大笑道:"我这一招以声掩步,彼得大师你看如何?"

"以声掩步……"

彼得和尚突然心念转动,不由得反复念叨这四个字。

声可以掩步,难道字不可以掩形吗?

他"呃"了一声,懊恼地拍了拍自己的光头,也不理睬罗中夏,飞快地跑回甬道,顺着原路折去入口。彼得和尚的脑海里浮出一个模模糊糊的念头,他似乎想到了什么,所以必须要予以确认。

尽管在黑暗中,彼得和尚也只花了二三分钟就回到了藏笔阁的洞口。他并没有打开洞门,而是转过身来,再次伸出手紧贴在石壁上,去感受那些文字。

只是这一次,他却没有细致地去逐字辨读,而是一抚到底,嘴里还低声念叨着什么。就这么且摸且走,彼得和尚再一次顺着甬道摸进中厅。他站在黑暗的厅内,不禁哈哈大笑起来,连声说道:"原来如此!原来如此!"

原来这些刻在墙壁上的名篇大作并无特殊意义,内中文字也不是达·芬奇密码。如果执着于文字内容本身,就会像侠客岛上的那些高手一样,皓首穷经也不得其门。

真正要注意的,是文章的字体。

彼得和尚早就注意到了:从入口开始,石壁字体风格的变化就异常剧烈。往往前一段方是行草,后一段就突变成了小篆;上一篇尚还在追袭晋风清癯,下一篇又成了北宋瘦金。短短三十几米的甬道,赫然包容了篆、楷、草、隶、行数种书体,自秦至宋上下千年十余位名家的笔风。

文字内容只是遮掩,真正的关窍,却在这些书体笔风变化之间。看似杂乱无序的壁书,被这一条隐线贯穿成一条明白无误的线索。比如其中一块石壁上书的是钟繇小楷,随后向右一变而成颜体,两下相悖,则这条路必是错的;只有左侧承接学自钟繇曲折婉转之风的智永《千字文》,方才对路合榫。书法自有其内在规律,这些暗示深藏在笔锋之内,非精通书法者不能觉察。

彼得和尚闭目深思,慢慢把所触所感捻成一条线,去谬存真,抽丝剥茧,一条明路逐渐在脑海中成形。这些规律附着在错综复杂的石壁甬道之上,便成了隐含的路标。只要得到甬道壁上文字的奥秘,就清晰无比了。

历代进入藏笔洞参加笔灵归宗的人,若修为、洞察力不够,便勘不破这个困局,只得无功而返,或一头扎进文意推敲里出不来。

彼得和尚再度围着空厅周围的洞窟摸索一遍，皱了皱眉头。

"难道我的想法是错误的？"

他低头又想了一阵，习惯性地扶了扶眼镜，走到中央木桌之前，双手扶桌，嘿嘿一笑，以脚向下用力踏去。只听轰然一响，一块岩石被生生移开，一阵幽幽冷风扑面而来，显然桌下是开了一条新的通道。

原来刚才他发现厅内那十数个洞口前所刻的书体均不符规律要旨，任何变化都未能出甬道所穷尽的范围，也即这些路都是错的。

若要变化，唯有去陈出新。

四面墙壁都是壁字，只有空厅中间石板平整如新，其上空无一字，正代表了"书无止境"的书法极意。唯有此处，才是正确的出路。当初这藏笔阁的设计者，想来就是欲用这种方式，使后学之辈能领悟到这层道理。

可惜彼得和尚虽打破了盘中暗谜，所关注的却不是这些玄之又玄的东西。

有风，即是有通风之处，即是有脱逃之口。

彼得和尚大喜过望，叫上罗中夏，毫不犹豫地跳了下去。

参与搜索的村民吵吵嚷嚷地陆续从村内的各个角落返回，没有人发现彼得和尚和罗中夏的踪迹，他们就像凭空从空气中消失了一样。不安的气氛在人们之间流动，他们还沉浸在这场突发的惊变中。

唯一保持镇静的只有韦定国，他稳稳地站在小桥入口，双手抱臂，两道锐利的目光扫射着韦村内庄，不置一词。他虽然没有笔灵，却无形中被默认为最高的权威。一名长老快步走到他身边，面色凝重。

"族长怎么样了？"韦定国问道，目光却丝毫没有移动。

长老摇了摇头："心脉俱碎，已经不行了。"他说到这里，警惕地看了看左右，趴到韦定国耳边悄声道："而且……族长的秋风笔也不见踪影。"

"哦？是被彼得收了吗？"

"呃……"长老踌躇一下，"反正不在族长身上。"

韦定国微微皱起眉头："什么意思？"

"但凡笔冢吏离世，笔灵离去，都会在躯体上留下一道笔痕。而族长遗体上，却没找到那东西。"长老没往下说，但言下之意是，是笔灵先离开韦定邦，然后他才死的。

"荒唐，人不死，笔灵怎么会离开？"韦定国不信。

长老讪讪不答，事实就是如此，只是无法解释。韦定国挥了挥手，叹道："此事再议，先派人去县医院办理各项手续吧。"

"要不要……去公安局报案？"长老试探着问。

韦定国沉思了一下："暂时不要，你去把那个小护士叫去我屋子里，我等一下要详细问问看。"

这时候负责指挥搜索的几位房长、长老都逐渐聚拢过来，他们互视一眼，其中一个年长者向前一步，对韦定国道："全村都找遍了，只剩一个地方没有搜查过。"大家都盯着韦定国，所有人都知道那个地方指的是哪里，也都了解此地的意义。现在族长既死，他们不约而同地等着韦定国拿主意。

韦定国面对着这些老人——其中有些人甚至是笔冢吏——忽然觉得很好笑。韦家世代以笔灵为尊，到头来却让一个普通人来拿主意。族长一不在，就乱成这样子，看来韦家的安生日子是过得太久了。

他心中思绪嗖嗖飞过，食指不由自主地摆动了一下，不过这个细微的动作没有引起任何人注意。最后韦定国终于微微抬起下颌，却始终没有点下去。

罗中夏跟着彼得和尚纵身跳下洞穴，一直到他双脚落地竟持续了四秒钟。从这么高的地方跳落居然什么事都没有，这让他很惊讶。四周仍旧没有任何光线，但是和上层相比，空气却清新许多，甚至有隐约的风声从远处传来。他很高兴，有风声就意味着一定有出口。

彼得和尚也同时落地，低声说了一句"跟上"。罗中夏索性闭上眼睛，伸直手臂向前探去，抓了几抓却什么也没摸到。他又朝着前面谨慎地走了三四步，仍旧没有摸到墙壁。他朝着几个方向各自走了十几步，手都摸空了，心里不由得有些发慌。

人类最怕的并不是幽闭，而是未知。

曲折狭窄的石窟并不真正恐怖，因为那至少可以给人一个明确的方向——即使那个方向是错的——而一个广阔的黑暗空间则会让人茫然，缺乏踏实感。人类在幽闭的宽阔空间里需要的是能触摸到一个实在的存在，就好像在雪原上最需要的是一个非白色的视觉焦点。

罗中夏心想这终究是在山中，还能大到哪里去？心里一横，用双臂护住头部，脚下开始发足狂奔。也不知道跑了多久，气喘吁吁地停下脚步，额头上开始出现细微的汗水。他估计跑了怎么也有十几公里，可周围仍旧是空荡荡的一片。

"难道这是另外一个考验？"

彼得和尚比罗中夏镇静得多。从物理上考虑，这么大的空间是不存在的，换句话说，这肯定是个奇妙的困局。现在他需要的，不是狂跑，而是找出关窍所在。

现在四周一片空茫茫，唯一踏实的就是脚下的地面。彼得和尚俯下身子去，用手去摸，岩面平整，触处冰凉坚硬，甚至还有些湿漉漉的感觉。他用指关节叩了叩，有沉闷的橐橐声传来，说明底下是实的。

彼得和尚索性把身体趴在地板上，从僧袍袖子扯出一条线头，抻直了平平贴在地面。罗中夏问他在干吗，他也不回答。

人类走直线一般要借助于感官或外部参照物的调整，当这些都被屏蔽掉的时候，双腿肌肉的不均衡就会导致步伐长度的不同，使得一脚走内圈一脚走外圈，最终形成一个圆。彼得和尚意识到刚才自己也很有可能是在转圈子，所以他想借助线头来校正自己的步伐，棉线头只要两头抻直，就是绝对的一条直线，然后再扯一根棉线，与前面那根首尾相接，一路前行。这样虽然慢，却可以确保自己不会走偏。

就这么持续了半天，彼得和尚已经腰酸背疼，一片袍袖已经被抽空了一半，可还是没碰到任何岩壁。他不禁怀疑自己是否真的跌落到科幻小说里常说的异次元空间了。

忽然，不知道什么方向传来一阵脚步声。脚步声很轻微，但彼得和尚已经在黑暗中待了许久，听力变得相当敏锐，他立刻爬起身来，警惕地朝着声音的方向"望"去。

一道光线刹那间闪过，彼得和尚连忙眯起眼睛，下意识地抬起手臂去挡。这时罗中夏已经情不自禁地被灯光吸引，走了过去。彼得和尚大惊，刚发一声喊说小心，罗中夏那边就传来"哎呀"一声，然后就没了声息。

一道圆柱形的黄色光柱慢慢朝着这边移动，不时上下颤动。

是手电的光芒。

"该来的还是来了。"彼得和尚心想，这些长老原本就比自己对藏笔阁里的情况要熟，想找到自己也并非什么难事。虽然藏笔阁不可轻易涉足，但现在情况特殊，恐怕几位长老已经衔命进来捉他。天时、地利、人和，这三条他此时一条都不占。

而唯一能勉强抗衡的罗中夏，只怕是已经被制住了。

借助手电折射的光芒，彼得和尚这才发现自己正置身于一方硕大无朋的圆砚状岩石之中。岩面相当宽广，几乎及得上一个四百米跑道的操场大。难得的是这岩台四面凸起，淌池、砚堂之形无一不具，甚至还有着一只虎状砚端，活脱脱就是一方砚台的形状，且不见任何斧凿痕迹，浑然天成。

砚堂表面看似光滑，却有一圈又一圈螺旋般的浅沟，就像是溜冰场里的冰刀划痕一样。刚才只怕就是这些浅沟默默地偏导了步履，使人的转圈倾向更加明显。

这时手电光和脚步声已经近在咫尺。

"彼得，你果然在这里。"一个声音传来。

彼得和尚转过身去，光线照射下他惊讶的表情无所遁形。

韦定国穿着惯常的那一身藏青色干部服出现在手电光之后。他只身一人，一手握着大手电，一手扶着陷入昏迷的罗中夏。

"定……定国叔。"

彼得和尚甫一见到他，不知道该说什么好。韦定国微微点了点头，脸上无欣喜表情，只是平静地说道："我就知道，你会在这儿。"

"你是来捉我回去的吗？定国叔。"

面对这个问题，韦定国闪过一丝奇特的神色，反问道："你觉得呢？"

韦定国虽然掌握着韦庄的实权，但毕竟只是一个普通村干部，若说他是来单独一个人捉拿彼得和尚，未免太过笑谈。

"我原本以为你能闯过这一关呢，所以在前面等了你好久。"韦定国慢慢说道，"看来你仍未能窥破这圈子啊。"

彼得和尚不禁有些发窘，这砚台平台果然是藏笔阁中的试炼之一，而自己如果真是参加笔灵归宗比赛，恐怕已经被淘汰了吧。心念一转，疑问陡生，他跑来藏笔阁做什么？若说捉拿，就该派遣有笔灵的长老，他孤身前来找自己，究竟动机何在？彼得和尚深知自己这位叔叔说一藏十，城府极深，此时只身前来，一定有用意。

"族长不是我和罗施主所杀，凶手另有其人。"

"我知道。"韦定国的反应很是平淡。他从怀里拿出另外一个手电筒递给彼得和尚，然后把罗中夏放平在地，"我把他弄昏，不是要害他，而是接下来的东西，不可让外人看到。"

彼得和尚从韦定国的话里没感觉到任何杀意，他迟疑一下，拨开手电开关，把罗中夏扛起来。两个人沿着砚台边缘徐徐下行，顺着一条窄如羊肠的岩质小路朝台下走去。

两道光柱左右晃动，激得四周的苔藓发出微微的幽光。

彼得和尚现在可以看清了，这个砚台平台是岩壁上伸展出来的一片，其实是半悬在空中。它的四周是一个巨大的岩壁空间，幽旷深邃。怪石嶙峋的顶部和洞底距离半空中的砚石平台起码都有四五十米高，四面八方的岩面高低不平，峰峦迭起，灰白色的岩枝延展到光线不能及的无限黑暗中去，层层叠叠，乍一看似是跌宕起伏、浪涛汹涌的海面在一瞬间被上帝的遥控器定格，然后向内坍塌构成这么一个奇妙的世界。如果从侧面看去，平台就像是宇宙中的一个小小飞碟，远处的苔藓星光点点。

无边的地平线只能给人以博大之感，一个具有封闭界限的硕大空间才更容易使人产生惶恐，那些看得到却遥不可及的峭壁在上下左右构成恢宏的虚空之所，反衬出观察者的渺小以及油然而生的敬畏，让人仿佛进入混沌初开时的盘古巨蛋。

最令他吃惊的还是圆砚的正上方，从天顶上垂下一块长条钟乳石，通体漆黑，一柱擎天，如同一条松烟墨柱，钟乳石底端不时有水滴到圆砚之上，就像是一只看不见的手轻轻攫起墨柱在砚堂中轻轻研磨，而后徐徐提起，以致墨滴尚浓，珠缀砚底。一幅天然的"行墨就砚图"。

若说是天造地设，未免太过精致；若说是人力所为，又得耗费多大精力才能雕成如此的造像。

彼得和尚深深吸了口气，肺部一阵冰凉。他从来没想过背靠内庄的那座山梁里，还隐藏着这么一处神奇的所在。这么说起来，自己还要感谢砚台上的浅沟。假如没有那些沟纹诱导自己在平台上转圈，恐怕现在已经失足跌下谷底了。

"韦家自从迁居此地以来，历时已经数百年，能有幸进入这里的，不过千人。这是一个天然溶洞，也是上天赐给我们韦家先祖的一件礼物，不可多得的旅游资源。如果好好开发一下，知名度估计不会逊于本溪水洞、桂林芦笛岩等地方。据初步估计，每年光旅游直接收入就能给我们带来几百万元……"

韦定国边走边说，还兴致勃勃地拿着手电四处照射，声音在空旷的溶洞中嗡嗡作响。他越是若无其事，彼得和尚在后面听得越是满腹疑窦，但眼下也只能跟着走。

他们在黑暗中走了大约二十分钟，地势忽高忽低，难走至极，所谓的"路"只是岩石尖棱之间夹出来的一线平地罢了。头顶的风声呼呼大了起来，而灵气也越发厚重，比起藏笔洞入口处的浓度强出数倍。

两个人顺着峭壁挤成的狭窄小路走出岩山。这里地势还算平坦，两侧岩壁像梯田一样层叠而起，坡势很缓。两坡汇聚之前的一小块空地上，耸立着一块巨大的古朴石碑，碑下驮兽乃是一只石麒麟，在古碑中十分罕见。碑上还写着四个大字："韦氏笔冢。"

"就是这里了。"韦定国忽然站定，举起了手电，"你自己一看便知。"

彼得和尚举起手电朝两侧山壁上晃去，原来这石坡上影影绰绰有许多岩龛，就像是陕北的窑洞似的，形状整齐划一，都是半椭圆形，一看就是人工开凿。许多岩龛内似乎有人影，彼得和尚拿手电再仔细一照，不禁悚然一惊，倒退了两步。

光柱笼罩之下是一具穿着长袍的骷髅，骨骼已经枯黄，其间有荧荧闪光，仿佛掺进什么矿物质。这骷髅的姿势异常古怪，它在龛内双腿散盘，双手环扣抱怀，整个身体前拱，仿佛要把自己弯成一个笼子。龛顶还刻有字迹，只是不凑近就无法看清。

彼得和尚赶紧用手电去扫其他岩龛，一龛一尸。这些骷髅穿的衣服不尽相同，有素袍、儒服、马褂、长衫，乃至中山装、西装，甚至还有明、清朝服，朝珠花翎一应俱全。有些衣服已经衰朽不堪，只余几缕粗布在骨头上。每一具骷髅都保持着如此的姿势，专心致志，在这藏笔洞深处的龛中端坐，似乎在守护着什么。彼得和尚恐怖之心渐消，反觉得眼前的一切说不出地庄重肃穆。

"难道这里就是……"

"不错。"韦定国道，转身跪倒在碑前，郑重地叩了三叩，方才起身说道，"这里就是我韦家历代祖先埋骨藏笔之地，也是我韦家笔冢的所在。"

彼得和尚怔了一怔，走到碑前双手合十，深鞠一躬，眼睛却不住望着远处一具具林立的尸骸，感到灵息流转，心情竟莫名激动起来。

韦定国道："人有生死，笔灵却不朽。历代祖先中的笔冢吏们自觉大限将至的时候，就会自行进入藏笔洞内，择龛而逝，用最后的灵力把身体环成笔挂。当笔灵脱离躯壳之时，就附在尸骸之内，静等着下一位主人的到来，把它解放出来。这几百年来，人生代代更新，笔灵却是循环往复，于此地认主，又归于此地。"

彼得和尚注意到一些骷髅怀中隐然有光，想来都是韦家收藏的笔灵所在。这些曾经的英雄、文人墨客或者普通人，就在这暗无天日的地下化作骸骨，于黑暗中沉默地度过几百年的时光，默默地守护着笔灵与韦家存续。彼得和尚想到此节，更觉敬意油然而起。

难怪韦定国要打昏罗中夏,原来这里是先辈陵寝重地,又是笔灵收藏之所。

这时,手电扫到了两个石龛,他发现这两个龛内尸骨散乱不堪,半点灵息也无。韦定国道:"不错,这就是秦宜那丫头所为。可恨她窃走了笔灵也还罢了,而且还毁伤先祖遗骨。"语气中隐有怒气。

"您把我带到这里来,到底想做什么?"

韦定国盯着他的眼睛道:"放你一条生路。"

"你果然跟族长的死有关!"彼得和尚忍不住还是刺了一句。

"不,我不知道。"韦定国坦然说道,随即叹了一口气,"族长之死,自有公安鉴定。我所知道的,是接下来整个韦庄将会不一样了……"

"恭喜您,定国叔,这是您一直以来的梦想吧?"

韦定国没听出彼得和尚语中带刺,或者彼得和尚没注意到黑暗中韦定国苦笑的表情。总之,这位政工干部式的老人没有对这句话做出反应,而是继续说道:

"我不想把韦庄卷进这些已经过时的纷争。现在笔灵不是生活的主旋律,经济发展才是。关于这一点,我和兄长之间屡有争论。"

彼得和尚冷冷道:"所以你就杀了他。"

"不,兄长昨晚几乎被我说服了,他告诉我,以后会辞去族长的位子,让我来经营。不过他做下这个决定,表情却有些古怪,又没头没尾地对我说了一句话。"

"什么话?"

"他说,万一有什么事情发生,让我带你从藏笔洞离开。"

"难道他早有预感自己会死?"

韦定国道:"族长从很久之前,就没有什么欲望活下去了。韦情刚身死,而你又……唉,若不是为了守护笔灵,他也不至于以病残之躯熬到现在。死亡未尝不是一种解脱。"

"可他是被人杀死的!凶手还窃走了笔灵。"

"我若深入去查,韦家只怕又会和笔灵纠缠不清。国有国法,还是交给有关部门去调查吧。"韦定国背着手,神情漠然。

彼得和尚知道他的立场,可没想到他会切割得如此彻底。韦定国做了一个手势,表示自己说得差不多了。他举起手电,示意彼得和尚跟上他。彼得和尚背上罗中夏,还是满腹疑问,两个人踏着坚硬的石路,一步步朝着韦家先祖陵墓的深处走去。途中两个人都没有说话。一路上两侧鬼火幽明，甚至还有磷光泛起，层叠起伏的石陵上不时有先人的墓龛出现，每一个墓龛中都坐着一具尸骸，每一具尸骸背后都有一段不为人知的故事和一管传奇的笔灵。彼得和尚有时候想停下脚步来，好好凭吊瞻仰一下这些墓龛，可韦定国的脚步太快，他不得不紧紧跟随其后。稍微不留神，就有可能失去前面的向导，在这黑暗中彻底迷失方向。

比起藏笔洞内错综复杂的石路，韦定国扑朔迷离的态度更让彼得和尚觉得不安。韦势然、韦庄、族长、永欣寺，这些彼此之间一定有什么隐藏的联系，千头万绪，自己却是茫然不解。还有，罗中夏、颜政、二柱子他们究竟会如何？这也是一个问题。

他们越走越低，两侧的岩丘越发高大，如同两片巨壁朝中间压过来，留在头顶的几乎只有一线天。当他们走到岩丘最底部的时候，彼得和尚发现恰好是在一个状如漏斗一样的倒圆锥尖的位置，周围高大的岩壁像罗马竞技场一样围成一个逐渐升高变大的大圈，墓龛们便稀稀拉拉地坐落在每一层凹进去的岩层中，如同一群坐在竞技场里的观众，高高在上，龛中尸骸显出凛然的气势。

在这个位置抬头，很轻易就可以看到几乎所有的墓龛，它们居高临下，用已经丧失了生气的漆黑眼窝俯瞰着自己后世的子孙。冰冷诡秘的气氛在这些尸骸间淡淡地飘动着，勾引出难以名状的感受。

韦定国转过身，伸出右手做了一个邀请的姿势：

"彼得，这里目前一共还有八支笔灵在，随你挑选一管吧。"

彼得和尚怎么也没想到他会忽然提出这个要求，不由得有些结巴："可是……笔灵不是该在认笔大会上任其神会的吗？都是笔灵选人，哪里有人挑笔灵的道理？"

"我刚才不是说了吗？自从族长死了，许多事都将改变。韦家以后与笔灵无关了。"

彼得和尚看了看四周，韦定国所言不错，一共有八个墓龛闪着光芒，八具摆成笼状的尸骸护着八团幽幽蓝光，每一个都代表了往昔的一位天才，每一管都蕴藏着一种奇妙的能力。只要他现在走上前去，笔灵唾手可得，他也可一跃成为笔冢吏，与族内长老平起平坐。

"那一管是岑参的雪梨笔；再高处一点，右边，是秦观的少游笔；这边看过来第三格，是李后主的愁笔……"

彼得和尚笑了，打断了这个介绍：

"定国叔，您应该也知道，我已经发愿此生不入笔灵，只修御守之术。只怕您的好意，我不能领。"

"你还是对那件事耿耿于怀啊。"韦定国盯着他的眼睛，镜片后的眼神闪烁不定。

彼得摇摇头："现在我已经皈依佛门，以往种种，如梦幻泡影，不去想，也就不必耿耿于怀了，当年之事如是，笔灵亦如是。"

"这可是你唯一的一次机会，以后不可能再有这种好事了。"

"阿弥陀佛。"

"好吧，既然如此，我也不勉强你。"韦定国看起来也像是放弃了，他略带遗憾地再度望了望这片墓龛，"那你随我来。"

彼得和尚仍走在韦定国后面，连头也不曾回一下。黑暗中，没人知道他的表情究竟是怎样的，只有那一声淡定的"阿弥陀佛"依然回荡在整个洞中，久久不曾散去。那些笔灵似乎也被这声音所扰动，在前任主人的尸骸中跃跃欲动，光芒盛了许多，如同送别他们两个的路灯。

越往洞窟的深处走，墓龛的数量就越稀疏，洞窟也越来越狭窄，最后两个人走到一处低矮的穹顶前，整个空间已经缩成了一条长长的甬道，就像是一条石龙把头扎进岩壁里一样，他们正走在龙的脊背之上，甚至可以用脚感觉到一片片龙鳞。彼得和尚耸了耸鼻子，能感觉到有细微的风吹过，空气也比之前要清新得多。这附近一定有一个出口！

韦定国指了指龙头所向的漆黑洞口。

"顺着这里走，你和罗中夏就能走出去。出去是韦庄后山的另外一侧，你小时候经常去玩的，应该迷不了路。"

彼得和尚一时间不知道该说什么才好，他一直对这个叔叔怀有敌意，现在却忽然迷惑了。他踟蹰了一下，问道："那定国叔，你想要我出去以后做什么？"

韦定国道："你出去以后，不要再回到韦庄来了。"

"那你呢？"

"哦，我会成为韦庄第一个没有笔灵的族长。"韦定国换上了一副冷漠的表情，"韦庄将会变成一个以旅游业为主的富裕农村。然后笔灵将会逐渐成为一个古老的传说。我要结束笔灵和韦庄的联系。

"至于你们……报仇也罢，退笔也罢，都与我、与韦庄无关了。你从这个出口离开那一刻，我们就不再有任何关系。在哥哥生前，我会尽心竭力辅佐他，完成一切他

| 238 |

想要的。现在他已经死了,把握韦庄方向的是我。我将会给韦庄开辟一个新纪元。"

"可是,韦势然或者诸葛家那些人,也一样会来威胁你吧?"

"当韦庄变成一个普通村庄的时候,也就失去了他们能利用的价值。你看,我的想法才是最安全的。所以罗中夏退笔的心情,其实我很理解。"韦定国笑了笑。

彼得和尚张了张嘴,却说不出话来。他总觉得这样做实在是不可思议,在大家都抢破头般地拼命把笔灵据为己有时,竟然还有人如此干净利落地把这一个宝藏推开。但一想到自己刚才也是毫不犹豫地拒绝了韦定国的好意,没有带走任何笔灵,忽然觉得释然了。

"阿弥陀佛,我知道了。"

韦定国挥了挥手,示意彼得和尚可以离开了。

"好好活着。"他冲着即将在黑暗中消失的彼得和尚喊道,这是彼得和尚印象里他第一次如此高声地说话。

第二十六章

○

伏枥街冤摧两眉

去岁左迁夜郎道，

琉璃砚水长枯槁。

今年敕放巫山阳，

蛟龙笔翰生辉光

……很好，下一句呢？

"唔唔……圣，什么圣……"罗中夏双眼装作不经意扫视着车厢外面不断后退的景色，抓耳挠腮。颜政捧着《李太白全集》坐在他对面，似笑非笑："给你点提示吧。"

说完他抬起右手，做了一个向前抓的姿势，嘴里学着《英雄》里的秦军士兵："大风，大风！"

罗中夏缓缓从肺里吐出一口气，念出了接下来的两句："圣主还听子虚赋，相如却与论文章。"

这可真是讽刺，太白的千古名诗，他还要靠这种低级的形象记忆法才能记得住。不过也怪不得罗中夏，这两句诗用的典故，自然而然就会让人联想到那个凶悍如狼的诸葛长卿，以及他那支炼自司马相如、能驾驭风云的凌云笔。

这也是无奈之举。寄寓罗中夏体内的青莲笔虽然只是遗笔，毕竟继承的是太白精魄，寄主对太白诗理解得越多，就越接近太白本人的精神，笔灵的能力也就越发强劲。罗中夏国学底子太薄，用京剧里"会通精化"四个境界来比喻的话，他连"会"都谈不上，只好走最正统的路子：背诗。

俗话说得好："熟读唐诗三百首，不会作诗也会吟。"前路渺渺，不知有多少凶险。罗中夏为了保命，也只好打起精神，乖乖把这许多首李白的诗囫囵个儿先吞下去。只可惜任凭他如何背诵，青莲笔都爱搭不理，恍如未闻，似乎知道自己的这个宿主就算摇头晃脑地背唐诗，也是春风过驴耳吧。

罗中夏愁眉苦脸地托腮望向窗外，心想："唉，不知道彼得如今到了没有。"

当日在韦家藏笔洞里，他被韦定国一掌打昏，后面的事情全不知道，等到清醒以后，已经在一所小旅馆的床上了。

洞里到底发生了什么事，他是一概不知，彼得和尚也没提。自从出洞之后，这位温润如玉的和尚，一直沉默寡言，心事重重。

根据点睛笔的指点，浙江绍兴的永欣寺和湖南永州的绿天庵都和退笔之事有关系。彼得和尚说，点睛笔先写东南，后写西南，可见永欣寺在绿天庵之前，因此他建议罗中夏先跟颜政、二柱子会合，去永欣寺，而彼得和尚则同时前往绿天庵探查。

罗中夏感觉到彼得和尚心神不宁，大概是想顺便一个人静静，于是也并没勉强。两人与颜政、二柱子会合之后，兵分两路而去。

"你这样下去不行啊，几小时才背下了两三首。"

颜政磕了磕指头，浑身洋溢着"事不关己"的轻松。他的体内也寄寓着笔灵，却没罗中夏这么多麻烦事。他的笔灵名为"画眉"，炼自汉代张敞，只要对女性保持尊重即可人笔合一，无须背什么东西。

罗中夏厌烦地拧开绿茶瓶，咕咚咕咚灌了几口："算了算了，不背这首了，又没多大的战力，找些昂扬、豪气的诗吧，比如《满江红》什么的。"

"《满江红》是吧？你等我翻翻，看里面有没有……"同样不学无术的颜政翻开目录，扫了一圈，"咦，还全集呢，没收录这首诗……不过话说回来，这满篇都是繁体字，又是竖排，看起来眼睛可真疼。"

"你可以用你的指头治治嘛。"

颜政的画眉笔具有奇妙的时光倒转功效，可以用指头使物品或者人的状态回到某个不确定的过去，十根指头每一根都是一次机会。不过颜政还没学会如何控制，时间长度和恢复速度都不太靠谱。

"这可不能乱用，有数的，我好不容易才恢复到这个程度。"颜政伸出指头，除了两个大拇指和右手的无名指以外，其他七根指头都笼罩在一片淡淡的红光中。

罗中夏看到这番情景，下意识地摸了摸自己胸口。那里除了青莲笔以外，还沉睡着另外一支叫点睛的笔灵。自有笔冢以来，他可以算是第一个同时在身体里寄寓着两支笔灵的人了。自从指点过一次命运以后，这几天以来点睛笔一直都保持着沉默，悄无声息，仿佛被青莲笔彻底压制似的。

这时候二柱子捧着两盒热气腾腾的康师傅走过来，在狭窄的过道里步伐十分稳健。颜政和罗中夏背了一中午的诗，早已经饥肠辘辘，连忙接过碗面，搁到硬桌上，静等三分钟。罗中夏发现只有两碗，就问二柱子："我说柱子，你不吃吗？"

"哦，我吃这个。"二柱子憨憨一笑，从怀里掏出两个白馒头，什么也不就，就这么大嚼起来。彼得和尚只身去了永州，如今韦家人跟在罗、颜身边的，只有这个二柱子。他本名叫韦裁庸，因为名字拗口难记，罗、颜都觉得还是二柱子叫起来顺口。

罗中夏把钢勺搁在碗面顶上压住，随口问道："说起来，你自己没什么笔灵啊？"二柱子咽下一口馒头，回答说："奶奶说，笔灵选中的，都是有才华的人。我脑子笨，不是块读书的料，呵呵。"说到这里，他呵呵傻笑着搔搔头："我以前在韦庄上学，后来被家里人送到河南武术学校，奶奶说如果我老老实实学拳，将来也是能有成就的，不必去挤做笔冢吏那个独木桥。"

颜政正色道："美国摔角界的大拿布洛克·莱斯纳有句话'拳怕少壮武怕勤'，你这么扎实的功底，只要不进武协，早晚会有大成。我觉得你就和我一样，天生有做武术家的命格。"

罗中夏黯然道："不错，学拳可比当笔冢吏强多了，没那么多是非……"他摸了摸自己的兜里，里面搁着点睛笔的前一任主人房斌的驾驶证。他与房斌素昧平生，其人生前有什么遭遇、经历一概不知。不过罗中夏亲眼见他因笔灵而被诸葛长卿杀死在眼前，不禁有了几分同病相怜的感觉。留着这驾驶执照，也算是做一点点缅怀。

点睛笔虽能指示命运，趋吉避凶，可终究不能完全左右人生。这位房斌纵有笔灵在身，到头来还是惨遭杀害。罗中夏心中始终有些不安，不知自己是否是下一个。

正在这时，窗外景色倒退的速度减慢了，车厢里广播说前方即将到达绍兴车站，停车十分钟。颜政一阵叫苦："完了，我这碗面刚泡上。"

"还有十分钟，你还能吃完。"

"马上就到绍兴了，谁还吃泡面啊！"颜政不高兴地抱着碗道。那边二柱子已经抱着旅游地图上的绍兴介绍念起来：

绍兴古称会稽，地属越州，曾是我国春秋时期越国的都城，至今已有两千四百多年的历史，是我国的历史文化名城。其中湖泊遍布，河道纵横，乌篷船穿梭其间，石桥横跨其上，构成了特有的水乡风光，是我国著名的江南水乡。江南水乡古道的那种"黛瓦粉墙，深巷曲弄，枕河人家，柔橹一声，扁舟咿呀"的风情，让许多久居都市钢筋水泥丛林中的人魂牵梦萦。

可惜他声音粗声粗气，比起导游小姐甜美的嗓音差得太远，更像是个小和尚在念经。

等到火车抵达绍兴，罗中夏一行人下了车，一路赶到绍兴柯桥。此时天色已晚，兼有蒙蒙细雨，整个小镇都被笼罩在一片若有若无的雾霭之中，倒是颇有一番意境。不过若是依颜政的喜好，大概只想得到"宫女如花满春殿，只今唯有鹧鸪飞"吧……在路上他们查阅了旅游手册，发现永欣寺现在已经不叫永欣寺了。这座寺庙始建于晋代，本名云门寺，在南梁的时候才改名叫永欣，后来在宋代又改叫淳化寺，宋末毁于战火。一直到明代重修的时候，方才又改回云门寺的名字。

手册上说云门寺在绍兴城南秦望山麓，距离绍兴城只有十六公里的路程。此时天色已晚，于是大家都同意先在镇子上落脚，第二天一大早再前往。

"只要明天找到退笔冢，你身上的青莲笔就可以退掉啦。"

二柱子对罗中夏说，很是替他高兴。罗中夏嘴上只"嗯"了一声，心里却无甚欢喜，这一路上虽然没什么波折，可他在韦庄发生了那些事之后，心里总是惴惴不安，尤其是他又不能告诉二柱子，这是彼得和尚反复叮嘱过的，不然这个耿直的少年说不定会掉头回去奔丧。

"算了，等我退了笔，这些事，就与我无关了。"罗中夏安慰自己道。

他们就近找了一家青年旅馆，罗中夏和二柱子住在一个屋子，颜政说不习惯和男人睡，自己要了个单间。自从离开韦庄之后，这是罗中夏第一次能躺下来好好休息一下，他四肢已经疲惫不堪，洗过澡就直接爬上了床。另外一张床上的二柱子已经是鼾声大作。

过度疲倦，反而睡不着。罗中夏在床上辗转反侧了半天，觉得口干舌燥，喉咙里烟熏火燎的。可是这个旅馆的房间里不提供水壶，想喝水，只能自己拿杯子去外头饮水机接。罗中夏纵然百般不情愿，也只能勉强从床上爬起来，走到外头过道。

外面过道很安静,左右都是紧闭的房门,只有顶上一盏昏黄的日光灯亮着。饮水机就在走廊的尽头。

罗中夏握着杯子朝饮水机慢慢走去,双脚踩在化纤质地的劣质地毯上,发出沙沙的声音。眼看就要走到饮水机面前,罗中夏忽然听到一声长吟:"朝闻游子唱离歌,昨夜微霜初渡河。"语气中竟带有无限萧索之意。

罗中夏不知道这是李颀的《送魏万之京》的名句,还以为是哪个旅客看电视放的声音过大呢,也没在意,继续朝饮水机走去。这时他看到一个男子站在旁边。这个人穿一身黑色西装,面色白净,加上整个人高高瘦瘦,看上去好似是一支白毫黑杆的毛笔。特别引人注目的是他脸上那个成龙式的大鼻子,鼻翼很宽,和窄脸的比例不是很协调。

"请问先生贵姓?"男子轻声问道,声音和刚才吟诗的腔调几乎一样。

"哦,我姓罗。"罗中夏习惯性地回答道。

"罗"字甫一出口,四周霎时安静下来,似乎在一瞬间落下无形的隔音栅墙。

罗中夏最初以为是自己的错觉,几秒钟以后,他开始发觉事情有些不对劲了:不光是声音,就连光线、气味、温度甚至重力也被一下子吞噬,肉体好似一下子被彻底抛入"无"的领域。

这一切来得实在太过突然,他上一秒钟还在小旅馆里,现在却深陷此处,罗中夏对此完全没有心理准备,不由惊恐地左右望去。可是他只看到无边深重的黑暗,而且十分黏滞。罗中夏试图挥动手臂,却发现身体处于一种奇妙的飘浮状态,无上无下。

也不知道过了多久,一层淡淡的青色荧光从他的胸前涌现出来,逐渐笼罩周身。这点光在无尽的黑暗中微不足道,不过多少让罗中夏心定了一些。这是人类的天性,有光就有希望。很快荧光把全身都裹起来,罗中夏发现自己的身体被这层光芒慢慢融化,形体发生了奇特的变化。

他变成了一支笔。

庄生化蝶,老子化胡,如今罗中夏却化了青莲笔。笔顶一朵青莲,纤毫毕见,流光溢彩。

罗中夏到底也经历了几场硬仗,很快从最初的慌乱镇定下来。眼下情况未明,唯一可以确定的是:新的笔冢吏出现了。罗中夏没想到敌人这么快就找上门来。看到这片黑暗,他忽然想这个新的敌人是否和之前那支五色笔一样,可以把周围环境封在黑暗之中，不受外界影响？不过这两种黑暗还是有一些不同，五色笔的黑暗只是物理性的遮蔽，而眼前这种黑暗似乎让一切感觉都被剥夺了。

就在这时，远处一道毫光闪过，如夜半划破天际的流星，一个声音从四面八方响起。

"罗中夏，欢迎进入我的'境界'。"

声音没有通过耳膜传递，而是直接敲击大脑，所以罗中夏只能明白其意，却无从判断其声音特征。

"×，我可没情愿要来！"他张开嘴嚷道，也不管张嘴是否真的有用。

"在你答我话时，就已经注定了，你是自愿的。"声音回答。

"浑蛋！你们家自愿是这样？"

"我事先已设置了一个韵部，一旦发动，你只要说出同一韵部的字，就会立刻被吸入我的领域。这是你进入这里的必要条件。"

罗中夏回想刚才的情景，那人没头没脑地念了句"朝闻游子唱离歌，昨夜微霜初渡河"，看来就是在那个时候埋伏下的圈套。他毫不提防，随随便便回了句"我姓罗"。"罗"字与"歌"字同属下平五歌韵，于是……看来这个敌人已经知道了他的底细，故意设置了与"罗"字同韵的诗，一问姓名，罗中夏就上了当。

"你是谁？"

"在这个'境界'里，我们是谁并不重要，重要的是它们。"随着声音的震动，黑暗中远远浮现出另外一个光团，光团中隐约裹着一支毛笔，与罗中夏化成的青莲笔遥相呼应。旁边还有一个更小的光团，应该就是点睛笔。

声音说："你我如今置身于纯粹精神构成的领域，与物理世界完全相反。你可以把这里理解为一种'思想境界'的实体化。这里唯一的实体，就只有笔灵——现实里笔灵寄寓于你，在这里你的精神则被笔灵包容。"

罗中夏下意识地咽了口唾沫："你是什么笔？"

"沧浪笔。"

场面上沉默了一阵，那声音似乎在等罗中夏发出惊呼。可惜罗中夏对这些文学典故完全不熟，没有任何反应。那声音又等待了片刻，似乎突然意识到这个对手国学底子有限，这才冷哼一声。

远处的沧浪笔忽然精光大盛，从笔毫中挤出一个光片，状如羽毛，尖锐如剑。光羽一脱离沧浪笔立刻刺向罗中夏，沉沉黑色中如一枚通体发光的鱼雷。

罗中夏慌忙划动手臂，企图躲开，可是他忘了自己是在精神世界，无所谓距离远近，只有境界差异，只好眼睁睁看着那片光羽削到自己面前。"砰"的一声，光羽在眼前炸裂。他脑子一晕，身体倒不觉得疼痛，只是精神一阵涣散，犹如短暂失神。

"想躲闪是没用的，在这个'境界'里，一切都只有精神层面上的意义。我所能战你的武器，是意识；你所能抵挡的盾牌，只有才华。"

"完了，那岂不是说我赤手空拳吗？"罗中夏暗暗叫苦。

又是两片光羽飞来，还伴随着声音："乖乖在这个领域里精神崩溃吧。"

罗中夏被对方这种趾高气扬的态度激怒了，他好歹也曾经打败过麟角笔和五色笔，跟诸葛长卿的凌云笔也战了个平手。

"那就让你看看，到底谁会精神崩溃！"

没用多想，他立刻发动了《望庐山瀑布》，这首诗屡试不爽，实在是罗中夏手里最称手的武器。

可是，这四句诗并没有像他预想的那样，幻化出诗歌的意象来，而是变成四缕青烟，从自己身体里飘出，在黑暗中缥缥缈缈，他甚至能依稀从青烟的脉络分辨出诗中文字。

"愚蠢。"声音冷冷地评论道，"我已经说过了，这里是思想的境界，唯有精神是具体的。你所能依靠的，只有诗句本身的意境和你的领悟，别想靠'诗意具象'唬人，今天可没那么讨巧了。"

罗中夏没回答，而是拼命驱使着这四缕青色诗烟朝着那两片光羽飘去。《望庐山瀑布》诗句奇绝，蕴意却很浅显，以罗中夏的国学修为，也能勉强如臂使指。

眼见诗烟与光羽相接，罗中夏猛然一凝神识，诗烟登时凝结如锁链，把光羽牢牢缚住。声音却丝毫不觉得意外，反而揶揄道："倒好，看来你多少识些字。可惜背得熟练，却未必能领悟诗中妙处。"

话音刚落，光羽上下纷飞，把这四柱青烟斩得七零八落，化作丝丝缕缕的残片飘散在黑暗中。罗中夏受此打击，又是一阵眩晕，险些意识涣散，就连青莲笔本身都为之一震。

"在沧浪笔面前卖弄这些，实在可笑。"

"沧浪笔……到底是什么啊？"

"严羽沧浪，诗析千家，你今日就遇着克星了。"

罗中夏对诗歌的了解，只限于几个名人，尚还未到评诗论道的境界，自然对严羽这人不熟。如果是彼得和尚或者韦小榕，就会立刻猜到这笔的来历是炼自南宋严羽。严羽此人诗才不高，却善于分辟析理，提纲挈领，曾著《沧浪诗话》品评历代诗家，被后世尊为诗评之祖。

所以严羽这支沧浪笔，在现实中无甚能为，却能依靠本身能力营造出一个纯精神的境界，以己之长，攻敌之短，凭借解诗析韵的能力，专破诗家笔灵。

那些光羽名叫"哪吒"。严羽论诗，颇为自得，曾说："吾论诗若哪吒太子析骨还父，析肉还母。"亏得罗中夏用的是李白诗、青莲笔，如果是其他寻常诗句，只怕早被"哪吒"光羽批了个魂飞魄散、一笔两断。

饶是如此，罗中夏还是连连被"哪吒"打中，让意识时醒时昏。青莲笔引以为豪的具象，这时一点都施展不出来了。至于点睛笔，更是无从发挥。

罗中夏又试着放出几首在火车上背的诗，结果因只是临时抱佛脚，自己尚不能体会诗中深意，而被连连斩杀，被沧浪笔批了个痛快淋漓。

不知过了多久，攻击戛然而止。罗中夏喘息未定，几乎快疯了，而局面上忽然又发生了变化。他看到眼前的光羽纷纷飞到一起，在自己四周汇成一面层层叠叠的帷幕，帷幕之上隐隐约约写着许多汉字，长短不一。

"这叫炼幕，每一重幕便是一条诗句。这些字都是历代诗家穷竭心血炼出来的，字字精当，唯一的破法便是窥破幕中所炼之字。你若能打得中，便能击破炼幕，我放你一条生路。"声音说。

罗中夏听得稀里糊涂，只知道自己要找出字来，才能打破壁垒，逃出生天。他赶紧精神一振，凝神去看。果然这炼幕每一重帷上的诗字不用细看，句句分明。

距离罗中夏最近的一重帷幕款款飘过，上面飘动着一行字迹：

"梦魂欲度苍茫去，怕梦轻、还被愁遮。"

他不知诗中"炼"字之妙，心想这个"度"字也许用得好吧。灵识一动，青莲笔飞身而出，笔毫轻轻点中幕上"度"字。整个炼幕一阵剧震，轰的一声，生生把青莲笔震了回去。

那一片原本柔媚如丝的帷幕顿时凝成了铅灰颜色，阴沉坚硬如同铁幕。

"可恶，这和买彩票没什么区别啊。"

罗中夏暗暗咬了咬牙，又选中一块"寥落古行官，宫花寂寞红"，这句短一些，猜中的概率或许会高。"花"字看着鲜艳，想来是诗眼所在。

青莲笔点中"花"字，"啪"的一下立刻又被震回。声音冷笑："俗不可耐。"

罗中夏连连点选，却没一次点对。眼见这重重炼幕已经有一半都变了颜色，自己却已经被震得没有退路。万般无奈，他只得再选一句更短的："月入歌扇，花承节鼓。"一共八个字，概率是百分之十二点五，已经很高了。罗中夏已经对自己的鉴赏能力丧失了信心，心中一横，把选择权让渡给了直觉。

就第二个吧。

笔毫触到"入"字，帷幕发出清脆的裂帛之声，化作片片思缕消逝在黑暗中。

成功了！

罗中夏一阵狂喜，声音却道："不过是凑巧，你能走运多久？"经他提醒，罗中夏才想起来炼幕越收越紧，已经逼到了鼻尖前，再无余裕了。他慌忙乱点一通，希望还能故技重演。只是这回再没有刚才的运气了，他的努力也只是让炼幕变色变得更快。

几番挣扎下来，铁幕已然成形，重重无比沉重的黑影遮天蔽日，朝着化成了青莲笔的罗中夏挟卷而去。罗中夏感受到了无穷的压力，如同被一条巨蟒缠住。他双手下意识地去伸开支撑，却欲振乏力。只听到轰然一声巨响，青莲的光芒终于被这片铁幕卷灭，在黑暗中"啪"的一声熄灭……

啊！罗中夏猛然从床上惊起大叫，把周围的颜政吓了一跳，伸手过去摸他额头："你鬼压床了？"罗中夏惊魂未定，说敌人在哪儿，颜政更惊讶了："什么敌人？我刚才出去打水，看见你躺在饮水机前面的地毯上，就给抬进屋了，还以为你睡糊涂了呢。"

罗中夏把刚才的事说了一遍，颜政也觉得纳闷，刚才他可是一个人都没看到。若说对方是敌人的话，为啥就这么轻易放过他了？难道不应该直接拖走解剖吗？两人正百思不得其解，二柱子一脸紧张地进来，说他感应到附近有笔冢吏，惊醒过来，赶紧来提醒他们。

既然二柱子有感应，说明罗中夏刚才确实遭到了一次袭击，不过敌人似乎没什么杀意，稍微接触一下就退去了。

"我说，沧浪笔说的那个炼字，到底是什么意思？"罗中夏问二柱子。他还从来没碰到过这么奇怪的敌人，感觉一身力气都无处施展。

颜政肯定回答不出来，但二柱子是韦家培训出来的，肯定知道。

颜政从包里把《李太白全集》拿出来垫在桌子上，开始削苹果。二柱子道："我在村里私塾上学的时候,听过一个推敲的故事,就是关于炼字的。你们要不要听?"

"说来听听。"颜政饶有兴趣。

"唐代有一位诗人名叫贾岛,有一次他想出了两句诗'鸟宿池边树,僧敲月下门',但却不知道用'推'字好还是'敲'字好。他骑着驴子想了很久,都无法做出决定,最后竟然撞到了韩愈的仪仗队伍。韩愈告诉他说'敲'字比较好。后世'推敲'一词就是从这里来的。"

二柱子的故事一听就是讲给少年儿童听的,罗中夏和颜政却听得津津有味。听完以后,罗中夏摸摸脑袋:"可我还是觉不出来'推'和'敲'有啥区别。"

二柱子不好意思道:"我也是。"颜政道:"这有什么好为难的,推和敲都不好,应该用砸。僧砸月下门,大半夜的不砸门别人听不见啊。"

"那还不如僧撞月下门。"

"逼急了和尚,搞不好还会僧炸月下门呢。"

三个人都笑了,气氛略有缓和。二柱子道:"这个严羽沧浪笔的能力,我也不太清楚,老师没教过他。不过听你的描述,似乎只要说话不和他的韵部相同,就没事了。接下来咱们外出,尽量装哑巴吧。"

倘若彼得和尚在此,肯定还有更好的办法。但这三个人,一个不学无术,一个六窍皆通,还有一个年纪尚小,只能选择这么保守的办法了。三人又聊了一会儿,决定聚在一个屋子里睡更安全。他们不知道的是,在小旅馆不远的酒店二十层,几道情绪不一的目光,正隔着玻璃注视着这边窗口。其中一个人放下望远镜,露出悍狼般的面孔——正是罗中夏他们的熟人,诸葛长卿。

诸葛长卿对身旁那个有着成龙式大鼻子的男子道:"诸葛一辉,你刚才为何手下留情?"

诸葛一辉啜了一口杯中的清水,竖起一根指头:"我的沧浪笔本来只能困住罗中夏,伤不了他。"

他的笔能把人拉入纯粹精神领域,在那里任何笔灵都无处遁形,所以在诸葛家,他负责的是调查和辨认笔灵,斗战反倒不是强项。

"我记得沧浪笔明明可以令对手精神崩溃。"诸葛长卿有点不甘心。

"那家伙没什么学问,但刚才我窥视他内心,有那么一点异常固执之处,比寻常人都坚定得多,死死护住了核心精神领域。我估计,这就是族长说的道心种子吧。"

诸葛一辉说到这里，居然面露一丝敬畏，"他日后多读读书，未来不可预期啊。"

"那岂不是更要趁早干掉？"

"不要整天干掉这个杀死那个，我们诸葛家又不是犯罪集团。这次我们来，是为了搞清楚青莲笔来绍兴的目的，尽量不伤人。"

诸葛长卿道："我不明白。他们三个只有两个是笔冢吏，还是新丁，我一个人分分钟搞定。只要落到我手里，我保证他们很快就会说出所有的事，笔也归咱们所有了。"他转动手腕，露出残忍笑容。

诸葛一辉皱了皱眉头，他一点也不喜欢这家伙透出的血腥和残忍味道。他把手机往桌子上一搁："杀人取笔？你疯了？有意见直接找族长说去。"

诸葛长卿耸耸肩，冷笑着回头道："十九，你的一辉哥说不伤人，你觉得呢？"

原来屋子里还有第三个人，是个二十岁左右的长发女子，长发披肩，一身红衣，高挑的身材英气十足。她半坐在床边，手里玩着一把飞刀，眉眼之间带有浓浓的煞气。她听到诸葛长卿的话，冷然道："一辉哥，我就问你一句，你刚才在'境界'里可看到点睛笔了？"

诸葛一辉苦笑着点点头。

一听到这个消息，十九的情绪一瞬间发生了波动，然后迅速被压抑回去。她把飞刀抛得高高，又伸手抓住："长卿哥说得没错。房斌老师果然是死在他的手上。"

真正杀害房斌的凶手诸葛长卿面不改色，在一旁抱臂冷笑。十九站起身来，语带杀意："放心吧。我不会给一辉哥你和族长添乱，在摸清楚罗中夏要干吗之前，我不会轻举妄动。但在那之后……我一定要替房斌老师报仇。"

说到最后一个字，屋子里突然涌起一股凛冽锋锐的杀气。诸葛一辉知道他这个族妹对房斌老师抱有一丝特别的情愫，所以听说这次行动的目标是杀师凶手后，坚持一定要跟来。他知道十九脾气倔强，也没法劝，无奈道："先保持对那三个人监控，等明天看情况再定。"

诸葛长卿吹了声口哨，离开了房间。他转身之后，从嘴角流露出一丝不易觉察的得意笑容。而十九走到窗边，拿起望远镜重新朝那个小旅馆望去，头顶似乎悬浮着一把巨大的刀。

第二十七章

○

宁期此地忽相遇

云门寺坐落于绍兴城南十六公里处秦望山麓的一个狭长山谷里，距离倒不很远，只是难找，没有专线旅游车。他们从绍兴汽车南站坐156路车一路到平江村，然后花二十块钱包了一辆破旧的出租车，一直开到了一个叫寺前村的小村落。村口立着一块黄色广告牌，上面写着："云门寺欢迎您。"还有一些老太太在旁边卖高香。

司机说车只能开到这里，剩下的路要自己走。于是他们三个人只好下车，进了寺前村。村子不大，很是清静，村民们大概对旅行者见怪不怪了，慢条斯理各自忙着自己手里的事情，只有几个小孩子攀在墙头好奇地盯着他们。

穿过小村，看到一条清澈见底的溪水从村后潺潺流过，上面有一座简陋的石桥。在桥的旁边立有一块说明牌，上面说这条溪流名字叫作若耶溪。

当年大禹得天书、欧冶子铸剑、西施采莲、秦皇望海的典故，都是在这条溪边发生，历代诗人咏颂的名句也是车载斗量，尤其是以綦毋潜的《春泛若耶溪》为最著，实在是一条诗史中的名溪。罗中夏、颜政、二柱子三个人却一片茫然，他们三个读书少，不知"若耶溪"这三个字是什么分量。

不过这里只是一条入秦望岭的支流，真正的开阔处要到南稽山桥，已经改名叫作平水江。但因为历代诗家都是前往云门寺拜访时路经此地，所以这一段支流自称若耶溪，倒也不算妄称。

过了石桥以后，有一条小路蜿蜒伸入秦望山的一个绿荫谷口，苍翠幽静。不知是宣传不到位还是交通不方便，这附近游客颇少，除了偶尔几个背着竹篓的当地人，他们三个可算得上此时唯一的行人。

一进谷口，入眼皆绿，空气登时清澄了不少，山中特有的凉馨让人心情为之一畅。二柱子久居北方,很少见到这许多绿色,好奇地四处顾盼,只罗中夏怀有心事,沉默不言,偶尔朝四下看去,生怕昨天那奇怪的笔冢吏再次出现。

其实罗中夏真想仰天大吼:"我一点也不想要这支青莲笔,等退笔以后,你们拿走,别再来烦我了!"

过了铁佛山亭、五云桥,云门寺的大门终于进入他们的眼帘。三个人不禁愕然,一时都站在原地说不出话来。

他们原本以为云门寺既然是千年古刹,即便香火不盛,也该有一番皇皇大气或者厚重的历史感才对。可眼前的云门寺,却简陋至极,像是什么人用乐高积木随便堆成的一样,其貌不扬。

一座三开间的清代山门横在最前,门楣上写着"云门古刹",年代久远更兼失修,油漆剥落不堪,像是一头生了皮肤病的长颈鹿,木梁糟朽,山墙上还歪歪扭扭写着"办证"二字和一连串手机号。整个云门寺方圆不到一里,甚至比不上一些中等村庄里的寺庙,站在门口就能看到寺院的灰红色后墙,就像是一锅奶酪、黄粑和502胶水熬成的粥。

三个人对视了一番,都透出失望之色。

恰好这时一个中年僧人拿着扫帚走出山门,他一看有香客到来,像是见了什么稀有动物,连忙迎上来。走到跟前,他才想起来自己还拿着扫帚,不好施礼,只得"啪"地随手扔到地上,双手合十颂了声佛号:

"阿弥陀佛,几位施主是来进香的吗?"

颜政伸出一个指头指了指:"这……是云门寺?"

"正是。小僧是寺里的负责人,法号空虚。"僧人没等他问,就主动做了自我介绍。颜政又看了一眼,低声嘟囔:"住这种地方,你的确是够空虚的……"

"这座寺庙以前是叫永欣寺?"罗中夏不甘心地插了一句嘴。空虚一愣,随即兴奋地笑道:"哎呀,哎呀,我本以为没人知道这名字哩,这位施主真是不得了。"他还想继续说,忽然想起什么,伸手相迎:"来,来,请来敝寺小坐。"

三个人迈进山门进了寺内,里面寒碜得可怜。门内只有一座三开间大雄宝殿,高不过四米,前廊抬梁,前后立着几根鼓圆形石柱;两侧厢房半旧不新,一看便知是现代人修的仿古式建筑,绿瓦红砖垒得很粗糙,十分恶俗。大雄宝殿内的佛像挂着几缕蜘蛛网,供品只是些蜡制水果,门前香炉里插着几根残香,甚至用"萧条"来形容都显不足。

"要说这云门寺啊，以前规模是相当大的，光是牌坊就有好几道，什么'云门古刹''卓立云门'，旁边还有什么辩才塔、丽句亭。可惜啊，后来一把火都给烧了，只有那座大雄宝殿和山门幸存了下来。"空虚一边带路一边唠叨，他大概很久没看到香客了，十分兴奋，饶舌得像一个黑人歌手。

"你确定这里的云门寺就这一座？"罗中夏打断他的话。

"当然了，我们这里可是正寺。"空虚一扬脖子，"这附近还有几个寺庙，不过那都是敝寺从前的看经院、芍药院、广福院，后来被分拆出去罢了。别看敝寺规模小，这辈分可是不能乱的。"

他见这几个人似乎兴趣不在拜佛，心里猜想也许这些是喜欢寻古访遗的驴友吧。于是他一指东侧厢房："你们若是不信，可以进这里看看。这里放着一块明朝崇祯年间的古碑，叫《募修云门寺疏》，那可都是名人手笔，王思任撰文，董其昌亲书，董其昌是谁，你们知道吗？"

罗中夏没听他的唠叨，而是闭上眼睛仔细感应。这云门寺看似简陋，他却总感觉有一种郁郁沉气。青莲笔一进这寺中，就开始有些躁动不安，有好几次差点自行跳出来，幸亏被罗中夏用精神压住。二柱子一直盯着他的反应，表情比罗中夏还紧张。

二柱子一把拉住要开东厢房门的空虚："我们听说，这里有一个退笔冢，是南朝一位禅师的遗迹，不知如今还在不在？"

空虚听到退笔冢的名字，歪着头想了想："你是说智永禅师？"

"对。"

空虚微微一笑："原来几位是来寻访名人遗迹，那敢情好。本寺当年还出过一位大大有名的人物，比智永禅师还要著名。"

"谁呀？"二柱子好奇地追问。

"就是书圣王羲之的儿子王献之。当年他曾于此隐居，屋顶出现五色祥云，所以晋安帝才下诏把这里改建为寺，起名云门。"

众人都有些肃然起敬，原本以为这其貌不扬的云门寺只跟智永禅师有些瓜葛，想不到与王氏父子的渊源也这么深。

空虚觉得这些还不够有震撼力，一指寺后："敝寺后院有个清池，就是王献之当年洗砚之处，也是一处风雅的古迹。要不要让小僧带你们去看看？"

"免了。"颜政一脸无奈,"给我们指去退笔冢的路就好。"这一回所有人都赞同他的意见,那个空虚实在太啰唆了。

空虚缩了缩脖子,把东厢房门重新关上,悻悻答道:"呃呃……好吧,你们从寺后出去,沿着小路左转,走两三里路,在山坳里有一处塔林,退笔冢就在那里了。小僧还有护院之责,恕不能陪了。"他见这些人没什么油水可捞,态度也就不那么积极。

三个人走了以后,空虚重新走到云门寺门口,捡起扔在地上的扫帚,叹息一声,继续扫地。没扫上几下子,忽然远处又传来几声脚步。他抬头去看,看到三个人从远处的五云桥走过来。左边那个是个短发年轻人,精悍阴沉,头部像是骷髅头包裹着一层薄薄的肉皮,棱角分明;右边一个身材高大,戴着一副墨镜,鼻子颇大;中间却是位绝色长发美女,只是面色太过苍白,没什么生气,以至于精致的五官间平添了几分郁愤。

这三个人都穿着黑色笔挺西装,走路时双肩大幅摆动,气势汹汹,怎么看都不像游客,倒像是黑社会寻仇。空虚见了,吓得手里扫帚"啪"地又掉在地上。

这三个人来到云门寺前,大鼻子摘下墨镜,环顾四周,鼻子耸动:"不错,画眉笔和青莲笔刚才尚在这里,不过现在已经离开了。"这正是诸葛一辉。

"房老师的点睛笔呢?"十九问。

"唔……气息不是很明显,不过肯定也在这里。"

女子目光一动,径直走到空虚面前,喝道:"刚才是不是有三个人来过这里?"空虚吓得连连点头,没等他们再问,就自觉说道:"他们到后山退笔冢去了。"

"退笔冢?"女子蛾眉一立。

"对呀,就是智永禅师的退笔冢。智永禅师是王羲之的七世孙,因为勤练书法,所以用废了许多毛笔,他把这些废笔收集到一起葬在塔林,名叫……"

"闭上嘴。"诸葛长卿双目一瞪,把他的喋喋不休拦腰截断。诸葛一辉摸了摸鼻子:"退笔冢……他们到退笔冢来做什么?"

"管他们做什么,我们过去。"十九冷冷说道。诸葛一辉拦住她:"十九,不可轻举妄动,对方想干吗还不知道。"

十九怒道:"难道让我们就眼睁睁看着他们到处溜达?"她昨晚说好了先办事,再报仇,可一看仇人就在附近,这怒气就压不住了。

诸葛长卿还在一旁煽风点火:"青莲遗笔的笔冢吏是个半吊子,时灵时不灵;那个粗眉大眼的没有笔灵，不足为惧；唯一需要提防的，只是那个高个子。"

"那一支从特征上来看，应该是画眉笔，据说是治愈系的，没有战斗力。"诸葛一辉习惯性地报出分析。诸葛长卿搓了搓手，笑道："没错，这么算起来的话，敌人弱得很，干吗不动手？"

十九这时看了他一眼，奇道："长卿哥你怎么对他们那么熟，难道你以前见过他们？"

诸葛长卿先是一怔，没想到十九怒火中烧的时候，还能问出这种问题，连忙回答道："房斌老师被青莲笔杀死时，这管笔也在场。"他怕十九继续追问，挥手示意他们两个靠近自己，低声道："我有一个计划……"

他们声音越说越低，旁边傻站着的空虚看到那个精悍年轻人不时用眼角扫自己，心里生起一种不祥的预感。他下意识地回头去看云门寺后山，只见树林荫翳之处，一群山雀扑啦啦飞出来，四散而走。远处山坳中不知何时飘来一片阴云，恰好在云门塔林的上空。

"阿弥陀佛……"空虚不由自主地捏了捏胸前佛珠。

"怎么转眼间就阴天了？"

颜政手搭凉棚朝远处望去，山间原本澄澈的天空忽然阴了下来，一层云霭不知何时浮至山间遮蔽阳光，周围立刻暗了下来，仿佛在两座山峰之间加了一个大盖子。原本幽静的苍翠山林霎时变得深郁起来，让人心中为之一沉。

"九月的天气真是和女人一样变化无常呢。"颜政感叹道，然后发现没有人对他这个笑话表示回应。二柱子不懂这些，罗中夏低头赶着路。他只好解嘲似的摸了摸自己的头，继续朝前走去。

他们穿过云门寺后，沿着一条碎石铺就的小路朝大山深处走去。云门寺的路在山坳底部，秦望山的数座高大山峰耸峙两侧，如同巨大的古代武士披着繁茂的绿色甲胄，沉默地睥睨着小路上的这三个如蝼蚁草芥般的行人蠕蠕而动。

这条山路想来是过去云门寺兴盛时修建的，依地势而建，路面以灰色碎石铺就，两侧还一丝不苟地用白石块标好。每一处路面上的石棱都被磨得圆滑，可见当年盛况。可惜现在废弃已久，路面满是落叶尘土，许多地方甚至被一旁横伸过来的树枝侵占，石缝间蓄积了许多已经沤烂的黑黄色叶泥，让整条路看起来爬满了灰明相间的条条斑纹。

这路愈走愈静,愈走愈窄,窄到过滤掉了所有的声音,仿佛引导着人进入另外一个幽静的世界。

步行了大约十五分钟,他们翻过一道高坡,终于看到了空虚口中提到的云门塔林——尽管有云门寺的前车之鉴,可他们还是大吃一惊。

这是一个方圆几十米的石园,一圈低矮的断垣残壁,只有从石台上的三四个柱础才能勉强看出当年佛塔的痕迹。现在塔身早已经倾颓难辨,只剩几截塔石横陈,其上青苔斑驳,岩缝间植物繁茂。用脚拨开层层杂草,可以看到数个蓄满陈年雨水的凹洞,这想来是佛塔底座用于存放骨灰的地宫,如今也湮灭无迹,沦为草间水坑。

两株墓园松树少人看管,一棵长势蛮横,枝杈肆意伸展;另外一棵则被雷火毁去了大半,只剩了一截枯残树干。看起来,这里废弃起码已经有数百年时光了,仿佛已经彻底被世界遗忘,于无声处慢慢衰朽,慢慢磨蚀,空留下无人凭吊的塔基,令人横生出一股思古幽情。

"这,就是塔林?"

罗中夏忍不住问道,他之前对塔林的印象是少林寺内那种鳞次栉比、多层宽檐的高大佛塔,林立森森。而眼前的情景与想象中落差实在太大。这里就好像是《天空之城》里的拉普达(Laputa)一般,已经死去,留存给后人的只有空荡荡的遗骸。

佛塔都已经不在,遑论别的。他想到这里,心中忽地一沉,难道说这一次的寻访落空了吗?可点睛笔明明是让自己来这里的。一阵山风吹过,颜政和二柱子互视一眼,一起蹚进深草,沿着塔林——其实应该叫塔林废墟——走了一圈,绕到后面的翠绿色松树林中,突然一起嚷道:"你来看!"

罗中夏连忙赶过去。原来在塔林废墟后的一棵古树之下,尚有一处坟茔。周围青草已经有半人多高,若不走到近前是断然不会发现的。

这坟包有半米多高,坟土呈黑色,周围一圈青砖松松垮垮地箍住坟体,已经有许多砖块剥落,露出黑黄色的坟土。坟前斜斜倒着一面墓碑,碑面已经裂成了三截,字迹漫漶不堪,但还勉强能辨识出,是三个字:

退笔冢。

一看到这三个字,罗中夏心脏骤然一阵狂跳,也说不清是因为自己的心情还是青莲笔。上空的阴云似乎浓郁了几分。周围一时间陷入一种奇妙的寂静，所有的人都感受到有一种难以名状的气息丝丝缕缕地从坟内渗出，于是不约而同地把视线投向罗中夏。罗中夏咽了咽唾沫，向前伸出手。

"小心！这东西看起来怪怪的。"二柱子提醒道。

罗中夏惶然把手缩回去，面带敬畏。这时颜政却大大咧咧走过去，随手在坟上抓了一把黑土，觉得这土松软滑腻，仿佛裹了一层油脂，和周围的黄土迥异。

颜政耸耸肩，把土搁了回去，然后发现手上漆黑一片，如同在墨缸里涮过一遍。

罗中夏蹲下身子去看那块断碑。他仔细用手拂去碑上尘土，发现上面除了退笔冢三个字以外，落款处还有四枚小字："僧智永立。"

毫无疑问，这个就是智永禅师的退笔冢，冢内数百秃笔，皆是禅师用秃练废的毛笔。智永禅师原名王法极，系王羲之的七世孙。他住在云门寺内，以羲之、献之为楷，勤练不辍。每用废一支毛笔，即投入一个墙边大瓮之中。积三十年之辛苦，足足装满了五个大瓮，于是智永便将这几个瓮埋于云门塔林之中，立坟号"退笔冢"，于今已逾千年。

他又抓了把坟土，攥在手里用力一挤，竟微微有黑汁滴下。看来是冢中废笔吐纳残墨，最后竟将坟土染成墨黑，足见智永禅师用功之纯。

禅师已老，坟墨犹在，两个时代的人便隔着千年通过这些墨土发生了奇妙的联系。

但接下来该如何？

没有人知道。

这种场景就像是一只猫拿到了一罐沙丁鱼，却无法入口一样。现在退笔冢就在眼前，究竟如何退笔却无从知晓。

"小榕那首诗怎么说的来着？"颜政搓搓手，转头问罗中夏。罗中夏从怀里取出那张素笺，上面小榕娟秀的字迹仍在：

不如铲却退笔冢，
酒花春满荼縻青。
手辞万众洒然去，
青莲拥蜕秋蝉轻。

"铲却？不会要把人家的坟给铲了吧？挖坟掘墓在清朝可都算是大罪……"颜政嘟囔着，同时挽了挽袖子，四处找趁手的工具。没人注意到，塔林石基下的数个地宫蓄积的水面忽然起了几丝波动。

就在这时候，塔林外面忽然传来一阵脚步声。众人回头一看，原来是空虚。

空虚赔着笑脸："我是怕各位施主迷路，所以特意来看看。其实这里废弃已久，没什么意思，附近还有献之笔仓、陆游草堂等怀古名胜，不如小僧带你们去那里看看。"

"对不起，我们没兴趣。"颜政挥挥手，想把他赶开，却忽然觉得身旁有一阵杀意。他做惯了混混，对危险有天然的直觉，急忙往旁边一跃，避开了一块飞石。

随即诸葛一辉、诸葛长卿负手走出林子，把他围住。两管笔灵悬浮于空，熠熠生辉。

与此同时，仍旧在退笔冢前的罗中夏战战兢兢用双手扶住墓碑，只觉得胸中笔灵狂跳，似乎要挣脱欲出。他心里一喜，觉得有门，索性放开胆子，又去抓坟中之土。

当他的双手接触到坟土之时，突然"啪"的一声，手指像是触电一样被弹开。在那一瞬间，罗中夏的脑海飞速闪过一张狰狞的面孔，稍现即逝，如同雨夜闪电打过时的惊鸿一瞥。他一下子倒退了几步，脑里还回荡着凄厉叫声。

一阵凌厉的风声自茂密的丛林中扑来，来势汹汹。罗中夏刚才那一退，恰好避过这如刀的旋风。风贵流动，一旦扑空立刻不成声势，化作几个小旋消失在林间。

"谁？"罗中夏哪里还不知道这是笔冢吏来了。

林中风声沙沙，却不见人影。忽然又是一阵疾风刮起，在半路突然分成两股，分进合击。罗中夏好歹有些斗战经验，心里明白，如果自己不深入密林与敌人拉近距离，便只能消极防守，早晚是个败局。

可敌人能力未明，贸然接近很危险。这时二柱子纵身而出，这个少年心思朴实，根本没多想，一下子就冲出去了。

此时退笔冢前只剩罗中夏一个人。他知道强敌已至，心中不禁有些惴惴不安。退笔冢就在眼前，只是不得其门而入。他只要一摸坟冢，就会被一股力量弹回，同时脑海里闪过一副狰狞脸孔，似乎蓄积了无穷的怨气。事实上，自从罗中夏踏入塔林之后，就觉得四周抑郁，和上次在法源寺中被沉沉怨气克制的感觉很类似。

他抬起头看了看天，天空已经被一片山云遮盖，颇有山雨欲来之势。罗中夏叹了一口气，拍拍身旁的退笔断碑，只盼智永禅师能够多留下片言只语，能给自己一些提示。

这时候,他听到一阵细碎的脚步声从旁边传来。

罗中夏以为是颜政,一回头却惊见一个面色苍白的女人。女人身穿黑色西装,双眼满是怨毒,长发飘飘,隐有杀气。

"点睛笔在你这里?"十九的声音低沉锋利。

罗中夏下意识地点了点头。

"死吧!"

一道刀光突然暴起,"唰"地闪过罗中夏的脖颈。他凭着一瞬间的直觉朝后靠去,勉强避开,饶是如此,脖子上还是留了一道血痕。罗中夏自从被青莲笔上身以后,虽屡遭大战,可如此清晰地濒临死亡还是第一次,冷汗嗖嗖地从脊梁冒出来。

"喂……我都不认识你。"罗中夏嚷道,身体已经贴到了退笔冢,再无退路。

十九也不答话,"唰唰唰"又是三刀劈过。

"虏箭如沙射金甲!"

罗中夏情急之下,随手抓了一句。青莲笔立刻振胸而出,一层金灿灿的甲胄在身前云聚。只听当、当、当三声,硬挡下了这三记杀招。只是事起突然,金甲尚未完全形成,三击之下就迸裂粉碎。罗中夏只觉得胸前一阵剧痛,忍不住呻吟了一声。

"愚蠢!"十九冷笑道,举刀又砍。

"一朝飞去青云上!"

罗中夏忍痛用双手在地上一拍,整个身体"呼啦"一下飞了起来,堪堪避开刀锋,飞出两米开外才掉下来。屁股和背后因为刚才靠得太紧,沾满了黑色的墨迹,看起来颇为滑稽。

他转头朝周围看去,无论是林中还是塔外都悄无声息,颜政、二柱子都像是凭空消失了一般。

"不要妄想寻求援助,去地狱赎罪吧!"

十九缓缓抬起刀锋,对准了仇人。这时候罗中夏才看清她手里拿的是一把柳叶刀,刀身细长,明光闪闪,显然是一把已经开过刃的真正兵器。

"喂……我根本不认识你。"罗中夏又重复了一次,青莲笔浮在半空。他莫名其妙地被人劈头盖脸乱砍了一通,生死姑且不论,总得知道理由吧。

"你自己知道!"

十九的柳叶刀又劈了过来。罗中夏叹了一口气,他最怕的就是这种最不讲道理的回答。他先嚷了一句"秋草秋蛾飞",借着笔灵之力跳到了数米开外,又念了一句"连山起烟雾",青莲笔莲花精光大盛,一层雾霭腾腾而起。

以罗中夏的水准,把几百首太白诗背完并融会贯通几乎不可能,因此临行前彼得和尚教了他一个取巧的办法,就是挑选出一些利于实战的诗句,只背这些——虽未必能胜,自保却勉强够了。于是他在火车上随手翻了几句文意浅显又方便记忆的诗句。

诗法里有"诗意不可重"的说法,灵感在一瞬间绽放,以后则不可能再完全重现这一情景。青莲笔也有这种特性,在一定时间内用过一次的诗句便无法二度具象化。罗中夏不知此理,却知道这个规律,于是一口气找来十几句带"飞""雾""风""腾"的诗句背得滚瓜烂熟——用颜政的话说"全是用来逃命的招数"。

现在这个办法居然取得了效果,十九自幼苦练刀法,现在面对一个连大学体育课都逃的棒槌却数击不中。她见到青莲笔已经完全发动,攻势不由得有些放缓,紧抿着苍白的嘴唇,长发散乱。

退笔冢周遭升起一片雾帷,黑色的坟堆在其中若隐若现。隔着重重雾霭,罗中夏缩在雾里,对十九认真地说道:"我有青莲笔,你打不过我的,你走吧。"

"可笑。"

十九只说了两个字,挥起柳叶刀虚空一劈,虚无缥缈的山雾竟被这实在的刀锋一分为二,就连退笔冢的坟堆都被斩出一条裂隙。

罗中夏吓得跳了起来,惊魂未定,却看到更让人惊骇的一幕:十九凌空而起,而她的身旁赫然出现一支通体泛紫的大楂笔。

楂笔的笔头极肥厚,笔毫浓密,专写大字,因为体形太大,手不能握,只能抓,所以又被称为"抓笔"。这一支楂笔状笔灵尤为巨大,简直可以称作笔中苏眉:笔头与笔身等长,却宽出十几倍,毫锋稠密泛紫;笔杆极粗,如宽梁巨橡,直通通一路下来。退笔冢周围的空气一下子都凝结起来,仿佛被这种惊人的气势所震慑。

这样一支巨笔在十九娇小的身躯旁出现,显得格外不协调。

罗中夏舔了舔嘴唇,暗自叹息。青莲笔跟这支巨笔相比,简直就像是老虎跟前的一只小猫。

"你怕了吗?"十九的声音说不清是嘲讽还是自得。

罗中夏没答话,而是暗自念动了《上云乐》中的一句"龙飞入咸阳",他不指望自己真能一下子飞去咸阳，只要能飞出丈许脱离战场就够了，最起码也要和颜政或二柱子联系上。

一条小龙从青莲笔中长啸而出。罗中夏大喜，腿一骗跨上龙脊，作势要走。说时迟，那时快，巨笔微微一晃笔躯，笔毫像章鱼的触手一样舞动。十九用力挥起一刀，刀风疾冲，她的刀风原本只可波及周围数厘米，此时却忽然威力暴涨，竟呈现出肉眼可见的一道半月波纹，切向罗中夏。

"糟糕！"

罗中夏慌忙从龙身上滚下来，小龙惨啸一声，连同身前数株杉树被切成两截，连旁边的退笔冢也被削去一角，斜斜流下一捧墨土。这不起眼的柳叶刀竟然被巨笔把威力放大到了这种地步。

"这到底是……什么笔？"

十九的声音渐大，似乎也被自己的笔灵增幅，直如黄钟大吕，震得罗中夏耳膜嗡嗡作痛。

"如椽巨笔，你知死了吗？"

"如椽笔"炼自晋代书法名家王珣。此人声名极隆，乾隆三希堂即是以他所书写的《伯远》帖以及王氏父子的《快雪》《中秋》三帖来命名。传说他在梦中曾得神人传授大笔一支，名为"如椽"，他醒来以后就跟别人说："这看来是要有用大手笔之事。"结果皇帝很快驾崩，所有葬礼上需要的悼词、诏令包括谥号的选择，都由他来起草。

这支如椽巨笔雄健有力，气势宏大，可以把任何非实体的东西都放大数倍。十九虽然身为女子，脾性却和如椽笔十分相合，她精研刀法，和笔灵配合起来可以爆发出很大的威力。

罗中夏不知典故，却知道这里面的凶险。刚才一劫勉强逃过，十九接下来的攻势源源不断，数十道半月刀风在如椽笔纵容之下，持续力和破坏力都无限放大，像飓风一般横扫沿途一切物体，整个林子成了惨遭巨人踩躏的小花园。

他伏在地上不断翻滚，还得提防倒下来的树木，无比狼狈。刀锋产生的风压太大，让他甚至无法开口咏诗。

青莲笔本是灵体，不怕这些攻击，可主人无能，它也只好在半空柱自鸣叫。如椽笔睥睨着这个小个头儿的家伙，从容不迫地蜷展着笔毫，像一位钢琴家在抚摸着自己优雅修长的指头。

刀风锐雨仍旧持续着，突然有一道刀锋刺过退笔冢，哗啦一声，直接削掉了整个冢的顶端。一时间黑土飞扬，砖茔横飞。这历经千年的退笔冢，竟就这样毁了。

在坟冢被掀开的一瞬间，半空郁积的云气猛然收缩。已经有些红眼的十九浑然不觉周围的异状，仍旧疯狂地挥着柳叶刀。

轰！

一声巨大的轰鸣突然从小小的冢顶爆裂，响彻数里之外；巨大的力量像火山喷发一样从残冢里瞬间宣泄而出，四周的空气被震出一圈圈波纹，仿佛水面泛起壮观的涟漪。伴随而来的还有遮天蔽日的墨土与凄厉的鸣叫，令半空阴云都为之一震。与此同时，塔林遗迹中本已经浸满雨水的地宫也开始泛起咕嘟咕嘟的怪异声音。

十九这时才觉察到异样，震起的墨土噼里啪啦地从半空掉下来，砸在她头上。她不得不停下了刀，拨开头上的土，诧异地朝退笔冢望去。趴在地上的罗中夏也迷惑不解地望着天空，不知是该逃还是该留。

这时从退笔冢里喷出来的黑气已经扶摇直上，被那股剧烈的爆炸高高抛入极高的云层，直达天际，突然之间又扭转身躯，顶端化成一颗狰狞的人头，在半空划了一道弧线，狂吼着自上而下朝她扑过来。

十九提着刀，一时间傻在原地动弹不得，任凭那人头黑气从高空呼啸而来。

"小心！"

也不知道出于什么心理，罗中夏突然斜刺里冲了过去，一把抱住十九，两个人在草地上滚了几滚。那团黑气重重砸在十九原来站立的地方，地面剧震，草地立刻四分五裂，更多的黑气从缝隙里冒出来。青莲笔和如椽巨笔笔杆微颤，抖动不已，竟似也惊骇不已。

黑气一击不中，立刻抬头再度发难。此时罗中夏和十九已经倒在地上，避无可避。

忽然一道灵光闪过，一支纤细笔灵昂然横在了黑气与他们二人之间。

不是青莲笔，也不是如椽巨笔。

是点睛。

第二十八章

○

君不来兮徒蓄怨

《历代名画记》曾有记载，张僧繇于金陵安乐寺绘四白龙而不点眼睛，"每云点睛即飞去。"人以为妄诞，固请点之。须臾雷电破壁，两龙乘云腾去上天，二龙未点睛者见在。"

指示命运节点的点睛笔，在这最关键的时刻，居然自行跳了出来。

与十九巨大的如椽笔不同，点睛笔极为纤细，笔头那一缕金黄色的毫尖高高翘起，如同一根指南针的针尖，遥遥指向退笔冢。

罗中夏和十九保持着倒地的姿势，一上一下，一时间都惊愕不已，两个人目不转睛地望着那支点睛笔灵。原本浮在半空的青莲光芒越发暗淡，仿佛被点睛喧宾夺主，重新压制回罗中夏的身体。一人不能容二笔，点睛既出，青莲就不得不隐了。

此时那团气势汹汹的黑气已经从最初的遮天蔽日收敛成了一片低沉的墨云，黑压压地笼罩在这一片塔林方寸之地，凝化成模糊的人形，蛇一样的下半身以半毁的退笔冢为基张牙舞爪，怨气冲天。退笔冢内的黑土逐渐显出淡色，像是退潮一样，被这股强大的力量一层层吸走了蓄积的墨迹，于是黑气越发浓郁起来。

十九这时候才注意到自己和罗中夏的暧昧姿势，她又惊又怒，在他身下拼命挣扎。罗中夏大窘，试图松开胳膊，环住十九身躯的双手却被她压在了身下。他想动一动身子，让两个人都侧过来，才好松手。十九却误以为他欲行不轨，羞愤之下一个耳光扇了过去，声音清脆。罗中夏吃了这一记，心中一怒，顺势一滚，两个人一下子分开，坐在草地上望着对方喘息不已。

罗中夏摸摸身上的刀伤，不明白自己刚才为什么要救这个要杀自己的女人，他记得当时似乎胸中升起一股动力，促使自己不由自主扑了过去，难道这与点睛笔有关？

"我也不指望那女人报恩,好歹也别无缘无故追杀我了吧。"他一边这么想,一边朝旁边瞥了一眼,发现十九没理会他,也不去捡掉在地上的柳叶刀,而是仰起头,痴痴地望着那管点睛笔。刚才可怕的表情变成悲戚神色,眼神里满是忧伤。

这时半空中隆隆作响,宛如低沉阴郁的佛号。一枚人头在滚滚墨气中若隐若现,能勉强看出是个老僧模样,须发皆张,表情混杂了痛苦、愤怒以及一种极度绝望后的恶毒,甚至还能隐约看见老僧上身赤裸,其上有一道道的抓痕,宛如一具流动的炭雕。

罗中夏和十九一起抬起头看去,同一个疑问在两人心里同时生起:

"这个……这是智永禅师吗?"

与此同时,二柱子在相隔一百多米的密林中,陷入了奇妙的对峙。

他刚才一冲进树林,就立刻发现了一个身影匆匆消失。转瞬之间,林中阵阵戾风滚滚而来,转瞬间就逼近了二柱子。四面风起,周围的杉树、柏树树叶簌簌作响,摇摆不定。

二柱子意识到,这是诸葛长卿的凌云笔来了。他虽无笔灵,但毫无惧色,缓缓把眼睛闭上,用心去静听风向。戾风虽然自四面而起,但毕竟有行迹可寻。过了约莫一分钟,他忽然睁开眼睛,身形微动,趁着一阵狂风猛起之时,朝着一个角落猛然冲去。

诸葛长卿利用风云藏匿了身形躲在林间暗处,试图在暗中轰下二柱子,他没想到对手没有笔灵还敢主动出击,为之一怔。趁着这一个微小的空隙,二柱子已欺近他,挥拳打去。

按照实力,二柱子远不是诸葛长卿的对手。不过这次诸葛长卿却表现得十分奇怪,并没一上来就痛下杀手,反而有意缠斗,凌云笔也是时隐时现。二柱子没么多弯弯绕的心思,无论敌人什么打算,他就扎扎实实地一拳拳打下去。

两人一个朴实刚健,一个心思不明,就这么在林中缠斗起来。

而在另外一处,一个声音朗声吟道:

"兵威冲绝漠,杀气凌穹苍。"

诸葛一辉语带肃杀,吟的正是李白的《出自蓟北门行》。颜政道:"念什么诗,做过一场再说!"他晃了晃手腕,冲过来就打。

诸葛一辉大为无奈,他刚才那一招,乃是沧浪笔中的一记杀招。诗韵是一个"苍"字。苍字在平水韵里颇为特殊,既属下平七阳,也属上声二十二养。这样一来,即使对手避开了下平七阳的所有汉字,也会被二十二养的汉字束缚。

学问越大，对付这一招就越为棘手。谁知颜政的学问比罗中夏还不如，反而不会受这些乱七八糟的暗示干扰。诸葛一辉其实并无杀心，只想把这家伙尽快困住，好去支援十九，于是屡屡出言挑衅，诱使他说出预先设定的韵部。

可谁知颜政打架，奉行的是拳头说话，闷头只是打。诸葛一辉的能力不以斗战为主，碰到颜政这种街头出身的流氓，实在是遇到了克星，只得拳脚相交，一时也陷入僵局。

这两处正在僵持，远处退笔冢忽然传来猛烈的爆炸声。两人同时抬头望去，恰好看到黑云蔽日，直上青天，然后化作狰狞人头俯冲而下。看着远处一条黑烟扶摇直上，还有那和尚的狰狞面容，他们心中忽然涌动一种极度的不安。

"我×，那是什么？"颜政脱口而出。

"先去救人要紧。"诸葛一辉沉声道，他对诸葛长卿很放心，但很担心十九的安危。

两人互相交换了一下眼神，在一瞬间达成协议——不打了，各自去救自己人。他们同时把脸转向退笔冢的方向，迈步前冲，颜政看了眼空虚："你是当事人，也别逃啊。"也不管他是否愿意，拽起来就走。

三个人顶着滚滚墨雾，冲过云门塔林来到退笔冢旁空地，恰好看到罗中夏与十九在草地上打滚分开，已初具形态的巨大墨和尚就在不远的地方，浮在空中如同鬼魅，凄厉恐怖。

"这……就是智永禅师吗？"

诸葛一辉仰头喃喃说道，他问了一个和罗中夏一样的问题。在场众人都被这个巨大的凶神震慑住心神，在原地几乎挪不动脚步，就连颜政也收起了戏谑表情，脸上浮起难得的认真。

墨和尚忽然仰天大吼了一声，空气都为之轰然震颤，似乎在叫着谁的名字，却无法听清。没等声波消逝，和尚又是一声凄厉叫喊，巨大的冲击波像涟漪一样向四周扩散，所有人都一下子被冲倒。怨气渐浓，他们感觉到呼吸都有了几丝困难，全身沉重无比，似是也被鬼魂的无边积怨压制、束缚，光是从地上爬起来就要费尽全身的力气，遑论逃走。

"这智永禅师真是害人不浅……"颜政吃力地扭动脖子，抱怨道。

这时候一个惊惶的声音响起："这……这不是智永禅师。"

一下子，除了十九以外的所有人都把注意力集中过来，说话的原来是空虚。他胆怯地指了指在半空摆动的和尚，结结巴巴地说："小寺里有记载，智永禅师有一位弟子法号辩才，据说眉髯极长，也许……"

"你知道些什么？"诸葛一辉一把揪住他衣领，厉声问道。

空虚这时候反倒恢复了镇静，叹道："这位辩才禅师，可算得上是本寺历史上第一可悲之人。"

原来这位辩才禅师俗姓袁，为梁司空袁昂之玄孙，生平寄情于书画之间，也是一位大大有名的才子。因为仰慕智永禅师书法之名，他身入空门，拜了智永为师，深得其真传。智永临死之前，把天下至宝——王羲之的《兰亭集序》真迹托付给他。辩才不敢掉以轻心，把真本藏在了卧室秘处，从不轻易示人。

唐太宗李世民屡次找辩才索取，辩才都推说真本已经毁于战火。李世民无奈之际，手下一位叫萧翼的监察御史主动请缨，假装成山东一位书生前往云门寺。萧翼学识渊博，与辩才情趣相投，两个人遂成莫逆之交。辩才拿出秘藏的《兰亭集序》真本与他一同玩赏，萧翼便趁这个机会盗出帖子，献给李世民。经过这一番变故，辩才禅师惊怒交加，悔恨无极，终于圆寂于寺内。他的弟子们把他的骨灰埋在了佛塔之下，距离退笔冢不过几步之遥。

听完这段公案，众人不由得都点了点头。看来这位辩才禅师怨念深重，死后一点怨灵纠缠于恩师所立的退笔冢内，蛰伏千年，恨意非但未消反而越发深重。难怪云门寺总被一股深重怨气笼罩，就是这位辩才的缘故了。

"千年怨魂，那得多大的怨念……"

想到此节，所有人都倒抽一口冷气。此时辩才禅师已经吸尽了退笔冢内的墨气，冢土惨白，方圆几百米都被罩在黑云之下。辩才本人的肉体神识早已经衰朽湮灭，只剩下怨恨流传后世，现在只怕早没了判断力，所见之人在其眼中都是萧翼，全都该死。刚才那一声巨吼，只怕也是找萧翼索债的。

他们只是些笔冢吏——有一些还是半吊子——不是道士，面对这种局面，不知该怎么办才好。无论是颜政的画眉、罗中夏的青莲还是十九的如椽，都无法应付这样的敌人。

"点睛笔呢？它刚才是不是阻止了辩才的攻击？"诸葛一辉忽然想到，向罗中夏问道。两人二次相见，有些尴尬，但事急从权，顾不得许多了。

罗中夏黯然道:"我不知道……"

点睛笔只能指示命运方向,却不管你如何到达。何况它把这些人都引到这个鬼地方,难道就是为了送死?他转过头去,发现十九痴痴地看着点睛笔,连墨和尚都没法吸引她的注意,忍不住猜测,她莫非和这支笔关系匪浅?

此时墨和尚的形体越发凝实,诸葛一辉急道:"十九,你快过来!"

十九缓缓转过脸来,一脸微妙,红唇轻启:"点睛笔说,更大的危机即将到来。"

众人不禁面面相觑,在这深深秦望山中的云门塔林,难道还有比眼前这个禅师的怨念更可怕的东西?

第二十九章

○

巨灵咆哮擘两山

墨气缭绕，黑云滚动，整个云门塔林以退笔冢为圆心形成了一个巨大的高压云团，把方圆将近两公里的山林都牢牢笼罩起来。如果从高空俯瞰，就好像是哪位粗心的画手在刚完成的翠山工笔画上洒了一滴煞风景的墨汁。

辩才禅师在半空来回徘徊，不时发出低沉的吼声，带着一千多年的怨恨把这些后世的小辈团团围住，空气越发沉重，不时有墨迹清晰可见的黑风刮过，给身上衣服留下一道炭笔状的狭长痕迹。

此时这里一共有五个人、三支笔灵在，阵势也算得上十分显赫，只是这三支笔灵没有一个有能力对付这种非物质性的怨灵。颜政盯着辩才看了一阵，拍了拍空虚肩膀："喂！你是和尚，该知道怎么除妖吧？"

空虚大惊："我……本寺不接做法事的业务，小僧只会念几段《往生咒》。"

"死马当活马医，你试试看吧，说不定他念在你们同寺香火的分上，能给个面子呢。"

空虚没奈何，只得战战兢兢跌坐在地上，撩起僧袍，捏起佛珠开始念叨。他的声音很低，发音又含混，除了他自己没人能听懂说些什么。

一阵阴风陡然兴起，吹过空虚身体。空虚浑身一阵颤抖，经文几乎念不下去了，逐渐有鲜血从他的五官开始流出，殷红的血液一沾空气立刻变得黑硬不堪，如同被墨洗过。

空虚想往回跑，可咣当一下扑倒在地，气喘吁吁。更多的阴风从四面八方吹过来，像毒蛇吐芯一般狂舞，要缠住空虚。颜政有心把他拽到安全距离，可一时被阴风所扰，援救不及。

就在这时，诸葛一辉纵身向前，一脚把空虚踹回来，正好被颜政接住。他亮出画眉笔，在空虚身上一点，恢复到五分钟前的样子，这才算救了这和尚一命。空虚清醒之后，大叫一声，撒腿往云门寺跑去，看来是真被吓得不轻。

他跑远了之后，诸葛一辉朗声道："大敌当前，咱们应该摒弃成见，一致对外。"然后他又加了两个字："暂时。"

颜政对这人颇有好感，自无不可。但罗中夏看了一眼仍旧凝望着点睛笔的十九，冷冷道："你先说服你的同伴吧。她可是一直要杀我呢。也不知道我哪里得罪她了。"

诸葛一辉有点尴尬道："这件事，等我们能活下来再说不迟。我们可以靠过来吗？"

"随便你们。"罗中夏暗暗提高了戒备。

诸葛一辉拽起十九，在她耳边轻语几句，十九咬了咬牙，勉强点了一下头。他们两个走到罗中夏、颜政一行人身边，然后彼此背靠背站定，四个人形成一个小圆圈，圆圈外面是呼啸往来的墨风和阴气，以及辩才和尚的怨魂。

外部的强大压力迫使这两拨刚才还打得不可开交的人站到了一起，聚精会神应付眼前的困局。

点睛笔和如椽笔终于飞到一起，共同泛起一层微弱的光芒笼罩在四个人头上，现在这是他们与辩才之间唯一的屏障。比起两个关系恶劣的主人，如椽和点睛之间水乳交融，默契无间，好像一只松狮和一只小吉娃娃一般靠在一起。

"不愧是管城七侯之一的点睛笔啊。"诸葛一辉不忘啧啧称赞。他算得上是个笔灵研究学者，对诸多笔灵的来历、渊源如数家珍。"你跟它很熟？"罗中夏问道。

诸葛一辉点头道："这点睛笔，可算得上是笔灵之中最难捉摸的……它虽然能够在一些关键时刻给你启示，驱使你去做出选择，进而影响你的人生，可是没人知道什么才是关键时刻，又会有什么样的影响，甚至无法分辨什么是点睛驱使你做出的选择，什么是你自己决定做出的选择……"

颜政挠挠头："听起来对现在的局势毫无用处哩。"罗中夏紧盯着外面的动静，心里却突地一动，连带着点睛在空中都泛起一丝波动。他忽然想到刚才面对辩才的攻击，自己毫无来由地扑过去救下那个疯姑娘，难道这也是点睛所为？它究竟预示着什么？

诸葛一辉又道："如果是那种重大抉择，点睛笔需要耗费笔冢吏的寿数；但平时笔灵与笔冢吏浸润日久，也会透过心意传递一些十分模糊的小指示，用来趋吉避凶。至于准不准，就看两者是否心意相通了。"

罗中夏听了，觉得似乎也没什么特别的用处。他侧过脸去看十九的脸，发现对方也在直勾勾地望着自己，目光里都是怒气，甚至不逊于外面辩才和尚的怨恨，吓得又赶紧缩回去了，惴惴不安。罗中夏试着运了一下气，发现青莲在胸中左冲右突，但似是被什么东西牵住，总不能挣脱。

看来点睛不去，青莲笔是没办法召唤出来了。

辩才的鬼魂仍旧飘浮着，随着墨气越聚越多，它的形体越发清晰，已经可以分辨出它脖子上的佛珠颗粒、僧袍上的花纹以及两道长眉的条条眉毛，层层叠叠的黑云缓慢地蠕动，让它的表情看起来充满恶意的生动。

两支笔灵撑起的屏障在重压之下变得稀薄，似乎支撑不了多久。

"您说，我们该如何是好？"颜政问诸葛一辉，后者无形中已经在这个小团队里建立起了权威。诸葛一辉皱起眉头："姑且不论十九说的那个更大危机，眼下这个辩才，恐怕要有与他生前相关的东西相制才行……"

颜政嚷道："既然他是弄丢了《兰亭集序》，你们谁把那个背出来，说不定那和尚就瞑目了！"罗中夏真在中学时代背过这段，张口就来："永和九年，岁在癸丑，暮春之初，会于会稽山阴之兰亭……"

诸葛一辉连忙阻住："喂！你这不是成心挑拨他吗？！"

仿佛为了印证他说的话，外面墨云突然动作加剧，化成烟状藤蔓纠结在几个人四周，压力陡然增大了数倍。俗话说骂人不揭短，辩才和尚为了这本帖子负疚了千年，忽然这么听见别人念这个，岂有不恼羞成怒的道理！罗中夏忍不住出言讽刺道："人家原本在坟里待得好好的，偏偏有些人不问青红皂白就掀了退笔冢的盖子，惹出这种乱子。"十九大怒，把刀一扬："浑蛋，你说什么？"两个人一吵，如椽和点睛之间的光芒又暗淡了几分。

诸葛一辉见状不妙，连忙喝止。十九抽回了刀，罗中夏悻悻耸了耸肩，嘴里嘟囔："够本事，你就把整个坟都扒了，跟我发什么脾气。"诸葛一辉听到他的话，眼睛忽然一亮：

"但凡怨灵，都不可能独立生存，势必有所凭依。你们看这墨烟滚滚，却都是从退笔冢里伸出来的。里面一定有什么根本的东西，把它毁了，也许怨灵也就自己散去。我想这是唯一的出路。"

说到这里，诸葛一辉语气变得有些犹豫："不过……这需要你们三个人的通力合作。这是个问题。"说完他指了指罗中夏、颜政和十九。

十九道:"让我跟这个无耻小人合作,不可能!"

诸葛一辉有些生气,拍了拍手掌:"十九!什么时候了,还这么任性!"十九眼圈登时红了,手中柳叶刀缓缓放下,泫然欲泣:"哥哥,你对房老师就这么无情?"

"报仇是活下去的人才能做的事情。"

"为了报仇,所以要和仇人合作吗?"十九哭着嗓子反驳。

他们两个说得旁若无人,颜政看了看她的神色,拉了拉罗中夏的袖子,悄声道:"你在外面欠了多少风流债啊?"罗中夏哭笑不得,实在想不起来自己哪里得罪过这位大小姐。

诸葛一辉一听房老师的名字,叹息道:"房老师如果在世,也不会想你如此。"十九沉默了一下,终于开口道:"好吧……我知道了,但不保证会发生什么事。"诸葛一辉把手放到她肩膀上,别有深意地看了罗中夏一眼,后者打了个寒战。

接着诸葛一辉简要地把自己的想法说了一下。

此时整个空间满是辩才的力量,因此就需要一种远距离攻击的手段,只有靠十九的如椽笔运用放大的能力,配合柳叶刀的刀势才能最快达到攻击效果;而罗中夏则需要用点睛笔指示方向,以保证不会出现偏差;至于颜政,则要用画眉笔的恢复能力随时为他们两个治疗,以免中途夭折。

"要记住,我们的目标只有一个,就是退笔冢。"

"那如果毁了退笔冢,让辩才变得更糟呢?"颜政问。

"最坏的情况,也不过是回到现在的状态。"诸葛一辉的解释让颜政很满意,他点了点头,伸开七根指头,红光彤彤:"喂,你们两个,上吧!我会以注定要作为守护者的命格保护你们。"

十九重新提起精神,祭起如椽大笔。如椽笔凌空飞舞,巨大的笔毫高速旋转,把辩才的妖气稍稍吹开一条通道,三个人飞快地冲出屏障。点睛笔和如椽笔留下的淡淡气息还能保护诸葛一辉,让他对全局进行指挥。

此时四下几乎完全黑了下来,浓雾滚滚,根本无法分辨东南西北。罗中夏不知如何操纵,只得心随意动,去与点睛笔相互应和。点睛的纤细身影在半空滴溜溜转了几转,牵引着罗中夏朝着某一个方向而去。

十九紧随其后,忽然开口道:"别以为这代表我会原谅你。"

"随便你了……"罗中夏无暇多顾,眼睛紧盯着点睛的指示,生怕跟丢了。辩才从空中看到这三个人,惨号一声,如潮般的阴气铺天盖地而来。

冲在最前的罗中夏一下子被淹没,开始口鼻流血,浑身寒战连连。就在他觉得自己的生命力开始流失的时候,颜政的手适时搭到了他的肩上,把他恢复到之前的状态。

"还有五次。"

罗中夏略侧了侧头,发现原来十九也中了招,几缕殷红的鲜血流到白皙的脸上。颜政一手扶一个,分别为他们疗了一次伤。

而这时又有一股阴风从身后打过来,颜政浑身颤抖了一下。罗中夏和十九要去搀他,颜政摆了摆手,咧开嘴笑笑,示意继续向前:"不用管我,流氓会武术,谁也挡不住。"

四周影影绰绰,全是辩才和尚狰狞的面孔,掀动起无数墨浪,呼啸着拍打而来。这三个人有如惊涛骇浪中的三叶扁舟,时进时退,一会儿被卷入海底,一会儿又浮出海面,唯有头顶的点睛岿然不动,像北斗星一样指示着某一个方向。罗中夏和颜政一前一后,把十九包夹在中间,尽量让她减少与阴气的接触。过不多时,两人已经血流满面,颜政手里的恢复能力有限,不到万不得已,不敢擅用。

十九见到两个人的惨状,心中忽然有些不忍:"喂,我不用你们保护。"

"我们是为了活命,又不是为了你。"罗中夏用手抹了抹脸,觉得被阴气侵袭深入骨髓,浑身的血液都快凝结了。十九蛾眉一蹙,怒道:"我信的也不是你,而是点睛。"

"你们……能死后再慢慢吵吗?"颜政有气无力地嚷道,辩才和尚的攻击一次比一次凶险,他必须准确地判断出自己三个人生命力消逝的速率,尽量达到最大的治疗效果。

"就在那里了!"

罗中夏忽然大叫一声,点睛在半空鸣叫不已,笔毫点点。十九无暇多想,如椽笔猛然一挣,两侧墨雾纷纷暂时退去,让出一条路来,路的尽头正是已经被毁去了顶盖的退笔冢。

"去吧!"颜政伸出最后一根手指,点中十九背部,她立刻恢复到了五分钟前的最佳状态。随即,失去所有恢复能力的颜政和罗中夏被接踵而来的阴气淹没,扑倒在地。

十九不及他顾,举刀就劈。刀势经过如椽笔放大,推锋猛进,仿佛一阵飓风横扫一切。

阴气和墨云本非实体，刀锋只能稍稍逼退它们，而退笔冢却是实实在在的。在十九近乎疯狂的刀势之下，坟茔像被灼热餐刀切开的奶油一样，应刃而裂。

随着阵阵刀光飞舞，在极短的时间之内，退笔冢生生被十九的柳叶刀削成了一片片的土砖飞屑。辩才和尚好似被踩中了七寸，在空中舞动得更加疯狂，一时周遭所有的黑气都猛然收缩，化成万千触手朝十九刺过来。

可是已经晚了。

当坟茔的结构终于无法支撑住压力的时候，退笔冢终于在这猛烈的刀锋切斩之下轰然塌陷。冢中枯笔哗啦啦滚落一地，这些古笔竹竿残破，笔毫已经凋谢无踪，数量十分惊人。

罗中夏这时艰难地抬起头，抬手高声嚷了一句："看天！"

十九闻声抬头，看到点睛用尽最后一丝力气点了点残冢，随即化作一团微光飞回罗中夏胸中。她循着笔势去看，赫然发现那些枯笔之间，隐约可以看到一个小小的骨灰瓮。

"就是它了！"

如椽笔倾尽全力，把十九的刀锋放大到了极致。头发散乱不堪的十九飞身而起，拼尽全力不余后招，一道肉眼可见的半月波纹海啸般劈过去，在墨雾攥住十九身躯之前，"唰"的一声，硬生生连坟茔带那骨灰瓮一起劈成两半。

辩才和尚抽搐了一下，昂起头来从嗓子里发出一声尖厉的长啸。啸声尖锐而凄厉，四面墨雾瞬间收缩至身体内，就好像是被火燎了的蜘蛛腿一样。四下登时澄清，半空之上只剩一个乌黑色的墨和尚，棱角分明，如刀砍斧凿。

就在辩才开始浓缩的同时，四周突然降下一片古怪的寂静，无论辩才、残冢、树林还是风都凝滞不动，像是垂下四面肉眼看不见的隔音幕布，隔绝了一切声音。

寂静到让人觉得不正常。

没有人动，甚至辩才禅师都一动不动，像是一尊乌木雕出来的佛像，面上戾气渐消。十九、罗中夏、颜政三个人瘫倒在地，生死不明。

地面微微震动，树叶发出簌簌的细微声响，一道青色的光芒在罗中夏胸前复盛，仿佛为了应和，一道白光从远处的某个地方闪过。

一阵低沉的隆隆声滚过，如火车开过。这种震颤开始极为细小，波及的范围只是退笔冢，然后是云门塔林、整个云门寺，最后甚至整个秦望山的两翼也开始微微地颤抖起来，就好像被夸父的大手抖搂地毯一样抖动着地壳。

而那道白光，和青光融汇一处。青莲笔从罗中夏胸前跃然而出，呦呦共鸣，从笔顶莲花到毫尖细毛都精神抖擞，仿佛见到多年老友，雀跃难捺。

震颤不知何时已经停止，整个秦望山周身都有丝丝缕缕的气息飘然而出。方圆十几里，这些肉眼勉强可见的灵气自山谷、山脊、山腰等处蒸腾而上，不疾不徐，纷纷融入白光之中。

白光最终凝聚成了一条长约几里的乳白色长带，曲折蜿蜒。它在半空蜷曲成一个缥缈的巨大圆环，并停在了距离退笔冢不远处的一个小山丘上，光芒渐盛，十分耀眼。过不多时，圆环逐渐收缩，慢慢敛入山丘，不留片缕。

一分钟后，秦望山震动复起。一缕白烟从山丘下的小池塘内重新扶摇直上，升至半空，逐渐伸展。周围云气见了，纷纷散开，仿佛战战兢兢迎接主人到来的仆役。这光的形状渐次有形，有头有颈，有喙有翅，竟似一只展翅待飞的白鹅。这头白鹅微一曲颈，一声响彻数里的叫啸从山体之内响起，引起周围山岭阵阵共鸣回声，听上去清越激昂，无比深远。待白光尽数化走，褪去光芒，出现在山丘之上的，竟是一管笔灵。这笔通体素白，笔管丰腴优美，如白鹅凫水，雍容不可方物。

这时一个苍老的声音不知在何处响起：

"好一支王右军的天台白云笔。"

众人闻言，无不大惊。不知何时，一个身穿唐装的老者负手而立，神态安详。这老人无声无息地接近身旁，众人竟无一觉察。

唐装老者没把注意力放在众人身上，而是举头仰望那支他口中的天台白云笔的笔灵，语带赞叹："人说管城七侯之中，这支天台白云笔号称雅致第一，如今来看，果不其然啊！"

相传，晋时书圣王羲之王右军曾在天台山的华顶苦练书法，但无论如何努力，总不能突破既有境界，进展甚微。一夜他心情烦闷，依山散步，忽然一位鹤发银髯的老者飘然而至，自称"白云老人"。王羲之向他求教书法之秘，老人就在他掌心写下一个"永"字，教以永字八法。王羲之从"永"字的体势架构入手，终于悟出运笔之道，从此境界精进，成为一代宗师。后来为了纪念白云老人，王羲之还特意手书《黄庭经》一部，藏于天台山顶的一山洞内——即是如今的黄庭洞。

诸葛一辉心头一跳，他对天台白云的典故很熟悉，这么说的话，眼前这支莫非是王羲之的笔灵？

他从小就听大人们说管城七侯的故事，知道这是笔冢主人亲炼的七支至尊至贵的笔灵，每一支都炼自空前绝后的天才巨擘。笔灵若有阶级，那么这七支就是当之无愧的贵胄，足可傲视群笔。

只是管城七侯之中，除了偶尔现身的点睛笔、青莲遗笔以外，其他的笔灵无论名号还是样式都已经在笔冢那一场离乱中湮灭无存，流传至今只剩几行残卷片帙，甚至没人知道究竟都有哪几位得以位列管侯。如果这老人说的是真的，那他此时亲眼所见的，就是传说中的其中一支！

王羲之是千古书圣，百代仰止，他归为管城七侯当之无愧。

可是诸葛一辉心中却生出一个疑问。

每一支笔灵，多少都与炼者之间有些联系。天台白云笔是王氏之灵，按说该留存在天台华顶的墨池，或者藏有他所抄写黄庭经文的黄庭洞内，为何会跑到在王羲之生前还不曾存在的秦望岭云门寺来呢？

"献之墨池，智永退笔，嘿嘿，笔冢主人藏笔之处果然非常人所及。"老者轻托白髯，不住轻点头颅，仿佛在鉴赏一幅名画。

这时天台白云笔周身泛起白光，那光笼罩笔管周身，幻化成一只优雅白鹅，拍了拍翅膀，朝着退笔冢的方向飞去。

罗中夏站在一片狼藉的废墟之中，神情委顿，衣服破烂不堪，瞪着那个老头，双目之中却燃烧着熊熊怒火。诸葛一辉、十九和颜政不认识，他可太认识这老头了。

"韦势然！"

罗中夏突然发出一声暴喝。老者站在几米开外的一处高坡上，朗声笑道："罗小友，好久不见。"

罗中夏此时真是百感交集，他落到今天的境地，全都是拜韦势然所赐，说韦势然是仇人丝毫也不为过。可他忽然想到，韦势然既然突然现身，那么……小榕也许也在附近吧？一阵惊喜潜流在怒潮的底层悄悄滑过。

他心中一下子涌起无数问题想要追问，韦势然却摆了摆手，示意他少安毋躁，一指天上。罗中夏抬起头来，胸中骤然一紧。

点睛笔没，青莲笔出，在半空之中鸣啾不已，逐渐绽放出一朵莲花，罗中夏从未见青莲笔的青莲花开得如此精致，青中透红，晶莹剔透，甚至花瓣上的纹路都清晰可见。与此同时，白鹅轻轻飞至退笔冢上空，以青莲笔为圆心开始飞旋盘转。

只见碧空之上，一只雍容大鹅围着一朵青莲花振翅徘徊，似有依依不舍之情，鹅身缥缈，莲色清澄，让在场众人心神都为之一澈。

曾有一位大儒感慨道："以右军之笔，书谪仙之诗，宁不为至纯乎？独恨不能人间相见矣。"今天青莲、天台白云二笔交汇，同气相鸣，仿佛书圣、诗仙跨越漫长时空携手一处，惺惺相惜，已然几似傅青主"至纯"的境界。

就连辩才的墨色怨灵，也为这种氛围所感染，静立空中不动。

罗中夏耐不住性子，张嘴要说些什么，却又被韦势然的手势阻住："罗小友，先且慢叙旧，待此事收拾清楚再说不迟。"

天台白云位列管城七侯，灵性自然与寻常大不相同。它仿佛听到韦势然的话，白鹅昂颈回首，又幻成一支白笔，蘸云为墨，青空作纸，不出片刻半空中就留出片片云迹，蔚然成观，赫然一篇《兰亭集序》正在逐字而成。

众人看着那笔灵上下翻飞，无论笔力劲道还是字里行间的那一段风韵，无一不是形神兼备，仿佛右军再世，持笔挥毫一般。

云字缭绕，逐渐把辩才和尚的墨身围住。每书完一字，墨身的墨色就淡去几分，眉间戾气也消减了几缕。等到天台白云笔书至最后一句"亦将有感于斯文"时，最后一个"文"字写得力若千钧，摧石断金，似是一鼓作气而至巅峰。

辩才和尚的身形已是渐不可见，受了这一个"文"字，残余的凶戾之气顿消，唇边却露出一丝解脱后的微笑，如高僧圆寂时的从容坦然。

"阿弥陀佛。"

一声佛号在空中响起，辩才和尚最后的魂魄四散而去，千年的怨魂，终于消散无踪。

退笔冢——准确地说，现在已经是退笔冢遗迹了——前恢复了平静，颜政、十九两个人伏在地上，尚还没恢复精神；诸葛一辉蹲在十九身旁，惊愕地望着天台白云，他号称笔灵百科全书，却也是第一次目睹这一支笔灵的风采，完全被震惊到说不出话来。

罗中夏走到韦势然身前，问出了萦绕心中许久的疑问："你从头到尾都是在骗我，对不对？"

韦势然笑道："同一件事，从不同角度来看，是不同的。"

罗中夏没理睬这个废话回答，继续追问，声音逐渐高昂起来："这个不能退笔的退笔冢！也是你让小榕骗我来的，对吧？"自从他无意中被青莲上身以后，事故接连不断，种种危险麻烦，全是因此人而起。

"不错。"韦势然回答得很干脆，"我叫你来退笔冢，其实另有用意。"

罗中夏面色因为气愤而变得涨红，忍不住攥紧了拳头："什么用意？！"

韦势然悠然弹了弹指头，像是当日在长椿旧货店后的小院里一样："你们要知道，管城七侯都是笔冢主人的爱物，所以他为了寻找收藏之地，也颇费心思。这一个退笔冢，实际上乃是笔冢主人盛放天台白云的笔盒。"

在场众人面面相觑，不知他忽然提起这个干吗。

"笔通大多以为笔灵必然与炼者的籍属有所关联，其实大谬不然。"说到这里，韦势然瞥了诸葛一辉一眼，后者有些脸红。

"天台白云是王右军性灵所制，何等尊贵，岂能放到尽人皆知的地方？隋末唐初之时，笔冢主人终于选定了秦望岭作为天台白云笔的寄放之所。这里有王献之的墨池、智永的退笔冢，他们两个与王羲之都有血缘之亲，作为藏笔之地再合适不过——不过盒子虽有，尚缺一把大锁。"

"于是辩才也是个关键？"诸葛一辉似乎想到了什么。

"不错。"韦势然道，"据我猜测，那个御史萧翼，恐怕就是笔冢主人化身而成的。他故意骗走了辩才收藏的《兰亭集序》真迹，让老辩才怨愤而死，然后再把这和尚催化成无比强大的怨灵，一腔沉怨牢牢镇住云门寺方圆数十里，顺理成章地成了笔盒上挂着的一把大锁。"说完他双手一合，像是锁住一个并不存在的盒子。

众人都沉默不语，原来他们以为那只是唐初一段文化逸事，想不到还有这层深意。罗中夏意识到了什么，神色有些惶然。

韦势然伸出两个指头："因此，若要开启笔盒，让天台白云复出，必须要有两个条件。"

"释放辩才的怨灵？"颜政和诸葛一辉脱口而出。

韦势然赞许地点了点头："不错，只有辩才的怨灵彻底释放出来，才能解开加在笔灵上的桎梏。不过，这才是笔冢主人此局真正的可怕之处……笔灵大多狂放不羁，如果只是简单地毁弃退笔冢，固然可以解开辩才的封锁，但天台白云也会在解脱的一瞬间溜走。毁弃退笔冢的人非但不能得到笔灵，反而会遭到辩才怨灵的反噬。这并非没有先例。"

众人想到刚才的凶险场面，无不后怕，心想不知那位不幸的先例究竟是谁。

"所以只有在释放的瞬间克制天台白云，不让它遁走，才能借此化掉辩才怨气？"

"不错，只有在解放天台白云的同时留住它，才能让天台白云用《兰亭集序》化去辩才怨灵，再从容收笔。一环扣一环，一步都不能错。而能满足这个条件的……"

韦势然停顿了一下，把视线投向半空，白鹅依旧围着青莲团团转，不离退笔冢上空："管城七侯之间有着奇妙的共鸣。若要控制一支管城笔侯，必须要用另外一支管城笔侯来应和，这也是笔冢主人最根本的用意——非七侯之一，就没资格来取七侯之笔。如今的世上，六侯渺茫无踪，只有青莲笔已经现世……"

罗中夏脸色"唰"地一片苍白："即是说，你们骗我来退笔冢，根本目的就是让青莲与天台白云彼此应和相制，你好收笔？"

"然，天下唯有青莲笔才能破开这个局。"

韦势然指了指半空，用行动回答了罗中夏的疑问。一只斑驳的紫檀笔筒"嗖"的一声从他袖中飞出，悄然靠近仍与青莲纠缠的白鹅。这个笔筒是用一截枯树根茎制成，镂节错空，苍虬根须交织在一起，拼凑出无数个"之"字纹路，可称得上是一件浑然天成且独具匠心的名器。

相传王羲之一生最得意的作品就是《兰亭集序》，而《兰亭集序》中最得意的，是那二十一个体态迥异、各具风骨的"之"字。王羲之当时兴致极高，天才发挥得淋漓尽致，等到后来他再想重现，已是力不能及。

所以要收天台白云笔，用这一个紫檀"之"字笔筒，再恰当不过。韦势然显然是早有准备。

"原本我计划是把罗小友诱到退笔冢前，然后自己动手。不过既然有诸葛家的几位主动配合，我也就乐得旁观了。那位带着如椽笔的小姐真是知心人，毁冢毁得真是恰到好处。只可惜你们不知内情，若不是天台白云及时出世，险些在辩才手里送掉性命。"

听完这种风凉话，罗中夏已经再无法可忍。

"可恶！青莲笔，给我打这个老东西！"

一声怒吼，被一骗再骗而积聚的怒气一下子全爆发出来，如同维苏威火山一样喷射着灼热的岩浆，滔天怒意卷向韦势然。

这个懦弱的少年第一次如此积极主动地表现出强烈的战斗欲望。

"雷凭凭兮欲吼怒！"

感应到了主人召唤，本来与天台白云笔沉浸在共鸣中的青莲笔猛然回头，把罗中夏口中的诗句具象化成如啸似吼的雷霆，气势汹汹。

韦势然却似早料到了他的反应，轻轻用指头一挑，所有的雷电都被一股奇异的力量引导着反震回去。罗中夏用尽全力，一点后招都没留，这一下猝不及防，一下子被震出十几米以外，衣服发出一股焦煳的味道。

"你的青莲笔毕竟只是支遗笔，还是别逞强了。"

韦势然淡淡说道。这时紫檀"之"字笔筒已经将天台白云吸入大半，每一个"之"字都泛起了金光，远远望去就好似在笔筒外镏了许多金字一样。

韦势然收完了笔，对着远处的罗中夏道：

"罗小友，好好保存你的青莲笔吧，日后还有大用。"

说完韦势然身影一转，如穿林之风般倏然消失。于是退笔冢之上，真正恢复了平静。辩才已消，白鹅已收，空剩下满目疮痍的废墟和半空中一朵不知所措的莲花。莲花的花瓣颓落，色泽灰败，和刚才的光彩迥异。

罗中夏静静地躺在地上，刚才韦势然的话他听在耳里全无反应，全身的伤痛不及心中悲凉。他的希望原本全寄托在了退笔冢上，指望能就此解脱，回归正常生活，却残酷地又一次被骗了——而且还是被那个人又一次骗了。

他闭着眼睛，心如死灰，觉得生无可恋，恨不得一死了之。

忽然一滴清凉的水滴在脸上，冰冷彻骨，却像是冰敷的毛巾搭在发烧的额头，让整个身体乃至灵魂都为之一舒。

罗中夏仍旧闭着眼睛。很快他就感觉到了更多的水滴滴下。

不，不能叫滴下，那种轻柔的感觉，应该叫飘落才对。

一只柔软的手放在了他的额头上，还伴随着细切的抽泣声，那声音似曾相识。罗中夏下意识地睁开了眼睛，却发现身旁空无一人，只有几片柳絮般的白色雪花残留在脸上，很快就融化了。

他猛然坐起身子，瞪大了眼睛急切地四处环顾。当他与颜政的视线重合时，后者面色凝重，冲他点了点头。

"是她……"

青莲笔收，点睛笔出。

指引命运的点睛笔再一次指出了方向。

罗中夏循笔尖望去，只来得及见到林中一个娇小的身影闪过，然后立刻消失……

还未等他有所感慨，视线忽又被另外一位女子的身影挡住，冰冷的刀锋距离鼻尖只有数毫米之遥。

"姓罗的，现在继续算我们那笔账吧！"

一阵低沉锐利的声音突然划破山林，略显狼狈的诸葛长卿从林子里钻出来，身上的衣着还好，头上却落满了碎叶。

二柱子实在是个难缠的对手，这孩子太认真了，认真到几乎没有破绽。诸葛长卿虽然故意留了实力，但在他的拳脚紧逼之下，也一度手忙脚乱。

直到退笔冢那边的动静彻底消退，诸葛长卿才快刀斩乱麻，使出一招《大风赋》，把二柱子远远吹开。二柱子双手护住面部，后背狠狠撞在树干上，晕厥过去。

诸葛长卿冷冷一笑，却没有过去补刀，他得尽快赶过去跟诸葛家的其他人会合。

一出密林，诸葛长卿耸了耸鼻子，能察觉到曾经有过一个强大的笔灵存在过，周围环境里仍旧残留着它的灵迹，那种感觉异常地强大，也异常地陌生。

他朝退笔冢的方向望去，那里既没有青莲笔，也没有如椽笔，颇为安静，只有风吹过树冠的沙沙声，杀伐的戾气半点也不曾剩下。

诸葛长卿心中起疑，他谨慎地靠近退笔冢的方向，同时收起凌云笔。几分钟以后，他接近了退笔冢的边缘，屏息凝气，尽量让自己的脚步不发出声音，同时拨开一段树枝，朝退笔冢望去。

映入他眼帘的首先是满目的疮痍。原本硕大的退笔冢已经不复存在，取而代之的是一片扭曲的废墟。以废墟为圆心，周围半径几十米内都是横七竖八的断裂树干、碎砖，还有无数的枯笔，原本丰饶的草地被犁出了数十道深浅不一的沟壑，黑色的泥土从沟壑两侧翻出来，看上去就像是绿地上的数道疤痕。可见这里有过一场惊心动魄的大战。

罗中夏和颜政直挺挺躺在地上，衣衫破烂不堪，身体上遍布刀痕，有些甚至深可见骨，以至于血污成片，远远望去，几乎就像是人形的生鱼片一般。

这些可怕的伤口一看就是被锋利的刀刃所割。十九抱臂站在一旁，喘息未定，显然是刚经历了场恶战，上衣有几处撕裂，露出雪白的肌肤。那把柳叶刀倒插在脚边，距离罗中夏只有几厘米的距离。诸葛一辉四处搜寻着散落在地上的枯笔，这些都是智永禅师当年用过的，即便只是寻常毛笔，也颇有文物价值。

诸葛一辉从怀里掏出手机，拨了一个号。诸葛长卿的怀里忽然一颤，当即明白他在给自己打，连忙按住手机，疾退了几步，躲到半人多高的一块山石后面，才按下接听。

"喂，长卿，你那边怎么样？"

"敌人丧失战斗力了，你们那边呢？"诸葛长卿故意压低嗓音。

"一言难尽，但敌人也都被制住了。尽快过来与我们会合。"

"好。"

诸葛长卿收起手机，故意又停留了片刻，才走入退笔冢的范围之内。他倒不必刻意化装，已经足够狼狈了。十九看了他一眼，没说什么。诸葛一辉把捡起来的枯笔归拢到一堆，然后迎上去关切地问道："看你迟迟未至，还以为出了什么变故呢。"

"是个难缠的犟小子，不过到底不是笔冢吏。"诸葛长卿说完，环顾四周，问道，"这里到底发生了什么事？"

于是诸葛一辉就把整个退笔冢、辩才、天台白云笔、韦势然的事一一讲给他听，诸葛长卿听得满面阴云，眉头一跳一跳。

"就是说，这里藏的是王羲之的笔灵，被韦势然坐收了渔翁之利？"

"没错。"

"可惜！"诸葛长卿咬牙切齿，早知道这里藏的是管城七侯之一，就该多派些人来。

"早晚有机会的。"诸葛一辉拍拍他肩膀，"我们总算有所收获，把青莲笔弄到手了，还有一管画眉笔做添头。"

诸葛长卿看了一眼倒在地上不省人事的罗中夏和颜政，一直悬着的心终于放下来了，笑道："我就知道惹恼了十九的人没好下场。"

"这两个家伙都没什么经验，空有好笔，牛嚼牡丹。刚才韦势然离开以后，他们还以为平安无事了呢，结果十九一发威，没费多大力气就解决了。"诸葛一辉乐呵呵地说。

十九弯下腰，从罗中夏身上摸出一个黑色的小塑料本，扔给诸葛长卿："你看看这个，这是罗中夏在法源寺里弄来的。"诸葛长卿接过来一看，发现是一个驾驶本，它一直放在罗中夏身上。他随手打开，第一页的黑白照片十分清晰，是一张三十多岁儒雅男性的脸。

"他还有脸留着房老师的照片！"诸葛长卿感慨道，瞥了罗中夏一眼，随即凶光一露，"我们就该以牙还牙，让他们也尝尝房老师的剜心之痛！"

他本以为十九和诸葛一辉会接口，两人却都没有应声。诸葛长卿看看左右，忽然觉得气氛有些凝滞。

"长卿，"诸葛一辉和蔼地问道，"你说你没见过房老师，又怎会知道他的相貌呢？"

"……呃……驾驶执照上有他的名字嘛……"诸葛长卿一时语塞。

"真的吗？"

诸葛长卿连忙低头去看，发现驾驶执照上的名字分明写的是"颜政"两个大字！

"驾驶执照上写的是颜政的名字，只有见过房老师，才能只看照片立刻就认出来吧？"诸葛一辉说话还是慢条斯理，但口气逐渐严厉。

诸葛长卿抑制住心脏狂跳，连忙辩解道："十九妹刚才不是说罗中夏从法源寺里弄来的吗？我想那肯定是和房老师的死亡有关。"

诸葛一辉和十九对视一眼，诸葛一辉叹了口气，似乎是失望至极，这时十九踏上一步，眼神逐渐改变："你又是怎么知道房老师与法源寺有关呢？"没等他再次辩解，十九又是一声厉喝："你又是怎么知道房老师是被剜心而死？！"

诸葛长卿被这一连串逼问乱了阵脚，他慌忙一指罗中夏："点睛笔明明就在他的身上！一定就是他杀死的房斌！"

话音未落，原本直挺挺躺在地上的罗中夏和颜政忽然一跳而起，两个人衣衫整齐，身上半点血污伤痕也没有。颜政笑嘻嘻地运起画眉笔，朝驾驶证上一拂，驾驶证立刻恢复到五分钟前的样子，上面写的不再是"颜政"，而是"房斌"。这是颜政残存的最后一丝能力。

此时诸葛长卿的表情，十分精彩。他退后一步，头顶开始有凌云凝聚。

罗中夏冷冷道："今天就让你看看我这管点睛的厉害。"

一条金龙自掌心长啸而出，一身金鳞光彩夺目，双目炯炯有神，充满了灵性。

诸葛长卿脸色更难看了，又朝后退了一步，冲十九和诸葛一辉沉声道："诸葛兄，十九妹，请你们相信我，就是眼前这个人杀死了房斌老师！他点睛笔都亮出来了，可谓不打自招了！"

十九却岿然不动，只是冷冷道："云从龙，风从虎，是不是和当日一样？"诸葛长卿连忙点点头："不错！当时他新得了点睛笔，我本想为房老师报仇，却反被点睛的金龙打败，实在是心有余而力不足啊。"

"长卿哥。"

"嗯？"

"你刚才只有一句话是真的。"十九头发高高飘起，两只眼睛变得赤红，如同北欧神话中的女武神，"惹恼了十九的人从来没有好下场。"

诸葛长卿感觉到如椽笔已经昂起了头，空气压力大增，他急忙道："十九妹，你……"

罗中夏此时收回金龙，冷笑道："你当日被我的金龙惊走，可万万没想到那条金龙是我用青莲笔和李白诗'房箭如沙射金甲，云龙风虎尽交回'两句幻化出来的吧？点睛笔是指示命运之用，根本不是战斗型的，你不知道吧？"

颜政也帮起腔来："你刚才说被点睛打败？根本就等于是不打自招！"

诸葛长卿环顾四周，最后把身体凑近诸葛一辉，试图寻求帮助，语气近于哀求："诸葛兄，你是家里最聪明的人，这种愚蠢的中伤，你根本不会相信！"诸葛一辉长叹一声："原本我们是不信的，但你现在句句说谎，满身破绽，叫我如何帮你……"

诸葛长卿突然凶光毕露，他猛一伸手卡住诸葛一辉的脖子，来了一个完美的勒颈后翻，大吼道："你们不许靠近，否则他就死定了！"

颜政道："你终于承认自己的罪行啦？"

诸葛长卿吼道："住嘴！"话音未落，凌云笔呼啸着抢出来，一时间风起云聚。他试图和上次一样，用风云造成混乱，然后伺机逃走。

"别想逃！"

十九和罗中夏同时喝道，两人疾步向前，分进合击，竟显出了极高的默契。往往青莲笔一马当先，将周遭风云以诗句具象固化，然后十九刀锋一闪，经如椽笔放大的锋刃所向披靡。很快那些风云就被斩得七零八落，不成气魄。

凌云笔虽然强悍，可在两管笔夹击之下显得左支右绌。

诸葛长卿只看到眼前人影晃动，凌云笔喷吐的云气越来越少，刀锋却越来越多，不禁有些慌张，夹着诸葛一辉的脖子朝后退去，把自己藏身于一团滚滚黑云之内。青莲笔和如椽笔攻势虽盛，却始终没有对诸葛长卿本体进行攻击。

"我有人质，他们投鼠忌器，是绝不敢动手的。"诸葛长卿想，同时把诸葛一辉勒紧了些。

殊不知,这恰是十九和罗中夏想让他强化的概念。

诸葛一辉只是脖子被诸葛长卿钳住,双手还是灵活的。他听到十九呼喊,立刻高抬双臂。诸葛长卿以为他要挣扎,怕一只手不够,就用两只手勒得更紧了。没料到诸葛一辉却丝毫没有反击的意思,反倒堵住了自己的两个耳朵。

还没等诸葛长卿反应过来,真正的陷阱发动了。

"雷凭凭兮欲吼怒!"

罗中夏飞身大喝,青莲笔立刻将这诗句具象成天雷炸裂般的强悍音波。在下一个瞬间,十九的如椽笔把这原本就十分巨大的震动放大了数十倍。两人一前一后,时机拿捏得分毫不差。

这已经不能称为雷了。

是霹雳。

大霹雳!

肉眼可见的空气波纹向四面扩展开来,在如此巨大的音波面前,滚滚风云根本不堪一击,立刻被席卷一空。一直拼命钳住诸葛一辉脖子的诸葛长卿想要抽出手来堵住耳朵,已经来不及了。

他整个人被扑面而来的压力震倒在地,脑子被刺入的霹雳声搅成了一锅粥,当场晕厥在地,口吐白沫,两道鲜血顺着耳洞流出来。

霹雳只持续了短短两秒就结束了。

除了诸葛长卿以外,其他人都安然无恙,只有颜政抱怨似的揉了揉耳朵,嘟囔着以后再也不和罗中夏吵架了。

十九走上前去,欲挥刀去斩诸葛长卿,却被诸葛一辉拦住。诸葛一辉道:"十九,且慢动手。杀人并非你我可以裁决的,还是把他押回去,让老李定夺的好。"十九看了一眼两眼翻白、四肢不断抽搐的诸葛长卿,冷哼一声,"唰"地把刀收入鞘中。

罗中夏自从得了笔灵以来,这次赢得最为酣畅淋漓,心里被骗的郁闷稍稍缓解。他这时方觉得大腿一阵酸疼,这是典型平时缺乏锻炼的结果,他低下头,本想揉揉,忽然鼻子一阵幽香飘过。他连忙抬起头,看到十九站到了他面前。

他见惯了十九剑拔弩张、金刚怒目的表情,此时她恢复了正常表情,柳目含黛,五官清秀而精致,英武飒爽之间带着几丝内秀的柔媚。一时间罗中夏竟然惊呆了,想不到她原来这么漂亮。

他的视线往下滑去,却不小心看到了十九右肩。那里的衣服已经在刚才的一连串混战中被扯破,露出一截白皙圆润的肩头,在黑色西装衬托下更显细腻。十九发觉他眼神不善,很快发觉哪里不对,立刻蛾眉一立,伸手轻扇了他一个耳光。

若是敌人,只怕十九早就拔刀相向;这一斩一扇的差别,已经默认了十九对罗中夏已无敌意。

"啪!"

罗中夏捂着脸,面色尴尬,不知该叫冤抱屈哪样才好。十九怒容一敛,神情忽然有些扭捏,双眸望着旁边,低声说了句"谢谢"。

"嗯?"罗中夏一愣,随即摆了摆手,"没关系啦,诸葛长卿也是我的仇人,我出手也是天经地义的事。"

十九轻轻摇了摇头,声音渐低:"我是说刚才……嗯,辩才刚攻击我的时候,你……呃……救了我。"

罗中夏这才反应过来。辩才和尚刚从退笔冢里冒出来的时候,黑气直扑十九,当时他也不知吃错了什么药,扑过去把她抱开,才算逃过一劫。

"呃……我没那么有武德,也许是点睛笔驱使我这么做的吧。"

"你是说,这是命运的指示?"

话一出口,两个人都觉得大不自在,彼此都颇为尴尬,都不知该如何说才好。这时候诸葛一辉和颜政绑好了诸葛长卿,也走了过来,两个人这才松了一口气。

诸葛一辉赞道:"罗兄弟你倒有急智,竟然能想到用青莲笔具象出重伤之势,唬过了诸葛长卿。"

罗中夏讪讪赔笑,其实那句诗最初他背下来,只是单纯为了装死用的罢了,哪想到今天居然派上了这种用场。"装死也是实力的一部分,那也是要有演技的。"颜政一本正经地补充。

"不过我没想到啊,你们最后居然会同意我的提议,来演这么一场戏。"

"假如你当时没有在辩才的黑气下救过我的命,我是绝对不会答应的。"十九道,"我在想,能够在危急时刻还不忘去救敌人,这与房老师的精神实在太接近了。这样的人应该不会害人的。"

"谢谢!"

诸葛一辉伸出手来,郑重其事地与罗中夏和颜政握了握。

"我们准备带着这个叛徒回上海去,看族里如何处置。你们接下来准备去哪里?"

罗中夏一听,神色黯然。他此行最大的目的,就是退掉青莲笔回归正常生活。现在唯一的希望也破灭了,退笔冢非但不能退笔,反而被人利用。他灰心丧气,已经不知前途在何处了。

"要不要去我们诸葛家看看呢?"

罗中夏霍然抬起头来,看到诸葛一辉和十九以及颜政都满怀期待地望着他。

第三十章 ○ 忆昨去家此为客

罗中夏和颜政张大了嘴巴，露出两张土包子的表情。

在他们面前是一栋豪华的白色别墅，西式风格，虽然只是三层小楼，却显出不凡的气度。在别墅的周围是一个效仿苏州网师园的小园林，无论松柏灌木都修剪得异常精致，看得出主人付出过很大心血。

十九看到他们两个的样子，抿嘴一笑，做了个邀请的手势："请进吧。"两个人对视了一眼，有些胆怯地踏入了别墅的大门。

他们从绍兴回上海没再坐火车，诸葛家专门派了三辆黑色林肯去绍兴接驾，两辆坐人，一辆先导，开在杭甬高速公路上十分拉风。十九不知为什么，主动选择和罗中夏坐到了一起；颜政只好一脸委屈地和诸葛一辉同一辆车，暗自遗憾二柱子没一起来。

二柱子毕竟是韦家的人，去诸葛家做客实在敏感。所以他先行一步，去永州和彼得和尚会合。

一路上十九没怎么说话，一直望着窗外，罗中夏也不敢多嘴，就把身体靠在沙发上闭目养神。

车队没有开进上海市，提前下了高速。又开了将近半小时，车窗外的景色变得和刚才迥异，农田减少，绿地增多，远处还有些别致小楼，彼此之间的间隔很远，甚至还有高尔夫球场，看起来是专门为那些富人开发的别墅区。罗中夏不知道另外一辆车里的颜政感想如何，反正自己的腿肚子有些转筋。

他们四个人一进别墅的厅堂，颜政忍不住"啧"了一声。这里的装潢风格充斥着近代民国气息：两侧是高大的古木书架，上面密密麻麻摆放着线装书；一套明式桌椅边摆放的是暗绿色的灯芯绒沙发；一个落地式仿古地球仪搁在书桌旁边。一副厅联挂在厅墙正中：进则入世，修身养性齐家治国平天下；退而出关，绝圣弃智清静无为悟妙门。

一位老者早已经恭候在厅内，一见他们四个人进来，立刻迎了上去。

"罗先生，幸会！"老人伸出手，罗中夏也伸出手，两手相握，他感觉一股力量透过这个身材矮小的老人右手猛冲过来，稍做试探又退了回去，如浪涌潮去。

"不愧是青莲笔。我此生能见到青莲笔吏，真是死也瞑目了。"老人笑道，罗中夏有些尴尬，挠了挠头，不知该说什么才好。

十九说："这一位是诸葛家的管家，你就叫他费老吧。"费老略一点头，对罗中夏说："老李就在楼上等您，请随我来。"

十九推了推罗中夏，示意他跟着费老走。罗中夏不太放心地看了她一眼："我自己去？"他其实对诸葛家并不了解，潜意识里还认为是敌人，除了十九以外他对其他人都不放心。十九拍拍他的肩膀，示意不必担心。

颜政愣头愣脑也要跟过去，却被诸葛一辉一把拉住："来，来，颜兄，让我带你参观一下我们诸葛家的收藏。"

"俗话说读万卷书不如打百遍拳，"颜政活动活动手指，忽然来了兴致，"不如我们去切磋一下。"

"若要打拳，我倒有个好去处。"诸葛一辉笑道。

罗中夏看颜政和诸葛一辉兴致勃勃地从旁门离开，深吸一口气，跟着费老上了楼梯，心里忐忑不安。十九一直目送着他。他们爬上三楼，走到一条铺着地毯的长廊尽头，那里有一道紫檀木门，门面雕刻着一幅山水图，山皱水波与木纹配合得浑然天成，十分精美。

费老在门上谨慎地敲了三下，门里很快传来一个声音："请进来吧！"费老推开门，让罗中夏进去，表情很是恭谨。

这一间显然是书房，三面墙都是满满的书籍。屋子中间有一个大大的实木书桌，桌上文房四宝俱全，一张雪白的宣纸铺开来，桌后站着一个人正提笔欲写，笔毫欲滴，显然已经蘸饱了墨。一本线装书倒扣在一旁。

看到罗中夏来了，老者从容搁下笔，微微一笑。费老道："这位就是老李，亦是诸葛家的族长。"

老李最多也就五十出头，而且满面红光，头发乌黑，一张略胖的宽脸白白净净，不见一丝皱纹，浓眉大眼，留了一个大背头。

罗中夏看了一眼桌子上倒扣的书，上面只有两个字：春秋。

"罗先生，欢迎你！"老李冲他和蔼地笑了笑，"等我写完这个字。"说完他重新俯下身子去，运气悬腕，转瞬间写了一个"道"字。

"罗先生你看这字如何？"

"挺好，写得蛮大的……"罗中夏不通文墨，只好这么回答。老李也不生气，哈哈大笑，把毛笔在水里涮了涮，搁到了笔架上，然后踱步出来。

"你的事情，我已经都听说了。"老李让他坐到沙发上，自己则坐到了对面，双手优雅地交错在一起。罗中夏摸不清楚他的用意，保持着沉默。这个人的双眼非常有特点，里面总似燃烧着一些什么东西，很有激情。

"退笔之事，他们韦家帮不上忙，我们诸葛家亦无办法。既然云门寺的退笔冢是个圈套，那么你唯一的选择，就只有去永州的绿天庵碰碰运气了。"老李开门见山。

罗中夏松了一口气，很久没碰到这么坦诚的人了："多谢您的关心！我会尽快退掉笔灵，至于青莲遗笔和点睛，等退出来，你们想要就拿去吧。"

老李似笑非笑："罗小友的如意算盘打得不错，可惜啊，树欲静而风不止。我看你身具渡笔之才，必然是要被诸方觊觎的。"罗中夏心中一惊，想不到他和韦定邦眼力一样犀利，一眼就看出了自己是渡笔人的身份，而且也说了一样的话。

老李看到罗中夏的反应，抬起手来，语气凝重："本来呢，你退笔，我取笔，两厢情愿，没什么问题。可是这一次诸葛长卿的背叛，让我发现，除了诸葛家和韦家之外，还有第三股神秘势力在悄然布局。我有直觉，他们才是最可怕的敌人。"

"是韦势然？"

"有可能，但不完全是。"老李道。

那么，秦宜去韦家盗笔，背后是否有人唆使？这么一分析，罗中夏发现，真的隐隐有一股力量，似乎把这两家的边缘人都统合在了一处，俨然成势。

"诸葛家和韦家再不和睦，也不会伤人性命，这是铁律。可这第三股势力，却不会在乎人命，他们很可能是殉笔吏的余孽，这可就麻烦了。"老李沉声道。

"殉笔吏？这到底是怎么回事？"罗中夏隐隐觉得，这件事十分关键。秦宜就是用奇怪的法门，把郑和给炼成了笔，而诸葛长卿杀房斌，似乎也与此有关联。

老李把目光移向房间内的文房四宝，徐徐道："既然罗小友你问起来，我便直言相告。笔冢自南宋关闭，从此再无笔灵，这你是知道的。可是历代总有个别笔冢吏不甘心，希望能找回笔冢主人的炼笔法门，再开笔灵之道。可惜他们没有笔冢作为参考，亦无正道在胸，最后从两家炼制笔童的手法里，开发出一套以活人炼笔的邪路，叫作殉笔。"

老李说到这里，信手拿起一管毛笔，用手指摩挲其笔尖："笔冢主人炼笔，是取那些天才死后的不昧魂魄，凝炼成笔灵；而殉笔之道，则是拿一个与笔灵相合的活人生生炼化，再让笔灵将其夺舍——换句话说，是笔灵吞噬掉人的魂魄，借着人躯复活。笔冢吏是身怀笔灵，而殉笔吏，则是占据了笔冢吏身体的笔灵。"

罗中夏听得毛骨悚然，这可真是至邪之法。细细一想，这正是郑和所遭遇的事。秦宜拿来殉笔的，虽然只是一支无心散卓，但原理是一模一样的。

老李又道："笔冢传人，最崇灵性。而殉笔搞出来的，都是行尸走肉，只配叫作笔童，实在是大逆不道。这个殉笔法门太过邪恶，诸葛家和韦家曾数次合力围剿，销毁典籍，杀死行邪法之人。我本以为这已失传，想不到……今日又重新见到了，还把爪子伸进我诸葛家来。"

说到这里，他冷哼了一声。诸葛长卿是家中主力，居然都叛变了，还不知殉笔吏余孽在诸葛家渗透了多少人。

"罗小友，你未来要面对的，恐怕是这些敌人。他们要取笔，可绝不会顾惜人命。何况你的渡笔资质，可是殉笔吏们求之不得的上等材料。你，逃不掉的。"

韦定邦说过同样的话，看来两家的族长，都不看好罗中夏的退笔之旅。罗中夏心中一阵躁郁，他想逃避，可是越逃，牵涉越深。原来只是为完成一个课外作业，可折腾到现在，却变成了整个笔冢世界的纷争核心。他坐立不安，觉得压力从四面八方涌来，简直要窒息而死。

这时老李忽然问了一个奇怪的无关问题："罗小友，问你个问题，你觉得如今的时代怎么样？"

罗中夏没料到他会忽然问这么一个高深的问题，只好敷衍着回答道："还好吧。"

老李摇摇头，声音略微有些激昂："就表面上来看，当然还算不错，经济在发展，城市居民生活水平在提高，然而同时人们的道德水平却在直线下降啊。你觉不觉得，如今的社会，已经到了古人所说礼崩乐坏的程度了？金钱至上，利益至上，整个社会完全物质化了，已经忘记了传统道德和精神。国学不存呢！"

"也没那么严重吧。"当然这句话罗中夏没说出口。"现在不是出了许多谈国学的书吗？还有电视上也天天讲，还有人上读经班呢。"

老李不屑地挥了一下手："现代国人太缺乏古风熏陶了，琴棋书画一门不通，诸子百家一人不晓。人心不古，世风日下，是普遍的现象，并非是一两个人、一两场讲座可以扭转的——说到电视讲座，客气点是隔靴搔痒，实质上彻底的误人子弟，建议你还是别看为好。"

"不过总算有人去做，总归是好的啊。"

"没错。我们诸葛家也是笔冢主人一脉相承下来的，从很早的时候起就以'不教天下才情付诸东流'为己任。所以我们笔冢后人，有责任把先人要维护的东西保留下来，发扬光大。这既是诸葛家的天命，也是诸葛家的责任。"

老李把右手按在胸口，双目闪闪："所以以前我一直运用诸葛家的财力和影响力，在各地邀请学者讲演，投资建设国学院。我记得你们华夏大学也是我们推动的项目之一。我原本希望能借此振兴国学。"

"不、不会吧……"罗中夏心里骂了一句粗话，没想到鞠式耕的国学课，竟然就是眼前这个人推动的。看来他和这些笔冢家族发生联系的时间，要比他想象中还要早。

老李的眼神忽然从慷慨激昂变得有些忧郁："但是我后来意识到了，一个人再有钱，他所做的也很有限。比如我斥资数千万去购买广告，但那也只能占几分钟时间。而每天二十四小时全国播放的广告差不多有我的几万倍。仅仅靠这些手段去挽救传统，是不够的。"

"那……该如何？"

他别有深意地看了罗中夏一眼，一字一顿说道："挽救中国精神，唯有国学；而挽救国学，唯有笔冢。"

"总算说到正题上来了。"罗中夏心想。

"青莲笔是管城七侯中最为特别的一个，它从来没有臣服过笔冢，它一定掌握着打开笔冢的关键。事实上，一直在搜集管城七侯的不只是他们韦家，我们也一直致力于此。但我和那些自私的人不同，我如果借助七侯的力量，就有能力打开笔冢。到时候中国数千年来的精粹都将得到解放，让那些伟大的先辈重现今世，重新感化这个已经接近道德底线的社会。"

罗中夏没想到这个人这么坦诚,坦诚到他都不敢正面回答。

"我知道你一直想退笔出世,归隐山林。不过天已降大任在你头上,往小了说,你自己要保命存身;往大了说,国学兴亡,匹夫有责啊。"老李把身体朝前倾了倾,声音变得缓和,但口气依然紧迫。

"经历过智永之事后,你也该知道,退笔毕竟只是虚妄,还不如做些有意义的事情。"然后他露出一个温和的笑容:

"怎么样?要不要和我一起来实现国学理想?"

诸葛长卿垂头半跪在阴冷的地下室内,两只胳膊被高高吊起,半身赤裸。他已经恢复了神志,然而两只眼睛既没有神采也没有焦点,如同一匹受了伤的孤狼。

颜政没想到诸葛一辉会把自己带来这里,他不太喜欢这种密闭空间的混浊味道,也不喜欢这种酷刑的氛围。他们现在身处这间地下室隔壁的监视室内,通过闭路电视观察着诸葛长卿的行动。

"这算是非法羁押吧,不怕被警察临检抓到吗?"

诸葛一辉淡淡回答:"颜兄,法律面前人人平等,但平等有先有后。"

颜政倒抽一口凉气,想不到他们家势力这么大,竟可以肆意动用私刑。同时他又有些不屑,颜政以前是流氓出身,打架犯事讲的是实力和气魄,最看不起的就是那些仗着自己爹妈身份而四处嚣张的人,连带着对特权阶层都有些隔阂。

诸葛一辉俯下身子吩咐工作人员把镜头拉近一点。颜政看到,在诸葛长卿的胸口、后颈和太阳穴都贴着微小的白色电极,长长的电线连接到地下室外的某一个地方。电极有节奏地放着微弱的电流,使得他不时抽搐。

"就这么锁着他,会不会被他用笔灵挣脱?"颜政忽然问。

"颜兄你看到他身上那些电极了吗?"

"不会是用高压电这么直接吧?"

诸葛一辉笑着摇摇头:"笔灵是精神,电刑管什么用呢?那个电极其实传送的是数字化了的《白头吟》。"

颜政比出一个放弃的手势,无可奈何地说:"诸葛兄,兄弟我读书少,您把话给一次说全吧。"

诸葛一辉取过一张打印纸递给颜政,颜政展开一看,这《白头吟》原来是一首诗:

皑如山上雪，皎若云间月。闻君有两意，故来相决绝。今日斗酒会，明旦沟水头。躞蹀御沟上，沟水东西流。凄凄复凄凄，嫁娶不须啼；愿得一心人，白头不相离。竹竿何袅袅，鱼尾何簁簁。男儿重意气，何用钱刀为！

就算颜政不懂诗，也能闻到这诗中颇多哀怨之气。诸葛一辉忽然问道："司马相如和卓文君的典故，颜兄该知道吧？"

"知道一点。古代泰坦尼克号，富家小姐卓文君爱上穷小子司马相如，两人私奔去了纽约，最后淹死在格陵兰岛。"

诸葛一辉忽略掉后一半的胡说八道，继续说："后来司马相如被汉武帝赏识，他发达以后，就有休妻之念。卓文君写了这首《白头吟》给他，以示劝诫，让他惭愧不已。千古闺怨诗词，这首当称得上超绝了。"

颜政拍了拍脑袋："我明白了，司马相如怕老婆，所以你们就用这首卓文君的诗克制了诸葛长卿的相如凌云笔？"

"正是，司马相如有愧于文君，有《白头吟》在，他的笔灵是断不敢出的。"

诸葛一辉指了指监视器旁边，那里摆着一台电脑，屏幕上一条类似心电图的曲线在跳动："这是我们诸葛家最新的研究成果，可以将诗词数字化，然后转化成有规律的电波。用科学的角度去看，笔冢吏与笔灵互动的表现形式可以视作一种特殊的神经脉冲。我们把《白头吟》转化成特定频率的电波去刺激他的神经，自然就能起到克制的作用。"

他停顿了一下，盯着屏幕感慨道："目前这项研究刚刚有个雏形，想不到第一个拿来试验的竟然是他。"

颜政想起罗中夏的青莲笔也曾经被秦宜用崔颢的诗镇住过，大概能理解其中原理。

"诸葛兄好厉害。这种东西，如果不是文理兼修，恐怕是做不到。"

"谬赞了。"诸葛一辉一边谦虚一边得意，"举凡笔灵特性、如何破法，整个诸葛家我是最熟知不过的。"

颜政想问问自己的这管画眉笔该如何使用，如何破法。可这时候外面传来一阵脚步声，两个人回头去看，原来是费老和十九。

"有成果吗？"费老背着手，一改刚才的慈祥面孔，地下室的光线不足，他的脸看起来很阴沉。

"我觉得用刑用处不大，这个人我了解，拷打没用。"诸葛一辉抬了抬下巴，屏幕里的诸葛长卿还是一副桀骜不驯的神态，还不时用威胁的眼神盯着镜头。十九恨恨地咬了下嘴唇，如果不是费老在场，恐怕她就已经冲进去把他的头斩下来了。

"不妨事，我进去看看。"

费老有一种不怒自威的威严，他弹了弹手指，旁边有守卫赶紧打开铁门。诸葛一辉有些担心地提醒道："费老，这个克制程序还不成熟，您小心点。"

费老"唔"了一声，表示知道了，然后走进地下室。他慢慢来到半跪下的囚犯跟前，诸葛长卿听到声音抬起头来，与他四目平视。费老端详了片刻，鼻孔里忽然冷哼一声："诸葛家待你不薄。这么多年养育之恩，食禄之义，你倒回报得好啊！"

"要杀就杀……"诸葛长卿虚弱地说。

"你的同谋都还有谁？"

诸葛长卿没有回答。费老知道他不会说，也不再追问。他袖子一摆，突然出手，迅捷如闪电。在外面的颜政甚至没看清楚他的动作。只听"啪啪"六声，六枚电极贴片几乎在一瞬间被费老撕了下来。

电脑发出一阵尖厉的鸣叫，把在场的人都吓了一跳。

诸葛长卿突然仰头一阵痛苦的低吼，胸前灵光乍现，被压制已久的凌云笔骤然失去束缚，开始剧烈地摆动。费老抬起如同树皮般枯槁的右手，手指一翻，"噗"的一声直接插入诸葛长卿的前胸。等到他退手出来的时候，右手二指夹住了一管笔灵的笔顶。

费老再一运力，双指慢慢夹着笔顶朝外带，渐次拉出笔杆、笔斗……最后他竟生生把凌云笔从诸葛长卿身内拽了出来！

只见整支凌云笔被从主人身体里扯出二尺多长，只剩笔毫还与诸葛长卿藕断丝连，就像是用筷子夹起一块拔丝地瓜，有丝丝缕缕的细线相连。一人一笔只凭着这一点连接着，似乎随时可能会扯断。

凌云笔猛然被人抓住，像一条受惊的鳝鱼左右拼命摇摆，云气乱飞，费老的二指却似一把钢钳，泛起紫青光芒，死死扣住笔灵，丝毫不曾动摇。

诸葛一辉擦了擦额头的汗水，喃喃自语道："想不到费老竟动用自己的笔灵……"旁边颜政听到，问他费老的笔灵是什么来历。诸葛一辉和十九都没回答，全神贯注盯着地下室里的情景。颜政自讨没趣，只好也把视线转回屏幕。

地下室内，费老握着笔灵冷酷地对诸葛长卿说："现在你的身体已经不受你的神志控制，你的神经已经随着凌云笔被我抓了出来，你还不说吗？"

诸葛长卿用沉默做了回答。

费老道："有骨气，那么我只好直接问笔灵了，它们是永远不会撒谎的。"仿佛为了证实自己说的话，他的拇指稍微在凌云笔管上用了一下力，诸葛长卿立刻发出一声惨号，如同被人触及自己最痛的神经一般。

"你在诸葛家内的同伙，是谁？"费老厉声问道，他的头顶隐约有白气蒸腾而出，显然也在全神贯注。

诸葛长卿口里发出咝咝的声音，眼角开始渗血。现在的他整个神经已经被拽到了凌云笔内，实际上是笔灵在利用他的身体说话。

"是谁？是殉笔吏的余孽吗？"

"不是……"声音虚弱沙哑。费老不得不让自己的问题尽量简单一些，同时右手的五个指头灵巧地在凌云笔管上游动着，像是弹钢琴，又像是操作傀儡的丝线。笔灵毕竟只是非物质性的灵体，他的能力还不足以对它们进行很精细的操作。

"为什么你们要杀房斌？"

"不知道……"

"谁是幕后主使？"

"主人的力量，是你们无法想象的……"

诸葛长卿全身的抖动骤然停滞，他的嘴唇嚅动了几分，试图继续吐出字来。费老听不清楚，朝前走了两步。突然诸葛长卿双目圆睁，从嘴里"哇"的一声喷出一大口鲜红的血，正喷在距离他不到半米的费老脸上。

费老猝不及防，身体疾退，右手大乱，凌云笔趁机摆脱了控制，围绕着诸葛长卿不停鸣叫。

这一次，是诸葛长卿本身的强烈意识压倒了凌云笔，强烈到甚至可以影响到已经被拽出体外的神经。可强极必反，这一举动也让他受创极深。他随即又喷出数口鲜血，只是再没有刚才那种高压水龙头的强劲势头，一次弱过一次。最后鲜血已经无力喷出，只能从嘴角潺潺流出，把整个前襟都染成一片可怖的血红。

就连他头顶的凌云笔，光彩也已经开始暗淡，缭绕云气开始变得如铅灰颜色。

"快！叫急救医生来！"

诸葛一辉见势不妙，立刻喝令手下人去找大夫。很快四五个白大褂冲进地下室，费老看着那群人手忙脚乱地把奄奄一息的诸葛长卿抬上担架，满是鲜血的脸上浮现古怪的神情，甚至顾不得擦擦血迹，就这么一直目送着诸葛长卿被抬出去。

诸葛一辉他们也随即冲进地下室，十九细心地拿了一条毛巾递给费老。费老简单地擦拭了一下，转头对诸葛一辉说："看起来，有人在他的意识上加了一个极为霸道的禁制，一旦涉及主使者身份的敏感话题，就会自动发作。"

"到底是谁如此可怕！"诸葛一辉倒抽一口凉气，但想不到哪支笔灵可以做到这一点。

费老擦了擦脸，沉声道："至少我们知道，诸葛家之外，有一个强大的敌人。连长卿这种心高气傲的人，都称其为主人。"

诸葛一辉点点头，这个情报他们早就从颜政那里知道了，现在不过是再确认一下。费老长叹一声，把沾满血迹的毛巾还给十九：

"赶紧去查一下，这几个月以来，诸葛长卿打着诸葛家的旗号，到底偷偷行动了多少次、杀了多少人、用这种有伤天和的龌龊手法收了多少笔灵！"

"明白。"

"最重要的，是要查出那个敌人是谁，是不是失传已久的殉笔吏。"

四个人走出地下室，费老和诸葛一辉在前面不停地低声交谈，想来是在讨论如何擒拿幕后主使的细节。颜政和十九走在后面，当他们走过一个九十度拐弯时，十九忽然拉了一下颜政衣角，让他缓几步。等到前面的费老和诸葛一辉转过拐角，她忽然压低了声音开口问道："你们是亲眼看见房老师被杀，对吧？"

"嗯，对。"

他们回到别墅大厅的时候，恰好罗中夏从老李的房间里走出来。颜政问他跟老李都谈了些什么，罗中夏苦笑着摊开了手："他让我一起复兴国学。"

他刚才回绝了老李的邀请。本质上说罗中夏并不喜欢这种蛊惑人心式的口号或者过于火热的理想，也对国学没什么兴趣，尤其是一想到自己被青莲笔连累变成了一个关键性人物，他就觉得麻烦和惶恐。

老李对他的拒绝似乎在意料之中，也没有强求，只说让他在这里住上几天，仔细考虑一下。

颜政听完了罗中夏的讲述，不禁伸开双手感慨道："好伟大的理想呀，十月革命一声炮响，为我们送来马列主义！你也许有机会做国学革命导师哦。"

"做革命导师的都死得早，你看李大钊。"罗中夏白了他一眼。

接下来的几天里，罗中夏和颜政享尽了荣华富贵，就像是真正的有钱人一样生活。诸葛家在这方面可毫不含糊，每天山珍海味招待，就连卧室也极尽精致之能事——不奢华但十分舒适。

老李、费老和诸葛一辉在这期间很少露面，只在一次小型宴会上出现了一次，与他们两个喝了一杯酒——那次宴会上颜政一个人喝了两瓶，事后几乎吐死——估计是忙着处理叛徒事件。诸葛家的其他人也很少来打扰他们，只有十九每天陪着他们两个四处参观，打打网球、高尔夫什么的。老李还慷慨允诺他们可以敞开使用别墅的图书馆，也算是熏陶一下国学，可惜这两个不学无术的家伙只用了一次，就离那里远远的。

十九人长得漂亮，性格又爽朗，而且善解人意，做玩伴实在是再合适不过。有如此佳人作陪，就是什么都不干，也赏心悦目。不过让颜政郁闷的是，她似乎对罗中夏更加热情，有意无意总缠在他身边。颜政没奈何，只好去和别墅里的年轻女仆搭讪聊天。

不过罗中夏自己知道，这很大程度上是因为自己体内有管曾经属于房斌的点睛笔。至于房斌到底是什么人，他一直不敢问，生怕又触动十九的伤心事，平白坏了气氛。

除了十九以外，还有一个总是乐呵呵的胖大厨，他自称叫魏强，是诸葛家这间别墅的厨师长，奉了费老之命来招待他们。不过这家伙没事不在厨房待着，却总远远地围着他们两个转悠。罗中夏问他，他就说厨师做饭讲究量体裁食，得把人观察透了才能做出真正合适的膳食。魏强脾气倒好，任凭颜政如何挤对也不着恼，就那么乐呵呵地背着手远远站着。

这几天里，大家都很默契地对笔灵和之前发生的那些事情绝口不提。如果不是发生了一件小事的话，恐怕罗中夏和颜政真的就"此间乐，不思蜀"了。

有一次，罗中夏吃多了龙虾，捧着肚子在园林里来回溜达消化，不知不觉走到一个侧门。他还没推开门，魏强就忽然出现，招呼他回去。罗中夏本不想听，可不知不觉就走回来了，莫名其妙。罗中夏回去以后偷偷讲给颜政听，后者不信邪，去亲身试了一次。过了不一会儿就回来了。罗中夏问他发生了什么，颜政郁闷地说："我本来想翻墙出去，结果又碰到了魏强。也不知道怎么回事，我稀里糊涂就回到别墅了。"

"你是不是被他催眠了？"

"我像是那么意志薄弱的人吗?反正这个魏强,肯定不只是厨师那么简单!"

罗中夏和颜政这时候才意识到,这种幸福生活还有另外一个名字,叫作"软禁"。

"难怪十九每天老是跟咱们形影不离的,原来我还以为是她对你有意思呢。"颜政咂咂嘴,罗中夏心里一沉,有些说不清的失望。颜政笑嘻嘻地拍了拍他肩膀,宽慰道:"佳人在侧,美酒在手,这种软禁也没什么不好啊。"

"喂,得想个办法吧?"

颜政挥了挥右手,给自己倒了杯红酒,掺着雪碧一饮而尽:"你出去有什么事情吗?"

罗中夏一时语塞,他原来唯一的愿望就是摆脱青莲笔,这个希望彻底断绝以后,他一下子失去了目标。

"就是说嘛。事已至此,索性闭上眼睛享受就是了。时候到了,自会出去;时候不到,强求不来。"颜政一边说着一边晃晃悠悠走出房间,手里还拎着那瓶红酒,且斟且饮。

接下来的一天,虽然罗中夏并没打算逃跑,可自从意识到自己被软禁之后,整个氛围立刻就变了。他总是怀疑十九无时无刻不监视着他,猜测十九的衣服里也许藏着窃听器,要不就是趁他转移视线的时候偷偷汇报动静,甚至上厕所的时候都在想十九会不会趴在外面偷听。

疑神疑鬼容易降低生活质量,这一天他基本上没怎么安心过。十九见他魂不守舍,以为他病了,他就顺水推舟敷衍了两句,就推说身体不太舒服,回自己房间去了。一个人躺在床上拿着遥控器翻电视频道,从头到尾,再从尾到头。

他看电视看得乏了,翻了一个身想睡觉,忽然被什么硬东西硌了一下,发出一声微弱的"吡"。他想起来这是自己的手机,因为没什么用,所以被随手扔在了床上,一直关着,现在被压到了开机键,所以屏幕又亮了起来。

一分钟后,一连串未接呼叫哗啦哗啦冲进来,都是来自彼得和尚的号码,还有一条短信。

罗中夏犹豫地打开短信,上面只是简单地写道:"关于退笔,接信速回。"又是退笔,罗中夏苦笑一声,把手机扔在一旁,翻身去睡,这种鬼话信一次就够了。

他不知不觉睡着了,在梦里,罗中夏感觉一股温暖的力量在引导着自己,这力量来自心中,如同一管细笔,飘浮不定,恍恍惚惚。

是点睛？

想到这里，他立刻恢复了神志，点睛笔为什么会忽然浮现出来？罗中夏很快发现自己迷迷糊糊，下意识地把手机握在了手里，大拇指误按了短信的回叫键，线路已经处于通话状态。

"喂喂！听得到吗？你在哪里？"对方的声音模糊不清，信号很嘈杂，但能听得出是彼得和尚本人。

"诸葛家。"罗中夏只好接起电话，简短地回答。彼得和尚略过了寒暄，直接切入了主题："退笔冢的事情，我已经听说了，很遗憾。"

"嗯……"

"我在永州的事情查得有点眉目了，搞不好，绿天庵真的有退笔之法。"

罗中夏没有感觉到惊喜，反而变得多疑起来。一朝被蛇咬，十年怕井绳。点睛笔一共指出两处命运的关键节点，结果云门寺里藏的却是王羲之的笔灵，反为韦势然作了嫁衣。那么绿天庵会不会又是他的阴谋？

"你也不能确认真伪吧？"罗中夏尖锐地指出。

彼得和尚说："是的，我既不确定是真的，也不确定是假的，那还有百分之五十的希望不是吗？我们可以在永州碰面，然后去把这个问题解决掉，你不是一直想回归平静生活吗？"

"彼得师父，对不起啊，我现在……"罗中夏斟酌了一下词句，"如果你在现场经历过那些事，你就会明白，我对这件事已经没什么信心和兴趣了，何况现在诸葛家已经把我软禁，我根本出不去。"

说完他就挂掉了电话，坐起身子对着雪白的墙壁，强迫自己对着空气露出不屑的笑容："什么退笔，别傻了，都是骗人的！"

这通电话搞得他本来就低落的心情更加郁闷，没心思做任何事情，于是唯一的选择就是睡觉。至于点睛，也许那只是自己做梦见到而已吧。

罗中夏躺在床上，双手紧扯着被子，昏昏沉沉地睡着了。也不知道过了多久，忽然他感觉到鼻边一阵清香，他以为又是点睛，不耐烦地挥了挥手。可香气挥之不去，他睁开眼睛，惊讶地发现十九正俯下身子，两个人的脸相距不过几寸，一双红唇清晰可见。

难道她要夜袭？还是说她还在监视我？

罗中夏又惊又……喜，一下子不知道是该静等，还是主动投怀送抱，他正琢磨着左右为难，十九却把嘴凑近他耳朵："喂，快起来！"

罗中夏忙不迭地拿起衬衫套好，这才问道："这大半夜的，发生什么事了？"

十九转过身来："你们想不想离开这里？"

罗中夏一愣，拿不准这是试探还是什么。他看了看墙上挂钟，现在是凌晨三点。十九焦虑地看了看窗外，神情一改白天的温文淑雅。罗中夏忽然发现，十九没穿平时的时尚装束，而是换了一身黑色的紧身衣，把原本就苗条的身材衬托得更窈窕有致，一把柳叶刀用一根红丝带扎在腰间。

"老李和费伯伯我最了解了，他们表面上对人都是客客气气，可会用各种手段达到目的，你们现在实际上是被软禁在这里！"

"这还用你说……"罗中夏心想，嘴上回答道："那我该怎么办？逃走吗？"

十九坚定地点了点头："对，而且我要你跟我走。"

罗中夏吓了一跳："去哪里？"

"费伯伯已经找到了诸葛家其他几个叛徒的下落。我要你们跟我一起去，赶在费伯伯之前去杀了他们！"

罗中夏一惊，他们的效率可真是够高的："可是……你这么干，不也等于背叛了诸葛家吗？"

"我才没有背叛，我只是不想让杀死房老师的凶手死在别人手里！"十九怒道，"本来我一直要求参加行动，可都被他们拒绝，只让我在这里守着你们。我不干！"

这最后一句说得如同小女生的撒娇，可隐藏着汹汹怒气和凛凛杀意。

"那你找我们有什么用，自己去不就好了。"罗中夏实在不想再蹚这浑水了。彼得和尚叫他去退笔他都拒绝了，更别说这是和自己不相干的事情。还有一个隐隐的理由：十九亲口承认守在自己身边是老李的命令，不是别的什么原因，他更加心灰意懒。

十九上前一步，口气里一半强硬一半带着哀求："我不想让家里任何人参与，一辉哥也不行。他们肯定会立刻告诉费伯伯，把我捉回去。我能依靠的只有你们。何况……何况你还有房老师的……"她咬了咬嘴唇，欲言又止，一双美眸似乎有些潮湿。

罗中夏生平最怕麻烦和美人落泪，可惜这两者往往都是并行而来的。他想上前扶着她胳膊安慰，可又不好这么做，弄得手足无措，几乎就要认输。脑子里无数想法轰轰交战，一会儿心说："别去，你还嫌自己的麻烦不够多吗？"一会儿又说："人家姑娘都这么求你了,再不答应就太不爷儿们了。何况这是个逃脱软禁的好办法。"

十九看到他仍旧在犹豫,不由得急道:"费伯伯他们已经买了明天去永州的机票,现在不走,就赶不及了。"

"永州?"罗中夏猛然抬起头来,目光闪烁。

"对,我今天偷听了他们的电话,诸葛长卿的同伙叫诸葛淳,现在湖南永州,之前家里派他去,是在探访和笔灵有关系的遗迹。"

罗中夏心中的惊讶如钱塘江的潮水一般呼呼地涨起来,奇妙的命数齿轮在此"咔嗒"一声突然啮合在了一起,这难道也是点睛笔的效用之一?

他意识到,自己除了屈服于命运,已经别无他途。

"好吧,我们怎么离开?"他长叹一声,说服了自己。

十九这才转哀为喜:"这里地形我最熟,你们跟着我走就好。如果有人阻拦……"她拍了拍腰上的柳刀,英气勃发。两个人走到门口,罗中夏忽然想起来,一拍脑袋:"糟糕,那颜政呢?"

"算你小子有义气。"

颜政笑眯眯地从门口外面站出来,时机拿捏得相当准确。他已经穿戴整齐,穿了一身全新的蓝白色运动服,如同一位私立学校的体育老师。

罗中夏一看到他的笑容,就知道这家伙是什么意思:"你早知道了吧?"

面对质问,颜政耸了耸肩:"十九姑娘毕竟脸皮太薄,我跟她说你是睡美人的命格,非得吻才能醒来。"

原来刚才十九俯下身子去……她真的相信了颜政的胡说?!

罗中夏惊愕地转脸去看十九,后者白皙的脸一下就红透了。她慌慌张张撩起肩上长发,用微微发颤的声音说:"我们赶快走吧。"

于是他们两个紧跟在十九身后,朝别墅外面跑去。十九在前面疾走,头也不敢回一下,只看到黑色长发飘动,配合着凹凸有致的紧身衣,让罗中夏一时有些心旌摇动。

"喂,逃跑的时候不要分心!"颜政一眼就看穿了他的心思。罗中夏赶紧把视线收回来,对颜政小声道:

"我还以为你会留恋这里的腐败生活呢。"

"腐败当然好啊,不过你别忘了我的画眉笔是妇女之友,一切都以女性利益为优先。"

三个人轻车熟路，很快就来到别墅大门。沿途一片平静，丝毫不见巡逻的保安。正当他们以为可以有惊无险地逃出去时，一个淳厚的声音忽然传入每个人耳朵里。

"十九小姐、罗先生、颜先生，这么晚还没睡，是要吃夜宵吗？"

魏强乐呵呵地从角落里转出来。

第三十一章

我知尔游心无穷

一见魏强，三个人都收住了脚步。十九"唰"地抽出刀来，目露凶光。

"十九小姐，想吃夜宵的话，我给您送到房间就好。"魏强还是那副肯德基大叔式的和蔼神情，他把左脚往外挪了挪，把整个出口都纳入自己的控制范围。

"废话少说，我们想走，你想拦，那就打一场吧！"

魏强连连惶恐地摆动双手："不，不，打架？我只是个厨子而已，厨子不打架，只打饭。"

"那你就给我闪开！"

十九毫不畏惧地朝前走来，颜政和罗中夏紧跟其后。他们原本以为魏强会立刻阻拦，都暗自有了提防。没料到魏强脖子一缩，闪到了一旁，如同一个误闯了机动车道又赶紧缩回去的行人。

三个人从魏强身边轰轰地跑过去，看也不看他一眼。就在他们以为自己已经跑出院子的时候，却突然发现自己竟站在了别墅门口，背对着大门，而魏强正在大门前远远地站着，笑眯眯地朝这边望来。三个人疑惑地互视一眼，心里都惊疑不定。

他们没多做考虑，立刻转身，重新朝门外跑去，魏强这次仍旧没拦着。他们一踏出大门，这一次却发现自己面向的是别墅右侧的一条园林小径，小径的尽头是一个游泳池旁的露天小餐厅。

无论他们如何睁大了眼睛，都无法觉察到自己什么时候被人神不知鬼不觉地掉转了方向。

"十九小姐，您更喜欢在露天餐厅用餐？"

魏强恭敬地说，语气里丝毫不带讽刺或揶揄，仿佛这一切跟他无关。罗中夏问十九:"这个人,有笔灵吗?是什么能力?"十九摇了摇头:"魏强这个人很少在别墅出现,我跟他不熟。"颜政有些不耐烦,他不怕跟人对拼,但是讨厌这样被人耍的感觉,他一晃拳头:"擒贼先擒王,直接把他打倒不就得了。"

其他两个人一时也想不出什么别的好办法,只好表示赞同。不过此时尚没到需要拼命的时候,所以颜政打算只靠拳头,十九也把刀刃朝里。

三个人第三度接近大门。颜政一马当先,右拳一挥砸向魏强的后颈。他怕对方拆解或者反击,左手还留了一个后招。十九在一旁横刀蓄势,一旦颜政攻击落空,她好立刻补进。

魏强却不闪不避,连身形都不动一下。颜政的拳头即将砸中他的一瞬间,魏强突然消失了!颜政挥拳落空,身子一下子失去平衡,朝前踉跄了好几步才稳住。他重新直起身子来环顾四周,发现不是魏强消失,而是自己又莫名其妙地置身于大门附近的一处苗圃,面前只有一丛圆头圆脑的灌木。

而罗中夏和十九则站到了距离颜政数米开外的碎石路上。

"奇怪,这一次我们站的位置倒没和颜政在一起,是魏强失误了吗?"罗中夏对十九说。这种不是舍命拼死的场合下,他反而显露出了出奇的冷静。

"不知道。"十九急躁地说,如果是强敌也就罢了,现在挡路的偏偏只是一个小厨师,放着打开的大门却就是过不去。

罗中夏深吸了一口气:"事实上,刚才我注意到,颜政要打中他的一瞬间,他似乎跺了一下脚。"

"可是这说明什么?"颜政也从苗圃那边走过来,表情郁闷。

"这家伙绝对是有笔灵的,跺脚大概是发动的条件之一吧。"罗中夏这时候兴奋起来,眼神闪亮,"我有个主意,我们再去冲一次。"

"冲多少次,还不是一样的结果?"颜政反问。罗中夏瞥了远处的魏强一眼,压低了声音:"这一次不同,我们三个分散开,十九在先,然后颜政你第二个,相隔两米,然后是我,也隔两米。"

"这是做什么?"其他两个人迷惑地对视了一眼。

"照做就是了,我想确认一些事。"

于是他们三个就按照罗中夏的办法站成一列,第四度冲击大门。这一次仍旧和之前一样,他们甫一出大门,魏强脚下一振,立刻就发现自己朝着反方向的别墅跑去。

颜政停下脚步，喘着粗气冲罗中夏喊道："喂，福尔摩斯，看出什么端倪了吗？"罗中夏露出一丝笑容，指了指他："我们的顺序。"颜政和十九这才注意到，三个人的顺序和刚才正好相反。罗中夏最接近别墅，其次是十九，最后才是颜政，三个人之间相隔还是两米开外。

"我们的相对位置并没有变化，但是相对于周围的绝对坐标却完全相反……换句话说，这不是单纯的传送，而是一整块空间的转动。刚才也是，颜政你打他的时候，我和十九站在旁边，结果你被转到了苗圃，我们的相对位置也没变化，但方向却颠倒了。"

"我一直忘了问，你在大学是学什么专业的？"

"机械。"罗中夏简短地回答，然后继续说，"可见他的能力，应该是和空间的控制有关，而且不能针对个体，一动就是整个空间位移。刚才颜政打他，我们三个都被移开，就是例证。"

十九皱着眉头想了许久，用修长的指头戳住太阳穴，口气不确定地说："我倒是听一辉哥说过有这么一管笔灵……难道是它？"

三个人重新回到大门，魏强仍旧恭候在那里，丝毫没有不耐的神色，也没有一丝得意。这一次他们没急着走，十九走到魏强跟前，目光凛然，吐出三个字：

"水经笔。"

魏强眉毛一挑，然后拊着手掌赞叹道："哎呀，十九小姐真是冰雪聪明，想不到你们这么快就发觉了。"说完他的右腿开始笼罩出一层灵气，整个人的神情也和刚才有些不同。笔灵大多自具形体，肉眼可见，像这种附在右腿不见笔形的，莫说罗中夏和颜政，就连十九都没见过。

"水经笔……是什么来历？"颜政问。

"就是郦道元。"魏强耐心地回答。

郦道元是南北朝北魏时人，一生游遍长城以南、江淮以北，并以一千二百五十二条水道为纲，写遍相关山陵、湖泊、郡县、城池、关塞、名胜、亭障，留下不朽名著《水经注》，为古今舆地形胜之作中的翘楚。后来郦道元卷入政争，死于长安附近乱军之中，笔冢主人遂将其炼成笔灵，以"水经"命名。

魏强拍了拍自己的双腿："郦道元游历山川大江，全凭这一双腿，可以说是汇聚九州之地气。"

"水经不离，地转山移。"十九记得诸葛一辉曾经说过这样的话，当时一带而过，似懂非懂，现在大概能明白了。

罗中夏果然猜得不错。水经笔得了郦道元游历千里的精髓，有挪转地理之能，可以切割出一个圆形地面，然后以某一点为圆心进行旋转平行位移。实际上就把他们三个脚下的土地变成了一个大圆盘，盘子转，人也跟着转。而且这种旋转效果只限于水经圈内的所有生物体，地面本身并不会真的转。

而魏强用带着"水经笔"的右腿踏下去，就是为了确定位移空间的圆心所在。他就是圆心。所以前面几次他们明明已经跑到别墅外面，魏强轻轻一跺，整个地面做了一百八十度的转动，使他们变成面向别墅。

"水经笔的作用半径是一公里，十九小姐你们走不掉的，还是回去吧。"魏强悠然说道，他的水经笔不能打，也不需要打，依靠这种效果，敌人根本无法近身，他非常有这个自信。

"嘿嘿。"罗中夏冷笑一声，他之前给人的印象一直是唯唯诺诺，得过且过，现在却忽然变得如此有自信，倒让颜政和十九吃惊不小。罗中夏把他们两个叫到身边，耳语几句，三个人一起点了一下头。

"这次又是什么花招？"魏强心里略想了想，不过没怎么放在心上。无论什么样的花招，只要把他挪开，就毫无用处了。

他们三个又开始了新一轮对别墅大门的冲击。魏强摇了摇头，觉得这三个孩子真是顽固。他运起水经笔，微微抬起右腿，只等他们冲过去就立刻跺下去，这次直接把他们转移回卧室算了。

可这右腿悬着就放不下来了，魏强惊讶地发现：十九在拼命往外冲，已经跑出大门一段距离，而罗中夏却拼命往别墅方向跑，两个人保持着一条直线的距离。

"倒也聪明。"魏强微微一笑。

以魏强为圆心，现在十九和罗中夏各占据了那个水经圆直径的两个端点，一个位于魏强的十二点钟方向，一个在六点钟方向。如果他转动水经圆，把十九转回去，那么同时原本在别墅前的罗中夏就会同样转动一百八十度，来到十九的位置。无论怎样，他们都有一个人在外面。

可他们忽略了一件事。

水经圆并不只是能转一百八十度，还可以转任何度数，比如九十度。

魏强这一脚跺了下去，地转山移。

十九和罗中夏一瞬间被水经圆转移，他们分别被挪去了魏强的左右两侧——三点和九点钟方向，仍旧是在别墅院内。魏强刚想劝十九不要再做无用功，却觉得脑后忽然响起一阵风声。

只听"砰"的一声，颜政的拳头结结实实击中他的后颈，魏强眼前一黑，还未及惊讶就倒在了地上。

十九和罗中夏聚拢过来，看到魏强终于被放倒，十九禁不住按在罗中夏肩膀上喜道："成功了，你的计划成功了！"

罗中夏的计划其实很简单。他们并非只是简单地在直径的两个端点，同时让颜政暗中占据了第三个点。从魏强的方向来看，他藏身在左侧九点钟方向。

当魏强发觉他们的第一层诡计以后，第一个反应必然是把水经圈转动九十度，好让原本位于十二点和六点的罗中夏和十九挪去九点和三点。而这才是圈套的关键所在——随水经圈转动的不只是罗中夏和十九，原本在九点钟的颜政也随之转移到了六点钟，恰好是魏强的背后位置。

破解掉第一层诡计的魏强很是得意，这造成了一个短暂的反应迟钝，这对于从背后偷袭的颜政来说足够了。他自以为识破了圈套，却不知正是给自己埋下失败的种子。

未动用一管笔灵，就打败了一个笔冢吏。这固然有魏强未下杀手的缘故，但也可算得上是件功勋了。

颜政一脸赞赏地伸出手，对十九摆了摆指头，十九意识到自己的手还按在罗中夏肩膀上，面色一红，赶紧缩回去。颜政这才慢条斯理地拍了拍刚腾出空来的肩膀。

"你看，我不是跟你说过吗，只要你肯面对自己的命运，就能干得很出色。"

"我才不想有这样的命运。"

罗中夏苦笑着回答，对这些表扬显得有些窘迫，大概不是很适应这种场合。

"我们还是快走吧，还不到庆祝的时候。"

十九从口袋里掏出一把车钥匙："我弄了一辆车，就在前面不远的地方，已经加满了油。"颜政一指还在昏迷中的魏强，问道："这家伙该怎么办？"十九耸耸肩："就留在这里吧，一会儿用人就会发现的。"

"打伤管家，还偷车，现在的翘家女孩真是不得了啊。"颜政由衷地赞叹道。

白色凌志在高速路上风驰电掣，十九戴着墨镜把着方向盘，一路上几乎要把油门踩到底。

"我们现在去哪里?"颜政问,然后瞥了一眼时速表,现在是一百四十公里每小时。

"进市里,去虹桥机场。我们去长沙,然后转机去永州。"十九盯着前方的道路。

颜政指了指时速表:"开这么快,不怕交警抓吗?"

"有这个车牌,就是开到光速也没人管。"

颜政吐了吐舌头,心想这诸葛家能量好大。

罗中夏没参与这次讨论,他躺在后座上心不在焉地睡觉。他盘算诸葛淳再能打也只是一个人,有十九和颜政助阵,估计没什么危险,何况说不定他们还没赶到,他就已经被费老他们收拾了呢。

他真正关注的,是彼得和尚口中的绿天庵。他恍惚记得彼得和尚之前曾经说过,绿天庵是怀素故居,不由得担心那里别和云门寺一样,藏着什么和尚的怨灵吧。

还有,会不会那里也藏着一支什么管城七侯笔,他们骗自己过去只是为了开启封印?

彼得是和尚,智永是和尚,辩才是和尚,这个怀素也是和尚,自己怎么总是在和尚堆里打转呢?

和前往云门寺一路上的企盼心情相比,现在罗中夏真是百感交集,心情复杂,若非信任点睛笔的指引,只怕早撒腿跑了。

他们三个到达虹桥机场的时候,天刚刚蒙蒙亮。十九买好了三张飞往长沙的飞机票,罗中夏悄悄给彼得和尚发了一条短信:"绿天庵见。"然后写下自己的航班号和抵达时间。这个举动他谁也没告诉,免得节外生枝。

"我去梳洗一下,你们在这里等我。"十九对颜政和罗中夏说,然后转身朝盥洗室走去。女孩子毕竟爱漂亮,不能容忍蓬头垢面的形象——即使是面对敌人,也要面色光鲜。等她走远以后,靠在塑料椅子上的颜政双手枕头望着天,忽然感慨道:"那位大小姐,对你够好的。"

"我何德何能。"罗中夏一阵怅然,也不知为何如此,"她之所以对我这么热情,只是因为我体内有她房老师的点睛笔罢了。"

颜政一下子坐直了身体:"说起来,这个房斌到底是什么人物啊,竟能引起这么大的关注?"罗中夏摇了摇头:"不知道,十九没提过,我也不好问。"

"能被十九和诸葛家如此关切,又怀有点睛,想来是个强人。但若是强人,怎会

| 317 |

被诸葛长卿杀掉呢?"

"这些事情,跟咱们没什么关系,我只要退了笔就好。"

颜政咧开嘴笑了:"你听过一个墨菲定律吗?"

"什么?"

"$E=MC^2$。"

"这不是爱因斯坦的那个……"

"E 代表 embarrassment,M 代表 metastasis。这个公式的意思就是:麻烦程度等于一个人想摆脱麻烦的决心乘以光速的平方。"

"胡说。"

罗中夏知道颜政是信口胡说,但这事实却是血淋淋的。他只是为了退笔,却已经被卷入了诸葛和韦氏两家的对抗、韦势然的阴谋和管城七侯的复出,真是如雪球一样越滚越大。这时他看到十九从盥洗室走出来,于是闭上了嘴。

很快广播里宣布前往长沙的乘客开始登机,三个人上了飞机,坐在一排,颜政最里面,中间是罗中夏,外面是十九。颜政一上飞机就把头靠在舷窗上呼呼大睡起来。昨天折腾了一晚上,大家都很疲倦了。

罗中夏的安全带大概是出了点问题,系得满头大汗都没弄上。在一旁的十九用指头顶了他一下,低声骂了一句:"笨蛋。"然后探过半个身子去,帮他把安全带束好。这么近的距离,罗中夏甚至可以清晰地看到她精致的鼻头上留有一滴香汗。

安全带折腾了一番,终于驯服地扣在了罗中夏身上。十九呼了一口气,重新靠回到座位上去。罗中夏也闭上眼睛,装作不经意的样子说:

"呃……可不可以问个问题?"

"嗯?"十九原本闭上的眼睛又睁开了。

"房斌……房老师,究竟是什么样的人?"

十九沉默了一下,缓缓回答:"他是一个拥有伟大人格的人,是我的知己和老师。"

然后一路上,两个人再也没提及这个话题。

他们从上海坐飞机到长沙中转,长沙到永州每天只有三班飞机。他们又在机场多等了几小时,最后当飞机抵达永州的时候,已经是晚上六点多了。

永州城区并不大,很有些江南小城的感觉,街道狭窄而干净,两侧的现代化楼房之间偶尔会有栋古老的建筑夹杂其间,让人有一种杂糅现代与古典的斑驳感。这里没有大城市的那种窒息的紧迫感，总有淡淡的闲适弥漫在空气中。大概是入夜以后的关系，巨大而黑色的轮廓能给人更深刻的印象，淡化了时代要素，更接近古典永州那种深邃幽远的意境。

出租车里的广播刺刺啦啦地响着，播音员说今天东山博物馆发生一起盗窃案。颜政拍拍司机肩膀，让他把广播关掉，别打扰了十九的心情。后者托着腮朝外看去，窗外的街道飞速往后，车窗外经常有小店的招牌一闪而过，店面都不大，名字却起得很古雅，不是"潇湘""香零"就是"愚溪"，都是大有典故的地方。

永州古称零陵，源于舜帝。潇、湘二水在这里交汇，胜景极多，单是"永州八景"就足以光耀千秋。历代迁客骚人留了极多歌咏辞赋，尤以柳宗元《永州八记》最为著名。

十九在永州市柳子大酒店订了三间房，这"柳子"二字即是源于柳宗元。等安顿下来以后，罗中夏和颜政来到十九的房间，商讨接下来怎么办。十九说费老给诸葛淳安排的任务是去湖南境内寻访笔灵，永州是其中一站。

自从笔冢封闭之后，除了一部分笔灵被诸葛家、韦家收藏以外，仍旧有大批笔灵流落世间。数百年间，这些野笔灵便一直游荡，无从皈依，就算偶尔碰到合意的人选，寄寓其身，也不过几十年岁月，等寄主死后便解脱回自由之身。

正所谓"夜来幽梦忽还乡"，这些笔灵炼自古人，于是往往循着旧时残留的记忆，无意识地飘回自己生前羁绊最为深重之地。

因此，诸葛家和韦家历代以来都有一个传统：每年派人去各地名胜古迹寻访，以期能够碰到回游旧地的笔灵，趁机收之。虽是守株待兔之举，但毕竟不同于刻舟求剑，时间长了总有些收获。笔冢主人去后，炼笔之法也告失传，寻访野笔灵成为两家收罗笔灵的唯一途径，是以这一项传统延续至今。

既然那个叛徒诸葛淳在永州寻访笔灵，那么必然要去与之相关的文化古迹，按图索骥，必有所得。

可是按图索骥谈何容易。

永州是座千年古城，历史积淀极为厚重，文化古迹浩如烟海，每一处都有可能与笔灵有所牵连。比如离他们所住的柳子大酒店不远的柳子街，就有一座纪念唐宋八大家之一的柳宗元的柳子庙，内中碑刻无数，还有寇准所住的寇公楼、周敦颐曾悟出《太极图说》的月岩、颜真卿的浯溪碑林、蔡邕的秦岩石刻，等等。若是熟知各类典故的诸葛一辉,或许还有些头绪;但以他们三个的能力,面对这许多古迹无异于大海捞针。

"那我们从绿天庵开始找起呢?"罗中夏小心翼翼地提议。

"哦?为什么?"十九看了他一眼。自从他智破了魏强的水经笔后,十九的态度有了明显转变,很重视他的意见。

"我读书少,不知说得对不对啊。"罗中夏仔细斟酌着词句,仿佛嘴里含着个枣子,"这些古迹,应该只是那些古人待过一段的地方,总不能他在哪儿待过,哪儿就有笔灵吧?只有绿天庵,怀素在那里一住几十年,以蕉为纸,练字成名,连退笔冢也设在那里,有笔灵的机会比较大吧?"

颜政看了他一眼,奇道:"你什么时候变得这么博学了?"罗中夏掩饰道:"我一下飞机就买了份旅游图,照本宣科而已。"

就在这时,罗中夏和十九身上的手机同时响起。两个人对视一眼,各自转过身去,用手捂住话筒,低声说道:"喂?"

罗中夏的手机上显示来电的是彼得和尚,于是他赶紧走出房间去,话筒里传来的却是一个陌生的声音,而且略带口音。

"喂,是罗中夏先生吗?"

"呃,对,您是哪位?"

"我是永州市第三中医院的急诊科。是这样,刚才有一位先生受了重伤,被送来我们这里。他被送来的时候,手里的手机正在拨你的号码,所以我们联系你,想核实一下他的身份,以及通知他的亲属。"

罗中夏一听,吓得跳了起来,声音都微微发颤:"那……那位先生是不是个和尚?"

"对,身上还有张中国佛教协会颁发的度牒,上面写的名字是'彼得',我看俗名是韦……"

罗中夏焦急地问:"那就是了!他现在怎么样?"

"他全身十几处骨折,目前还处于危险期,我们还在抢救。如果您认识他的家人,请尽快和他们联系。"

罗中夏急忙说自己就在永州,让对方留下了医院的地址,然后心急火燎地回了房间。回了房间以后,他发觉气氛有些不对。十九已经打完了电话,和颜政两个人面面相觑。看到罗中夏进来,十九晃了晃手机,用一种奇妙的语气说:"猜猜是谁打来的?"

"谁啊？"

"诸葛淳。"

罗中夏张大了嘴，一个本来成为目标的人现在居然主动给他们打电话了，这个转折太意外了。

"他说了什么？"

"他还以为自己身份没暴露，让我帮他查关于怀素的资料。"十九又补充了一句，"以前我跟他关系还不错，他经常拜托我查些资料什么的。"

"怀素？那岂不是说他的目标正是绿天庵吗？"

"很明显，中夏你猜对了。"十九钦佩地望了他一眼，继续说，"我故意探了他的口气，他似乎今天晚上就急着要，看来是要立刻动手。"

说完十九飞快地把柳刀和其他装备从行李袋里拿出来，穿戴在身上。她看了看手表，说事不宜迟，我们不妨现在就去。诸葛淳既然要探访笔灵，肯定会选人少的时候，现在已经晚上七点多了，正是个好时机。她的表情跃跃欲试，已经迫不及待了。

颜政说："可是，你家来追捕诸葛淳的人在哪里？如果他们先走一步，或者刚好撞上我们，就麻烦了。"

十九略带得意地说："这个没关系，我事先已经都打听清楚了。他们不想打草惊蛇，所以来永州的人不会很多。我查过了一辉哥的行程，他们要明天早上才到。诸葛淳恐怕还不知道自己的处境，今天晚上正是我们的机会！"

颜政和十九拔腿要往外走，罗中夏犹豫了一下，拦住了他们："十九，能不能等一小时？"

"唔？怎么？"十九诧异道。

罗中夏觉得不说不行，于是就把刚才电话里的内容告诉他们，顺便把彼得和尚的来历告诉十九——当然，他隐瞒了彼得和尚来永州的目的和绿天庵退笔冢的真相。

"我知道你们诸葛家和韦家是世仇，不过彼得师父曾经与我们并肩作战过，我希望去探望一下他。"

十九柳眉微蹙："不能等事情办完再去吗？"

罗中夏道："人命关天，他现在受了重伤，还不知能撑到几时。"颜政一听受伤的是彼得，也站在罗中夏这边："诸葛淳反正都在绿天庵，不急这一两小时嘛。"

十九左右为难，她握着腰间柳刀，葱白的手指焦躁地敲击着刀柄，却不知如何是好。颜政忽然拍了拍脑袋,拉开房间门,叫来一个路过的服务生。

"从永州市第三中医院那里打车到绿天庵,能用多长时间?"

服务生愣了一下,随即露出对外地游客的宽容笑容:"这位先生大概是第一次来永州。永州市第三中医院和绿天庵都是在零陵区,只相隔一个街区而已,就算步行,十分钟也到了。"

颜政惊讶道:"什么?绿天庵不是在郊区的古庙里吗?"

服务生恭恭敬敬回答:"对不起,先生,绿天庵就在市区里,东山高山寺的旁边,如今已经是一个公园了。"

颜政回头望着十九,用眼神向她征询。十九听到这里,终于松了口:"好吧……那我们就先去看你的朋友,但是要快,否则我怕诸葛淳会溜走。"

彼得和尚缓缓睁开眼睛,发现自己变成了一具被白布包裹的木乃伊,医院熟悉的消毒水味钻进鼻子。他觉得全身上下几乎都碎了,疼得不得了,身体就像一块被踩在地上的饼干,破烂不堪。

当他看到颜政和罗中夏出现在视线里的时候,首先咧开嘴笑了:"如果我在天堂,为什么会看到你们两个?"

"喂喂,和尚不是该去极乐世界的吗?"颜政也笑嘻嘻地回敬道,把临时买来的一束淡黄色雏菊搁到枕头边。罗中夏看他还有力气开玩笑,心中一块石头方才落地。

两个人聚拢到彼得和尚的床前,一时都有些故友重逢的喜悦。不过这种喜悦很快就被现实冲走,他们交换了一下分开后各自的经历,话题开始变得沉重起来。

"……于是,你们就跟那位姑娘来到了永州,是吗?"彼得和尚望了望病房外面,感觉到一股强悍的气息。十九就在门外,但是她鉴于两家的关系,没有进来,而是在走廊等候。

罗中夏问:"究竟是谁把你打成这个样子的?"

"这倒巧了,那个人就是诸葛淳。"彼得和尚吃力地扭了扭脖子,苦笑着回答,脖子上的托架发出吱吱的声音。

原来彼得和尚接了罗中夏的短信以后,第一时间赶往永州,比罗中夏他们早到了几小时。他不想等候,就自己去了绿天庵探路。孰料刚爬上东山的高山寺,他迎面碰到了诸葛淳。还没等彼得和尚说什么,诸葛淳上来就直接动起手来。

彼得和尚本来精研守御之道，可猝然遭到攻击、不及抵挡，一下子被诸葛淳的笔灵打中。在被打中的一瞬间，他只来得及护住自己的头部，可身体的其他部位就被墨汁重重砸中，肋骨、肩胛骨、股骨等断了十几处。他跌落山下，想拼尽最后的力气用手机警告罗中夏，终于还是支撑不住晕厥过去。等到他醒来的时候，已经在医院里了。

罗中夏早就在怀疑，医院和绿天庵相隔这么近，一定是有缘故的，想不到果然是这样。

"他出手之快，简直就像是气急败坏，有些蹊跷。"彼得和尚指出，"你们此去绿天庵，还是小心些好，可惜我是不能跟随了。"

"彼得师父您好好休息就是，我只是去退笔而已，不会节外生枝。"

"你究竟还是没放弃这个念头呢。"彼得和尚别有深意看了看他，罗中夏有些窘迫，赶紧把视线挪开。彼得和尚把视线转向颜政："我的僧袍就挂在旁边，请帮我把里面的东西拿来给罗先生。"

颜政从他的袍子里取出一封信和一方砚台。罗中夏展开信，上面的墨字用正楷写就，一丝不苟，但是里面的内容，却和韦小榕留给他的那四句诗完全一样：

不如铲却退笔冢，
酒花春满荼蘼青。
手辞万众洒然去，
青莲拥蜕秋蝉轻。

罗中夏放下信笺，盯着彼得和尚问道："这……这究竟是怎么回事？这不是和原来一样的诗吗？"彼得和尚缓缓吐了口气道："我初看的时候，也很惊讶。后来我终于想通了，我们之前一直理解错误，只看了第一句，便以为得了线索，兴冲冲直奔云门寺，其实这诗就要和后面连起来看，才能发现正确寓意。"

"什么？"

"你看第二句里'酒花春满'四字，酒花在诗词中常作'杯中酒涡'，比如'酒花荡漾金尊里，棹影飘飘玉浪中''任酒花白，眼花乱，烛花红'，'春满'意指嗜酒。智永禅师持节端方，而怀素却是一生嗜酒如狂，越是酒酣，兴致愈足，'饮酒以养性，草书以畅志'；而'荼蘼青'显然应该是个比喻，绿天庵本来叫清荫庵，后来因为怀素种了十亩芭蕉用来练字，才改名绿天庵。"

彼得和尚说到这里，长叹一声："如果我们能够早一点注意到的话，就该猜到，这诗中暗示的退笔冢，指的实在应是绿天庵的怀素，而非云门寺的智永。族长大概是注意到了这个错误，于是把这诗重新写了一遍，来提示我们真正的退笔之处是在这里。"

"那么后面两句呢？"

彼得和尚摇了摇头："我还没参透。"罗中夏冷然道："你分析得不错，但是有一个矛盾。"

"愿闻其详。"

"这诗本是韦势然的阴谋，用来把我诱到退笔冢前好解放天台白云笔。如果他第二句有这样的暗示，我们又看透了先去绿天庵，那他的阴谋岂不是无法得逞？他何苦多此一举！"

这时候颜政在旁边插了一句嘴："那如果这诗并不完全是阴谋呢？"

罗中夏一愣："怎么说？"

"如果韦势然最初准备的是不同的诗，而小榕出于提醒我们的目的，在不被她爷爷发现的前提下暗中修改了一些细节，让这首原本故意引导我们去云门寺的诗中，多了一些关于退笔的真实信息，瞒天过海，你觉得这种可能怎么样？"

"这怎么可能？"罗中夏大叫。

"把所有的不可能排除，剩下的再离奇也是真相。"颜政理直气壮地说，他的"妇女之友"画眉笔也在胸内跳跃了一下，以示赞同，"反正我始终觉得，小榕不会背叛我们。"

"可韦势然和她还是在云门寺耍了我们！"

"那只怪我们笨，没注意到这诗中的寓意嘛，却不是小榕的责任。"颜政摊开手，"如果早意识到这一点，韦势然去云门寺埋伏的时候，我们已经在绿天庵轻轻松松退掉青莲笔了，可惜了她一片苦心。"

这时候病房外十九咳嗽了一声，示意时间差不多了。颜政和罗中夏只好先结束争论。彼得和尚劝他们说："反正绿天庵近在咫尺，只消去一趟就知道真相了。"

罗中夏心中翻腾不安，他随手拿起那方砚台："这个砚台是做什么用的？"彼得和尚摇了摇头："不知道，但这是族长的嘱托，我想一定有所寓意吧，总之你收着吧。"罗中夏"唔"了一声，把它揣到怀里。

| 324 |

"你们去那里，可千万记得照顾自己……"

"当然了，我们是铁交情，就算拿十本《龙虎豹》也不换哩。"

颜政乐呵呵地说，拍了拍罗中夏的肩膀。罗中夏也拍了拍颜政的肩，对于这个大大咧咧的网吧老板，他一向是十分信任的。他现在接触的所有人，都是怀有什么目的，唯有这家伙洒脱随性，只是因为觉得好玩就跟过来了。

两个人在即将离开病房的时候，颜政忽然回过头来问道："二柱子呢？他不是也来跟你会合了吗？"彼得和尚摇摇头："他中途被叫回韦家去了，大概是定国叔的意思。"

韦家族长更替，策略面临剧变，散在各地的笔冢吏都纷纷被召回。二柱子虽无笔灵，也是家中年青一代的佼佼者，自然也在召回之列。

他们在病房里的谈话，十九一句话也没问。三个人离开医院以后直奔绿天庵。那个服务生果然没有说错，两地之间近在咫尺。他们过了马路，转了一个弯，就看到东山。东山之上是湖南名刹高山寺，高山寺所属武殿的后侧，即是绿天庵。他们穿过怀素公园，绕过那所谓的"洗墨池""练帖石""怀素塑像"之类崭新的伪古迹，沿着上山的石阶飞奔而去。

此时已经接近九点，空山寂寂，月明风清，白日里的游人早就不见了踪影，只有古木参天，翠竹环绕，整个东山都笼罩在一片安详宁静之中。在一座现代化的都市之内居然有这样一处隔离喧嚣的幽静所在，也算是相当难得。

他们没做片刻停留，很快把这些都抛在身后，脚下如飞，周围越发幽静荒凉。三个人一直跑到快接近高山寺的时候，忽然收住脚，一时间都怔住了。

眼前的石阶之上，仰面躺着一个穿着黑色西装的男子。这人一动不动，生死未明。再往上去，又看到另外一个黑衣人，匍匐于地。

等到他们视线继续延伸，都不禁倒抽一口凉气。

眼前短短三十几级台阶，竟有十几个人横七竖八倒卧，如同大屠杀的现场，空气中甚至有淡淡的血腥之气。树木歪倒，落叶凌乱，就连青条石阶都崩裂出数道裂缝，可见战况之激烈。

十九忽然浑身剧震。

"这些……都是我们诸葛家的人啊。"

第三十二章 ○ 夜光抱恨良叹悲

听到十九这么说，罗中夏和颜政都露出震骇的表情。

诸葛家的人不是明天才到吗？怎么今天晚上就出现在这东山之上了？而且，看他们的样子，是遭受了袭击，究竟是谁干的？

罗中夏和颜政对视一眼，脑子里同时浮现出一个名字："韦势然。"十九走过去，扳过一个人的脑袋来端详了一阵，强忍住震惊道："不错，是我们的人，这些都是费伯伯的部下。"

死者全身扭曲，骨骼都弯成了奇怪的形状。而另外一个死者死状更惨，他的脖颈被生生拗断，脖子上还有几个爪痕，像是被什么怪物捏住脖子。

三个人在阴冷山林里陡然看到这么多死人，心中都掠过一阵寒意。十九胆子最大，声音也有些发颤："他们虽然没有笔灵，实力也不能小觑。能够把他们打倒，一定是强大的敌人……"

"除了韦势然，我还真想不出有谁。"颜政道。罗中夏心里却有些怀疑，韦势然尽管可恶，不过他的风格似乎没有这么残忍。眼前的惨状若是人类所为，那可当真称得上是丧心病狂。

空气中忽然隐隐传来一声呻吟，十九敏锐地捕捉到了这个声音："有活口！"三个人立刻四下寻找，最后在一棵柏树后面发现了那位幸存者。他蜷缩在柏树底下，奄奄一息，身边都是断裂的树枝。看来他被抛到树上，然后跌落下来，树枝起了缓冲作用，这才救了他一命。

十九和罗中夏把他的身体放平，拍了拍脸，他嚅动一下嘴唇，却没什么反应。她抬头对颜政说："你的画眉笔，能救他吗？"

颜政伸开十个指头，每一根都放着荧荧红光。前两天在诸葛家别墅醉生梦死，他已经把能力补充得气完神足。他伸出右手拇指，有些为难地说道："用是可以用，只是我不知能救到什么程度。画眉笔毕竟不是治疗用的，我现在最多只能恢复到五分钟之前。"

"尽力吧！"

于是颜政伸直右手拇指，顶在了那人的腰间。红光一拥而入，瞬间流遍全身。那人躯体一颤，立刻被画眉笔带回了五分钟之前的状态——他的身体仍旧残破不堪，唯一的区别是神志还算清楚。可见他受伤的时间比五分钟要早。现在颜政所能恢复的，仅仅只是他受伤后还未流逝一空的精神。

那人吃力地动了动脖子，看到了十九，双目似蒙了一层尘土，喃喃道："十九小姐……您，您怎么来了？"

"快说！是谁袭击你们的？！"十九托起他的脖子，焦急地问道。

"怪……怪物……"那人嗫嚅道，眼神里流露出恐惧，身体开始变软。

"什么怪物？"

"笔……笔……"那人话未说完，头一歪，两只眼睛彻底失去了神采。即使是画眉笔，也仅仅只为他争取来五分钟的生命。十九缓缓放下那人，双目开始有什么东西燃烧，原本的震惊与惊惶此时都变成了极度的愤怒。

"我们走！"

十九说，她的声音里蕴藏着极大的压强，随时有可能爆发。罗中夏不由得提醒她说："现在可别轻举妄动，先看清形势。"

"我不会让他们那么快死的。"

月光下十九的脸变得无比美丽，也无比锐利，就像一把锋芒毕露的刀。

"喂，我是以朋友身份提醒你的。"颜政正色道，"现在不是你一个人，而是我们三个伙伴的事，对不对？"

十九看了一眼罗中夏，默默点了一下头。

"很好，既然我们是伙伴，那么就该互相配合，互相信任。你如果太冲动，反而会害了我们大家。"

十九对这么尖锐的批评丝毫没有反驳。

"前面不知有什么敌人，我们得团结起来，统一行动，才会安全。"颜政忽然变成了一个政治老师,"如果把其他两个人视为肯把背面交给他的同伴,就碰碰拳头吧。"

三个人都伸出手,三个拳头互相用力碰了碰,相视一笑。

"你怎么会有这么多感慨?"罗中夏问。

"我以前做流氓的时候,打架前都会这么鼓励别人的。"颜政有点得意忘形地说,罗中夏和十九都露出哭笑不得的表情。

三个人不再发足狂奔,他们放弃了山路,而是从遍生杂草的山脊侧面悄无声息地凑过去,免得被不知名的敌人发觉。

高山寺名为古刹,其实规模并不大。自唐代始建以来,历经几次兵乱、政治运动的浩劫,建国后一度改为零陵军分区干校校址,不复有当年盛况。现在所剩下的只有大雄宝殿和武殿两座暗棕色的古建筑,以及两侧的钟楼和鼓楼,骨架宏大,细节却破落不堪。此时夜深人静,寺内的和尚也都下山休息去了。空无一人的高山寺在月色映衬之下,更显得高大寂寥。三个人绕过一道写着"南无阿弥陀佛"的淡红色山墙,悄悄接近了正殿。

他们看到,殿前站着五个人。

站在最外围的是一个五短身材的胖子,戴了一副颇时髦的蓝色曲面眼镜,相貌有点娘里娘气的。颜政一见到他,心中不禁一乐,原来这胖子就是当日被自己打跑的五色笔吏。十九也认出他的身份,正是诸葛长卿的同伙诸葛淳——难怪他会跑到医院去袭击罗中夏和颜政。

而胖子的旁边,赫然也是一个罗中夏的熟人,是他在韦势然的院子里看到的那个冒牌老李,但是他今天穿的是件黑白混色长袍,瘦削的尖脸没有半点血色,眼窝深陷,如同一只营养不良的吸血鬼。

但最让颜政和罗中夏震惊的,不是这些熟人,而是第三个人。

这第三个人身材高大,高近两米,一身橙红色的运动服被膨大的肌肉撑成一缕缕的,他披头散发站在那两个人身后,不时摇摆着身体,并低吼着。当他的脸转向罗中夏这边的时候,头发慢慢分开,露出一张年轻熟悉的脸庞。

是郑和!

罗中夏一下子觉得整个人仿佛被兜头浇了桶液氮。郑和现在难道不是该在医院里变成了植物人吗？怎么忽然出现在这永州的东山之上，和这些人混在一起？！

他再仔细观察，发现郑和体形似乎是被生生拉长，比例有些失调，而且整个身体都透着惨青色的光芒，十分妖异，像极了笔童，但比起笔童，感觉要更为凶猛可怕。

站在这三个人对面的，正是诸葛一辉和费老。

他们两个周围一片狼藉，倒着五六个西装男子，瓦砾遍地。诸葛一辉也似乎受了重伤，勉强站在那里喘息不已。唯有费老屹立不动，背负着双手，夜风吹过，白发飘飘，气势却丝毫不输于对方三个人。

他们几个人谁也没放出笔灵，可笔灵们本身蕴藏的强大力量却遮掩不住，肉眼看不见的旋涡在他们之间盘旋，在空气中达到一个微妙且危险的平衡。

冒牌老李忽然开口，他的声音尖细，很似用指甲划黑板，话里总带着一股话剧式的翻译腔："我亲爱的费朋友，你既然不姓诸葛，又何必为守护这一个家族的虚名而顽抗呢？"

费老冷冷哼了一声，却没有回答。

"失去了忠诚部下的你，一个人又能挑战什么？"

诸葛一辉闻言，猛地抬起头来，怒道："还有我呢！"话音刚落，诸葛淳手指一弹，一滴墨汁破空而出，正撞在诸葛一辉的胸膛。咔嚓一声，他的身躯被炸到距离罗中夏他们不远的水泥空地上，发出一声闷哼，再没力气爬起来。诸葛淳跑过去，得意扬扬地用脚踏住了他的脊背。

十九本来要冲出去扶，被颜政和罗中夏死死拽住。

"诸葛淳！你这吃里爬外的家伙。"

费老动了动嘴唇，从嘴里吐出一句话。诸葛淳满不在乎地抚摸自己的指甲："费伯伯，你们来永州，不就是来抓我的吗？我这也算正当防卫。别以为我不知道家里发生了什么，诸葛长卿那小子不小心，被你们给耍了，我可不会重蹈覆辙。你们公开宣布明天才到，却在今天晚上偷偷跑来，还自以为得计，真是可笑。"

"你早知道了？"费老眉头一皱。

诸葛淳搓了搓肥厚的手掌，得意道："那可不止如此，我告诉你，那个十九也跟过来了，我已经把她也骗来这里。一会儿收拾完你，我就去收拾她。小姑娘那么水灵，肥水不能流了外……"

他话没说完，一股压力骤然扑面而至，竟迫得他把话咽了回去，朝后退了三步，脸憋得通红。

费老双眉并立，一字一顿："你胆敢再说一个字，我就把你的笔灵揪出来，一截一截地撅断。"

诸葛淳见过费老的手段，也知道他绝不只是说说而已，不由得有些胆怯，白粉扑扑的肉脸上一阵颤抖。冒牌老李见他被吓退，扬了扬手，把话题接了过去："亲爱的费朋友，主人是如此的着急，以至于他没有太多耐心再等待。睿智的禽鸟懂得选择合适的枝条栖息啊。"

在场的都知道他想说的是良禽择木而栖，但他非要选择这么说话。

"你们的主人到底是谁？殉笔吏吗？"费老不动声色地问。

冒牌老李发出一声嗤笑："他们只是区区萤火虫而已，岂能跟太阳和月亮比光亮！"

"那你是谁？"

"在下姓褚，叫一民，命运女神治下的一个卑微子民。"

"不认识。"

费老缓缓放下双臂，两道青紫色光芒从指尖流出，一会儿工夫就笼罩了两条胳膊。他自身激发出的力量，甚至在高山寺的正殿前形成一圈小小的空气波纹，卷带着落叶、香屑与尘土盘旋。

这股力量一经喷涌出来，对面的几个人除了郑和以外，面色都微微一变，谁也不敢小觑了这个老头。褚一民道："费朋友，我对你的执迷不悟感到非常遗憾。"

费老冷冷道："你们不必再说什么了，我直接去问你们的灵魂。"

他这句话蕴藏着深刻的威胁，不是比喻，而是完全如字面的意思——他有这个能力和自信。

没容对方还有什么回答，费老开始一步一步迈向他们。他每踏出一步，石板地面都微微一颤，生生震起一层尘土。他步履沉稳，极具压迫力，双臂火花毕现，青紫光芒越发强烈。

三个人都感应到了这种压力，双腿都是一绷。褚一民连忙偏过头去，问诸葛淳他是什么笔。诸葛淳擦了擦额头的细汗，凑上去对褚一民道："这老头子用的是通鉴笔，可要小心。"

"通鉴笔？！那可是好东西……"

褚一民轻轻感叹道，舔舔自己苍白的嘴唇，露出羡慕神色。

通鉴笔的来头极大，它炼自北宋史家司马光。司马光一生奉敕编撰通史，殚精竭虑，穷竭所有，一共花了十九年方才完成了《资治通鉴》，历数前代变迁凡一千三百六十二年，堪称史家不朽之作。司马光一世心血倾注于此书之内，所以他炼出来的笔灵，即以通鉴命名，守正不移。

寻常笔灵多长于诗词歌赋、书法丹青等，多注重个人的"神""意"；而这一支通鉴笔系出史家，以严为律，以正为纲，有横贯千年道统的博大气度。

《资治通鉴》的原则是"鉴于往事，有资于政道"，目的在于鉴前世之兴衰，考当今之得失，能够由史入理，举撮机要，提纲挈领，从庞杂史料中总结出一般规律。通鉴笔也秉承此道，善于切中关窍，能觉察到人和笔灵散发出的意念之线，甚至可以直击笔灵本体。

诸葛淳压低声音提醒其他两个人："绝对不能被他那只手碰到……他可以直接抓出笔灵，到时候就完全受制于人了……"

他话未说完，郑和已经无法忍受这种压力。他狂吼一声，扯下已经破烂不堪的运动服，像一头凶猛的黑豹挟着山风扑了过去。褚一民比了个手势，和诸葛淳退开几步，打算趁机观察一下费老的实力。

"第一个送死的是你这怪物吗？"

面对郑和的暴起，费老丝毫不慌，双臂运处，通鉴横出。通鉴一共二百九十四卷，极为厚重，通鉴笔这一击可以说雄浑大气、严整精奇，极有史家风范。郑和比费老身躯大了三倍，非但丝毫没占到便宜，反而被震开了十几米远，背部重重撞到高山寺正殿的廊柱之上。整个正殿都微微一颤，发出破裂之声。

围观的三个人心中自忖，郑和这一击纯属蛮力，自己应该也能接得下，但绝做不到费老这程度。

郑和皮糙肉厚，看起来并没受什么伤，他晃了晃头，再度扑了过来。费老早看出来他是个笔童，只是比寻常的笔童强壮了一些，于是也不跟他硬拼，慢慢缠斗。

笔童本无灵魂，纯粹是靠笔冢吏在一旁靠意念操作，如果笔冢吏失去了操纵能力，笔童也就只是一个没思想的木偶罢了。通鉴笔飞速转动，如同雷达一样反复扫描整个空间，很快就捕捉到郑和有一条极微弱的意念之线，线的另外一端，恰好连着某一个人。

是诸葛淳。

费老不动声色，继续与郑和纠缠，身形借着闪避之势慢慢转向，步法奇妙。郑和空有一身力气，每次却总是差一点摸到费老衣角。两人且战且转，当费老、郑和与围观三人之间达到一个微妙距离的时候，通鉴笔突然出手了。

这一击电光石火，毫无征兆，郑和与诸葛淳之间的连线突然"啪"地被通鉴笔切断。费老骤然加速，影如鬼魅，围观三人只觉得耳边风响，他的手掌已经重重拍到了诸葛淳的胸前。

诸葛淳惨呼一声，从口里喷出一口鲜血。他顾不上擦拭，肥硕的身躯就地一蜷，试图逃掉。可为时已晚，费老双手一翻，附了通鉴笔灵的手指扑哧一声插入胸内，把他的笔灵生生拽出了一半。这五色笔灵外形精致，镶金嵌玉，可惜现在受制于人，只能摇摆嘶鸣，也陷入了极度惶恐。

"诸葛家规，叛族者死。"

费老阴沉沉地说了八个字，举手就要撅断五色笔灵。

就在这时，费老突然觉得一股疾风袭来，他双手正拽着笔灵，动弹不得，随风而至的一股巨大的压力正中他小腹，眼前金星闪耀。费老心中有些吃惊，想不到还有人能跟上自己的速度，他只得松开诸葛淳的笔灵，运用通鉴笔反身切割，疯狂地把周遭一切意念连线都切断。

人类彼此大多靠感知而建立联系，通鉴笔切断意念之线，也就断绝了感知之路，实质上就等于"伪隐形"，使对方反应迟钝两到三秒。在战斗中，这几秒的差距可能就会让局势截然不同。

褚一民的动作一下子停滞下来，可那一股力量却似乎不受影响，以极快的速度又是一击。这一次被打中的是费老的右肩，费老身形一晃，下意识地双掌一推，用尽全力轰开威胁，同时向后跳去，一下子拉开了几米的距离。

这一连串动作只是在数秒之间，在外人看来就好像是费老身影一闪，回归原位，诸葛淳突然无缘无故倒地不起。

费老站在地面上，嘴中一甜，竟吐出血来。他的小腹与右肩剧痛无比，对方的物理攻击力实在惊人。如果不是他在接触的一瞬间用了缩骨之法，现在恐怕受伤更重。他环顾四周，发现攻击者居然是郑和。

费老大疑，他刚才明明已经切断了诸葛淳和这个笔童之间的意念连线，就算这笔童设置了自动，也断不会有如此精密的攻击动作。

费老仔细观察了上身赤裸、露出膨大肌肉的郑和，发现他和普通的笔童有些不同：虽然他神志不清，可双眸仍旧保有细微神采；而且最重要的一点是，一般笔童是通体青色，而郑和胸口却尤其青得可怕，明显比其他部位颜色深出许多。

费老脑子里忽然闪过一个念头。

"殉笔吏？"

通鉴笔再度开始扫描，这一次集中了全部精力在郑和的身上。在通鉴笔的透视之下，费老惊讶地发现，郑和周身没有任何外连的意念之线，而在他厚硕的胸肌之后心脏处，却有一团火焰伸展出无数金黄色的意念触须，藤蔓般地爬遍全身，像傀儡的丝线一样从内部控制着身体。唯一没被意念触须占据的是他的脑部，那里尚还保有自我意识，但已经呈现出铅灰色，如同瘫软的棉线纠成一团。

看上去，郑和的大脑机能已经完全失效，此时的他完全是由胸内的那团火焰操纵。

"果然是殉笔吏！"费老怒吼道，"你们居然下作到了这一步！"

郑和缓了缓身形，再度吼叫着扑上来。他身上的笔灵身份还无法判定，但从膨大的肌肉可以猜测，必然是属于物理强化类型的。

通鉴笔毕竟脉出史家正统，严谨、有法度。司马光当年编撰通鉴的时候，先请负责各个朝代的同修者做成通鉴长编，然后再自己亲为增削，是以笔力犀利持久。通鉴笔深得其神，上下挥斥，一道道史训飞去，虽无法伤及本体，但把郑和身躯内向外散发的意念连线一一斩断。

郑和像是永远不知疲倦的猴子，不断在建筑之间跳来跳去，大幅移动，忽而飞到殿顶，忽而落到山墙边，有好几次甚至就落在罗中夏他们藏身之处周围。但他似乎对他们熟视无睹，把注意力全放到了费老身上。

费老则以不变应万变，牢牢站在殿前空地，据圆为战。这一大一小两个人你来我往，彼此都奈何不了对方。只可怜了高山寺的正殿与周围的厢房，在对轰之中不是被费老的笔锋削飞，就是被郑和巨大的身躯撞毁，砖瓦四溅，墙倾楫摧，足以让文物保护部门为之痛哭流涕。

时间一长，费老的攻势有些减缓，他刚才受的伤开始产生负面影响，通鉴笔的扫描也不比之前那么绵密。

就在郑和刚结束一轮攻势的同时，费老忽然感觉背后有一股力量陡然升起。他的眼前突然一片漆黑，所有的光线都被一层黑幕阻断，冥冥中只有黄、青、红三色光线，如同三条纹路鲜明的大蛇游过来。

黄色致欲，青色致惧，红色致危，正是可以控制人心志的五色笔。诸葛淳从刚才几乎被撅断的危机中恢复过来，开始了反击。

费老冷冷一笑，史家最重品德，于是通鉴笔又号君子笔。君子慎独，不立危地，无欲则刚，这五色碰上通鉴，正是碰上了克星。

果然，那三束光线扫过费老身上，丝毫不见任何作用。费老见黑、白二色并没出动，便猜出这个笔冢吏的境界只及江淹，还未到郭璞的境界，更不放在心上。

不料那三束光线绕着费老转一圈，却扭头离去，一根根全搭在了郑和的身体之上。只听郑和仰天一声凄厉的大吼，空气一阵震颤，他竟被同时催生出了最大的恐惧、最强烈的欲望和最危险的境地三重心理打击，刺激肌肉又膨大了一倍，几乎变成了一个扭曲的筋骨肉球。

费老刚刚用通鉴笔切割开黑幕，就看到巨大化的郑和朝自己飞撞而来，速度和压迫力都提升了不止一倍，简直就像是一个肉质化了的动力车组。费老躲闪不及，被撞了个正着，胸中气血翻腾。他拼命使了一个四两拨千斤，把郑和拨转方向。惯性极大的肉球轰隆一声，正砸进了高山寺的正殿，撞毁了三四根柱子和半尊佛像，整个建筑岌岌可危。

就在这时，真正的致命一击，才刚刚到来。

褚一民突然出现在费老身后，长袍之下，一只瘦如鸡爪的冰手搭在了他的肩膀上："费朋友，别了。"

费老猝不及防，一下子被褚一民抓了个正着，他只觉得一股透彻的阴冷顺着指头渗入骨髓和神经。

费老毫不迟疑，双手回推。褚一民以为他想用通鉴笔抓住自己，慌忙小腹一缩。不料费老这一次却用的正宗太极气劲，一记"拨云见日"结结实实打在褚一民肚子上。

褚一民吃了那一记打击，面容痛苦不堪，似哭非笑，整个人开始进入一种奇妙的状态。他颀长的身子直直摆动着，如同一具僵尸，忽然扯开嗓子叫了起来。那嗓音凄厉尖嘶，忽高忽低，在这空山夜半的古庙之外徘徊不去，让人觉得毛骨悚然：

"南山何其悲，鬼雨洒空草。长安夜半秋，风前几人老。低迷黄昏径，袅袅青栎道。月午树无影，一山唯白晓。漆炬迎新人，幽圹萤扰扰。"

这诗句鬼气森森，光是听就已经让人不住打寒战，何况褚一民本身的嗓音还有一种奇怪的魔力能攫住人心。随着诗句吟出，一团白森森的幽灵从褚一民的背后飘出来。

这团幽灵形状飘忽不定，开始仿佛是支笔的形状，后来竟幻化成一张惨白的人脸面具，附着在褚一民脸上，让他看上去表情木然。

费老刚要动，那一股凉气已经开始从肩膀向全身蔓延，这鬼气应和着诗的节奏，怨恨悲愁，缥缥缈缈地缠绕在神经之上。褚一民戴着面具，开始起舞，四肢节折，转腕屈膝，光凭动作就让人感觉到万般痛苦。费老看了他的动作，不知为什么心中一颤，愁苦难忍。

他运起通鉴笔"唰"地劈下来，用史家中正之心驱散悲丝，又转向去抓那笔灵所化的面具。笔锋一晃，几乎要扯下面具。褚一民忽然又变了动作，面具耸动，一腔郁卒随着诗声汹涌而出。

"吾不识青天高，黄地厚，惟见月寒日暖，来煎人寿……"

动作悲愤激越，把诗者感怀之心表达得淋漓尽致。以面具覆面，纯以肢体表达诸般情感，是为演舞者最高境界。此时的褚一民完美地用动作把情绪传达给观者，堪称大师。古庙子夜，一个黑白袍人戴着面具起舞，这场景真是说不出地诡异。

史家讲究心存史外，不以物喜，但唯有悲屈一事往往最能引发唏嘘，如屈原投江、太史公腐刑，等等。后人写史至此，无不搁笔感叹，是以这种情绪恰与通鉴笔的史家特质相合。加上费老受伤过重，通鉴笔已难支撑。

他为求不为面具感染情绪，只好闭上眼睛，沉声道："原来是李贺的鬼笔，失敬！"

"居然被你认出来了，佩服！"褚一民戴着那面具说。

李贺生在晚唐，诗以幽深奇谲、虚荒诞幻而著称，人皆称其为鬼才。他一生愁苦抑郁，体弱多病，手指瘦如鸡爪，卒时仅二十七岁。他身死之后，笔灵被笔冢主人收之，但因为诡异莫测，在历史上时隐时现，到后来变成了一个传说，诸葛家和韦家谁都不曾见过。想不到这笔灵今天居然出现在东山之上。

戴着面具的褚一民一摇一摆，缓步上前，嗓子如同唱戏般抑扬顿挫："既已知鬼，其必有死。"鸡爪一样的白手伸开五指，如同五根钢针去抓费老的脑袋。

"住手!"

一道刀光闪过,"唰"地在那苍白的手上留下了好长一道血痕。褚一民突然受袭,慌忙把手缩回去。他的动作一乱,情绪感染力陡减。费老只觉得心中一松,哇地吐出一摊鲜血,面容瞬间苍老了不少。

十九、颜政和罗中夏从山墙那边闪了出来。

诸葛淳见了十九和颜政,褚一民见了罗中夏,他们互相对视,彼此都露出一丝奇妙的表情。月明星稀,夜幕之下,高山寺前一下子陷入一种奇妙的僵局。

最初打破这个沉默局面的是郑和,随着一阵哗啦哗啦的瓦砾碰撞声,硕大的郑和摇摇晃晃从正殿前站起来。他这一走,高山寺的大雄宝殿再也支撑不住,轰然倒塌,变成了一片废墟。

大雄宝殿倒塌之后,后面的武殿和那传说中的绿天庵遗址便进入众人的视线。绿天庵遗址尚在远处,薄雾蒙蒙,只看得到庵上一角。那栋武殿倒是看得清楚,这殿堂比大雄宝殿小了一些,木质结构,暗淡无光,比大雄宝殿还破落几分。

罗中夏看了一眼远处绿天庵的遗址,心中一阵天人交战。退笔之法,就在眼前,究竟该如何是好……刚才战斗虽然剧烈,可那毕竟是别人的事情,严格来说和自己半点关系也无。他此来东山,真实原因并非是为了帮着十九报仇,完全是因为听说这里还有退笔之法的缘故。

他心里一时乱了起来。

这时诸葛淳从地上爬了起来,用手绢擦擦嘴角的血,掏出粉盒补妆,然后冲十九一笑:"哟,十九,你出落得越来越漂亮了。"十九柳目圆睁,一句话也不说。诸葛淳又道:"怎么不给我打个电话呢?山路湿滑,坏人又多,如果出了事,我怎么向你爹交代?"

十九勃然大怒,一举柳叶刀就要动手。诸葛淳笑嘻嘻地把肥厚的手掌搁在费老头顶:"费老是山岳之重,缺了他,诸葛家会很为难啊。"十九一怔,从牙齿缝里蹦出一句:"你——"终究还是把刀放了下去。

费老喃喃道:"十九,快走,别管我。"诸葛淳手掌一用力,一道鲜血从费老白发间流下来。颜政悄悄绕着边靠近,运起画眉笔,想去帮费老恢复状态,可是诸葛淳却挡住了去路。

他看到颜政,不由得缩了缩脖子,眼神里有几丝胆怯,还有几丝愤恨。颜政一看是他，不禁笑道："上次脸上的伤好了吗？"说完他威胁似的晃了晃拳头，让诸葛淳面色有些僵硬。他最在意自己容颜，上次却被这个家伙痛打了一顿，至今心有余悸。

可怕归怕，诸葛淳还是张开了五色笔的领域，让颜政一时不敢轻易靠近。

褚一民此时还未摘下面具，面具白如尸骨，两个眼窝、口鼻处都是黑漆漆的黑洞，看上去几似骷髅。他走到了罗中夏的身前，微微弯下腰，一拂长袖，两人面向而立。

"罗朋友，长椿一别，好久不见，请接受一个老朋友的祝福！"

"你把我的朋友郑和怎么了？"罗中夏没理他的问候，直接问道。褚一民面具后的表情不知是什么，这让他很不习惯，觉得难以猜度。

"郑和先生已经找到了他人生的价值，作为朋友，你该为他高兴才对。"

"什么价值？"

"能够和千年时光遗留下来的笔灵合而为一，为主人做一番前所未有的事业，难道不是比庸庸碌碌过上一生更璀璨吗？"

"放屁！"罗中夏大怒，笔灵和自己结合，除了带来无数麻烦与危险以外，从来没半分好处。现在他看到郑和变成一头肌肉发达的怪物，更觉得褚一民在胡说八道。

褚一民歪过头去："你是抱持这样的观点吗？"

罗中夏倒退了几步，青莲笔现，黑夜中显得格外醒目。郑和见了，眼神闪闪，沉沉地低吼着，褚一民一挥袍子，示意他少安毋躁，然后把脸上的面具褪去，对罗中夏道："罗朋友，我没想到今天晚上你也会出现在这里。既然来了，我们不妨做笔交易。"

在场的人都是一惊，大家都以为一场恶战免不了，可谁都没料到褚一民会提出这么一个要求。颜政和十九都把视线投向罗中夏，罗中夏舔了舔有些干燥的嘴唇，道："你想说什么？"

褚一民的神态如同古典话剧中的开场说书人："我知道你的事情，一个为了失去而四处奔走的少年；一个渴望回归平静的疲惫灵魂；一个误入了另外一个世界的迷途羔羊。我们对此深表同情。"

"少说废话！"罗中夏怒道。他看了一眼远处的郑和，发现对方的眼神里有一些奇怪的东西。褚一民继续说道："这里是怀素的故里，他的退笔冢可以帮你摆脱躯壳的桎梏。我猜，你是来退笔的吧？可是，你并不知道如何退掉，对不对？"

罗中夏不置可否。韦定国带给他的那封信里，其实只是重复了韦小榕的那四句诗，并没有带来更多信息。

"我们现在手里握有你需要的信息，而罗朋友你则拥有我们所没有的。你与笔冢的世界本无瓜葛，我想我们可以进行毫无偏见的合作。"褚一民说到这里，别有深意地扫视了一眼费老和十九。

颜政忍不住开口讽刺道："这种骗局也太明显了吧，帮主。"

褚一民抖了抖袍子："这并非是个骗局，我更愿意用另外一个词——双赢。"他又把注意力转回罗中夏："你的青莲笔和点睛笔同属管城七侯，这是个关键。我们告诉你进入绿天庵退笔冢的方法，你把它们退出来，交还给我们，然后在各自熟悉的世界幸福生活，直到终老。"

"而且我还会保证你这些朋友的安全。"褚一民又加了一句。

十九看罗中夏久久不回话，不禁急道："你不能相信这些人！"

"我们是很有诚意的，十九小姐。"褚一民摊开双手，瘦削的脸上血色更加淡薄，如果他突然扑上去咬住十九脖颈，也不会有人奇怪，"否则我们会直接干掉你们所有人，然后从容收了你们的笔灵，让少女的哀鸣响彻这夜空——哦，不，那太丑陋了。"

"说到底，你们只是想要这支笔灵吧？！"罗中夏冷笑道，"别遮掩了，让韦势然出来见我。"

"韦势然？"褚一民先是一愣，随即耸了耸肩，"他不过是个不那么听话的危险玩具，当主人觉得有必要的时候，就会去把他放回玩具盒子里，盖上盖子不再打开。"

罗中夏暗自挪动了一下脚步，原来他们不是一伙的。看来这青莲笔真是个好东西，韦家、诸葛家、韦势然，还有这些奇怪的人，他们都兴趣浓厚。

管城七侯也罢，笔冢遗产也罢，都与自己无关。既然与韦势然无关，褚一民的这个提议让罗中夏真的有些心动了。他想询问一下点睛笔，可后者却依然沉睡。"过多听从命运的指引，最后就会变成命运的囚徒。"这是诸葛一辉曾经对他说过的，点睛笔和毒品一样，用得太多有了依赖，以后就会无所适从。

罗中夏抬头望了望依然在半空绽放的青莲笔，叹了口气，最后还得他自己来做决定。每当命运发生变化的时候，他都想逃走，不想让自己承担这种沉重的责任——即使那是自己的命运。

"怎么样，考虑一下我的提议吗？"

罗中夏保持着沉默。

"动手！"

十九突然大吼道，震耳欲聋，如椽巨笔如同一艘突然冲破水面的潜水艇，昂然现身，一下子打乱了场上暂时出现的和平气氛。

是罗中夏在刚才仓促之间想到的一个战术，充分考虑到了每个人能力的特点。自从打败魏强之后，他体内的一些东西开始觉醒了，这甚至连他自己都没觉察。

如椽笔并不只是能放大刀锋，只要是非实体的东西，都可以放大。十九的声音经过增幅，变得无比巨大，足以震慑全场。

然后是颜政，他事先塞住了耳朵，一待十九的能力发动起来，他就趁着敌人短暂的停滞欺身杀入。一指向费老，一指向诸葛淳——诸葛淳刚才曾被费老所伤，而费老刚才还处于完好的状态，他们都会被画眉笔恢复到五分钟之前的状态。

而整个行动的核心是罗中夏。他在十九发动攻击的同时，用青莲笔把李白诗"兵威冲绝漠""身将客星隐""戈甲如云屯"三句具象化，构成一个层层叠叠的防御网，隔绝褚一民——尤其是隔绝郑和——可能采取的救援行动。十九的如椽笔将把这种效果放大到极致。

只要救出费老让他恢复状态，那对方三个人根本就不足为惧。

十九眼看五分钟的时限即将过去，而罗中夏似乎忘了这回事，情急之下，不得不立刻启动这个战术。

攻势一发，全盘皆动。

被如椽笔增幅了的声音化成一道肉眼可见的空气波纹，向四周以极快的速度扩散开来，无论是武殿前的蟠龙石柱还是两侧松柏枝叶都为之一震。诸葛淳、褚一民和郑和的耳膜突遭这奇峰陡起的声波压力，半规管内一阵混乱的鸣叫，行动一滞。

颜政没有放过这个机会，他伸出双手食指，在声波来袭的同时扑向诸葛淳和费老。

而罗中夏却站在原地，没有动。

一失却了罗中夏这关键一环，整个战术立刻失去了制胜的基础，立行崩溃。

而褚一民和郑和已经最先从声波震荡中恢复了神志。郑和身形一晃，横着扑向准备攻击的颜政，颜政把注意力全放在了诸葛淳和费老身上，根本没想到有人会从罗中夏造成的漏洞攻过来。

郑和的巨大身躯赋予了他巨大的动能，颜政虽然皮糙肉厚，被他从侧面撞过来也不免大感其疼，双指在距离诸葛淳和费老几厘米的地方停住了。郑和挥拳乱砸，迫使颜政节节后退，同时不得不连续消耗宝贵的画眉笔，修补自己被郑和砸断的筋骨。

而十九本来应该是辅佐罗中夏强化青莲笔的防御效果，这一下子扑了空，陷入了一瞬间的迷茫。整个计划完全坍塌了。

她陷入迷茫的同时，褚一民恰好刚刚恢复。他毫不迟疑地再度催动鬼笔，白色的面具重新覆盖了苍白的脸。

十九很快意识到罗中夏没有动作，她顾不上去质问他，抽出刀来，试图直接去斩诸葛淳。这时一个白色面具、黑白袍子的舞者已经挡在了她的面前。十九举刀狂攻，舞者扭曲着关节，似乎彻底投入全身心于此，每一个细微动作都一丝不苟。

缠斗了数个回合，十九发现自己竟逐渐被对方的动作所吸引。鬼笔敏锐地洞察到了她心中偏执之处，以巧妙的动作牵引出愤怒。十九没有费老那种定力，被复仇的火焰冲昏了头脑，眼前闪动的白色面具如同在拷问心灵，她动作更加狂乱，攻势固然愈加猛烈，破绽也愈是大露。

诸葛淳在一旁见褚一民已经得手，立刻施放出五色笔的青色光线，缠上十九。十九眼前立刻出现了她最害怕的东西——被割断了喉管的房斌尸体。尸体还在抽搐，大量的鲜血从喉咙里喷涌而出，仿佛一个被针扎漏了气的气球。

内心无以复加的愤怒突然遭遇了最深层次的恐惧，就好像灼热的岩浆被泼上了北极冰山。十九的内心实在无法承受这种折磨，面部血色退得一干二净，不禁发出一声凄凉的惨呼，手中钢刀没拿稳，竟"当啷"一声落到了地上。

褚一民见机立刻上前，用手轻轻拍了拍十九肩膀。十九顿觉全身冰凉，鬼气侵入四肢神经，使她动弹不得。

那边郑和与颜政的战斗也已经结束，诸葛淳的墨汁攻击和郑和狂飙式的乱打合在一起，颜政终于不及恢复，被打翻在地，诸葛淳得意扬扬地踏上一只脚。

一瞬间混乱的场面很快又恢复了平静，除了费老，瘫倒在地的又多了十九和颜政。

唯一仍旧站在原地的只有罗中夏，他一直没有任何动作，两只眼睛空洞地望着远处的绿天庵。

"罗中夏，你这个浑蛋！"

十九颤抖着身体声嘶力竭地嚷道。颜政躺倒的姿势虽然狼狈，也勉强仰起头，用极少见的严肃口气道："哥们儿，这可就真有点不地道啊……"话没说完，诸葛淳一脚踏过去，迫使他闭上了嘴。

"我是否可以视此为罗朋友你的决定？"褚一民离开十九，抹下面具，满意地垂下袍袖。

"是的。"罗中夏的声音干瘪无力。

第三十三章

○

爱君山岳心不移

"呵呵，能准确判断形势的人才是英雄。"褚一民脸上的皮肤在肌肉的牵动下抖了抖，算是笑过了。

罗中夏此时的面色不比他强多少。这位少年故意不去看被缚的两个人，任凭头顶青莲鸣啾，冷冷说道："我要你保证他们三个人的安全。"

褚一民弹了弹手指，示意诸葛淳放开颜政，把他们三个摆在山墙根下。然后褚一民走过去，用鬼笔在每个人肩上拍了拍。三缕阴白的气体飘入费老、十九和颜政体内，他们的身体不禁颤抖了一下。

"别担心，这只是预防措施。"褚一民看了一眼罗中夏，道，"我保证目前他们不会受到任何肉体的伤害。"

"肉体伤害？那你刚才对他们做了什么？"

"哦，那三缕气息叫作长吉诗囊，是我这李贺鬼笔的精华所在，你可知是什么？"

"反正不是好东西。"

褚一民不以为忤，反而朝天一拜，神态恭敬："罗朋友你该知道，纵观千古，李贺李长吉作诗是最耗心力的，用心至极，冠绝诗史。旁人赋诗，最多不过'吟安一个字，捻断数茎须'，而李贺则是燃命焚神，以自己生命赋诗作句。他在生之时，习惯在坐骑边放一个诗囊，新得了句子就投入囊中，回家整理。他母亲抄检诗囊时曾感慨：'是儿要呕出心乃已耳！'李贺呕心沥血，才成此诗囊，所以这个浸染了李贺生命的长吉诗囊，天生能够吸吮人心精气，在囊中化诗。我刚才各自为他们三个心脏处系了一个长吉诗囊，现在他们就和李贺一样，呕心沥血，一身精气慢慢贯注在诗囊之中……"

"你……"罗中夏大惊。

褚一民一摆手："别着急,这诗囊吸收的速度,我可以控制。只要你在规定时间内出来,并如约退笔,我保证长吉诗囊对他们造不成任何损害。"

罗中夏扫视了一眼,发现费老、十九和颜政失去了神志,各自闭着眼睛,看不见的精神开始朝着诗囊汇集。尽管他们还能听到,可已经完全动弹不得。他放弃似的垂下了肩膀,摇了摇头:"好吧……你要我做什么?"

褚一民一指远处夜幕下的建筑轮廓:"那里就是绿天庵,罗朋友你是否知道?"

"知道,怀素故居,退笔冢就在那里。"

褚一民摇了摇头:"所以说若不跟我们合作,罗朋友你今世怎么也不可能得到灵与肉的解脱。世人的迷茫总会使真实偏向。"

罗中夏心中着急,他却还在卖着关子。褚一民继续操着翻译腔儿道:"世人都以为绿天庵就是怀素故居,却不知道真正的绿天庵,早就已经毁于战火,在历史的长河中消逝。退笔冢也已经早不存在。"

罗中夏听了脑子一嗡,心中大乱,难道说自己这一趟又白来了不成。"现在的绿天庵,不过是后人重修以资纪念,与真正的绿天庵并无半点瓜葛。"褚一民顿了一顿,遥空一指,"罗朋友你需要关注的,是武殿之前的四条龙。"

所有人都朝武殿看去。大雄宝殿已经被郑和毁掉,那建筑倒看得清楚,殿前有青石柱四根。柱上都蟠着浮雕石龙。奇特的是,武殿建筑颜色灰暗,石柱也剥落不堪,柱础与柱头的云纹做工粗糙,而这四条石龙却精致无比。一条条体形矫健,鳞片龙须无不纤微毕现,龙头摆动,作腾云之势,极为夺目——和整个武殿的风格显得格格不入,就好像那龙不是雕出来,而是飞来的一样。

"这四条石龙历来以为是修建高山寺的时候所雕,可惜他们都错了。这龙的名字,叫作蕉龙,与怀素渊源极深,只是不为人知罢了。"

"什么渊源?"罗中夏急躁地追问。

"据说怀素临终前曾经遭遇大险,于是以指蘸墨,凝聚毕生功力写下四个草书的龙字,把退笔冢封印起来。这些狂草龙字变成石龙留在东山之上,一直守护着那里。后人若要进入退笔冢,就必须使蕉龙复生游动,才能现出退笔冢的所在。本来今晚我们打算自己动手,没想到罗朋友你会出现。你身上有点睛笔,画龙点睛,没有比你更合适的人了,这一定是上天的指引。"

罗中夏忽然觉得肩上很沉,他讨厌承担责任。

"而进入的办法，就着落在这块石碑上。"褚一民的身旁不知什么时候出现了一块古碑，碑身粗粝，剥落严重，上面的凹字龙飞凤舞，罗中夏几乎认不得几个。不过碑上浮着一层淡淡的灵气，罗中夏在笔灵世界浸染久了，已经能注意到这些细节。

"这是怀素的真迹《千字碑》，今天我们刚刚从慷慨的博物馆朋友那里借来的，是一把钥匙。一会儿我会用《千字碑》镇在殿前，你用点睛笔点醒那些蕉龙。等到群龙游动，入口自然就会显现出来。你进去就是，就像进自己家门一样简单。"

"不会有什么危险？"

"不会，怀素能有什么危险，他只是个书法家。"褚一民轻松地回答。

看来你没听过辩才和尚的故事，罗中夏心想，然后问道："你们是为了什么？"

"怀素花下如此心血封住那里，自然隐藏着笔灵——当然这个无须罗朋友你来担心，你只要进去把你自己的笔灵退掉，还给我们就是。"

罗中夏注意到他用了一个"还"字。

随即褚一民让诸葛淳守住那三个俘虏，郑和用健硕的身体扛起石碑，跟着褚一民和罗中夏来到了武殿之前。

走近之后，石龙的形象看得愈加鲜明。一排四根石柱，柱上龙爪凌空，栩栩如生，只是每一条石龙都目中无睛，双眼都是半个光滑的石球，如同盲人瞽翁，让整条龙失去不少神韵。

褚一民走到殿前，让郑和把石碑放下。他围着《千字碑》转了几圈，忽然一掌拍下去，碑面登时龟裂，一代古碑，就此毁完。很快罗中夏注意到，诸多草字中留存的灵气开始顺着裂隙流泻而出，逐渐流满了整个武殿院前，怀素的精神充满整个空间。

柱上的四条石龙受此感应，似乎泛起了几丝生气，鳞甲甚至微微翕张。

褚一民对罗中夏做了一个手势："请！"

罗中夏此时已经没有了选择，他定了定神，把青莲笔收了回去，唤出了点睛笔。点睛笔甫一出身，就感应到了那四条石龙的存在，跃跃欲试。它甚至不用罗中夏催促，自行飞了过去，泛起光芒，依次在石龙眼中点了八下。

尽管他已经有了心理准备，但还是被眼前的景象惊呆了。那四条石龙被点了眼睛之后，一层光鲜色泽以眼眸为原点，迅速向全身扩散开来。很快整条龙身都重新变得鲜活起来，沉积在体外的千年尘埃纷纷剥落。武殿微微震颤，发出低沉的轰鸣声。

没过多久，这四条石龙已经完全褪掉了石皮，周身泛绿，龙鳞却是纯黑，正是怀素写在蕉叶上的墨迹。它们从柱上伸展而下,盘旋蜷曲,从容不迫地四处游走,仪态万方,视一旁的三个人如无物。莫说罗中夏,就是褚一民也直勾勾地盯着,不肯移开视线一瞬。

很快四条龙汇聚到了一处,用颀长的身体各自摆成了一个草体繁写的"龙"字,每一个"龙"字都造型各异,各有特色,字架之间充满了癫狂、豪放、自在的豪迈,即便不懂书法的也能感受到扑面而来的心灵震撼,仿佛整个宇宙都变成空虚,任凭这龙字腾挪驰骋,汪洋恣肆。

一个黑漆漆的洞口逐渐从这四字中显现出来,它浮在半空,如同一个异次元的入口,洞形如冢门。

褚一民一推罗中夏肩膀,道:"罗朋友,你的解脱之道,就在眼前了。"

罗中夏心脏急速跳动,他的双腿开始有些发软。在褚一民的催促之下,他硬着头皮朝前走去。说来也奇,他一接近冢门,冢门立刻变长变宽,大小刚可容罗中夏一个人通过。

罗中夏闭上眼睛,心中一横,一步迈了进去。他整个人进入的一瞬间,冢门突然收缩成一个小点,然后彻底消失于虚空之中。从旁观者看来,就好像是他被黑洞吞噬了一样。

褚一民看着冢门消失,嘴角露出一丝狞笑。他挥挥手,让郑和站到一旁,自己一直盯着那四条仍旧盘旋游走的蕉龙。

在武殿的外围,诸葛淳正百无聊赖地看着那三个已经被诗囊控制了的人。

诸葛淳已经重新补好了妆,蹲在费老身前,用肥胖的手拍拍他的脸,开始浮现出受压抑后的复仇快感。

"费老头,我知道你一直看不起我,可惜你现在落在我手里了。"

费老没有回答,一直保持着沉默。

"老子哪里不如人,你和老李总是厚此薄彼。现在你知道错了吧?胜利的是我!"

诸葛淳又走到了十九身前,这一次他的手在她脸上抚摩得格外久:"十九啊十九,以后叔叔会好好疼爱你的。"十九蒙受这种耻辱,还是没有任何反应,俏丽的脸庞看不到什么表情。

他摸够了,重新站起身来,对着颜政道:"你的朋友罗中夏死到临头,还不知道哩。"

颜政一听大惊："啊？你们不是说跟他做一笔交易吗？"

"别傻了，谁会遵守诺言！"诸葛淳从怀里掏出一根烟，悠然自得，眼神里露出几丝得意，"你懂什么，那个怀素的退笔冢可不是什么安全的地方，守门的蕉龙对擅自闯入的人丝毫不会客气——要不这一次为什么主人派了这么多人来。原本我们打算硬闯的，现在好了，既然有主动送死的傻小子，我们倒是省心。他这一死，青莲笔和点睛笔不就顺理成章地解放了吗？到时候我们一举两得，既收了青莲和点睛，又可以削弱蕉龙的能力，到那时候再从容闯入，就能找到主人想要的那第三支……"

"你们的主人到底是谁？"颜政问。

"反正你是一个死人了，知道这些干吗？"诸葛淳过足了嘴瘾，哈哈大笑着起身，却没注意到颜政眼皮突然牵动了一下，胸前一串佛珠自行转动起来。

罗中夏最初的感觉是一阵迷茫，就好像上次被诸葛一辉拽入沧浪笔的"境界"里一样，无上无下。随即他眼前一亮，身体一沉，双脚立刻碰触到了坚实的地面。

原本他以为退笔冢和古墓差不多，阴森恐怖，却没想到眼前阳光和煦，碧空如洗，出现在身前的竟然是一条蜿蜒曲折的黄土小路。小路两侧荷花满塘，清新的细风拂过，引来阵阵扑鼻的清香。远处岸堤之上蕉树成荫，蕉叶飒飒，如绿波荡漾。其间隐约有座篷顶田舍，俨然一幅随兴恬静的田园风光。

他迟疑地走了两步，以为这是一种幻觉。可是这风、这泥土和荷花的味道无比真切，让罗中夏一瞬间恍惚觉得刚才的一切才是南柯一梦，现在才真正回归到真实的本源。

罗中夏缓步向前慢慢溜达着，边走边看，心中不安逐渐消失，步履逐渐轻松，整个人如同融化在这一番暖日野景之中。

快接近那间田舍的时候，罗中夏突然停住了脚步。

两侧的水塘突然荷花攒动，水波翻滚，紧接着四条大龙像《侏罗纪》里的雷龙抻起脖子一样徐徐从水面升起，看它们的蕉绿身躯以及墨色鳞片，就是刚才那四条没错。这四条蕉龙伸出三分之二的身体，居高临下用点睛之眼睥睨着这个小小人类，然后长啸一声，气势汹汹地从四个方向朝罗中夏扑过来，鳞爪飞扬。

罗中夏吓得浑身僵硬，肌肉紧绷。他曾经靠一只假龙吓跑了诸葛长卿，如今却见着真龙了！他花了两秒钟才做出反应，胸中一振，青莲笔应声而出。

青莲一出，那四条龙的动作登时停住了。它们就像是被绒毛草吸引了注意力的小猫，一起歪头盯着青莲笔，身体微微摇摆，刚才的攻击消失了。罗中夏不敢擅动，心里拼命在想到底有什么诗句可用。还没等他想出来，四条龙又动了，它们蜷曲着修长的躯体凑到罗中夏身前，用鼻子去嗅，如同家犬一般。

罗中夏甚至可以闻到它们喷吐出来的气息，那味道清香如蕉叶，丝毫不臭，倒不难闻——可这种被巨大的怪物闻遍全身的感觉，让他的鸡皮疙瘩层出不穷。青莲笔悬在头顶，似乎颇为激动，这种反应只有在天台白云笔出世的时候才有过。

这时，一个声音从远处田舍中传了过来。

"来的莫非是故人？"

四条蕉龙一听这声音，立刻离开罗中夏，摆了摆尾巴，扑通扑通跳回到水里去。罗中夏循声望去，只见到一位清癯僧人从田舍走了出来。

那僧人穿着一身素色袍子，宽大额头，厚嘴唇，面色清癯，就和这山水田园一样淡然平和，唯有一双眼睛闪着无限神采，如夜空之上的北极星。

想不到在这一片世外桃源之内，居然还有人！

罗中夏还以为他问候的是自己，结果刚要作答，却发现这和尚正抬头望着青莲。和尚端详片刻，忽然拊掌喜道：

"原来是太白兄，好久不见。"

青莲震颤，也是十分激动。

和尚侧过身子，看了罗中夏一眼："请来敝庵一叙。"语气自然，也不问来历目的，仿佛认识许久。罗中夏见他没什么恶意，就跟着进去，心中却是一阵嘀咕。

这庵前挂着一块木匾，上书"绿天庵"三个字。罗中夏心中一动，莫非他就是……

庵内素净，只有一张木榻、一张长桌、两把绳床、一尊佛像。桌上摆着文房四宝，不过已经许久未曾动过。倒是床头散落着几片芭蕉叶子，其上墨迹未干。和尚拿来两个木杯，将其中一杯递给罗中夏：

"太白兄，我知你好饮，可惜这里无茶无酒，只好以净水一杯聊作招待了。"

罗中夏接过杯子，一饮而尽。他从来没喝过这么好喝的水，清凉柔滑，沁人心脾，整个灵魂似乎都被洗涤。他放下杯子，迟疑地开口问道："你……呃……这位大师，您是怀素？"

和尚淡淡一笑："那叫怀素的和尚，已经死了许久，在这家中的，无非是一个无所皈依的魂魄罢了，是与不是，又有什么分别呢？"

"这么说，您是喽？"罗中夏不甘心地追问。

"正如你是李太白，你又不是李太白。外面一个绿天庵，这里也有一个绿天庵。"和尚戏谑地眨了眨眼睛，也不知是对罗中夏说还是对青莲笔说。两人一时无语。怀素起身又为他倒了一杯水，徐徐坐了回去。

罗中夏没想到这绿天庵内，藏的却是怀素本人。千年的古人，如今竟鲜活地出现在自己面前，还是个传说中的名人，这让他心潮起伏，有些异样的激动。

罗中夏见怀素久久不言，忍不住开口又问："大师跟李白很熟吗？"

"有一面之缘，不过胜知己多矣。"怀素看了他一眼，"你可知刚才若非蕉龙嗅到你身上有李太白的气味，只怕才一踏进这绿天庵，就被那四条龙吃了呢。"

罗中夏这才知道，自己被褚一民摆了一道，差点莫名其妙地挂了，后背不禁有些冷汗。

窗外蕉树林发出风过树林的沙沙声，间或有一两声鸟鸣，此时该是绿天庵世界的午后。怀素推开木窗，让林风穿堂而过，一时间沉醉其中。他回过头来，道：

"太白兄，你观这自囚之地，却还不错吧？"

"自囚？"

"心不自囚，如何自囚？"

这种禅宗式的机锋，罗中夏根本不明白，他只能傻愣愣地回答道："那就没的可囚了吧？"怀素抚掌大笑，赞道："太白兄好机锋！"罗中夏大拙若巧，无意中却合了禅宗的路子。

"你可知怀素和尚为何在此地吗？"

罗中夏摇了摇头。

"你既然身负笔灵，想来该知道笔冢主人了？"

"嗯，听过。"

怀素把头转回窗外，口气全用第三人称，似是在说别人的事：

"此事就是由他而起。那怀素和尚在临终之时，有一位先生来榻前找他，自称是笔冢主人，要把他炼成笔灵，说以后书法便可长存于世。怀素和尚愚钝，一世不拘于酒笔，只求个自在，又何必留恋什么笔灵呢。可笔冢主人再三勉强，于是怀素和尚捡来四片蕉叶，倾注一生写下四个龙字，然后神尽而亡。一缕魂魄不散，用这四条龙字化成一尊退笔冢，自囚于内，以示决心，已经有一千二百余年了。名为退笔，实为退心。"

罗中夏默然，庵外那一番景象原来全是"龙"字所化，而眼前这个怀素，只是一个鬼魂罢了。为了不被炼成笔灵，拘束形体，他竟选择在这方寸之地自囚千年，可称得上是大决心了。"再三勉强"四个字轻描淡写，不知后面隐藏着多少惊心动魄。

怀素抬眼看了眼青莲笔，问道："太白兄神游宇外，纵横恣意，青莲又怎么会甘心为笔冢主人之仆呢？"

罗中夏连忙解释道："这支青莲，只是遗笔，真正的青莲笔已经不在了。"然后他把青莲笔虽名列管城七侯之一，却从未受过拘羁的事情告诉怀素。怀素听了，颇为欣慰，连连点头道："太白兄不愧是谪仙人，和尚我愚钝，只好用此下策，太白兄却洒脱而去，可比和尚境界高得多了。"

罗中夏心中一动，猛然想起那诗的第三句"手辞万众洒然去"，莫非是指这个？他一转念，惦记着十九和颜政他们的安危，截口道："大师，我此来是为了退笔。"

"退笔？"怀素面上看不出什么表情。

"不错！退笔。"罗中夏把此事前后首尾说了一遍，怀素笑道："原来太白兄也未能勘破，来这里寻个解脱。"

"希望大师能成全。"

"你觉得此地如何？"怀素答非所问。

罗中夏不知道他的用意，谨慎地回答道："还，还好……蛮清静的。"

"既如此，不妨与我在此地清修，不与世俗沾染，也就无所谓退与不退了。"

罗中夏被问住了，一时间不知该说什么才好。怀素还要说些什么，忽然窗外景色一滞，在极远处似乎有什么声音在呼喊着，令这绿天庵的幻景也为之波动。

怀素伸出指头，在空中一划，凭空截出一片空间，可以窥到外部世界的动静。罗中夏只看了一眼，觉得全身的血液几乎都凝固了。

在那个画面里，颜政和十九正在武殿之前拼命抵挡着褚一民、郑和、诸葛淳等三人的攻击，一边朝着退笔冢狂喊：

"罗中夏，快出来！那里危险！"

原来就在罗中夏刚刚进入绿天庵的时候，颜政居然动了。

在医院临走的时候，彼得和尚交给他一串黄木佛珠，交代说："此去东山，凶险一定不小,这串佛珠是我的护身之物,虽然是后来补充过的,却也凝聚了我一身守御的能力,也许能派得上用场。"

这佛珠觉察到主人身陷险境,于是自行断裂,黄木制成的珠子落在地上,悄无声息,竟像水滴入地一样消失不见。过不多久,有淡紫色的雾气蒸腾而出,笼罩颜政全身。长吉诗囊受这佛雾的干扰,对他全身的控制力度有了轻微的减弱,颜政神志有些恢复,发现自己只剩下一根小拇指能动。

但这就足够了。

他暗中勉强运起画眉笔,贯注于小拇指上,朝着自己一戳,压力登时大减。褚一民给他锁上长吉诗囊还不足五分钟,因此画眉笔恢复到五分钟前,刚好能去除诗囊的威胁。

颜政之前听到诸葛淳的话,得知罗中夏中了褚一民的奸计,贸然踏入绿天庵,如今生死悬于一线。他是个爽朗人,虽然觉得罗中夏那件事做得不够地道,但他有他的苦衷,只是过于轻信他人;如今身陷死地,自己是不能坐视不理的。

他暗地里计算了一下,自己的画眉笔还剩下五发,勉强够用了。他转头去看,费老受伤已久,画眉笔怕是派不上用场,眼下只有救出十九来,才能有些胜算。于是颜政悄悄朝十九的身边挪去,诸葛淳万万没想到他竟然恢复过来,还在抽烟,他趁机竖起无名指,捅到了十九的身上。

十九事先并不知道颜政的举动,所以她甫一恢复,立刻长长出了一口气。这一呼气惊动了诸葛淳,他一见两名俘虏居然摆脱了诗囊的控制,大惊失色。颜政见势不妙,从地上抓起一把土来撒将出去,大喊一声:"看我的五毒迷魂烟!"然后掠起十九朝旁边散去。

这一招还真唬住了诸葛淳,他一听名字,停住了脚步。这一犹豫,颜政已经抱起十九逃出去好远。

他把十九放下,顾不得细说,只急切道:"你刚才也听到了吧?罗中夏有危险,我们去救他!"

"救他?"十九一阵发愣。

"对,救他!也是救你的房老师的点睛笔!"

颜政大吼,十九不再说话,她从地上一骨碌爬起来,把披到前面来的长发咬在嘴里,两人朝着武殿跑来。

此时褚一民和郑和还在殿门口，期待着那四条蕉龙吞下罗中夏，把青莲笔和点睛笔吐出来。颜政和十九的到来完全出乎他们意料，他们甚至没来得及阻拦。颜政和十九踏进殿前院落，一眼就看到那四条游龙，却不见罗中夏的踪影，看来情况很是不妙。他们别无选择，只好大声喊道："罗中夏，快出来！那里危险！"指望在某一处的罗中夏能听到，及时抽身退出。

"罗朋友已经听不到你们的呼喊了，他大概正在被蕉龙咕噜咕噜地消化吧。"

褚一民阴恻恻的声音传来，他和郑和以及尾随赶来的诸葛淳站成一个半圆形，慢慢向两人靠拢过来。现在俘虏绝对逃不掉，于是他们也不急。

"你在放屁，算命的说罗中夏有死里逃生的命格，你说对吧？"

颜政在这种时候，还是不失本色。十九面色沉重地"嗯"了一声，眼神闪动，浑身散发出锐利的光芒。

"他为了一己私利而背叛你们，你们干吗如此维护他？"褚一民嘲讽道。

颜政毫不犹豫地回答："我乐意。"

这个理由当真是无比充分，从古至今，没有比这个更有力、更简洁的了。

"很好，我本来想留下你们献给主人。既然你们有决心，那就为了这种伟大的友情去死吧。"

褚一民挥了挥手，两个笔冢吏、一个殉笔吏扑了上去，开始了最后的杀戮。这一次，他们既不会轻敌，也不会留手。颜政和十九一步不退，两个人施展出最大力气，放开喉咙继续叫道：

"罗中夏，快出来！危险！"

浑厚的男中音和高亢的女高音响彻夜空，经由如椽巨笔的放大增幅，直至另外一个空间……

罗中夏怔在了那里，一动不动。

"退笔之法，确实是有，不过，太白兄你果真要坐视不理吗？"怀素淡淡道，随手关上画面。庵内立刻又恢复了平静祥和的气氛，但人心已乱。

罗中夏垂下头，灰心丧气地喃喃道："我出去又能有什么用……我根本战不过他们。我只是个不学无术的普通学生罢了。"

怀素给他倒了第三杯水："今世的太白兄，你一世都如此消极退让，退笔而不退心，和我自囚于这绿天庵内，有什么区别？若要寻求真正的大解脱，便要如太白兄那样，才是正途。如秋蝉脱壳，非是卸负，实是新生呢。"

青莲拥蜕秋蝉轻？

莫非真正的退笔，不是逃避，而是开通？

从一开始，罗中夏就一直在逃避，但是他现在意识到，这样不行了。

他本质上并非一个薄情寡义之人，何况外面二人都与自己出生入死，若是要牺牲他们来换取自己退笔之安，只怕今世良心都难以安宁，又与不退有什么区别！这道理很简单，而罗中夏一直到现在方才领悟。

外面的呼喊还在声声传来，这与世隔绝的绿天庵，居然也不能隔绝这声音。罗中夏缓缓抬起头，从绳床上站起身来，他心中有某种抉择占据了上风，第一次露出坚毅决断的表情："大师，告辞了，我要出去救他们。"

"你不退笔了吗？"

"不退了。"罗中夏说得干脆，同时觉得一阵轻松。这闪念之间，他竟觉得自己如同换了一个人。

怀素微微一笑，轻轻举起双手，周围的景物开始暗淡起来，似乎都被慢慢浓缩进怀素魂魄之中："善哉，太白兄既抉择如是，我可助你一臂之力。"

"大师如何助我？"

怀素指了指青莲，用怀旧的口气道："我与前世的太白兄虽只一面之缘，却相投甚深。当日零陵一见，我不过二十出头，太白兄已然是天命之年了。你既有青莲笔，就该知太白诗中有一首与我渊源极深。"

"哪一首？"

"《草书歌行》，那是我以狂草醉帖与太白兄换来的，兄之风采，当真是诗中之仙。"怀素双目远望，似乎极之怀念，"你尚不能与青莲笔融会贯通，但若有我在，至少在这首诗上你可领悟至最高境界。以此对敌，不致让你失望。"

罗中夏面露喜色，可他忽然又想：

"可大师你不怕就此魂飞魄散吗？"

怀素呵呵一笑："和尚我痴活了一千二百余年，有何不舍？佛说一切有为法，如梦幻泡影。我执于自囚，已然是着相，此时正该是幡然顿悟之时——能够助太白兄的传人一臂之力，总是好的。"

罗中夏点了点头，不再说什么。此时周围景色像是日久褪色的工笔画一样，干枯泛黄，不复有刚才水灵之感，丝丝缕缕的灵气被慢慢抽出来注入怀素身内。这绿天庵退笔冢本是怀素囚心之地，如今也回归本源。

"哦，对了，和尚还有一件故人的东西，就请代我去渡与有缘之人吧。"

罗中夏随即觉得一阵热气进入右手，然后消失不见。当周围一切都被黑幕笼罩之后，怀素的形体已经模糊不见，可黑暗中的声音依然清晰。

"可若是我的魂魄化入青莲笔中，你则失去唯一退笔的机会，以后这青莲、点睛二笔将永远相随，直到你身死之日，再无机会。纵然永不得退笔，也不悔？"

"不是笔退，不是灵退，心退而已。"

两人相视一笑。

颜政觉得自己差不多已经到极限了，只剩一个手指有恢复能力，身上已经受了数处重伤，大多数是出自郑和的拳脚和诸葛淳的袭击，肺部如同被火灼伤一样，全身就像是一个破裂的布娃娃。不过这最后一个他没打算给自己用，因为旁边有一位比他境遇还窘迫的少女，即使是最后时刻，画眉笔也不能辜负"妇女之友"这个称号。

十九头发散乱，还在兀自大喊。最开始的时候，她还有些别扭，可战到现在，她呼唤的劲头竟比颜政还大，喊得声嘶力竭，泪流满面，也不知是为了罗中夏还是为了房斌。她身上多处受伤，可精神状态却极为亢奋激动，一时间就连褚一民的鬼笔也难以控制，因此他们才得以撑到现在。

可留给他们的时间不多了。

罗中夏仍旧杳无音信，敌人的攻势却是一波高过一波。

"放弃吧，也许你们会和你们那不忠诚的朋友更早见面。"

褚一民冷冷地说道，他确信罗中夏已经被蕉龙吃掉了，如果足够幸运的话，也许他在临死前也对蕉龙造成了一定损害，只要把眼前的这两只小老鼠干掉，他们就立刻闯进绿天庵，那里还有一支笔灵等着他们去拿。

郑和的巨拳几乎让武殿遭遇了和大雄宝殿一样的遭遇，在强劲的拳风之下，瓦片与石子乱飞，个别廊柱已经开始出现裂痕。

砰！

颜政又一次被打中，他弯下腰露出痛苦表情，摇摇欲倒。十九挥舞着如椽巨笔，冲到了他面前，替他挡下了另外一次攻击。

"到此为止了。"

颜政喘息着对十九笑了笑，伸出最后一根泛红的指头碰了碰她的额头。十九全身红光闪耀，恢复到了五分钟之前的状态。

"趁还有力气，你快逃吧。"他对十九说。十九半跪在他面前，怒道："你刚才叫我拼命，如今又叫我逃！"

"那到了天堂，记得常给我和罗中夏写信，如果地狱通邮的话。"颜政开了也许是他这一生最后的一个玩笑。

"休息时间结束了！"

诸葛淳恶狠狠地嚷道，摆出架势，打算一举击杀这两个小辈。

这时候，褚一民发觉那四条游龙又开始动弹了，就好像刚才罗中夏刚刚进去一样，慢慢盘聚团转，最后从虚空中又出现在了退笔冢的大门。

这一异象吸引了在场所有人的注意力，他们一时间都停止了动作，一起把视线投向退笔冢，眼看着一个黑点如月食般逐渐侵蚀空间，优雅而缓慢，最终扩展成一个几何意义上的圆。

然后他们看到了罗中夏像穿越长城的魔术师大卫一样，从这个没有厚度的圆里钻了出来。

他居然还活着？

可这个罗中夏，像是变了一个人。褚一民的直觉告诉他，这个小鬼一定发生了什么。

他的表情平静至极，以往那种毛糙糙的稚气完全消失不见，周身内敛沉静，看不见一丝灵气泄出，却能感受得到异常的涌动。

"他退掉了青莲和点睛吗？绿天庵内究竟是什么？"褚一民心中满是疑问，他整了整袍子，走到罗中夏的面前，故作高兴：

"罗朋友，真高兴再见到你，你完成我们的约定了吗？"

罗中夏似乎没听到他说的话，而是自顾喃喃了一句。褚一民没听清，把耳朵凑了过去："什么？我听不清，请再说一遍。"

"少年上人号怀素。"

少年的声音低沉而坚定。

"什么？"

褚一民无缘无故听到这么一句诗，不禁莫名其妙。此时在场的人都停了手，原本已经濒临绝境的颜政和十九看到罗中夏突然出现，又喜又惊。喜的是原来他竟没死；惊的是他孤身一人，虽然有青莲笔撑腰，也是断断撑不住这些家伙的围攻。

"草书天下称独步。"

罗中夏念出了第二句，声音逐渐昂扬，身体也开始发热，有青光团团聚于头顶。

褚一民的动作突然停住了，他想起来了。这两句诗，是《草书歌行》，是李白所写，诗中所咏的就是怀素本人。李白与怀素是故交，李白所化的青莲笔……

"糟糕！我竟忘了这点！"他一拍脑袋，跳开罗中夏三丈多远，右手一抹，李贺鬼笔面具立刻笼罩脸上，如临大敌。

可是已经晚了。吟哦之声徐徐不断。

> 墨池飞出北溟鱼，
> 笔锋杀尽中山兔。

罗中夏剑眉一立，作金刚之怒，两道目光如电似剑，似有无尽的杀意。在场的人心中都是一凛，感觉有黑云压城、山雨欲来之势。诸葛淳只觉得自己变成被猫盯住了的老鼠，两股战战却动弹不得；就连郑和都仿佛被这种气势震慑，屈着身体沉沉低吼；褚一民虽不知就里，但凭借直觉却感觉到马上要有大难临头，眼下之计，唯有先下手为强。青莲笔以诗为武器，如果能及早截断吟诗，就还有胜机。

"一起上！"

褚一民计议已定，大声呼叫其他二人。其他二人知道其中利害，不敢迟疑，纷纷全力施为。一时间二笔一童化作三道灵光，怒涛般的攻击从四面八方向着罗中夏涌来。

眼见这股浪涛锋锐将及，罗中夏嘴角却浮起浅浅一笑。他身形丝毫未动，只见青光暴起，青莲灵笔冲顶而出，其势皇皇，巍巍然有恢宏之象。怒涛拍至，青莲花开，气象森严，怒涛攻势如同撞上礁石的海浪，一下子化为齑粉，涓埃不剩。

那三个人俱是一惊，这次合力的威力足以撼山动地，可他竟轻轻接了下去，心中震惶之情剧升。而诗句还在源源不断地从罗中夏唇中流泻而出：

> 八月九月天气凉,
> 酒徒词客满高堂。
> 笺麻素绢排数箱,
> 宣州石砚墨色光。
> 吾师醉后倚绳床,
> 须臾扫尽数千张。

每言一句,青莲笔的光芒就转盛一层,如同一张百石大弓,正逐渐蓄势振弦,一俟拉满,便有摧石断金的绝大威力。三个人均瞧出了这一点,可彼此对视一番,谁都不敢向前,生怕此时贸然打断,那积蓄的力道全作用在自己身上。

褚一民身为核心,不能不身先士卒。他擦了擦冷汗,暗忖道:"这罗中夏是个不学无术的人,国学底子肯定有限,这诗的威力能发挥出来三成也就难得了,莫要被眼前的光景唬住。"他摸摸自己的面具,心想他青莲笔姓李,我鬼笔也姓李,怕什么!那家伙心志薄弱,只要我攫住他情绪,稍加控制,就一定能行。

于是他催动鬼笔,一面又开始做那怪异舞动,一面伸展能力去探触罗中夏的内心,只消有一丝瑕疵,就能被鬼笔的面具催化至不可收拾。

可当他在探查罗中夏灵台之时,却感觉像是把手探入空山潭水中,只觉得澄澈见底,沉静非常,不见丝毫波动。鬼笔在灵台内转了数圈,竟毫无瑕疵可言。其心和洽安然,就如同……

"禅心?"

褚一民脑子里忽然冒出这么一个念头,十分惊讶。他甚至开始怀疑,这是否真的是罗中夏的内心,否则怎么可能突然就拥有了一颗全无破绽可言的禅心?他这一迟疑,罗中夏已经开始了真正的反击。

> 飘风骤雨惊飒飒,
> 落花飞雪何茫茫。

两句一出,如满弓松弦。

青莲灵笔骤然爆发,前面蓄积的巨大能量溃堤般蜂拥而来,平地涌起一阵风雷。

只见笔灵凌空飞舞，神意洋洋，如癫似狂，竟似是被一只看不见的手握住，在虚空之上大书特书，字迹如癫似狂，引得飘风骤雨，落花飞雪，无不具象。

这攻势如同大江涌流，一泻千里，大开大阖，其势滔滔不绝，让观者神色震惶，充满了面对天地之能的无力感。罗中夏自得了青莲笔来，从未打得如此酣畅淋漓，抒尽意兴。三个人面对滔天巨浪，如一叶孤舟，只觉得四周无数飞镞嗖嗖划过，头晕目眩，无所适从。怀素虽有一颗禅心，却以癫狂著称，此时本性毕露，更见嚣张。

  起来向壁不停手，一行数字大如斗。
  恍恍如闻神鬼惊，时时只见龙蛇走。
  左盘右蹙如惊电，状同楚汉相攻战。

《草书歌行》一句紧接一句，一浪高过一浪。以往诗战，只能明其字，不能体其意，今天这一首却全无隔阂，至此青莲笔灵的攻势再无窒涩，一气呵成。诗意绵绵不绝，笔力肆意纵横，两下交融，把当日李太白一见怀素醉草字帖的酣畅之情表达得淋漓尽致，几似重现零陵相聚旧景。让人不禁怀疑，若非怀素再生，谁还能写得如此放荡不羁的豪快草书。

此时人、笔、诗三合一体，一支太白青莲笔写尽了狂草神韵，万里长风，傲视万生，天地之间再无任何事物能撄其锋、阻其势。

  湖南七郡凡几家，
  家家屏障书题遍。
  王逸少，张伯英，
  古来几许浪得名。
  张颠老死不足数，
  我师此义不师古。

只可怜那三个人在狂风骤雨般的攻势之下，全无还手之力，任凭被青莲笔的《草书歌行》牵引着上下颠沛，身体一点点被冲刷剥离，脑中充塞绝望和惶恐，就连抬手呼救尚不能行，遑论叫出笔灵反击。

狂潮奔流，笔锋滔滔，层叠交替之间，狂草的韵律回旋流转，无始无终，整个高山寺内无处不响起铿锵响动。忽而自千仞之巅峰飞坠而落，挟带着雷霆与风声，向着深不可测的沟壑无限逼近，与谷底轰然撞击，迸发铿锵四溅的火花，宛若祭典中的礼炮。紧接着巨大的势能使得响声倏然拔地反弹，再度高高抛起，划过一道金黄色的轨迹，飞越已经变成天空一个小黑点的山峰之巅。

三人只觉得骨酥筋软，感觉到自己被一点一点冲刷消融，最后被彻底融化在这韵律之中……

"古来万事贵天生，何必要公孙大娘浑脱舞。"

罗中夏缓声一字一字吐出最后两句，慢慢收了诗势。青莲笔写完这篇诗，痛快无比，停在空中的身躯仍旧微微发颤，笔尾青莲容光焕发。远处山峰深谷仍旧有隆隆声传来，余音缭绕。

而在他的面前，风雨已住，已经没有人还能站在原地了。这《草书歌行》的强劲，实在是威力无俦。

三个人包括郑和，全都伏在地上，奄奄一息。他们身上没有一处伤口，但全身的力量和精神却已经在刚才的打击中被冲刷一空，现在的他们瞪着空洞的双眼，哪怕是挪动一节小拇指都难，整个人仿佛被掏空了。

罗中夏站定在地，长收一口气，仿佛刚刚回过神来。夺目的光芒逐渐从背后收敛，像孔雀收起了自己的彩屏。他招了招手，让青莲笔回归灵台，然后转动头颅。颜政和十九在一旁目瞪口呆，已经完全不知道该说什么才好了。

罗中夏冲颜政和十九笑了笑，从那三个人身上踏过，径直来到他们身旁。他半蹲下去，伸出手，用低沉、充满愧疚的声音说道："谢谢你们，对不起！"

这七个字的意义，三个人都明白，也根本无须多说什么。颜政也伸出手去，打了他的手一下，笑道："我就说嘛，你有死里逃生的命格。"

十九还是默不作声，罗中夏俯下身子，伸出手去擦她脸颊上的泪水。她没料到他竟会做出这种举动，想朝后躲闪，身子却无法移动，只好任由他去擦。她闭上了眼睛，感觉这个人和之前畏畏缩缩的气质变得完全不同，有一种熟悉的感觉……对了，就像是房老师。一想到这里，十九苍白的脸孔泛起几丝温润血色，不再挣扎。

颜政尽管受了重伤，可还是拼了老命扭转脖子旁观，看他居然使出这种手段，不禁问道："你刚才究竟去哪里了，是怀素的退笔冢，还是花花公子编辑部啊？"

罗中夏微微一笑，显得颇为从容稳重，他把十九脸上的泪水擦干，道："今日之我，已非从前。"这话说得大有禅意，颜政和十九面面相觑，不知该露出什么表情才好，心中居然都有了敬畏之感，仿佛这家伙是一代宗师一般。

罗中夏拍了拍十九的肩，然后一口气站起身来。颜政问他去哪里，罗中夏回过头答道："我去问他们一些问题。"

他踩着那一片瓦砾残叶，来到那三人横卧之处。郑和仰面朝天，肌肉已比刚才萎缩，稍微恢复了正常体形，两块胸肌上下微动，表明他尚有呼吸；诸葛淳栽进了一个铜制香炉，露出一个硕大的屁股在外面翘着；褚一民受伤最重，他的鬼笔面具四分五裂，整张脸就像是一张未完成的拼图。

罗中夏首先揪起了褚一民，扬手甩掉了他的面具。面具底下的褚一民瞪大了血红色的眼睛，嘴唇微微发颤——原来他相对其他人功力比较深，所以一直没失去神志。但现在他宁愿自己已经不省人事了。

"你的主人，到底是谁？"罗中夏问，声音不急不躁，态度和蔼，却自有一番逼人的气势。

"我不能说。"褚一民本来就没什么血色的脸如今更加苍白，"我说了，就会死。"

"哦。"

褚一民闭上眼睛，准备承受随之而来的拷打。

但出乎意料的是，什么都没发生。罗中夏松开了他，转向诸葛淳。他用青莲笔给诸葛淳输了些力气，于是诸葛淳很快也从昏迷中醒来。"你的主人，是谁？"

"褚……褚大哥。"诸葛淳慌得说话开始结巴。

罗中夏笑了："那么在他之上呢？"诸葛淳赶紧摇摇头道："不知道。"罗中夏"嗯"了一声，把他放开。诸葛淳暗自松了一口气，不料罗中夏忽然又回转过来，心中又是一紧。

"问个题外话，那天在医院里，你袭击了我、颜政和小榕，是谁主使的？"

"呃……"诸葛淳不敢说，只是把目光投向那边的褚一民。

"我明白了，谢谢你。"罗中夏叹息了一声，一股怅然之情油然而生。原来自己毕竟冤枉了小榕，这种委屈，不知什么时候才能报偿给她。

罗中夏站起身来，突然，一阵阴冷的山风刮过，就连体内灵气充沛的他，都不禁打了一个寒战。他急忙回头，四周暮色沉沉，山林寂寂，没什么异常的情况。可凭借着青莲笔，罗中夏还是感觉到了一阵莫名的恶寒。

突然，褚一民的身体暴起，整个人动了起来。罗中夏一惊，没想到在青莲笔和怀素的合力攻击之下，他居然这么快就恢复了。可再仔细一看，却发现褚一民根本不是自己爬起来的，而是被什么力量生生抓起来的，他保持着直立状态，脚底距离地面有十几厘米，四肢无力地划来划去，就像一只被人类抓住的蚱蜢。

"喂！"罗中夏急忙过去抓住他的双腿，试图把他拽下来。谁知那股力量奇大，褚一民鲜血狂喷，喉咙里发出嘀嘀的声音。罗中夏急中生智，祭出青莲笔，具象化了一句"山海几千重"，这才凭着重力把褚一民拽了下来。

可他眼看已经不行了，瞳孔开始涣散，四肢抽搐不断——和当日彼得和尚目击的杀死韦定邦的手法完全相同！

罗中夏一挥手，让青莲笔射出一圈青光笼罩四周，阻止那股力量继续侵袭。然后他按住褚一民双肩，给他贯注续命灵气。

可这股力量实在太过霸道，就算是来自青莲的力量也只能让褚一民略微恢复一下神志。他晃了晃头，嘴里满是鲜血，低声嗫嚅。罗中夏急忙贴过耳朵去，只听到剧烈的喘息声和一个模糊不堪的声音：

"函丈……"

"什么？再说一遍！"

褚一民的声音戛然而止，手臂垂下，就此死去。一缕白烟从他身体里飘出来，哀鸣阵阵，围着他的尸体转了三圈，然后转向东南，飘然而去，逐渐化入松林。不一会儿，远处林间传来磷光点点，如灯夜巡，让人不禁想起笔主李贺那一句"鬼灯如漆点松花"。

人死灯灭，鬼笔缥缈。

罗中夏无可奈何，缓缓把他放下。他环顾四周，赫然发现眼前只留一片空地，无论是诸葛淳，还是郑和，都已经消失不见！

已经有了禅心的罗中夏处变不惊，立刻闭上眼睛，把点睛笔浮起。凭借着点睛笔的能力，他凝神听了一阵，突然眉毛一挑，口中叱道："出来！"

点睛隐，青莲出，朝着某一处空间的方位刺了过去。

这一切都在瞬间发生，只听到扑哧一声，青莲笔竟在半空刺到了什么。一声恼怒的闷闷呻吟传来，随即郑和的身躯突然从半空中隐现，划过一条抛物线落在地上，震起一阵烟尘。

那股力量又破风袭来,但这已经对罗中夏没什么威胁。他操纵青莲笔在前一横,轻轻挡住,把攻势化为烟云。

罗中夏还未来得及得意,心中忽然意识到,这是个调虎离山之计!

果然,等他收起青莲笔,再度用点睛感应的时候,方圆十几公里内已经再没了踪迹,已经失去了追踪的机会。

这个敌人看来原本是打算杀掉褚一民转移注意力,然后借机隐匿身形,把那两个人都搬走。却没想到被罗中夏识破了行踪,用青莲笔截了郑和下来。

这个隐藏角色似乎颇为忌惮罗中夏,白白被青莲刺了一笔,居然没多逗留,一击即走。

罗中夏看了看被他救回来的郑和,心里想:"大概他是觉得,郑和这种笔童没有心智,不会泄露什么秘密吧。"他转念一想:"也好,毕竟我把他截了回来,不至于再被人当作工具使唤。"

他与郑和关系不算好,但毕竟是同校的同学。当初郑和被秦宜炼笔的时候,他就差点见死不救,一直心存愧疚。今天这份惭愧,总算是部分消除了。郑和仍旧昏迷不醒,不过看起来没有性命之虞。

罗中夏走回到颜政和十九身边,那两个人都还没从刚才的变故中惊醒过来。颜政摇了摇头,忍着伤痛问道:"刚才褚一民临死前说了什么?"

罗中夏皱眉道:"函丈……我只听到这两个字。"

十九想了想,不知道什么笔冢吏是以这两个字为名的。

罗中夏还在兀自沉思。他本来就很聪明,自从继承了怀素的禅心之后,头脑更为清晰,终于可以把一些事情串起来了。

看来刚才杀褚一民的,与在韦庄杀害韦定邦的是同一个人,至少是同一伙人——两人的死状十分相近。而从郑和的状况可以判断,就是出自殉笔吏之手,至少有关系。

这伙人既非诸葛家,也非韦家,却对笔冢了如指掌,实力和狠毒程度犹在两家之上。

韦势然在这里面,扮演的究竟是什么角色?

一个谜团破开,却有更多疑问涌现。罗中夏摇了摇头,自嘲一笑,不再去想这些事情。

此时月朗星稀，风轻云淡，永州全城融于夜幕之中，间或光亮闪过，静谧幽寂，恍若无人。罗中夏身在东山之巅，远处潇水涛声訇然，禅心澄澈，更能体会到一番味道。直到此时，他才真正领悟"青莲拥蜕秋蝉轻"所蕴含的真实意味。

　　"你接下来，要怎么办？"颜政问。

　　罗中夏从容答道："回到最初。"